Knaur.

Knaur.

Über die Autorin:
Hinter dem Pseudonym Sarah O'Brien verbergen sich die Lehrerin Trisha Rainsford und die PR-Beraterin Helena Close. Beide leben im irischen Limerick. *Liebe nur mit Mietvertrag* ist ihr erster Roman.

Hanne/Murd

Sarah O'Brien

Liebe nur mit Mietvertrag

Roman

Aus dem Englischen
von Jutta-Maria Piechulek

Knaur Taschenbuch Verlag

Die englische Originalausgabe erschien 2003
unter dem Titel »Hot Property« bei Hodder Headline,
Dublin/London.

Besuchen Sie uns im Internet:
www.knaur.de

Deutsche Erstausgabe November 2004

Redaktion: Ilse Wagner
Umschlaggestaltung: ZERO Werbeagentur, München
Umschlagabbildung: Zefa
Satz: Ventura Publisher im Verlag
Druck und Bindung: Clausen & Bosse, Leck
Printed in Germany
ISBN 3-426-62691-8

3 5 6 4 2

Für unsere Familien und Freunde.
Ihr wisst, wer ihr seid,
und wir wissen, wo ihr wohnt.

1

Ich hatte nie die Absicht, mich mit Leichen zu befassen oder mich in Kriege mit Drogenbaronen verwickeln zu lassen. Ich heiße Ellen Grace, bin sechsundzwanzig Jahre alt, leitende Maklerin beim führenden Immobilienunternehmen Gladstone und Richards. Vorbehaltlose Besitzerin von sechsundfünfzig Paar Schuhen, einer Ansammlung zerbeulter Autos und einer sehr netten Katze. Oh, und eines schwer gebrochenen Herzens.
Wie bin ich zwischen Leichen und Verbrechen geraten? Ich bin noch immer dabei, das herauszufinden, doch das Komische ist, dass alles an einem absolut normalen Montagmorgen begann. Nun, an einem fast normalen Montag, außer dass mein Wagen urplötzlich auf dem Parkplatz für Angestellte in Flammen aufging. Das passiert nicht jeden Tag. Und noch etwas. Andrew Kenny war bei mir, unser neuer Gebietsmanager. Groß, toll und fantastisch gekleidet. Ein Mann, den jedes Mädchen gern lieben würde. Ein Herzensbrecher. Und ich muss es wissen – er hat es perfekt geschafft, mein Herz zu brechen …

»Oh, mein Gott«, beschwerte sich Andrew, sobald er die Haustür zu Mrs. Harris' Haus aufgestemmt hatte. »Was ist das für ein Geruch? Alle Nagetiere der Stadt müssen hier eingezogen sein, nachdem man Mrs. Harris ins Pflegeheim gebracht hat.«
Ich sah ihn an und zuckte gleichgültig mit den Schultern. Ich

wollte mit Andrew wirklich nicht allein sein. Doch da mir bei dieser Sache keine Wahl blieb, wollte ich nur unsere Arbeit machen und sie so schnell wie möglich beenden. Ich war jedenfalls nicht auf ein lockeres Geplauder aus.

Andrew schaltete das Licht an, was kaum etwas veränderte – die einzige Birne konnte die Atmosphäre verlassener Düsternis nicht durchdringen, die im Haus herrschte. Ich musste an die arme alte Mrs. Harris denken. Wie lange mochte sie hier ganz allein gelebt haben? Wie lange war das Haus schon so leer gewesen? Diese Gedanken machten mich traurig.

»Oh, mein Gott«, sagte Andrew, der mit der Hand vor seinem Gesicht herumwedelte, als wir durch den engen Korridor an Tapeten vorbeigingen, die kaum noch an den Wänden klebten. »Dieser Geruch ist ekelhaft. Was, zur Hölle, ist das bloß?«

Andrews Aftershave wehte, zusammen mit der feuchten, schalen Luft, zu mir herüber. Sein Geruch war mir so vertraut, dass ich in eine andere Zeit zurückgeworfen wurde.

»Um Himmel willen, Andrew!«, sagte ich, während der Ärger in mir hochstieg, als die Erinnerungen mich ungebeten überfluteten. »Was, zur Hölle, ist bloß los mit dir?«

»Nichts«, murmelte Andrew hinter der Hand, die er sich auf die Nase gepresst hatte, »es ist nur dieser Geruch …«

»Na, na«, sagte ich laut, »du bist nichts mehr gewöhnt. Vielleicht hättest du in London bleiben sollen. Du scheint vergessen zu haben, dass das Immobilienspiel hier mehr Feldforschung als Büroarbeit ist.«

Andrew wandte mir den Kopf zu und sah mich an, während er eine Tür am Ende des engen Korridors öffnete, und ein breites Grinsen tauchte auf seinem Gesicht auf.

»Ich weiß, dass wir Agenten sind, Ellen«, sagte er, hielt inne und sah mich an, »aber wir sind Grundstücksmakler und keine FBI-Agenten.«

»Sehr komisch«, erwiderte ich, weil mir sein Lächeln plötzlich auf die Nerven ging. »Lass uns weitermachen. Ich habe heute Nachmittag noch jede Menge Termine.«

Andrew zuckte mit den Schultern. »Das passt mir gut. Wo fangen wir an?«

Ich sah mich schnell um. »Wie wäre es, wenn du hier anfängst und versuchst, in den rückwärtigen Garten zu kommen, und ich mich im Wohnzimmer umsehe?«

Andrew nickte und wandte sich wortlos der kleinen Küche zu. Ich zwang mich dazu, seinen Hinterkopf nicht anzusehen, als er ging. Ich machte kehrt und lief im Korridor zurück. Ich hasste das alles hier. Es war einfach nicht fair, dass ich hier ausgerechnet mit Andrew arbeiten musste.

Normalerweise wurde ich zur Einschätzung eines Hauses wie diesem hier allein hingeschickt oder mit einem Mitglied der Truppe von Gladstone und Richards. Doch der derzeitige Besitzer – Daniel Harris – lebte in Spanien, und Harris war sowohl verschroben als auch ein ehemaliger Klassenkamerad von Tim Gladstone, dem Chef, und Tim hatte Andrew gebeten, mich zu begleiten.

»Schätze es in alter Gebietsmanager-Manier ab, ja, Andrew?« Wie Tim Gladstone es formulierte. »Ellen wird dich begleiten. Dann haben wir gleichzeitig unsere beste Auktionatorin und unseren neuen Top-Manager an dem Fall dran, und Harris wird sich über nichts beschweren können.«

Was hätte ich sagen sollen? Ich konnte meinem Chef doch nicht erzählen, dass sein neuer Gebietsmanager jahrelang die

Liebe meines Lebens gewesen war, oder? Und dass ich an jenem Tag vor einem Monat fast in Ohnmacht gefallen bin, als ich herausfand, dass Andrew Kenny aus London zurückgekehrt war. Und als ich, um das Maß voll zu machen, auch noch entdeckte, dass er der neue Gebietsmanager bei Gladstone und Richards war. Und da ich nichts anderes, beruflich Plausibles hatte sagen können, gingen wir an diesem Tag zusammen zu Mrs. Harris' Haus.

Andrew fuhr zum Haus, weil mein Wagen an jenem Morgen abgefackelt war. Es war kaum eine Meile Fahrt, doch es war die längste Meile meines Lebens. Wie soll man denn eine zwanglose Unterhaltung führen, wenn man einen Teil seines Lebens und all seine intimen Geheimnisse miteinander geteilt hatte? Ganz abgesehen davon, wenn man sich gegenseitig in nicht der besten Unterwäsche gesehen hatte.

Die Tür zum Wohnzimmer war verquollen und verzogen, doch ich hatte nicht fünf Jahre als Grundstücksmaklerin gearbeitet, ohne zu lernen, wie man mit verzogenen Türen umgeht. Nach ein wenig Überredung und einem kräftigen Ruck öffnete sie sich. Ein widerlich süßerlicher Geruch schlug mir entgegen, als ich das Licht einschaltete. Ich hielt mir die Nase mit der Hand zu, um mich vor dem fast sichtbaren Gestank zu schützen, und sah mich im Raum um. Samtgardinen, Velourstapete, ein kleiner schmiedeeiserner Kamin, ein demolierter Fernsehapparat, auf dem eine Vase mit welken Blumen stand, ein großer Lehnstuhl mit einem passenden, mit Chintz bezogenen Sofa, auf dem ein toter Mann kerzengerade in der Mitte saß.

»Wow!«, sagte ich, trat zurück in den Korridor und zog die Tür hinter mir zu. Ich rieb mit den Händen über mein

Gesicht und schluckte krampfhaft, bis die Gefahr vorüber war, dass ich mich übergeben musste.

»Andrew!«, schrie ich.

Andrew erschien im Korridor. »Was ist los? Mäuse? Ratten? Ich wusste es. Ich konnte es riechen, das habe ich dir gesagt. Lass mich mal sehen.«

Noch ehe ich antworten konnte, hatte Andrew schon die Hand auf der Türklinke. Ich schüttelte den Kopf und gab einen erstickten Laut von mir. Ich wollte ihn wirklich warnen. Was auch immer zwischen uns geschehen war, ich wollte nicht, dass Andrew die gleiche schreckliche Erfahrung wie ich machen sollte.

Andrew sah mich mit gerunzelter Stirn verständnislos an und öffnete die Tür.

»Boh«, sagte ich.

Andrew sah mich wieder an und betrat dann das Wohnzimmer. Ich bekämpfte die Übelkeit noch immer mit winzigen keuchenden Atemzügen, als er in den Korridor zurücktaumelte und nach einer morschen Zierleiste griff, um sich daran festzuhalten.

»Allmächtiger«, sagte er. »Allmächtiger Gott.«

Er beugte sich vor, stützte die Hände auf die Knie und atmete mehrmals tief und lange ein.

»Du hättest auf mich hören sollen«, sagte ich, als mein Atmen sich normalisierte und meine Stimme zurückkehrte.

Andrew gab keine Antwort.

»Ich habe versucht, dich zu warnen, aber wie immer hast du mir nicht zugehört.«

Andrew hob sein aschfahles Gesicht, um mich anzuschauen, und dann starrte er wieder auf das abgenutzte Linoleum unter seinen Füßen und begann mit einer weiteren Serie von tiefen Atemzügen.

»Fang nicht an, Ellen«, sagte er flüsternd.

»Glaubst du, dass er tot ist?«, fragte ich.

Andrew stand auf und reckte sich, bis er sich gegen die vor Feuchtigkeit fleckigen Tapete an der Wand hinter ihm lehnte. Er rieb sich die Hände und schob sie dann in die Taschen seines Jacketts, ich hatte jedoch bereits gesehen, dass sie zitterten.

»Nein«, sagte er mit blassen Lippen, »ich vermute, sie haben einfach vergessen, den Lufterfrischer zu benutzen.«

Er nahm sein Handy aus der Tasche seines Jacketts und tippte Zahlen ein.

»Ja. Die Polizei, bitte.«

»Gute Idee«, formte ich lautlos mit den Lippen. Diesmal war es Andrew, der mich ignorierte.

»Hallo … ich bin … ich weiß nicht, was ich sagen soll, aber vielleicht erzähle ich ihnen einfach, was geschehen ist, ja? Gut, nun, wir haben uns in diesem Haus umgesehen – oh, meine Kollegin und ich –, und nun, glaube ich, dass wir einen Toten gefunden haben. Wo er ist? Auf dem Sofa im Wohnzimmer. Was? Ach, sie meinen die Adresse?

Honan Terrace Nummer zweiunddreißig. Wie bitte? Wie schon gesagt, befindet er sich auf dem Sofa, das, glaube ich, vor dem Kamin steht, aber der Geruch ist wirklich, wirklich schlimm, und wir möchten nicht in den Raum zurückgehen. Was? Oh, ja, ich verstehe – wo sich Honan Terrace befindet. Ja, jetzt verstehe ich, Entschuldigung. Biegen sie am Fußballplatz einfach links ab, wissen sie, wo? Ja, das stimmt, eine Sackgasse. Ja, das werde ich.«

Andrew klappte das Handy zu und lehnte sich wieder gegen die Wand und sah mich an. Er selber war einer Leiche nicht unähnlich.

»Bist du in Ordnung?«, fragte ich.

»Himmel, Ellen. Tot.«

Ich nickte.

»Tot«, sagte ich wie ein Echo.

Wir standen dort und starrten einander an, und ich musste mich vorbeugen und ihn küssen, weil er so durcheinander war, denn trotz allem hatte Andrew noch immer die aufreizendsten Lippen, die ich je gesehen hatte. Und dann war da noch die Tatsache, dass es einen Toten auf dem Sofa gab, was alles ins rechte Licht rückte und das Knutschen mit meinem Exfreund plötzlich wie eine wirklich gute Idee aussehen ließ. Ich schaute ihm in die grauen Augen, und ich hätte schwören können, dass er das Gleiche dachte – allerdings nur so lange, bis er sich zur Seite beugte und sich erbrach.

Plötzlich klopfte es an der Haustür. Andrew wischte sich den Mund mit einem Papiertaschentuch ab und sah mich an. Der schwere Messingklopfer schlug zum zweiten Mal gegen die Tür. Ich ging mit weichen Beinen zur Tür und öffnete sie. Zwei uniformierte Polizisten standen in der kleinen Diele.

»Gott sei Dank!«, sagte ich und packte einen von ihnen am Arm und zerrte ihn ins Haus. »Dort drin, er ist dort drin.«

Andrew stand hinter mir, und wir gingen in den Garten hinaus, als die beiden Polizisten – einer jung und ein wenig rotgesichtig, weil ich ihm zu nahe gekommen war, der andere in mittlerem Alter, der dringend Schlaf benötigte – in den Korridor traten. Andrew und ich sogen gierig die frische Luft ein, schauten ins Haus zurück und sahen, wie die Polizisten unser Verhalten imitierten – allerdings ohne zu würgen und zu zittern. Der Mann im mittleren Alter schlug die Tür zum Wohnzimmer zu und kam schnell zu uns heraus.

»In Ordnung«, sagte er und versuchte, sein Bedürfnis nach frischer Luft zu verbergen. »Das ist schön. Ich werde es melden und dafür sorgen, dass die Jungs sich das ansehen. Polizist Philipps hier wird ihre Aussage protokollieren.«

Der jüngere Beamte kam aus dem Haus und sein Gesicht war nicht mehr so rot, wie es zuvor gewesen war. Ich konnte sehen, dass er dieses charakteristische »Ich-habe-gerade-einen-Toten-auf-einem-Sofa-sitzen-sehen«-Knieschlottern hatte. Er zog ein Notizbuch hervor und begann, Andrew und mich über das auszufragen, was er mit eigenen Augen gerade gesehen hatte. Nachdem er unsere Angaben notiert hatte, erklärte er uns, dass wir nach Hause gehen könnten. Wir beide sahen ihn an, als ob er uns nicht die Wahrheit sagte, also wiederholte er es. Langsam.

»Sie können jetzt gehen«, sagte er und schob das Notizbuch in die Tasche seiner Uniformjacke.

Andrew hustete. »Großartig. Ja, großartig. Bis dann. Tschüss, Ellen, wir sehen uns … nun, wir sehen uns morgen bei der Arbeit, denke ich.«

Andrew und der junge Polizist wandten sich beide zum Gehen.

»Lass mich nicht allein«, sagte ich.

Andrew und der Polizist hielten inne, wandten sich um und sahen mich an. Andrew starrte mich an. In der ganzen Zeit, in der ich ihn gekannt hatte, habe ich niemals bemerkt, dass seine Augen so grau waren wie das Wasser in einem Felsenteich.

»In Ordnung«, sagte er, »wenn du möchtest, dass ich bleibe.«
Der Polizist hustete und wandte sich zum Gehen.
»Nein«, sagte ich, während ich gleichzeitig begriff, warum sie überrascht waren und was sie dachten. »Nein, Andrew, du Idiot! Du bist gefahren. Mein Wagen steht auf dem Büroparkplatz. Du musst mich mit zurücknehmen, oder ich bleibe hier allein mit ... mit ... wer auch immer es ist, dieser tote Bursche.«
»Na prima, wir bleiben in Verbindung«, sagte der junge Polizist und eilte zum Haus zurück.
Andrews graue Augen schlossen sich eine Minute lang, und als sie sich wieder öffneten, ähnelten sie eher Stahlklingen als Felsenteichen.
»Kein Problem«, sagte er und ging los. »Komm schon.«
Wir fuhren schweigend zurück ins Büro. Hin und wieder warf ich einen verstohlenen Blick auf Andrews Profil, und er sah noch immer fast so bleich aus wie zu dem Zeitpunkt, als er den Toten entdeckt hatte. Seine Lippen waren zu einer Linie zusammengepresst, und seine Atemzüge schienen bewusst tief zu sein. Ich schaute aus dem Fenster, als wir durch die Stadt fuhren, und war verblüfft, dass all diese Menschen ihren Geschäften nachgehen konnten, als ob es keinen toten Mann gab, der steif wie ein Brett in Mrs. Harris' Wohnzimmer saß.
Andrew fuhr seinen BMW auf den Büroparkplatz und hielt neben meinem grünen Fiesta an.
»Danke fürs Mitnehmen«, sagte ich und öffnete die Tür.
»Kein Problem. Kann ich dich etwas fragen?«
Ich zuckte mit den Schultern. »Ich denke schon.«
»Wirst du so lange warten, bis die Flammen verlöscht sind, ehe du nach Hause fährst?«

Ich betrachtete den Rauch, der noch immer unter der Motorhaube meines armen Autos hervorquoll. Er übertrieb, denn es waren keine Flammen zu sehen. Ich würde meinen Onkel Gerry erwürgen, weil er mir diesen Schrotthaufen verkauft hatte.

»Es ist in Ordnung«, sagte ich beim Aussteigen. »Ich muss sowieso wieder an die Arbeit gehen. Ich habe heute Nachmittag vier Besichtigungen.«

»Mir wäre es lieber, wenn du dich in dem Zustand, in dem du dich befindest, mit keinen weiteren Kunden befasst. Geh nach Hause, Ellen.«

»Mir geht es prima.«

Andrew lächelte daraufhin, und obwohl ich der Ansicht war, dass er ein hartherziger und ehrgeiziger Kerl war und ich jede Minute mit ihm bedauerte, war es amtlich – er hatte die aufreizendsten Lippen, die ich je gesehen hatte. Ich schüttelte den Kopf, um diesen Gedanken loszuwerden und mich zu beruhigen, dass es nur der Schock war und mehr nicht. Ich würde das schon verkraften.

»Nein, es geht mir wirklich gut«, erwiderte ich.

Andrew seufzte und rieb müde über sein Gesicht. »Ich fahre dich nach Hause, Ellen. Ich bin dein Gebietsmanager, und ich gebe dir den restlichen Tag frei, in Ordnung? Ich werde telefonisch Bescheid sagen und dafür sorgen, dass Molly deine Kunden betreut. Ich bin zu müde, um zu streiten. Also komm zurück ins Auto. Bitte.«

Und ich denke, weil auch ich zu müde zum Streiten war, tat ich, was er verlangte, und ließ mich von ihm nach Hause fahren. Auf der Fahrt zu meinem Apartmenthaus sprachen wir kein einziges Wort.

»Danke«, sagte ich, als er vor dem Haus anhielt.

»Keine Ursache.«

Ich stieg aus dem Wagen und ging müde ins Haus. Ich fühlte mich wie ein Luftballon, aus dem nicht nur einfach die Luft herausgelassen, sondern der auch platt geschlagen worden war. Während ich einen Fuß vor den anderen setzte, flehte ich den Himmel an, all meine Nachbarn in ihren Wohnungen zu lassen. Ich wusste, dass, wenn ich irgendeinen Nachbarn treffen würde, es damit enden würde, dass sie mich fragen würden, warum ich nicht bei der Arbeit war. Und wenn ich dann diese Sache mit dem toten Mann erklären müsste, hatte ich Angst, dass ich meine Tränen nicht würde zurückhalten können. Und ich mag nicht weinen, vor allem, weil es das Image als Karrierefrau ruinieren würde, das ich so sorgsam aufgebaut hatte, seit ich vor einem halben Jahr in dieses Haus eingezogen war.

Vor allem wollte ich meine neunundsechzig Jahre alte Nachbarin Angela Maunsell nicht treffen. Nicht, dass ich Angela nicht mochte – ich mochte sie sogar sehr –, doch das Problem war, dass sie die leibliche Cousine meiner Mutter war. Wenn ich also Angela treffen würde und zu weinen begänne, während sie auf ihr silbernes Haar klopfte und den Blutdruckmesser an ihrem Handgelenk zurechtrückte, wäre alles aus. Sie würde mich mit ihrer Freundlichkeit überhäufen und danach dann meine Mutter und die halbe Stadt anrufen.

Also nahm ich die Treppe statt des Aufzugs und betete, dass Angela beim Nachmittagsbingo war. Während ich die breiten Stufen aus Zementmosaik in dem hallenden Treppenhaus hinaufstieg, sah ich das Bild des Toten in Mrs. Harris' Wohnzimmer vor mir, das in meinem Kopf wie eine

Videoschleife ständig wiederholt wurde. Er war wahrscheinlich eines natürlichen Todes gestorben, sagte ich mir, als ich meine widerwilligen Beine dazu zwang, die Treppe hinaufzusteigen. Vielleicht war er ein Verwandter der Harris' und war ins Haus gekommen, um beim Ausräumen zu helfen, nachdem sie im Pflegeheim gestorben war, und ihm war einfach schwindelig geworden. So was passierte. Vielleicht setzte er sich auf das Sofa und – nun ja – verstarb dort. Das war die wahrscheinlichste Erklärung und sie ließ mich ein wenig besser fühlen, aber nicht sehr.

Vage erinnerte ich mich daran, dass meine Mutter mir irgendeine Geschichte über einen Verwandten von ihr erzählt hatte, der starb, während sie in einer Bank bei der heiligen Messe in der Kirche saß. Die gesamte Gemeinde sang und betete, setzte sich und erhob sich und kniete nieder und bemerkte nicht einmal, dass er sich – wenigstens denke ich, dass es ein Mann war – während des gesamten Gottesdienstes nicht gerührt hatte. Dann verließen alle die Kirche. Viele Stunden später hatte eine Putzfrau entdeckt, dass er tot war.

Ich erreichte schließlich mein Stockwerk und schob atemlos die Feuertür an der Treppe auf. Als ich in den Flur kam, schaute ich mich um, ehe ich zu meiner Wohnungstür eilte. Selbstverständlich konnte ich meine Schlüssel nicht finden. Ich kramte in meiner übergroßen Tasche herum und versuchte dabei, mich an die Einzelheiten des Todes des Verwandten meiner Mutter zu erinnern.

Ich war mir ziemlich sicher, dass er in einer Kirche gestorben ist – vorausgesetzt, dass es nicht in einem Kino gewesen war. Ich müsste meine Mutter wirklich fragen. Was ich natürlich nicht machen würde. Wenn ich das tat, würde sie mich rügen, weil ich beim ersten Mal nicht zugehört hatte. Dann würde sie darauf bestehen, mir die gesamte Geschichte noch einmal zu erzählen. Was spielte es schon für eine Rolle, wo er gestorben war? Die Moral blieb die gleiche, und das war mir Trost genug.

»Juhu! Ellen, Liebling! Du bist zu Hause! Hör mal, Ellen, ich habe ihn gefunden. Er ist einfach perfekt, vertraue mir«, zwitscherte Angela Maunsell hinter mir. Ich drehte mich um und bedachte sie mit einem schwachen Lächeln. Sie winkte mir zu, kam aus der Tür ihres Apartments und stand neben mir, ehe man »Blutdruck« sagen konnte. Und als ob das nicht schon genug wäre, war sie schon wieder dabei, mich zu verkuppeln. Ich versuchte, mein Gesicht zu wahren, und sagte mir wieder, dass, wenn ich vor Angela weinen würde, meine Mutter kommen würde. Ein erschreckender Gedanke.

»Hi, Angela, wie geht es dir?«, fragte ich und ortete plötzlich die Schlüssel in meiner Jackentasche. Ich fummelte an meinem Türschloss herum, in der Hoffnung, dass sie sich zurückzog.

»Er ist um zwei Ecken der Cousin des Neffen der Frau meines Bruders. Perfekt für dich, Ellen, groß und gut aussehend. Raymond heißt er, aber alle nennen ihn Ray …«

»Ich bin sicher, dass er nett ist, Angela, aber ich bin nicht zu haben.«

»Lass doch diesen Unsinn, Ellen. Ein hübsches Mädchen wie du. Ich habe ihm – ich meine Raymond – alles von dir erzählt. *Und* dass du das Abbild des Mädchens in diesem Film über den Bus bist. *Speed*, heißt er so? Du weißt schon, diese

Schauspielerin mit dem sehr ungehobelten Nachnamen. Er brennt darauf, dich kennen zu lernen.«

Ich war überrascht, dass er mich kennen lernen wollte, wenn Angela ihm gesagt hatte, dass ich wie Sandra Bullock aussehe. Die Ärzte hatten sich geirrt. Nicht Angelas Blutdruck war zu schwach, sondern ihre Sehkraft. Endlich hatte ich es geschafft, meine Tür zu öffnen, und ich versuchte krampfhaft, mir eine Fluchtmöglichkeit auszudenken.

»Hör mal, Ang, ich habe eine sehr schlimme Migräne. Ich spreche später mit dir, okay?«, sagte ich, als ich in meinen Flur trat.

Sie griff nach meiner Hand.

»Geht es dir gut, Liebes? Du kommst mir so blass vor, und deine Augen sehen müde aus. Soll ich deine Mutter anrufen? Sie wird herüberkommen und …«

»Bitte nicht. Es sind nur Kopfschmerzen. Mir geht es gleich besser, wenn ich mich eine Weile hinlege. Ich möchte keinen Wirbel darum machen.« Ich lächelte Angela an. Das Lächeln funktionierte.

»Na gut. Geh jetzt gleich ins Bett und ziehe die Vorhänge im Schlafzimmer zu. Das wird helfen. Wir sehen uns später, Liebes. Ruf mich ruhig, wenn du etwas haben möchtest.«

Sie tätschelte schnell meine Hand und rannte dann buchstäblich den Flur hinunter.

Ich schloss die Tür hinter mir, und plötzlich war Joey da, und ich konnte mich keine Sekunde lang mehr zurückhalten. In dem Moment, als ich sein schönes Gesicht sah, brach ich wie ein Kind in Tränen aus.

»Oh, Joey, was habe ich bloß für einen Tag gehabt.«

Joey kam zu mir und drückte seinen warmen Körper an

meinen, und ich wusste, dass es eine meiner besten Entscheidungen gewesen war, Joey bei mir einziehen zu lassen. Ich beugte mich hinab und nahm seinen getigerten Körper hoch und ging noch immer weinend in die Küche, um mir einen Kakao zu kochen. Ich weiß, dass Kakao nicht jedermanns Sache ist, vor allem um drei Uhr nachmittags. Doch es hatte für mich noch nie ein Problem gegeben, das zu groß gewesen wäre, als dass ich es nicht mit Kakao hätte lösen können.

Dann ging ich ins Wohnzimmer, warf mich aufs Sofa und schaltete den Fernseher ein. Jerry Springer moderierte eine Diskussion mit dem Titel: »Meine Mutter schlief mit meinem neuen Liebhaber.« Und als wir die Teilnehmer dabei beobachteten, wie sie das Thema auseinander nahmen, ging mir durch den Kopf, dass ich Jerry eine E-Mail schicken und ihm vorschlagen sollte, eine Show mit dem Titel: »Ich habe gerade mit meinem Exfreund einen Toten entdeckt« zu machen. Ich war sicher, dass das eine Menge Zuschauer interessieren würde.

Joey schnurrte zufrieden auf meinem Bauch, und ich begann meine Versuche aufzugeben, das Bild des Toten aus meinem Kopf zu verbannen, als das Telefon klingelte. Ich schob Joey beiseite und nahm den Hörer ab.

»Hallo?«

»Ellen? Hi, ich bin's, Ruth. Bleibt es bei unserer Verabredung heute Abend? Hör mal, trägst du dein schwarzes Sexbomben-Top, denn wenn du es nicht trägt, werde ich meines tragen, sonst muss ich das rote rückenfreie Ding anziehen, und das bedeutet, Stunden mit einer Flasche künstlichem Bräunungsmittel herumzuhantieren, und ich muss bis sechs arbeiten. Hast du India angerufen? Wahrscheinlich hat sie wie üblich dich angerufen. Fährt sie?«

Ich antwortete nicht, weil ich zu sehr damit beschäftigt war, nicht zu weinen.

»Ellen? Bist du noch da?«

»Ich …«, begann ich, und dann heulte ich ins Telefon.

»Himmel, Ellen, was ist denn los? Was ist passiert?«

»Ich … wahhhhh.«

»Atme tief durch und beruhige dich. Hat dir jemand etwas angetan?«

»Nein … wahhhhh.«

»Okay, okay. Himmel. Beruhige dich, Ellen. Ist jemand gestorben?«

»Ja«, sagte ich.

»Oh Gott. Wer denn? Wer ist gestorben, Ellen?«

»Ich weiß es nicht.«

»Du weißt es nicht? Was meinst du damit, dass du es nicht weißt? Ist jemand tot?«

»Ja.«

»Okay, und wer?«

»Wie soll ich wissen, wer er ist, wenn ich ihn noch nie zuvor in meinem Leben gesehen habe«, sagte ich und hielt inne, um mir die Nase zu putzen.

»Himmel, Ellen, ich bin verwirrt. Ich habe keine Ahnung, wovon du sprichst.«

»Ich habe heute ein Haus überprüft und fand einen Toten auf dem Sofa mit Andrew.«

»Scheiße! Was hat Andrew mit einem Toten gemacht? Hat er ihn ermordet? War es ein Mann?«

»Nein, das hat er nicht getan. Er war mit mir zusammen. Er

hat auf den Fußboden gekotzt und ich nicht. Darüber war ich froh.«

»Warum warst du mit Andrew zusammen? Vögelst du ihn wieder?«

»Ruth! Sei nicht so geschmacklos, und außerdem weißt du, dass Andrew und ich uns vor zwei Jahren getrennt haben, ehe er nach London ging, und er ist ein arroganter Mistkerl, und ich würde ihn nicht mehr anrühren, selbst wenn er der letzte Mann auf diesem Planeten wäre.«

»Ja, ja, ich habe dich nicht gefragt, ob die große Liebesaffäre wieder angefangen hat, ich wollte nur wissen, ob du ihn vögelst. Also, wer ist der Tote?«

»Das wissen wir noch nicht. Irgendein alter Mann. Andrew hat die Polizei gerufen …«

»Himmel.«

»Ich weiß«, sagte ich. »Übrigens gehe ich heute Abend nicht mit.«

»Oh Ellen, komm trotzdem mit.«

»Nein, ich bin völlig fertig. Ich werde mit Joey ins Bett gehen.«

»Wir kommen zu dir – India und ich. Wir können an jedem anderen Abend in diesen Club gehen.«

»Nein«, sagte ich, »kommt nicht.«

»Doch, wir kommen. Wir bringen Schokolade und Wein mit.«

»Nein, nicht, Ruth. Es geht mir wirklich gut, und ich möchte nur schlafen. Ich melde mich morgen bei dir.«

»Ellen …«

»Ehrlich, Ruth, es geht mir gut. Ich bin nur erschöpft. Ich rufe dich morgen an. Tschüss.«

Ich legte auf, ehe Ruth noch etwas sagen konnte, dann legte ich den Telefonhörer neben den Apparat, weil ich wusste, dass ich die gleiche Unterhaltung ein paar Minuten später mit India würde führen müssen. Ich war einfach zu müde, um über Tote und Exfreunde zu sprechen.

2

Am nächsten Morgen kam mir der ganze Vorfall wie ein Traum vor. Während ich mich für die Arbeit fertig machte, versuchte ich, mich daran zu erinnern, warum ich so durcheinander und verängstigt gewesen war. Es war nur irgendein armer alten Mann, der in Mrs. Harris' Haus gestorben war. Bedauerlich, aber kein Grund, Angst zu haben. Nicht wie Molly O'Sullivan. Es gab immer einen Grund, sich vor Molly O'Sullivan zu fürchten.

Sie packte mich am Arm, sobald ich den Empfangsbereich betrat.

»Ein Toter?«, gurrte sie in einem leicht neidischen Ton, als ob es sich um ein neugeborenes Kind oder einen Lottogewinn handelte. »Ein Toter?«

»Erinnern Sie mich nicht«, sagte ich, zog meinen tropfnassen Regenmantel aus und hängte ihn an die Rückseite der Tür in der winzigen Angestelltenküche. Es musste natürlich regnen, wenn ich keinen Wagen hatte. Ich hatte den rauchenden Fiesta auf dem Weg über den Parkplatz überprüft und war glücklich gewesen, als ich sah, dass das Feuer verlöscht war. Doch der Wagen war wirklich und wahrhaftig tot. Ich musste nur Onkel Gerry anrufen und herausfinden, ob er mir einen Ersatz besorgen konnte.

Molly füllte den Wasserkessel.

»Kaffee?«, fragte sie.

Ich sah sie an. Molly machte niemals Kaffee für jemand anderen als Tim Gladstone. Und abgesehen vom Kaffeekochen holte sie seine Sachen aus der Reinigung, verschob seine Zahnarzttermine, lächelte, scherzte, klimperte mit den Wimpern *und* erledigte ihre Sekretariatsaufgaben. Doch für den Rest der Belegschaft kochte Molly nicht nur nie Kaffee, sie begegnete uns normalerweise mit Verachtung. Nur nicht Andrew. Aus irgendeinem Grund liebte Molly Andrew.

»Waren Sie *sehr* geschockt?«, fragte sie und klopfte mit ihren langen kirschroten Fingernägeln auf den Deckel der Kaffeekanne, während sie mir dabei zusah, wie ich das Wasser aus dem Saum meiner Hose wrang und dann versuchte, die Knitterfalten zu glätten, die dabei entstanden waren.

Ich zuckte mit den Schultern. »Es war nicht großartig, aber jetzt geht es mir wieder gut. Ich war mehr geschockt als sonst was, denke ich.«

»Ach, Sie Ärmste«, sagte Molly, als der Wasserkessel pfiff, und füllte dann zwei Becher mit Kaffee, ohne auf meine Antwort zu warten. Ich betrachtete die Rückseite ihres adrett gerundeten Körpers und fragte mich, ob sie den Mann in Mrs. Harris' Haus ermordet hatte.

»Also«, sagte Molly und gab mir einen dampfenden Becher, auf dem sich die Inschrift befand »Beste Sekretärin der Welt« und das Bild einer großen dürren Frau mit lilafarbenen Schuhen und einem roten Kleid.

»Danke«, sagte ich und war mir nicht sicher, was ich mit dem Kaffee anfangen solle. Ich hatte Angst, ihn zu trinken. Ich umfasste den Becher mit meinen kalten Händen, war dankbar für die Wärme und versuchte, Molly anzulächeln, in der Hoffnung, dass sie dann gehen würde.

»Keine Ursache«, sagte Molly und sah mir in die Augen. Ich konnte ein Klümpchen Wimperntusche auf und ab hüpfen sehen, als sie blinzelte. Molly sah aus, als ob sie nach den richtigen Worten suchte, und ihr von lavendelfarbenem Mohair bedeckter Busen hob sich in irgendeiner Gefühlswallung.

Sie schüttelte den Kopf. »Ellen, wenn Sie irgendetwas brauchen – ich meine *irgendetwas* –, rufen sie mich einfach. Ich bin in meinen Büro. Versprechen Sie mir, mich zu rufen.«

Ich wand mich ein bisschen und bemühte mich, zu verstehen, warum Molly nett zu mir war, doch da ich das nicht herausfinden konnte, nickte ich und lächelte und umfasste den Becher fester.

»Danke, Molly.«

Sie verließ die Personalküche.

»Morgen«, sagte eine Männerstimme hinter mir.

Andrew. Mein Herz pochte in meiner Kehle. Ich würde mich niemals an die Tatsache gewöhnen, dass Andrew nun mit mir zusammenarbeitete und jederzeit auftauchen konnte. Warum war er nicht in London geblieben?

»Hast du dich schon um deinen Wagen gekümmert?«, fragte er.

Ich schüttelte den Kopf. »Nein, ich werde Onkel Gerry gleich anrufen.«

»Du kannst meinen Wagen den ganzen Tag nehmen. Ich brauche ihn nicht, weil ich den ganzen Tag im Büro bleibe.«

Ich schüttelte wieder den Kopf. »Nein danke, es ist schon in Ordnung.«

»Sei nicht dumm. Was willst du denn ohne Auto anfangen?«

Er streckte die Hand aus und legte die Schlüssel auf die Arbeitsplatte neben mir.
Ich zuckte mit den Schultern und wandte mich ab.
»Jemand hat ihn erschossen«, sagte Andrew und löffelte Instantkaffee in einen Becher und griff an mir vorbei, um den Wasserkessel anzuschalten.
»Was?«
»Jemand hat ihn erschossen – sieh mal hier. Neben dem Foto von mir. ›Rätselhafte Leiche in leer stehendem Haus‹.«
Ich schaute auf die Zeitung, die er auf die Arbeitsplatte geworfen hatte. Unter der Schlagzeile befand sich ein Foto von Andrew, der vor dem Haus in Honan Terrace stand.

> *Eine rätselhafte Leiche wurde gestern am frühen Nachmittag in einem leeren Haus in dem ruhigen Vorort Honan Terrace aufgefunden. Der Grundstücksmakler Andrew Kenny (28) und eine Kollegin entdeckten die Leiche, als sie das Haus zum Verkauf vorbereiten wollten, und riefen sofort die Polizei. Mr. Kenny war schockiert über den teilweise verwesten Leichnam. »Es war sehr schockierend, doch als Gebietsmanager der größten Grundstücksagentur im mittleren Westen glaube ich, dass es von entscheidender Bedeutung ist, in jeder Situation einen kühlen Kopf zu bewahren.« Die Polizei wird sich erst äußern, wenn der Tote identifiziert worden ist und seine Verwandten verständigt sind.*

Andrew machte sich Kaffee, während ich las. Als ich fertig war, hatte ich das Gefühl, als stiege ein Geschmack nach Batteriesäure in meinem Mund auf.

»Nun«, sagte Andrew und stützte einen Ellbogen auf die Arbeitsplatte, »was denkst du?«
Was ich dachte? Ich dachte, dass er sich umgezogen hatte, ehe er das Foto hatte machen lassen. Ich kannte Andrew, und ich war bereit, zu wetten, dass das sein absolut bester Anzug war und dass er einen anstößig hohen Preis dafür bezahlt hatte. Abgesehen davon dachte ich, dass er der arroganteste Mistkerl war, den ich je kennen gelernt hatte.
Er war überheblich und unerträglich, und offen gesagt war ich entzückt darüber, dass ich mich vor zwei Jahren von ihm getrennt hatte. Ich hatte alles richtig gemacht.
Wenn ich in diesem Moment eine Waffe gehabt hätte, hätte ich ihm liebend gern ein Loch verpasst und ihn zurück zu Mrs. Harris' Haus gezogen, um dem anderen steifen Mann Gesellschaft zu verschaffen. Ich war wütend, dass er nicht einmal meinen Namen genannt hatte, ganz zu schweigen davon, mir Bescheid zu sagen, als die Zeitung um ein Interview gebeten hatte. Und am allermeisten war ich über mich selbst wütend, dass mir überhaupt etwas so Dummes wie ein Zeitungsinterview etwas bedeutete, wenn ein armer Mann ermordet worden war. Ich atmete tief ein und sah ihn an.
»Nun?«, fragte er.
Ich schaffte es, laut aufzulachen.
»Was denn?«, fragte er und verlagerte das Gewicht auf seinen anderen Ellbogen.
Ich lachte wieder. »Du klingst wie Superman.«
Andrew zog die Zeitung zu sich heran. »Überhaupt nicht.«
»Doch. ›Ich glaube, dass es von entscheidender Bedeutung ist, in jeder Situation einen kühlen Kopf zu bewahren‹«, zitierte ich mit exaltierter Stimme.

»Ich habe das so nicht gesagt«, erwiderte Andrew, dessen Gesicht rot angelaufen war. »Er hat mich falsch wiedergegeben.«

»›Er hat mich falsch wiedergegeben‹«, äffte ich ihn nach, als ich zur Tür ging. »Armer Kindskopf. Du wirst dir einen Pressesprecher anschaffen müssen.«

Ich nahm Andrews Wagenschlüssel. Für irgendetwas war er doch noch nützlich.

»Danke für den Wagen. Ich werde versuchen, ihn nicht zu zerkratzen«, sagte ich. »Oh, und ich hoffe, dass du ihn nicht brauchen wirst.«

Aber das war eine Lüge. Ich hoffte, das er ihn verzweifelt brauchen würde. Ich wollte, dass er litt. Ich spazierte aus der Küche hinaus und in das hell erleuchtete Büro. Molly saß hinter dem Empfangstisch, als ich mich näherte.

»Also?«, fragte ich. »Gibt es etwas für mich?«

Molly schürzte die Lippen und machte ein großes Theater beim Durchblättern einiger Unterlagen, die sich auf dem Schreibtisch vor ihr befanden. Schließlich gab sie mir ein Blatt Papier.

»Das ist Ihre Liste für heute«, sagte sie und sah sofort wieder auf ihren Monitor.

»Danke«, erwiderte ich und griff nach dem Blatt Papier, als die kirschroten Fingernägel es in der Luft losließen.

»Sie werden nicht einmal in dem Zeitungsartikel erwähnt«, sagte sie, als ich mich abwandte.

»Nein«, sagte ich, »Sie haben ganz Recht. Ich nicht.« Ich wandte mich zu ihr um.

Molly starrte auf den Computer. »Ich dachte, Sie wären erwähnt worden«, sagte sie, ohne mich anzusehen. »Tim rief heute Morgen an und erzählte mir, was geschehen war und dass darüber auf der Titelseite der Zeitung berichtet wurde.«

»Ja, richtig«, erwiderte ich und zerknitterte das Blatt Papier in meiner Hand. »Das spielt doch wirklich keine Rolle, oder? Ich meine, das Wichtigste ist, dass der Mann tot ist. Offenbar wurde er ermordet, *wer* macht denn schon so was? Warum sollte es wichtig sein, *wer* in der Zeitung steht oder ob das, was sie berichten, der Wahrheit nahe kommt?«

Molly schaute flüchtig zu mir auf und entließ mich mit einem Blick.

»Okay, danke für den Kaffee. Bis später«, sagte ich, schlang mir die Handtasche über die Schulter und ging zur Haustür. Wenigstens wusste ich nun, warum Molly so nett zu mir gewesen war.

Die Glastür schwang auf, als ich sie gerade erreicht hatte, und Tim Gladstone, groß, gut aussehend und wunderbar gekleidet, erschien vor mir. Woher hatte er erfahren, was geschehen war? Hatte Andrew es ihm erzählt? Hatte die Polizei angerufen? War er der Mörder?

»Ellen!«, sagte er mit seiner tiefen Stimme.

»Mr. Gladstone.«

Tim Gladstone nahm meinen Arm, als ob er mich zu einem Sessel geleiten wollte.

»Es tut mir *sehr* Leid, dass Sie etwas so Grauenvolles erleben mussten«, sagte er und schaute mich dabei mit Augen an, die das Blau von Enteneiern hatte.

Ich zuckte mit den Schultern und versuchte, mir eine Antwort auszudenken. Mein Arm begann dort zu brennen, wo er ihn festhielt, und Schweiß bildete sich zwischen meinen Schulterblättern.

»Es ist in Ordnung«, sagte ich und versuchte ein Lachen, das sich in ein Piepsen verwandelte, als es mir entschlüpfte. »Es hat einen langweiligen Tag aufregend gemacht … nicht, dass die Arbeit hier etwa langweilig ist, ich meine, ich genieße meine Arbeit, aber ein Toter oder zwei …«

Meine Stimme schwand, und Tim Gladstone rieb mit dem Daumen über meinen Arm. Ich war kurz vor einer Ohnmacht.

»Haben Sie vor, heute zu arbeiten?«, fragte er und musterte mein Gesicht nach Spuren eines Traumas.

Ich hoffte, dass meine Wimperntusche im Regen nicht nach unten gewandert war, um mein Kinn zu besuchen.

»Also, wenn Sie ein paar Tage Zeit für sich brauchen, ist das kein Problem. Molly kann Ihre Arbeit anderen zuteilen.« Er sah Molly an. »Sie ist toll, unsere Molly, nicht wahr?«

Mollys Lachen klingelte hinter mir wie die kleinen Messingglöckchen, die Leute in meiner Kindheit als Dekoration gesammelt hatten.

»Nein, überhaupt kein Problem, Tim. Ich wollte Ellen gerade die gleiche Frage stellen. Sie ist heute Morgen ein bisschen blass, und ich wollte ihr gerade sagen, wie besorgt ich ihretwegen bin – nach ihrem Trauma.«

Ich starrte Molly ungläubig an. Sie sah so ernst aus, dass ich mich fragte, ob ich mir die Unterhaltung eingebildet hatte, die wir nur Minuten zuvor miteinander geführt hatten. Ich schaute Tim Gladstone wieder an, dessen Gesicht noch immer diesen Ausdruck äußerster Sorge aufwies, und ich hatte das sichere Gefühl, dass er nicht der Mörder gewesen war. Er konnte nicht der Mörder sein, er hatte ja schon einen Job. Er war der perfekte Mann.

»Es geht mir gut«, stammelte ich. »Wirklich. Daher kann ich auch gut meine Arbeit machen. Das lenkt mich ab, denke ich, und außerdem sind die Chancen sehr gering, dass ich noch einen weiteren Toten in einem Haus auffinde, das ich Kunden zeige.«

Ich lachte noch einmal quietschend auf und fügte einen leisen Schrei hinzu, um mich noch attraktiver zu machen. Tim Gladstone lächelte mich warm an. Ich hatte Mühe, dem Drang zu widerstehen, ihn zu bitten, dieses Lächeln zurückzunehmen.

»Und wie geht es Andrew?«, fragte Tim Gladstone. »Der junge Mann wird seinen Weg machen, so, wie er mit der Presse umgegangen ist. Das war bemerkenswert, finden Sie nicht auch?«

»Hm«, machte ich und schmeckte wieder die Batteriesäure. »Bemerkenswert.«

»Braves Mädchen«, fuhr er fort und schaute über meinen Kopf hinweg zu Molly. »Das ist ein Elan! Irgendwelche Anrufe für mich, Moll?«

Ich habe noch niemanden im wirklichen Leben kennen gelernt, der so etwas sagte wie »Das ist ein Elan«. Nur Tim Gladstone. Und das war nicht das Einzige, was Tim Gladstone tat und sagte, das direkt einem Film aus den fünfziger Jahren entstammte. Er öffnete Frauen die Türen. Er erhob sich, wenn man einen Raum betrat. Er war gescheit, aber nicht lästig, höflich, aber nicht raffiniert. Er war Cary Grant.

Ich wünschte, ich hätte mir eine andere, bezauberndere Äußerung einfallen lassen, als wir vor der Haustür standen. Etwas, das ihn in sich hineinlachen ließ und das ihn an mich denken ließ, während er seiner Arbeit nachging. Etwas anderes als »Die Chancen sind doch sehr gering, dass ich noch einen weiteren Toten in einem Haus auffinde, das ich Kunden zeige«. Das war nicht einmal komisch, sondern nur albern.

Doch es war zu spät. Der Augenblick war vorüber, und ich musste einfach weitermachen. Die schreckliche Wahrheit war, dass Tim Gladstones Anwesenheit mein Gehirn zum Schmelzen brachte, so dass ich niemals etwas Witziges oder Denkwürdiges von mir gab, wenn er da war, und ich ihn daher niemals dazu bringen konnte, dass er sich wahnsinnig in mich verliebte.

Ich stand auf den Stufen von Gladstone und Richards und versuchte, mich auf die Liste zu konzentrieren, die Molly mir gegeben hatte. Okay, okay. Ich musste um halb zehn ein Büro zeigen und noch ein Haus um halb elf und dann noch zwei weitere Büros und ein Haus, das sich etwa zwanzig Meilen außerhalb der Stadt befand. Ein arbeitsreicher Tag.

»Ich hoffe, dass du keine Leichen in diesem alten Haus findest«, sagte Andrew in mein Ohr, als ich versuchte, mir die Liste einzuprägen. Ich drehte mich um und sah, dass er hinter mir stand und die Liste über meine Schulter hinweg las.

»Kümmere dich um deinen eigenen Kram«, sagte ich und ließ das Blatt Papier sinken.

Andrew zuckte mit den Schultern. »Ich sage ja nur, dass das alte Haus – das ›Hazeldene‹ heißt – schon seit Ewigkeiten angeboten wird und scheinbar niemand einen Käufer dafür finden kann. Ich denke, dass mögliche Käufer sich näher erkundigen werden und dann von den Gerüchten hören. Ich weiß nur, dass sie ihr Interesse nicht über ihren ersten Besuch hinaus weiterverfolgen, also muss es einen Grund dafür geben.«

»Was für Gerüchte?«, hörte ich mich fragen, bevor ich innehalten konnte.

»Nun, über die Morde. Man sagt, dass ein Mann namens Dermody dort vor hundert Jahren gewohnt und drei Frauen gehabt hat, die alle unter mysteriösen Umständen gestorben sind. Die Ortsansässigen glauben, dass er sie ermordet hat, doch er war sehr mächtig und sehr reich, und nichts konnte jemals bewiesen werden. Sie sagen, dass die Geister der drei Frauen in diesem Haus herumspuken. Auf der Suche nach Rache oder irgendeinem ähnlichen Unsinn. Natürlich glaube ich nicht daran, und selbst wenn es wahr wäre, hat sich das alles vor langer Zeit ereignet, also weiß ich nicht, was das jetzt noch für eine Rolle spielen sollte.«

Mein Herz tanzte in meiner Brust, während ich versuchte, mein Gesicht bewegungslos zu halten.

»Das hast du dir ausgedacht, um mir Angst zu machen«, konterte ich.

Andrew schüttelte den Kopf. »Frag Molly. Angesichts aller Umstände überrascht es mich, dass sie dich dorthin schickt. Möchtest du, dass ich dich begleite?«

Ich lachte diesmal aufrichtig. Ich würde es lieber mit Geistern aufnehmen, als Andrew Kenny um Hilfe zu bitten.

»Niemals«, sagte ich. »Ich habe keine Angst vor solch dummen Gerüchen und dem Gerede alter Weiber, um Himmels willen.«

Andrew zuckte mit den Schultern und wedelte ein wenig mit

den Armen herum, und wir beide wussten, dass es wahr war, dass ich keine Angst hatte. Ich war jenseits jeder Angst, ich war absolut außer mir vor Entsetzen. Der einzige Trost war, dass ich in Andrews BMW entsetzt war und nicht in meinem demolierten Fiesta.

Dieser Tag war der anstrengendste Tag meines Lebens, was gut war, da ich dadurch nicht dazu kam, an den gestrigen Tag zu denken. Bis ich »Hazeldene« zeigen musste, mein letztes Objekt. Das Paar, das sich das Haus anschauen wollte, war jung, gut aussehend und wohlhabend und nicht bereit, sich von mir von Raum zu Raum scheuchen zu lassen, wie ich es wollte.

»Riecht es hier nicht irgendwie modrig-feucht?«, fragte der hoch gewachsene blonde weibliche Teil des Paars, als sie von einem leeren, hallenden Raum zum nächsten leeren Raum schlenderte, während ihr Ehemann in dem riesigen überwucherten Garten herumstöberte.

»Wahrscheinlich«, erwiderte ich.

Sie sah mich überrascht an.

Ich zuckte mit den Schultern. »Nun, es ist ziemlich alt«, sagte ich und kämpfte dagegen an, mich an den Vortag zu erinnern. »Alte Häuser riechen niemals besonders gut.«

Trotz meines mangelnden Enthusiasmus ließen sie sich Zeit und schienen an dem Anwesen interessiert zu sein. Nachdem die Kunden gegangen waren, fuhr ich zurück ins Büro, gab Molly Andrews Wagenschlüssel und ging, noch ehe ich mit ihm reden musste. Es war ein heller, sonniger Abend, und die Menschen schlenderten glücklich von der Arbeit nach Hause. Ich schaltete mein Handy im Gehen an. Ich hatte es am frühen Morgen ausgeschaltet, in der sicheren Gewissheit

dessen, was geschehen würde, wenn ich es angeschaltet lassen würde. Und tatsächlich verkündete das kleine Display das Unvermeidliche: »Sie haben zehn verpasste Anrufe«, erklärte es anklagend.
Ich drückte die entsprechende Taste, und immer die gleiche Nummer leuchtete nacheinander auf. Die meiner Mutter.

3

»Nein, es geht mir gut«, sagte ich zum hundertsten Mal. »Ich schwöre, dass ich völlig okay bin, Mam. Warum auch nicht, mir ist doch nichts passiert.«

Meine Mutter schwieg am anderen Ende der Leitung, als ich mein Wohlbefinden reklamierte. Endlich hörte ich einen tiefen Atemzug.

»Ich war besorgt«, sagte sie. »Ich habe es heute Morgen beim Frühstück in der Zeitung gelesen und versuchte, dich über dein Handy zu erreichen, aber ich erhielt keine Antwort. Also rief ich in deinem Büro an … und dann das Mädchen, das im Empfang arbeitet – wie heißt sie noch gleich?«

»Molly.«

»Ja, richtig. Molly. Sie ist ein entzückendes Mädchen. Als sie mir erzählte, dass du gestern mit Andrews dort gewesen bist – in diesem Haus –, bin ich fast ohnmächtig geworden. Mein Herz machte einen Sprung, das schwöre ich bei Gott, und ich hoffe, dass ich nicht Angina pectoris bekomme wie Hilary, die leibliche Cousine deiner Großmutter. Sie starb in New York mit nur zweiundsechzig Jahren in einem Kino, und niemand bemerkte, dass sie tot war, bis die Reinigungsleute kamen. Erinnerst du dich daran, dass ich dir das erzählt habe?«

Also war es eine Frau in einem Kino gewesen und nicht ein Mann in einer Kirche.

»Es besteht kein Grund aufgeregt zu sein, Mam. Nichts ist geschehen.«
»Aber die Zeitung schrieb, dass dieser Mann ermordet worden ist. Was, wenn der Mörder sich noch im Haus aufhielt?«
»Der Mörder war längst verschwunden«, sagte ich und unterdrückte einen Seufzer.
»Ja, aber woher hättest du das *wissen* sollen? Du hattest keine Möglichkeit, das zu erfahren.«
»Doch, das hatte ich.«
»Nein, bestimmt nicht. Sei nicht albern.«
»Du irrst dich, Mam. Ich konnte es wissen. Wenn du gerochen hättest, was ich gerochen habe, wärst auch du sicher gewesen, dass der Mörder bereits verschwunden war.«
»Heiliges Herz Jesu«, murmelte meine Mutter. »Heiliges Herz … und das soll mich jetzt wohl trösten?«
»Nun, zumindest bedeutet das, dass der Mörder nicht mehr dort war«, sagte ich, erschöpft von dem Bemühen, mich gegen meine Mutter durchzusetzen.
Es entstand eine weitere Pause.
»Mam?«, fragte ich, als ich die Stille nicht mehr ertragen konnte, »bist du noch da?«
Ich hörte ihren üblichen langen leidenden Seufzer. »Du hast nicht angerufen«, sagte sie mit flacher Stimme. »Ich musste das von einem Fremden erfahren.«
»Ich weiß. Ich wollte nicht, dass so etwas geschieht. Ich wollte anrufen. Ich meine, der Einzige, der in dem Zeitungsartikel vorkam, war Andrew, und ich hätte nie erwartet, dass Molly es dir am Telefon erzählt. Ich war erschöpft nach dem, was geschehen ist, und ich bin eingeschlafen, als ich nach Hause gekommen war. Nicht, dass mir etwas geschehen ist –

ich war einfach nur müde. Ich wollte auf dem Heimweg anrufen und dir alles erzählen. Ich schwöre es.«

Noch eine Pause.

»Und hattest du nicht sowieso geplant, vorbeizukommen?«, fragte meine Mutter.

»Ja«, log ich.

»Und du hast sicherlich keine Möglichkeit gefunden, eine anständige Mahlzeit zu dir zu nehmen, weil du den ganzen Tag gearbeitet hat. Wirst du also zum Abendessen bleiben?«

»Sehr gerne«, sagte ich durch zusammengepresste Zähne. »Ich werde in zwanzig Minuten bei dir sein.«

Meine Mutter wartete hinter der Haustür, als ich eintraf. Sie hatte die Hände in die Hüften gestemmt, und ihr Gesicht trug den berühmten Blick einer besorgten Mutter. Ihr grau meliertes Haar war immer so adrett frisiert, dass ich dachte, sie müsste jeden Tag zum Frisör gehen. Adrett war überhaupt ein passendes Wort, um meine Mutter zu beschreiben. Alles an ihr war adrett und ordentlich und farblich übereinstimmend. Heute trug sie eine gestreifte Chefkoch-Schürze und dazu passende Schutzhandschuhe. Das gab ihr das Aussehen, als wüsste sie, was sie tat.

Sie sah blass und besorgt aus, als wäre sie diejenige gewesen, die einen Leichnam in Mrs. Harris' gefunden hatte. Ich beugte mich vor, um ihr die Wange zu küssen, und sie streckte die Arme aus und umarmte mich, als hätte sie es gerade noch geschafft, mich aus den Klauen des Mörders zu retten. Ich kam mir in der Gegenwart meiner Mutter immer vor wie eine Riesin. Ich hatte meine Schlaksigkeit von Dad geerbt.

»Arbeitet Dad noch?«, fragte ich, während ich mich aus der Umarmung meiner Mutter befreite.

»Er hat Spätschicht«, sagte sie und ging vor mir her in die Küche. »Er muss wieder bei der Arbeit essen, kannst du dir das vorstellen? Dieses Kantinenessen kann ihm doch nicht gut tun.«
Nein, dachte ich, doch es würde wenigstens genießbar sein. Meine Mutter drehte sich nach mir um und schaute mich an, als könnte sie meine Gedanken lesen.
»Nein«, sagte ich laut und versuchte, sie abzuwehren. »Das kann nicht gut für ihn sein. Und was gibt es heute Abend zu essen?«
»Ein neues Nudelgericht. Ich habe das Rezept in einer Zeitschrift entdeckt, als ich am Donnerstag beim Frisör war. Ich habe es mir nicht ausgeschnitten, sondern mir einfach eingeprägt. Ich denke, wenn man schon so lange kocht wie ich, kann man sich die Zutaten und alles andere sehr gut merken.«
»Oh, ja«, sagte ich und war entsetzt von der Vorstellung, dass meine Mutter etwas nach einem halb vergessenen Rezept gekocht hatte. Mein Bruder Will stand am Küchentisch, als wir in die Küche kamen. Er war gute dreißig Zentimeter gewachsen, seit ich ihn vor zwei Tagen gesehen hatte. Und der frisch rasierte Kopf ließ ihn noch größer erscheinen.
»Will«, sagte ich und war froh darüber, dass ich nicht die Einzige sein würde, die leiden musste.
Er setzte sich an den Küchentisch und warf mir ein Lächeln zu. Ich bemerkte zum ersten Mal, dass er sich zu einem wirklich gut aussehenden, jungen Mann entwickelte. Natürlich würde ich ihm das niemals sagen.
»Ell«, sagte er und spielte mit seiner Gabel herum.
»Hübsches Piercing an der Augenbraue«, sagte ich, als ich mich ihm gegenüber hinsetzte.

»Danke.« Er lächelte, und seine Augenwinkel kräuselten sich.
»Ich halte es für eine Schande«, verkündete meine Mutter hinter mir, wo sie das zusammengekochte Essen auf Tellern anrichtete, »Ringe und Stäbe und Gott weiß was sonst noch durch seine Haut zu schieben. Es würde besser zu dir passen, William, wenn du dich um deine Studien kümmern würdest.«
William seufzte. »Ich habe für meine Weihnachtstests nur Einser bekommen, Ma, verflixt noch mal.«
»Entschuldige, Junior«, sagte meine Mutter, während sie dampfende Teller mit einer undefinierbaren klebrigen Masse vor uns hinstellte. »Ich verbitte mir deinen Ton. Ich weiß, dass du in den Tests Einser bekommen hast, doch vielleicht wärest du noch besser gewesen, wenn du nicht so sehr damit beschäftigt gewesen wärest, dir Löcher in deinen Körper zu stechen und in dieser Band zu spielen.«
»Ich kann mir nicht vorstellen, wie ich etwas Besseres als einen Einser bekommen könnte …«, begann Will, und ich gab ihm unter dem Tisch einen Tritt, weil ich es leid war, mit unserer störrischen Mutter unlogische Gespräche zu führen. Er schaute mich an.
»So«, sagte ich und grub meine Gabel in den galertartigen Hügel vor mir, »wie geht es denn mit den Shakin' Shaykhs jetzt? Spielen sie noch immer vor dem Tempel?«
»Prima«, sagte Will, atmete tief ein, ehe er sich den Mund mit Nudeln vollstopfte und sie schnell schluckte. Ich kannte diesen Trick. Will und ich hatten ihn uns ausgedacht, damit wir das, was wir aßen, nicht schmecken konnten.
»Wir haben vor, uns an einem Wettbewerb zu beteiligen«, sagte er, nachdem er sich von dem unausweichlichen Schauder

erholt hatte, der immer folgte, wenn man Mutters Gerichte geschluckt hatte. »Und wir nennen uns jetzt Gut Instinct, Ellen, die Shakin' Shayks sind Jahre her.«

»Ein Wettbewerb ist eine gute Idee, Will.«

»Es wäre besser, wenn du deinen Bruder zum Lernen anhalten würdest«, sagte meine Mutter.

»Himmel, Mam«, sagte Will, »ich lerne. Woher, glaubst du, hätte ich sonst meine Einser bekommen?«

»Ja, aber wenn du all die Zeit, die du mit deiner Band verbringst, zum Lernen verwenden würdest, dann, William, dann stell dir mal vor, wie deine Noten dann wären …«

»Ich habe gestern einen Toten in einem Haus entdeckt«, sagte ich, um das unendliche Gespräch zu unterbrechen.

»Lieber Gott«, fuhr meine Mutter fort. Ihre Augen füllten sich mit Tränen, als sie sich auf ihre Hilflosigkeit zurückzog – doch wenigstens war es eine Abwechslung.

»Cool«, sagte Will. »Wie war er denn?«

»Keine Ahnung«, erwiderte ich nach dem nächsten Schauder. »Es war dunkel im Raum, und der Geruch … er ist erschossen worden.«

»Jesus, Maria und Josef«, sagte meine Mutter und bekreuzigte sich.

»Hast du gewusst, dass er erschossen worden ist?«, fragte Will.

»Nicht, als ich ihn fand.«

»Es stand alles auf der Titelseite der Morgenzeitung«, sagte meine Mutter.

»Cool«, wiederholte Will. »Sind die Journalisten gekommen und haben dich interviewt?«

Ein dicker Nudelklumpen blieb mir im Hals stecken. Das

war zu viel. Ich begann zu husten und zu würgen, und schließlich musste ich aufstehen und aus der Hintertür hinauslaufen und in den Mülleimer spucken. Ich blieb ein paar Minuten lang draußen im Garten und versuchte, die aggressive Galle und die Reste von dem Essen meiner Mutter zu schlucken. Meine Mutter rief, dass ich zurückkommen solle. Ich versicherte ihr, dass es mir gut ging und ich gleich wieder hineinkommen würde, und dann atmete ich tief ein und aus und versuchte, so lange zu warten, bis das Essen vorbei war. Als ich in die Küche zurückkehrte, räumte meine Mutter die Teller ab, und Will las in seiner Musikzeitschrift. Ich hatte es geschafft.

»Also?«, fragte er, als ich mich neben ihn an den Tisch setzte.

»Bist du in Ordnung?«, fragte meine Mutter.

»Prima«, versicherte ich ihr.

»Also?«, wiederholte Will. »Warum haben sie dich nicht interviewt?«

»Woher weißt du, dass sie mich nicht interviewt haben?«

»Mam sagte, dass sie nur Andrew Kenny interviewt haben.«

Ich zuckte mit den Schultern. »Ist das wichtig? Wirklich, Will, ein Mann ist tot. Ist das nicht das Wichtigste?«

William klappte seine Zeitschrift zu und sah mich an.

»Ja«, sagte er sanft. Ich war überrascht – er wurde tatsächlich erwachsen.

»Ich habe einen Apfelauflauf als Nachtisch gemacht«, verkündete meine Mutter, während sie ein dampfendes Gericht vom Herd nahm. Will und ich sahen einander an und machten abwehrende Gesten mit unseren Fingern. Wir nannten dieses Gericht Magendreher. Sie brachte den Auflauf zum Tisch und stellte ihn schwungvoll genau in die Mitte.

»Also, er ist perfekt geworden«, sagte sie und schnitt riesige Stücke davon ab.

»Klingelt das Telefon?« Will sprang von seinem Stuhl auf und rannte aus der Küche, ehe wir ihn aufhalten konnten. Miststück, dachte ich, denn jetzt musste ich bleiben. Es war eine unausgesprochene Regel zwischen uns, dass nur einer entkommen konnte und der andere bleiben und das Essen durchleiden musste. Ich war nicht mehr im Training. Ich stocherte in dem breiigen Apfelkuchen herum, damit es aussah, als äße ich davon.

»Komm her und schau dir das an, Ellen, komm schnell, ehe es zu Ende ist«, rief Will aus dem Wohnzimmer.

Ich ließ erfreut meine Gabel fallen und rannte, mit meiner Mutter im Schlepptau, los.

»Sieh dir an, wer im Fernsehen ist, sieh doch nur!« Will deutete auf den Bildschirm, als hätte er eine bedeutsame Entdeckung gemacht. Ich brauchte einen Moment, bis ich das Bild auf dem Bildschirm begriff. Andrew stand vor unserem Bürogebäude, man konnte deutlich den Namen Gladstone und Richards über seinem Kopf lesen, und wurde für die Abendnachrichten interviewt. Dieser riesige Mistkerl. Ich versuchte, mich auf das zu konzentrieren, was er sagte, doch ich hörte nur Wortfetzen – Leichnam, Sofa, Polizei, alles an einem Arbeitstag. Er sah wie ein männliches Model aus, das gerade den Seiten einer hochglänzenden Sonntagsbeilage entstiegen war – weiße Zähne, perfekte Haut und nur der winzige Hauch eines Lächelns. Nun ja, man konnte nicht breit grinsen, nachdem man einen Leichnam gefunden hatte, und Andrew wusste das.

»Er sieht noch immer blendend aus. Du hast das Boot

mit ihm verpasst, Ellen. Ein wirklich guter Mann, und du hast ihn ausgerechnet nach London geschickt«, sagte meine Mutter, als der Bericht vorbei war.

Will kicherte im Sessel neben mir. Ich schwor, dass ich mich nicht verteidigen würde. Ich lernte es, mit meiner Mutter umzugehen.

»Mam, du hast überhaupt keine Ahnung. Er ist ein eingebildetes und arrogantes Schwein. Ihn interessiert nur die Arbeit. Arbeit, Arbeit, Arbeit. Hast du ihn in den Nachrichten gesehen – kriecherisch und nett – und der arme tote Mann interessiert ihn überhaupt nicht …« Meine Stimme verklang.

Will lachte. Meine Mutter schaute mich an, als hätte ich mich plötzlich in eine geheimnisvolle Außerirdische verwandelt, die völlig unerwartet in ihr Leben eingefallen war und behauptete, ihre Tochter zu sein. Sie seufzte und wischte sich die Hände an ihrer Schürze ab.

»Möchtest du zu deinem Apfelauflauf Kaffee haben?«, fragte sie.

Dad fuhr mich an diesem Abend nach Hause. Geliebter, zuverlässiger Dad, der wie ein Kavallerist rauchte, trotz einer leichten Herzattacke im vergangenen Jahr. Er gab Mutters Essen die Schuld an dem Herzanfall und rauchte jetzt nur noch heimlich. Sein Auto stank nach abgestandenem Zigarettenrauch und nach Junkfood von McDonalds oder Burger King. Ich nahm es ihm nicht übel, dass er sich an Junkfood oder Zigaretten gütlich tat. Mam war harte Arbeit.

Er ließ mich vor meinem Haus aussteigen, nachdem er mir eingeschärft hatte, Onkel Gerry wegen eines Wagens anzurufen. Ich betrat mein Apartment und war froh über die

Ruhe und den Raum, der mich begrüßte. Ich fütterte einen ausgehungerten Joey und ließ ihn auf den Balkon zu einem kurzen Spaziergang hinaus (einen sehr kurzen Spaziergang – der Balkon ist nur ein Meter achtzig lang). Ich überprüfte meinen Anrufbeantworter auf Nachrichten, aber es war nur eine darauf, von India, und ich hörte sie mir an, während ich mir in meiner Kombüse von Küche Kakao kochte.

Jeder Auktionator wusste, dass das Wort Kombüse winzig, sehr klein, eng bedeutete und nicht einmal groß genug für eine Frau und eine Katze. Ich konnte in meiner Küche Kakao kochen, ohne einen einzigen Schritt machen zu müssen.

Ich hatte das einmal Ruth und India vorgemacht, als wir uns zu einer Ladies-Night bei mir getroffen hatten. Sie waren überrascht gewesen, doch wir waren bereits bei unserer vierten Flasche Wein angelangt und leicht zu unterhalten gewesen.

India hatte nichts Wichtiges zu sagen, einfach nur, wie geht's dir und all den üblichen Kram. Und sie hatte unser Gesellschaftsleben bis in den nächsten Monat hinein verplant. Ich kenne India schon seit unserer Kinderzeit, und sie war immer eines dieser Mädchen, die gut organisiert waren – und das Gegenteil von spontan. Im Gegensatz zu ihren Eltern, die selbst bis zum heutigen Tag verrückte Hippies geblieben sind. Sie müssen ganz einfach verrückt gewesen sein, da sie ihre neugeborene Tochter India Madeline Burke genannt hatten. Ich speicherte ihre Nachricht, weil ich dann unser Gesellschaftsleben in mein Notizbuch übertragen konnte, und danach rief ich Onkel Gerry an, während ich meinen heißen Kakao schlürfte.

»Hi, Onkel Gerry, ich bin's, Ellen.«

»Hi, Liebes, was kann ich für dich tun?«

Onkel Gerry war ein genialer Gebrauchtwagenhändler. Er hatte alles – die Sprache, die Elvis-Frisur, die schlechten Autos.

»Ich brauche einen Wagen. Der Fiesta, den du mir verkauft hast, ist abgefackelt.«

»Ach, dieser alte Haufen. Niemand fährt in diesem Land mehr alte Autos. Also, lass mich mal überlegen …«

Ich schleuderte meine Schuhe von mir und streckte mich auf dem Sofa aus, während Gerry nachdachte. Das konnte eine Weile dauern.

»Ich habe es, ich habe es. Genau der richtige Wagen für dich, Ellen. Wie für dich gemacht. Ich werde ihn dir morgen früh vorbeibringen, und fast neu ist er auch.«

Die Sache mit dem »fast neu« hatte nicht viel zu bedeuten, das behauptete er von all seinen Wagen.

»Bring ihn mir zum Büro, sagen wir gegen halb zehn. Das ist großartig. Bis dann«, sagte ich und hängte auf. Ich wollte gar nicht wissen, welche Lüge mir diesmal Ärger machen würde. Doch es war schlimmer, als ich befürchtet hatte.

Ich ging frühzeitig ins Büro, weil ich meine Schreibarbeiten und Telefongespräche erledigen wollte. Molly thronte schon am Empfang, als ich durch die Tür kam, atemlos nach meinem Gewaltmarsch zur Arbeit. Mein Körper war dieses unnötige Training nicht gewöhnt.

»Er war in den Nachrichten«, sagte sie, während sie ihre Talons abheftete. Heute waren sie türkisfarben.

»Ihnen auch einen guten Morgen, Molly«, sagte ich bissig und ging in Richtung Küche.

Ich brauchte schnell eine Dosis Koffein, oder ich würde Molly ein paar Takte erzählen, und wenn ich das tat, würde ich nur all die minderwertigen Objekte auf meiner Liste vorfinden. Was nicht weit entfernt war von dem, was normalerweise geschah. Molly schien zu glauben, dass man als Mann viel besser Immobilien verkaufen konnte. Jeder Typus Mann wäre ausreichend, von dem pickelgesichtigen Ryan, dem neuen Junior, der aussah, als hätte er gerade erst seine Konfirmation hinter sich, bis zu Roger, dem Hinterngrabscher, der für die Hypotheken zuständig war. Ich trug meinen Kaffee zu meinem Schreibtisch und nahm den Berg von Papierkram vor mir in Angriff.

»Morgen, Ellen.« Andrew stand an der Tür des Großraumbüros, kam herein und zog sich einen Stuhl heran. Andrew hatte sein eigenes Büro, während ich mir meines mit drei weiteren Auktionatoren teilte.

»Na, wie geht die neue Karriere voran?«, fragte ich ihn, während ich eine Akte vor mich auf den Schreibtisch knallte. Er trug einen dunkelgrauen Anzug, der die gleiche Farbe hatte wie seine Augen. Ein winziges Lächeln umspielte seine Lippen. Ich starrte ihn an und entdeckte, dass die Lippen, die ich immer für sexy gehalten hatte, in Wahrheit grinsten. Ich verschränkte die Arme vor meiner Brust und wartete auf seine Antwort.

»Ich habe heute Morgen noch vor dem Frühstück mit der Polizei gesprochen. Das Haus in Honan Terrace wird bis Donnerstagabend abgesperrt sein.«

»Ich habe gehört, dass du einen Teil schon angeboten hast, ein großes neues Kriminaldrama auf RTE. Stimmt das?«

Er lächelte, doch ich wollte nicht, dass er sich amüsierte, ich wollte, dass er sich ärgerte. Er schluckte den Köder nicht.

»Also … Ellen, dieses Haus ist dir zugeteilt, und Daniel Harris hat mir gestern Nacht per E-Mail mitgeteilt, dass er nach Hause kommt, um das Haus in Ordnung zu bringen. Die Umzugsfirma ist für Freitagmorgen bestellt worden, und Daniel sagte, dass er dich dort um zehn Uhr herum treffen wird. Geht das in Ordnung?«

Ich starrte ihn an, statt ihm zu antworten.

»Bist du sicher, dass du das Haus in Honan Terrace behalten willst? Es wäre verständlich, wenn du es nicht behalten möchtest, nach allem, was dort geschehen ist. Wenn du es nicht mehr haben willst, werde ich es Ryan geben. Er würde dafür sterben, wenn du das Wortspiel verzeihst.«

Er stand auf, wischte sich nicht vorhandene Flusen von den Hosen und vermied jeden Augenkontakt mit mir. Ich dachte, dass er lachte, weil seine Schultern leicht bebten, doch ich hatte keine Möglichkeit, das zu beweisen.

»Ich kann mich um Honan Terrace kümmern, das ist kein Problem für mich«, sagte ich mit meiner eisigsten Stimme und schlug den Ordner auf, der vor mir auf dem Schreibtisch lag. Er ging zur Tür und blieb dort einen Augenblick lang stehen. Ich konnte seine Anwesenheit spüren, doch ich dachte nicht daran, hochzuschauen.

»Der Tote hieß übrigens Jérôme Daly. Offenbar ein Kleinkrimineller. Alte Schule, Einbruch und Diebstahl, etwas in der Art. Ein ziemlich unbedeutender Typ. Tatsache ist jedoch, dass er sich einen Schuss in den Kopf eingehandelt hat wie eine Hinrichtung, verstehst du. Die Polizei glaubt, dass mehr dahinter steckt. Oh, und er hat gleich nebenan gewohnt«, sagte Andrew von der Tür aus.

Woher hatte er bloß diesen Polizeijargon?

»Oh, ich weiß, welchen Teil du haben möchtest, *Die Sopranos,* nicht wahr! Übe schön weiter«, sagte ich, ohne hochzusehen.
»Bis später, Ellen«, erwiderte er nur und war dann fort. Typisch Andrew, immer cool, immer beherrscht. Um mich abzulenken, schaute ich in meinen Kalender nach den Terminen, die ich an diesem Tag hatte – drei Besichtigungen und alle am Nachmittag. Normalerweise hielt ich mir mittwochs die Vormittage für die schriftlichen Arbeiten und die damit zusammenhängenden Telefonate frei. Und ich musste ohnehin warten, bis Onkel Gerry mir den Wagen brachte. Also nahm ich den Arbeitsstapel vor mir wieder in Angriff. Ich war in der Arbeit vertieft und fuhr fast aus der Haut, als mein Telefon klingelte.
Da ich dachte, dass das Telefon auf meinem Schreibtisch klingelte, sprach ich einem Moment lang in den stummen Hörer, ehe mir klar wurde, dass es mein Handy war. Ich begann mit einer hektischen Suche in meiner Handtasche und meinem Schreibtisch und versuchte dabei, die beiden Junior-Versteigerer Ryan und Andrea nicht sehen zu lassen, was bei mir nicht stimmte. Ich lächelte zu ihnen hinüber, während ich in den Schreibtischschubladen nach dem Handy tastete. Ryan kam zu mir herüber und beugte sich vor meinem Schreibtisch herab.
»Hier, Ellen, das musst du fallen lassen haben«, sagte er und reichte mir mein plärrendes Handy. Ich lächelte ihn dankbar an und nahm den Anruf entgegen. Ich hörte der Stimme an meinem Ohr zu und versuchte, mich nicht aufzuregen, als mir klar wurde, was der Anrufer mir mitteilte. Unter Aufwendung aller mir zur Verfügung stehenden Zurückhaltung

schaffte ich es, ruhig zu bleiben und all die richtigen Geräusche von mir zu geben, während ich in Wirklichkeit vor Freude laut hätte schreien mögen. Ich beendete das Telefonat, steckte das Handy in die Tasche und ging ruhig zu der kleinen Toilette, die sich im rückwärtigen Teil unseres Büros befand. Sobald ich die Kabine hinter mir verschlossen hatte, schrie und kreischte ich lautlos, immer wieder Ja! Ja! Ja!.

Als ich fertig war, ging ich ruhig hinaus, setzte mich an meinen Schreibtisch und nahm die Akte »Hazeldene« heraus. Dieses Objekt war seit einem ganzen Jahr in den Büchern, und selbst Tim Gladstone persönlich hatte es für eine Weile übernommen, doch niemand hatte auch nur einen Hauch von Angebot bekommen. Ich meine, wenn man für »Hazeldene« einen zweiten Besichtigungstermin abspricht, dann ist man schon erfolgreich, und ein Angebot war ein Wunder. Und ich hatte ein wunderbares und annehmbares Angebot erhalten, nur drei Riesen weniger als der geforderte Preis, und ein weiteres Paar wollte es sich am Nachmittag anschauen. Das Leben war gut. Nein, das Leben war großartig. Und dann kam Onkel Gerry.

Er kam nicht in die Rezeption und fragte leise nach mir oder so ähnlich, er drückte auf unserem kleinen Büroparkplatz einfach auf eine Hupe. Als ich hinauslief, hatte sich schon eine beträchtliche Menschenmenge auf den Stufen von Gladstone und Richards eingefunden, um zu sehen, was los war. Ich wusste bereits nach dem ersten Hupen, dass es Onkel Gerry war. Die Saltos, die mein Magen machte, sagten es mir.

Ich drängte mich durch die kichernde Menge auf den Stufen und sah meinen Onkel in einem strahlend rosafarbenen

Hyundai sitzen. Ich spürte das Bedürfnis, davonzulaufen, doch Onkel Gerry sah mich und winkte mir majestätisch aus dem Wagen zu. Er trug eine dunkle Sonnenbrille, was verständlich war, weil man dunkle Gläser brauchte, wenn man den Wagen auch nur eine kurze Zeit anschauen wollte. Ich hörte Andrews Stimme in der Menge.

»Ich würde sagen, dass hier gerade Ellens neuer Wagen angeliefert wird«, sagte er zu einem lachenden Tim Gladstone. »Das ist ihr Onkel Gerry.«

Ich wollte den sarkastischen Mistkerl die Treppe runterschubsen, doch stattdessen rannte ich an ihm vorbei und war froh, dass ich die Zuschauer hinter mir gelassen hatte. Onkel Gerry stieg aus, und wir beide umrundeten den rosafarbenen Wagen.

»Was meinst du?«, fragte er mit breitem Grinsen.

»Wow … ah«, sagte ich. Ich war zu überwältigt, um etwas anderes zu sagen.

Aber ich wusste, was ich zu tun hatte. Sobald ich wieder sprechen konnte, spielte ich die Entzückte, und ich dankte ihm laut und überschwänglich und sagte ihm, das dieses Auto genau das war, was ich mir gewünscht hatte. Einen hellrosafarbenen Hyundai. Die Art von Rosa, die man nur bekommt, wenn man Lebensmittelfarben und E-Nummern verwendet. Was sonst konnte sich eine Frau wünschen?

4

Mir war unheimlich zumute, als ich am Freitagmorgen vor dem Haus in Honan Terrace stand. Ich hatte einen Schlüssel zu dem Anwesen, doch ich zögerte, allein hineinzugehen, und setzte mich stattdessen in meinen Wagen, um darauf zu warten, dass Daniel Harris oder die Räumungsleute auftauchten. Das Erste, was passiert, wenn man einen Toten findet, ist, dass man erwartet, dass wieder einer auftaucht. Daniel Harris traf als Erster ein.

»Hi, ich bin Ellen Grace von Gladstone und Richards. Nett, Sie kennen zu lernen!«, sagte ich und streckte ihm die Hand entgegen. Er schüttelte mir meine Hand und starrte dabei meinen rosafarbenen Wagen an. Er war in den Vierzigern, hatte zurückweichendes Haar und war das reinste Nervenbündel.

»Ein Toter in meinem Haus, um Himmels willen! Irgendein alter Mann ist in meinem Haus erschossen worden. Ich habe kein Auge mehr zugetan, seit ich das erfahren habe. Ich musste nach Hause zurückkommen, um das alles hier zu erledigen, und ich war in Torremolinos sehr beschäftigt, denn dort ist Hochsaison. Du lieber Gott!«, fuhr er fort, als er die Haustür öffnete.

Ich versteckte mich hinter ihm, als wir hineingingen, was nicht sehr half, weil ich circa fünfundvierzig Zentimeter größer war als er, doch ich fühlte mich besser. Mir fiel auf, dass der Geruch verschwunden war. Das war wenigstens etwas. Der Wagen mit den Räumungsleuten traf ein, und Daniel Harris nahm mich in den nächsten anderthalb Stunden in Beschlag, während er Dinge in die Hand nahm und wieder ablegte, als ob er helfen würde, während die Räumungsleute und ich die gesamte Arbeit machten. Er jammerte unausgesetzt, und als er zu dem »unerträglichen« Wetter in Spanien kam, sagte es in meinem Kopf: ja klar, ja klar, ja klar, und mein Mund fror zu etwas ein, das einem Lächeln nahe kam. Was auch immer er sagte, ich lächelte – über Tote, schlechten Ehen oder verspätete Flüge.

Er schüttelte mir die Hand, als er ging. Ich dachte, ich hätte bei ihm einen hervorragenden Eindruck hinterlassen. Die Räumungsmänner hatten das gesamte Haus leer geräumt, und ich war gerade dabei, einen letzten Rundgang zu machen, als mein Handy klingelte. Es war Andrew. Vor ein paar Jahren noch hätte ich beim Anblick seines Namens auf dem Display eine Gänsehaut bekommen, und meinen Magen hätte Purzelbäume geschlagen, und das alles, noch ehe ich überhaupt seine Stimme gehört hatte. Jetzt hatte ich den überwältigenden Drang, das Handy an die Wand zu schmeißen, was ich natürlich nicht tat, sondern ich verhielt mich wie jede andere Karrierefrau.

»Sprich.«

»Hi, Ellen. Ich halte mich den restlichen Tag im Kreisamt auf und wollte nur hören, wie es bei dir geht. Hast du dort alles unter Kontrolle?«

»Nun, es sind keine weiteren Leichen aufgetaucht, falls du das meinen solltest«, sagte ich, während ich im Flur an einem Stück feuchter Tapete herumzupfte. Ich konnte hören, dass die Räumungsmänner draußen die Kisten auf den Lastwagen hievten.

»Du wirst am Montag dein Arbeitspensum neu festlegen müssen. Irgendjemand – Molly, denke ich, aber sie bestreitet es – hat das Haus in unsere Werbebeilage aufgenommen. Zehn Termine gibt es schon, und die betreffen nur Montag. Von den Interessenten können natürlich die Hälfte Spinner sein, die nur einen Hauch von Mord oder sonst was mitbekommen wollen – du wirst schon die wirklich interessierten Leute herausfiltern. Oh, und Ryan hat für morgen die Reinigungsfirma bestellt. Damit wird für Montag alles vorbereitet sein.«

Ich sagte nichts und überprüfte einfach weiter die Räume, um sicherzustellen, dass das Haus wirklich leer war. Es gab eine kleine Tür unter der Treppe, die mir zuvor noch nicht aufgefallen war. Ich öffnete den Riegel und drückte mit dem Knie gegen die Tür, und als sie plötzlich nachgab, stolperte ich in die dunkle Öffnung.

»Huch … Mann«, sagte ich und lehnte mich an die Wand.

»Was war das?«

»Nichts. Einer der Räumungsmänner hat sich nur den Zeh angestoßen«, log ich.

Ich linste in die Dunkelheit und sah ein Paar leuchtend grüne Augen, die mich anstarrten.

»Huch!«

»Ellen, was ist bei dir los? Soll ich kommen? Ich bin im Nu da …«

»Es geht mir gut, wie oft soll ich das noch sagen? Gut, g-u-t, verstanden?«

Ich ging zur Tür, um die Räumungsmänner zu bitten, das

Ding mit den leuchtenden Augen zu entfernen, das, wie mir klar war, eine riesige Porzellankatze war.
»Ich habe mit Ryan gesprochen, und er ist nur allzu bereit, Honan Terrace zu übernehmen, bevor bei dir die Sicherung durchbrennt. Ich weiß, dass du gesagt hast, dass alles in Ordnung ist, trotzdem könnte es schwierig werden ... ich meine, wenn du in diesem Haus allein bleiben musst.«
Nun verlor ich die Geduld und schrie ins Handy: »Wenn du Ryan mein Haus gibst, Andrew, ja, *mein* Haus – erinnerst du dich an das Foto, das ich von dir habe und auf dem du meine Peitsche trägst? Ich schwöre vor Gott, dass ich es vergrößern lassen und es am Montag um neun Uhr morgens überall im Büro deutlich sichtbar verteilen werde.«
Doch ich sprach mit mir selbst. Andrew, dieser Mistkerl, hatte mich abgehängt. Ich fluchte laut, und dann erinnerte ich mich wieder an die Räumungsmänner und die Porzellankatze. Ich öffnete die Haustür und rannte den mit Kopfsteinpflaster belegten Weg hinunter, um gerade noch zu sehen, wie der Laster um die Ecke verschwand. Ich war ihm so nahe gewesen, dass ich die Schrift auf der Rückseite lesen konnte – Shamrock-Räumungen und Einlagerungen. Ich rannte hinter ihm her und winkte, die Räumungsmänner winkten zurück und hupten fröhlich, und fuhren weiter.
Ich tanzte vor Wut auf der Straße. Das war alles nur der verdammte Fehler des verdammten Andrew. Und jetzt musste ich zurück ins Haus gehen. Allein. Es war unheimlich still, und ich ließ die Haustür weit offen und sang laut vor mich hin, als ich die dumme Porzellankatze unter der Treppe hervorzerrte. Doch durch den Klang meiner Stimme erschien mir das Haus nur noch unheimlicher.

Ich legte die Katze in den Kofferraum des Wagens und konnte es kaum glauben, dass ich jetzt auch noch zu Shamrock-Räumungen und Einlagerungen fahren musste. Das war alles Andrews Fehler, weil er mich aufgehalten hatte – als hätte ich nicht schon sowieso eine Million Dinge zu erledigen. Ich bemühte mich, mein rosa Auto nicht anzusehen, während ich auf den Fahrersitz glitt. Als ich den Motor anließ, klingelte mein Handy. Indias Name erschien auf dem Display.

»Hi, India.«

Ich schaute zu Honan Terrace hinüber, während ich den Anruf entgegennahm. Ich hatte kein Problem, das Haus zu verkaufen – solange ich es nicht allein betreten musste. Himmel, vielleicht hatte Andrew ja tatsächlich Recht.

»Hi, Ellen. Ich versuche schon seit Jahren dich zu erreichen. Wie geht es dir nach all den Leichen?«

»Mir geht es wirklich klasse, India, richtig gut. Gibt es sonst noch was? Irgendwas Neues?«

»Nein, ich wollte dich nur an Sonntagabend erinnern, das hast du doch nicht vergessen, oder? Hole du doch Ruth ab, weil sie sich immer verspätet. In der Zwischenzeit werde ich an meinem Laptop arbeiten, während ich auf euch warte. Ich habe für das Wochenende Arbeitszeit eingeplant. Hast du schon ein Geschenk für sie gekauft?«

Ich hatte alles vergessen, was zählte. Doch diese Sache war völlig verwirrend. Welches Geschenk? Ich beschloss, zu schweigen und sie ein wenig länger reden zu lassen. Weise Entscheidung.

»Ich habe Ruth schon vor einem halben Jahr diesen Hermés-Schal gekauft. Ich wusste einfach, dass er das Richtige war, als ich ihn sah, und man kann nie das Richtige kaufen, wenn man in Eile ist. Ich habe Karten für *Tosca* am Sonntagabend bestellt und hatte meine liebe Mühe, sie noch zu bekommen. Und das war bereits vor einem Vierteljahr gewesen. Ruth wird es lieben. Aber ich habe euch das neulich alles erzählt und hatte eine ausführliche Nachricht auf deinem Anrufbeantworter hinterlassen.«

O mein Gott, Ruths Geburtstag. Den hatte ich völlig vergessen. Aber es war in Ordnung. Ich hatte das gesamte Wochenende zu Verfügung, um für Ruth das perfekte Geschenk zu finden. In der Zwischenzeit musste ich India in dem Glauben lassen, dass ich mich an alles erinnerte.

»Das ist großartig, Ind. Ich werden dich abholen, ich bin mit dem Fahren dran. Bis dann und tschüss.« Ich fuhr mit meinem rosa Auto zurück zum Büro. In jedem Stau konnte ich die Augen der Menschen auf mir spüren. Wenn man gern bemerkt werden möchte, kann man Kabrioletts oder Ferraris oder Silikonimplantate vergessen. Man braucht sich einfach nur einen glänzenden rosafarbenen Hyundai zu kaufen.

Ich arbeitete bis um sechs Uhr und schaffte es, ein weiteres Angebot für »Hazeldene« zu bekommen. Ich war müde und hungrig, doch meine Lebensgeister erwachten bei dem Gedanken an einen Krieg der Bieter. Meinen eigenen, persönlichen Krieg der Gebote, den mir niemand klauen würde.

Um zehn nach sechs steckte ich im dichten Innenstadtverkehr, als mein Handy wieder klingelte. Irgendein Typ in der nächsten Kolonne machte mir rüde sexuelle Zeichen, also zeigte ich ihm meinen Mittelfinger, während ich mich am Handy meldet.

»Hi, Will. Okay, was brauchst du?«

»Ich kann nicht einmal meine Lieblingsschwester anrufen, ohne dass sie glaubt, dass ich etwas von ihr haben will.«
»In der vergangenen Woche war Alison deine Lieblingsschwester, als du eine Unterkunft haben wolltest, um in Dublin zu bleiben. Hör auf mit dem Scheiß und sag mir, was du willst, solange die Ampel noch auf Rot steht.«
»Ell, kannst du mich mit dem Auto mitnehmen? Animals Vater kann uns nicht zu unserem Auftritt fahren, und Dad arbeitet wieder – also, ich denke, dass er in Wirklichkeit zur Hunderennbahn geht, aber er sagt, dass er arbeitet –, egal, wir haben sogar Popeyes Mutter gefragt, doch die hatte eine Verabredung ...«
»Will, komm zur Sache.«
»Okay, okay. Kannst du mich vor dem Temple absetzen?«
»Wann?«
»Jetzt sofort.«
»Scheiße. Na gut, dieses eine Mal, nur du, nicht wahr?«
»Ja, nur ich und Animal und Popeye und drei Gitarren und drei Verstärker. Wir sitzen auf den Verstärkern, verstehst du?«
Er war weg, ehe ich noch antworten konnte. Ich war wirklich müde und hatte meinen Abend bereits verplant. Ein luxuriöses Bad mit irgendwelchen Badeölen, die ich zu Weihnachten bekommen hatte – vorausgesetzt, ich fand sie –, und dann Chinafutter vor dem Fernseher. Himmlisch, aber nun ein verschobener Himmel, als ich versuchte, dem Verkehr mit einer illegalen Kehrtwende mitten auf der Hauptstraße zur Hauptverkehrszeit zu entgehen. Es ist erstaunlich, was man sich alles leisten kann, wenn man einen rosafarbenen Wagen hat.

Ich überlegte, wie ich es verhindern konnte, bei meiner Mutter essen zu müssen, als ich in unsere Einfahrt einbog. Sie wartete an der Haustür.

»Ellen, woher hat du dieses rosafarbene Auto? Was sollen denn die Nachbarn denken?«, fragte meine Mutter und beugte sich vor, um zu sehen, ob irgendeiner dieser berühmten Nachbarn etwas zu meinem Auto zu sagen hatte. Oder zu Wills gepiercteem Körper. Oder zu Dads Rauchen. Oder zu dem Minikleid, das ich mit sechzehn getragen hatte.

»Dein Bruder Gerry hat mir den Wagen gegeben, und die Nachbarn werden denken, dass ich einen rosafarbenen Hyundai fahre«, sagte ich, doch es kam ein wenig schärfer heraus, als ich vorgehabt hatte. Ein verletzter Ausdruck huschte über das Gesicht meiner Mutter, und ich fühlte mich schuldig. Sie marschierte in die Küche, und ich trödelte hinter ihr her.

»Wo ist Will, ist er fertig?«, fragte ich, als sie mit Töpfen und Pfannen auf dem Herd herumhantierte. Sie gab mir keine Antwort.

»Was kochst du denn? Es riecht wunderbar. Hast du genug davon, dass ich mir etwas mitnehmen kann, Mam? Ich kann wegen Wills Auftritt nicht bleiben, aber ich habe einen Bärenhunger«, log ich. Ich wusste, dass sie das glücklich machen würde.

»Es ist Hühnchen mit pikantem Thai-Reis. Ich habe das Rezept von diesem jungen Mann, dem Chefkoch im Fernsehen. Ich werde dir etwas davon in eine Blechdose geben, Ellen. Es ist wunderbar geworden, schau mal.«

Ich sah in die dampfenden Töpfe, und mein Magen drehte sich um, doch ich lächelte meine Mutter an und dankte ihr für die Wegzehrung. Dann machte ich mich auf die Suche nach Will. Ich fand ihn, seine Freunde und ein wildes Durcheinander an Band-Gerätschaften um mein Auto herumstehen. Alle trugen Jeans von der Weite eines Football-Spielfelds, und sie hatten den gleichen Haarschnitt – rasierte Köpfe.

»Jesus, Ellen«, sagte Will.

»Er ist rosa, was soll's?«, sagte ich, die Hand auf meiner Hüfte. Ich regte mich langsam über die unfaire Behandlung auf, die rosafarbenen Autos in diesem Land zuteil wurde.

»Nein, das ist es nicht. Es ist ein Hyundai, Ellen, was viel schlimmer ist«, sagte er zu dem Gelächter seiner Freunde.

»Dann habt ihr ja wohl beschlossen, zum Veranstaltungsort zu laufen. Das ist prima«, erwiderte ich und öffnete die Wagentür. Will lachte und öffnete den Kofferraum.

»Was soll mit der Katze geschehen, Ellen?«

Ach, verdammt, ich hatte die Porzellankatze aus dem Haus in Honan Terrace völlig vergessen. Mist, Mist, Mist. Die Shamrock-Lagerfirma hatte übers Wochenende geschlossen. Dort konnte sie nicht hin, also musste ich sie im Schuppen meiner Mutter zurücklassen. Das würde sie nicht stören, weil es im Schuppen mehr als genug Platz gab. Ganz zu schweigen davon, dass es dort ordentlicher als in meinem Apartment war, und wahrscheinlich auch geräumiger.

Ich ließ die Jungs am Tempel raus und ließ die Blechdose meiner Mutter in den Abfalleimer vor dem Chinesen in der Nähe meines Hauses fallen.

Freitagnacht verlief nicht so wie geplant und auch nicht das gesamte Wochenende. Das luxuriöse Schwelgen in der Badewanne wurde zugunsten des Einschlafens vor dem

Fernseher und zu den Klängen von Jerry Springers Stimme verschoben. Der Samstag sollte zum Einkaufen und Putzen genutzt werden, doch als ich auf der Couch aufwachte, gab es einen großartigen Elvis-Film im Fernsehen, tja, und so rann mir der Tag einfach durch die Finger.

Sie wissen, wie so was geht. Man schaut sich einen Film an, macht sich eine Fertigmahlzeit warm, füttert die Katze und bringt den Müll raus, und plötzlich ist es Mitternacht. Den Sonntag verbrachte ich mit der Entscheidung, was ich an diesem Abend anziehen sollte, und um sechs Uhr herum war auf meinem Bett ein Durcheinander aus Kleidern, und ich saß mitten in der Unordnung im schwarzen Büstenhalter und Schlüpfer und verziert mit einem großen Pickel über meiner rechten Augenbraue.

Mir war nach einem bisschen Heulen zumute und danach, mit Joey zusammen fernzusehen. Aber ich machte noch einen letzten Versuch, um etwas Passendes zum Anziehen zu finden. Etwas, das zugleich sexy, herausfordernd und klasse war – eben das schwer zu definierende, perfekte Outfit.

Es endete schließlich bei dem alten zuverlässigen kleinen Schwarzen, das jede Frau besitzt, wobei klein das Wort ist, auf das es ankommt, wenn man ohne Schuhe einen Meter achtundsiebzig groß ist. Ich musterte mich im Spiegel des Kleiderschranks. Sexy sah ich nicht aus. Schlacksig – ja, aufgedonnert – vielleicht, aber ganz eindeutig nicht sexy. Ich war mit dem Make-up und meinen Haare fertig, als mir klar wurde, dass ich vergessen hatte, für Ruth ein Geburtstagsgeschenk zu besorgen.

Ich hatte ein ganzes Wochenende Gelegenheit gehabt, eine einzige Sache zu erledigen, und hatte sie komplett vergessen. Ich wedelte mit den Händen in der Luft herum, um den Nagellack schneller zu trocknen, und versuchte, Läden zu finden, die um fünf Uhr am Sonntagnachmittag noch geöffnet waren. Es gab einen Sparladen um die Ecke, doch ich glaubte nicht, dass sie Designer-Parfüm oder sexy Unterwäsche verkauften, zwei von Ruths kleinen Schwächen.

Dann hatte ich einen Geistesblitz, und auf dem Weg zu Ruth und India hielt ich bei einem Laden an und kaufte Ruth einen ganzen Karton chilenischen Sauvignon-Blanc-Wein, die Nummer drei auf Ruths Liste ihrer Schwächen. In Wirklichkeit wohl die Nummer vier, weil Sex sich eindeutig unter den obersten Plätzen befand. Doch so sehr ich Ruth auch mochte, würde ich davor zurückschrecken, ihr für die Nacht einen Kerl zu mieten.

Ich holte Ruth als Erste ab und würgte fast bei ihrem Anblick. Ruth war klein, aber oben ’rum sehr gut ausgestattet, und sie strahlte den Sexappeal und den Charme aus, die normalerweise mit einer Figur wie ihrer einhergingen. Sie hatte sich heute Abend selbst übertroffen, obwohl sie eine hautenge schwarze Hose und ein bauchfreies Top mit Leopardendruck trug. Ihre gebräunte Körpermitte war nackt und zeigte ihren gepiercten Bauchnabel. Insgesamt sah Ruth aus wie die irische Ausgabe von Kylie Minogue, doch ihre Oberweite entsprach eher der Proportion von Dolly Parton.

Sie bemerkte, dass ich sie anstarrte, und fuhr sich lässig mit einer Hand durch ihre zerzausten blonden Locken. »Nun, schließlich habe ich heute Geburtstag«, sagte sie und lächelte ihr Vampirlächeln.

Wir lachten beide. Sie stieg mit passenden hochhackigen

Pumps im Leopardenlook in den Wagen, und ich deutete ungezwungen auf ihr Geschenk, das auf dem Rücksitz stand.
»Du hast mir einen Wagen gekauft, einen rosafarbenen Wagen, das hättest du wirklich nicht tun sollen«, sagte sie, während sie den Sicherheitsgut anlegte. Ich warf ihr einen Blick zu, als ich den Motor anließ.
»Der Weinkarton, Dummchen, der Weinkarton ist dein Geschenk. He, wir sind spät dran. India wird Anfälle bekommen«, sagte ich, und wir brachen gemeinsam in unkontrolliertes Kichern aus. Die Partystimmung hatte uns erwischt.
Wir kamen zehn Minuten zu spät zu Tosca. India sprach kaum mit uns, schaute dauernd auf die Uhr und warf uns verachtende und mitleidige Blicke zu. Ruth und ich konnten einander nicht ansehen, denn wenn wir das gemacht hätten, hätten wir wieder zu kichern begonnen.
Der Ober, der extrem hochnäsig war, aber einen knackigen Hintern hatte, wie Ruth betonte, setzte uns schließlich an einen wunderbaren Tisch genau in der Mitte des Raums. Ich begann, den Abend zu genießen. Das Restaurant war sagenhaft. Ein umfriedeter Hof mit Säulen, Balkonen, Efeu, Lorbeerbäumen und einer Decke, die wie der Himmel gemalt war.
»Ich kann gar nicht glauben, dass es mir gelungen ist, hier eine Reservierung zu bekommen. Ist das nicht fantastisch?«, fragte India.
»Ja«, sagte ich, »es ist wunderbar.«
»Wunderbar«, sagte Ruth und drehte den Kopf zur Seite, um eine bessere Sicht auf den Hintern des Obers zu bekommen. Ruth pfiff leise.

»Lass das, Ruth«, sagte India.
Ich kicherte hinter meiner Speisekarte.
»Das hier ist meine Party – ich drücke meine Lust aus, wann ich das will«, sang Ruth und setzte sich auf ihrem Stuhl gerade hin. »Gib mir die Speisekarte.«
India verdrehte die Augen, und wir konzentrierten uns darauf, unsere großen und eleganten Speisekarten zu studieren.
»Ich habe den Verdacht, dass ich nicht mal die Hälfte von all dem hier erkennen kann«, sagte ich.
»Ich auch nicht«, sagte Ruth. »Ich frage mich, ob sie hier auch quadratischen Kabeljau mit Chips haben.«
India lachte und sagte: »Pfui, euch beide kann ich nirgendwohin mitnehmen. Ihr blamiert mich immer.«
Der Ober kam bald darauf, nahm unsere Bestellung entgegen und bedachte India mit einem abschätzenden Blick, ehe er ging. India trug ein einfaches grünes Seidenkleid, das die gleiche Farbe wie ihre Augen hatte, wie ich feststellte. Ihr schwarzes Haar war ein perfekter glatter Bob, der offenbar niemals auseinander fiel oder gar wuchs. Ich dachte lange Zeit, dass India ernst und kalt sei, bis ich sie lächeln sah. Wenn sie lächelte, begann ihr ganzes Gesicht zu strahlen. Das Lächeln veränderte Indias Gesicht von hübsch zu bildschön.
»Dein Kleid passt ja fantastisch zu deinen Augen«, sagte ich zu ihr.
Sie belohnte mich mit einem strahlenden Lächeln. »Ach danke, Ellen. Du siehst auch toll aus. Mir gefällt dein Haar so, wie du es trägst. Ist das nicht ein fransiger Bob?«
»Zottel. Es wird Zottel genannt. Wirklich India, du könntest

auch selber einen Zottel haben«, sagte Ruth unschuldig. Wir lachten.
Der Ober kam mit der Weinkarte an den Tisch. Da ich fuhr, bestellte ich mir Sprudelwasser. Dann wurden unsere Vorspeisen serviert – sie waren köstlich –, und wir hatten viel Spaß, bis India Andrew erwähnte. An diesem Punkt ging es mit dieser Nacht bergab. Weit, weit bergab, buchstäblich bis zum Boden. Wenn ich gewusst hätte, wie weit hinunter es in der restlichen Nacht gehen würde, während wir glücklich unsere frittierten Vorspeisen aßen, wäre ich in dieser Minute nach Hause gegangen. Doch das tat ich nicht.
»Also, Ellen, was ist denn nun mit Andrew Kenny? Ich habe gehört, dass er bei dir war, als du den armen toten Mann gefunden hast«, sagte India, als wir unseren ersten Gang beendet hatten. Ich erstickte fast an einem Stück frittiertem Käse.
»Er ist der neue Gebietsmanager in meinem Büro und hat im vergangenen Monat angefangen. Er hat mich zu diesem Haus gefahren, weil mein Wagen den Geist aufgegeben hatte«, sagte ich und versuchte, mein Gesicht zu wahren. India konnte einen dazu bringen, alles zu gestehen.
»Warum ist er überhaupt aus London zurückgekehrt? Ich dachte, er hätte dort einen tollen Job«, sagte India, während sie sich Wein nachschenkte.
Ich zuckte mit den Schultern. »Keine Ahnung.«
»Es muss doch einen Grund geben.« Sie sah mich mit ihrem Kreuzverhör-Blick an. »Zurückzukommen und bei Gladstone und Richards zu arbeiten?«
»Was Andrew Kenny tut, hat nichts mit mir zu tun. Das ist Jahre her und aus und vorbei. Himmel, du würdest schwören, dass ich dahingeschmolzen bin, nur weil der große Andrew

Kenny hierher zurückgekehrt ist. Unsinn!«, sagte ich und hielt Indias Blick mit meinem fest. Der Pickel über meiner Augenbraue hatte angefangen zu schmerzen.

»Er hat ein wunderschönes Haus in der Ennis Road gekauft, eines dieser dreistöckigen, rot geklinkerten Häuser. Wir beraten ihn in seinen Rechtsgeschäften«, sagte India und durchforschte mein Gesicht auf eine Reaktion.

Ich zuckte mit den Schultern. »Das ist seine Angelegenheit, nicht meine.«

»Er scheint bleiben und … sich richtig häuslich niederlassen zu wollen …«

»Was immer er auch vorhat, Geld scheint er wie Heu zu haben«, unterbrach Ruth.

Ich verdrehte die Augen. »Ich habe nicht die geringste Ahnung, was dieser Mann vorhat oder wie seine Vermögenslage aussieht. Wir haben kaum miteinander gesprochen, seit er zurückgekommen ist, und außerdem bin ich wahrscheinlich der letzte Mensch in diesem Universum, der wüsste, was er macht oder plant.«

Ich wich Indias kühlem Blick aus und schob das Essen auf meinem Teller herum.

»Ich weiß das, Ellen, aber ist es nur ein Zufall, dass er schließlich den Job des Gebietsmanagers in deiner Firma ergattert hat, und außerdem … das ist ja wohl das Allerletzte, dass ihr beide zufälligerweise zusammen einen Toten findet!«, sagte India, verschränkte die Finger ineinander und stützte ihr Kinn darauf. Ich begann, verlegen zu werden, obwohl es keinen Grund gab, verlegen zu sein.

»He, es ist nicht Ellens Fehler, dass ihr Exfreund in die Stadt zurückgekehrt ist, India«, sagte Ruth. »Also, ich weiß nichts über euch beide, doch ich würde ihn sofort vögeln, weil er einfach toll ist. Er hat die schärfsten Lippen der Welt. Ellen, du hättest ihn schon wegen dieser Lippen heiraten sollen. Himmel, ich würde völlig glücklich sein, wenn ich mit diesen Lippen leben könnte, und er müsste nicht einmal sprechen.«

Ruths Augen tanzten vor Vergnügen, und India und ich lachten, weil wir froh waren, dass sie die Spannung gelockert hatte.

India ließ das Thema Andrew fallen, allerdings nur, bis unsere Hauptgänge serviert wurden.

»Ach, wenn man vom Teufel spricht«, sagte sie, als der Ober einen Teller mit dampfenden Nudel vor sie hinstellte.

»Was? Wo? Hoffentlich jemand Berühmtes«, sagte Ruth, das Weinglas in der Hand.

Ich sah mich um, und zum zweiten Mal an diesem Abend blieb mir die Luft weg, als ich Andrew nur zwei Tische weiter mit einer Frau zusammensitzen sah.

»Siehst du, India, ich habe es dir doch gesagt, von mir ist nichts zu befürchten«, sagte ich und stach in mein Pfeffersteak. Es blieb mir fast im Hals stecken.

»Oh, mein Gott! Oh, mein Gott! Andrew Kenny! Diese verdammt tollen Lippen! Ich dachte, dass es Monate dauert, um im Tosca einen Tisch reservieren zu können«, sagte Ruth. »Hast du nicht gesagt, dass er erst vor ein paar Wochen in die Stadt zurückgekommen ist?«

Ich nahm die Weinflasche aus dem Kühler und füllte mein Wasserglas bis obenhin. Dann trank ich es in einem Zug aus, in dem Versuch, den Fleischklumpen hinunterzuspülen, der mich zu ersticken drohte.

»Wie heißt sie noch gleich«, sagte India, »es fällt mir sofort wieder ein. Sie passt zu Andrew bis hin zu seinen perfekt manikürten Fingernägeln. Ich wette, dass sie für die Reservierung gesorgt hat. Davina, ja, so heißt sie, Davina Blake.«

Ich ließ den Namen durch meinen Kopf rollen, um zu sehen, ob er sich irgendwo festsetzen würde. Doch das tat er nicht. Ich wollte India eigentlich nicht fragen, wer sie war, doch ich konnte mich nicht zurückhalten.

»Wer ist sie, irgendein Supermodel?« Ich spielte mit meinem Essen herum und starrte ununterbrochen auf meinen Teller.

»Du solltest sie kennen, Ellen. Sie ist gerade bei Lee Properties zur Gebietsleiterin ernannt worden. Sie sind Klienten unserer Anwaltskanzlei«, sagte India.

Ich schluckte den Rest meines Weines hinunter und füllte mein Glas noch mal nach.

»Dieses Steak ist köstlich«, sagte ich, auch wenn ich überhaupt nichts schmeckte. Ich konnte es nicht glauben, dass der Anblick von Andrew mit einer anderen Frau meinen Appetit so in Mitleidenschaft zog. Bisher hatten sich nur die Kochkünste meiner Mutter derart auf meinen Appetit ausgewirkt.

»Sie ist wirklich ein nettes Mädchen und ganz toll in ihrem Job. Was, in Gottes Namen, macht sie mit diesem arroganten und egozentrischen Mann? Moment mal, er hat uns gerade entdeckt – er winkt«, sagte India und winkte zurück, doch sie sah dabei aus, als hätte sie gern den Teller durch den Raum geschleudert. Ich schaute nicht hoch, sondern leerte mein Glas und wollte es noch einmal füllen.

»Ich dachte, du trinkst Mineralwasser«, sagte Ruth.

Ich lächelte. »Ich kann doch nicht deinen Geburtstag mit einem Glas Blubberwasser feiern, oder, Ruth?«

»Das ist mein Partytier«, sagte Ruth.

»Und was ist mit dem Wagen?« Indias Augenbrauen gingen in die Höhe.

»Wir können ein Taxi nehmen. Sei nicht so eine Langweilerin, India Madeline Burk!«, schimpfte Ruth und machte dem Ober ein Zeichen, uns noch mehr Wein zu bringen.

»Okay, okay, ich gebe mich geschlagen. Gib mir die Weinflasche rüber«, sagte India lachend.

Wir haben mindestens vier Flaschen Wein getrunken, und es ging uns wirklich gut, bis Andrew und seine Goldmarie am Ende unseres Tisches auftauchten.

Ich warf ihm ein »Was-für-eine-tolle-Zeit-ich-doch-habe«-Lächeln zu.

»Hallo, meine Damen«, sagte er und lächelte uns alle drei an.

»Andrew«, sagte India in ihrer besten Anwaltsstimme.

»Wie geht's, Andy?«, fragte Ruth und blinzelte ihm zu.

»Ruth, India, Ellen … Davina Blake«, verkündete er und deutete nacheinander auf jede von uns.

»Hallo«, sagte die Goldmarie. Ich konnte ihr wirklich teures Parfüm riechen, und als ich zu ihr aufschaute, sah ich einen großen, eleganten Engel, der unwirklich aussah mit den perfekten zarten Gesichtszügen und einem langen statuenhaften Körper.

Wir alle nickten grüßend, und ich leerte noch ein volles Glas Wein. Ruth sah mich überrascht an, doch das merkte niemand, weil Andrew und India sich auf die Art anstarrten, wie man es aus Cowboy-Filmen vor dem Schusswechsel kennt. Ich beschloss, die Situation zu retten.

»Andrew«, sagte ich undeutlich und sprühte Speichel. Himmel, der Wein war stärker, als ich gedacht hatte. Er grinste.

»Na, dir geht es ja richtig gut, Ellen«, sagte er, noch immer anzüglich grinsend.
Ich hatte einen Schluckauf.
Ruth lachte.
»Wir gehen jetzt«, erklärte er und nahm seine Goldmarie am Arm. »Genießt den restlichen Abend.«
»Nett, euch kennen gelernt zu haben«, sagte Davina Blake und lächelte uns mit ihrem brillanten Colgate-Lächeln an, ehe sie sich zum Gehen wandten.
»Arroganter Mistkerl«, sagte India.
»Tollen Körper hat der Mann«, meinte Ruth.
Ich sagte gar nichts, aber ich hatte einen Schluckauf und leerte noch ein weiteres Glas Wein, um den Schluckauf loszuwerden. Zumindest war das meine Entschuldigung.
»Jede Menge Schokolade. Schokoladenkuchen«, murmelte ich. »He, Ober, Ober, hierher.«
Er kam herüber und nahm unsere Nachtisch-Bestellung auf, und ich zwickte ihn in den Hintern. Ich wusste gar nicht, was über mich kam, aber sein Hintern war mir zugedreht, nett und fest und ich streckte einfach die Hand aus und zwickte ihn. Ruth und ich bekamen einen heftigen Kicheranfall.
»Schscht, alle schauen schon zu uns herüber. Um Gottes willen, benehmt euch«, sagte India durch zusammengepresste Zähne.
»Alles bestens, reg dich nicht auf«, sagte ich, doch meine Stimme war undeutlich geworden.
In meinem Kopf drehte sich alles, als wir aufstanden, um unsere Mäntel zu holen und die Rechnung zu bezahlen. Mein Körper befand sich überall im Restaurant, doch mein Geist schien kristallklar zu sein. India hielt meinen Arm fest,

als wir das Restaurant verließen. Ich steuerte auf meinen Wagen zu, doch Ruth und India packten meine Arme, und irgendwie landete ich schließlich in einem Taxi. Und dann war ich irgendwie allein in meinem Apartment und hatte einen schreienden Joey vor mir. Und dann kniete ich auf dem Badezimmerboden und übergab mich in die Toilette und heulte völlig grundlos. Und dann kam eine süße Ohnmacht.

5

Als ich am nächsten Morgen aufwachte, lag ich quer über meinem Bett, die Daunendecke auf dem Boden, und hatte noch einen hochhackigen Schuh an. Ich hatte den Eindruck, dass meine Kopfschmerzen weit schlimmer waren und von einem Kater stammen könnten. Bei meinem Glück war dies möglicherweise das erste Anzeichen für einen Hirnschaden, da ich mich versehentlich dazu hatte hinreißen lassen, mehrere Liter Wein zu trinken. Doch es kümmerte mich nicht. Ich wollte sterben. Ich duschte, aber das half nicht viel. Dann nahm ich zwei Scheiben Toast und einen Becher Kakao als Frühstück zu mir – was noch weniger hilfreich war.

Ich füllte Joeys blaue Glasschüssel mit Trockenfutter für Katzen – ich wusste, dass mich der Geruch des Dosenfutters kotzen lassen würde – und blieb in der Küche neben ihm stehen und sah ihm beim Essen zu. Er war eine gute Katze. So hübsch, so treu ergeben und liebevoll. Und all diese guten Eigenschaften unterschieden ihn von Andrew. Nun ja, diese Qualitäten und die Streifen. Joey schaute zu mir hoch, als er fertig gegessen hatte, und drängte seinen seidenen Körper an meine Beine und schnurrte wie ein kleiner Traktor.

Ich schüttete den Inhalt meiner Handtasche auf dem Küchentresen aus und nahm meinen schwarzen Terminkalender. Als ich die Seite überblickte, sah ich, dass alle meine

Termine an diesem Tag in Honan Terrace stattfanden. Der Tote im Wohnzimmer machte offenbar neugierig – vielleicht sollten einige der anderen Verkäufer sich überlegen, jemanden in den Häusern, die sich nicht verkauften, ermorden zu lassen.

Ich nahm Joey hoch, legte ihn wie eine getigerte Stola um meine Schultern und suchte und fand meine schwarzen Lieblingssandalen. Ich hatten schon ewig nach diesen Sandalen gesucht und war einfach nicht auf die Idee gekommen, mal hinter der Waschmaschine nachzusehen. Wie sie dorthin geraten waren? Egal, es war einfach toll, dass ich sie gefunden hatte, weil nichts anderes wirklich zu den Hosen passte, die ich trug. Ich sah es als gutes Omen an, dass mir letztlich einige Dinge doch gelangen.

Ich öffnete für Joey das schmale Fenster über dem Balkon. Dann griff ich mir die Handtasche, verließ das Apartment und fuhr in die Tiefgarage. Mein Magen hob sich bei jedem Holpern des Fahrstuhls. Als ich die Tür zur Tiefgarage öffnete, erkannte ich sofort, dass von dem rosafarbenen Hyundai nichts zu sehen war. Selbst in dem typischen Dämmerlicht der Tiefgarage zog mein Wagen die Aufmerksamkeit auf sich wie ein Furunkel an der Nasenspitze.

In meinem Kopf hämmerte es, und ich zog Paracetamol aus meiner Tasche und würgte eine Tablette hinunter. Was war denn das für eine Strafe? Welch schreckliche Sünden hatte ich begangen, dass Gott mich damit strafen musste, dass er jemanden meinen rosafarbenen Hyundai hatte stehlen lassen? Selbst als ich dachte, dass ich wusste, dass das nicht wahr war – niemand, der fähig war, ein Schloss zu knacken, würde so wenig Selbstachtung haben, um mit einem rosafarbenen

Wagen herumzufahren. Er war nicht gestohlen worden, das war gar nicht möglich.
Und dann erinnerte ich mich. Draußen vor dem Restaurant. Er stand noch immer vor dem Restaurant. Ich hatte nicht die Absicht gehabt, zu trinken, doch dann hatte sich alles verändert, als Andrew und die goldene Amazone hereinkamen. Das Auffinden der schwarzen Sandalen konnte das nicht ausgleichen.
Vage erinnerte ich mich an ein Taxi und dass India etwas über eine Stufe gesagt hatte, auf die ich achten sollte, und dass ich zu weit gegangen war, um sie zu fragen, was sie meinte, und dann selber danach suchte und nicht in der Lage war, sie zu finden. Als ich allerdings jetzt darüber nachdachte, wurde mir klar, dass sie wahrscheinlich den Fußweg meinte, auf dem ich hingefallen war, sobald ich aus dem Taxi gestiegen bin. Ich zog das Hosenbein hoch, und siehe da, es prangte ein großer Bluterguss auf meinem rechten Schienbein. Wieso hatte ich das unter der Dusche nicht bemerkt? Verdammt noch mal.
Ich schaute auf die Uhr. Halb neun, und soweit ich mich an das Gekritzel in meinem Terminkalender erinnerte, sollte ich gegen neun Uhr bei Honan Terrace sein. Scheiße. Ich wollte mich auf den mit Öl verdreckten Betonboden legen und so lange schlafen, bis ich entweder tot oder auf dem Weg der Besserung wäre. Doch das konnte ich nicht. Also schlang ich mir die Tasche über die Schulter und lief voller Selbstmitleid los. Das Tosca war nah genug, dass ich dorthin gehen konnte, um den Wagen zu holen, und es trotzdem noch rechtzeitig zu meinem Kunden schaffen würde. Zumindest hoffte ich, dass ich das könnte.

An dem einzigen Morgen in meinen Leben, an dem ich ein bewölktes und bedecktes Wetter hätte haben wollen, beschloss die Sonne, zu scheinen, als würde der Sonnenschein bald aus der Mode kommen. Mein Scheitel kochte, als ich die staubigen Straßen entlanglief. Doch selbst die Hitze und der unerträgliche Schmerz, der sich anfühlte, als sei mein Kopf mit Glas gefüllt, konnten nicht die Bilder von Andrew und Andrews verdammten Lippen und Andrews dummer langbeiniger Freundin in meinem Kopf vertreiben. Warum war er überhaupt nach Hause gekommen? Er hing mir zum Hals raus. Warum war er nicht in England geblieben und hatte ein Imperium aufgebaut, das er dort aufzubauen versucht hatte, weit weg von mir.

Nicht, dass ich mich noch für ihn interessierte. Das tat ich nicht. Ich hatte Recht behalten, was ihn anging, und es war richtig gewesen, mich von ihm zu trennen. Klar hatte er mir erklärt, dass ich die Einzige gewesen war – aber das sagen die Kerle doch immer, oder nicht? Sie sagen einem, dass sie uns lieben, um das zu bekommen, was sie wollen – Sex oder Geld oder was auch immer sie haben wollen (es muss Sex gewesen sein, auf den Andrew aus war, denn ich war immer ziemlich pleite gewesen). Was auch immer er gewollt hatte, ich konnte jetzt deutlich erkennen, dass das alles nur Theater gewesen war. All dieses »ich liebe dich«, und all der Schmerz, als wir uns trennten.

Das machte mich so wütend. Ein Teil von mir hatte sich zwei ganze Jahre lang total bescheuert gefühlt. Die Sorge, dass er mich wirklich liebte, die Angst, dass ich ihm wirklich das Herz gebrochen hatte, der Ausdruck auf seinem Gesicht, als es passierte, war nur … irgendwie, was spielte es für eine

Rolle: Die Beziehung war eine einzige Lüge gewesen. Ein Theaterstück. Und ich hatte wirklich geglaubt, dass er mich geliebt hat, während ich mich die ganze Zeit seinen Plänen anpasste. Jetzt war mir klar, dass es nur eine Frage der Zeit gewesen wäre, bis *er mich* fallengelassen hätte. India hatte Recht. India wusste schon immer, wie er war. Und sie hatte es auch immer gesagt. Sie wusste, dass Menschen, die so getrieben und ehrgeizig wie Andrew waren, in ihrem Leben keinen Raum für die Liebe hatten. Sie benötigten wirklich nur schmückendes Beiwerk. Nun, er hatte in Davina Blake tolles Beiwerk gefunden.

Ich jagte meinen schmerzenden Körper um die Ecke bei dem Restaurant und wurde von der Sonne begrüßt, die von der rosafarbenen Motorhaube meines Hyundai reflektierte. Zum ersten Mal, seit Onkel Gerry ihn mir angedreht hatte, zogen sich bei seinem Anblick meine Eingeweide nicht vor Verlegenheit zusammen. Wenn überhaupt, war ich irgendwie froh, seine fröhliche Lippenstiftfarbe zu sehen, die mir entgegenleuchtete. Ich tätschelte sein Dach, öffnete die Tür und setzte mich hinein. Zehn vor neun, sagte mir die Uhr am Armaturenbrett. Gott, ich würde mich bei meinem ersten Kunden verspäten.

Ich ließ den Motor an, fädelte mich in den zähflüssigen Morgenverkehr ein und kam wundersamerweise relativ schnell voran und hielt schließlich um fünf vor neun vor Honan Terrace. Ich rannte die kurze Auffahrt hinauf und ging in das leere Haus hinein, ohne an etwas anderes zu denken, als an die Tatsache, dass ich es hasste, zu spät zu kommen. Ich schloss die Haustür hinter mir und sah die Rosentapete und roch den Geruch des Desinfektionsmittels öffentlicher Toiletten. Dann erinnerte ich mich daran, was geschehen war und dass ich ganz allein im Haus war. Und meine Gedanken kehrten zurück zu dem Tag, an dem Andrew und ich Jérôme Daly gefunden hatten.

»O Gott!«, murmelte ich, als mir das Herz bis zum Hals klopfte. Ich machte kehrt, öffnete die Tür und trat wieder in den Sonnenschein hinaus. Das war besser. Gras. Bäume. Vögel. Autos. Lebendige Menschen. Außerdem würde es dem Kunden gefallen, wenn er mich im Vorgarten warten sah, sagte ich mir, als ich mich auf eine schmiedeeiserne Bank setzte. Sehr amerikanisch.

Die Sonne wurde wärmer, und meine Kopfschmerzen hatten sich auf ein erträgliches Maß verringerte, dank des Schmerzmittels. Hübscher Garten, dachte ich. Ein wunderbarer Rosenduft umschmeichelte mich, und ich schloss die Augen. Nur für eine Minute. Nur, um den Sonnenschein und die Blumen zu genießen. Nur, um meine Augen auszuruhen.

»Hallo?«, hörte ich im Traum jemanden sagen. Es war ein herrlicher Tag, zu schön, um zu arbeiten. Ich sollte wirklich am Strand sein. »Hallo?«, sagte die Stimme wieder. Eine angenehme Stimme, und es war nur fair, dass ich von einer angenehmen Stimme träumte. Tief. Warm. Die Stimme eines Mannes. O Himmel!

Ich öffnete die Augen.

Neben mir auf der Bank saß ein großer Mann mit modisch geschnittenen Haaren, dunkelbraunen Augen und der leicht gebräunten olivfarbenen Haut eines Spaniers. Er lächelte, als ich ihn anschaute. Bildete ich ihn mir nur ein? Riefen Hirnschäden Halluzinationen hervor? Wenn ja, dann waren sie bisher sehr angenehm.

»Tony Jordan«, sagte die Halluzination.
Recht guter Name, dachte ich, als ich seinen Hals anschaute. Auch ein recht guter Hals.
»Tony Jordan?«, fragte ich laut. Einfach, um es auszuprobieren.
Der Mann nickte und lächelte wieder. Was für ein Lächeln. Ebenmäßige weiße Zähne in einem Mund, der genauso perfekt war. Nicht zu groß und nicht zu klein. Sinnlich, aber nicht anzüglich. Ich genoss diese Halluzination.
»Stimmt«, sagte er. »Kann ich das Haus anschauen?«
Oh mein Gott! Er war echt. Ich setzte mich auf und riss die Augen auf, als ob das helfen würde, schneller aufzuwachen. Mist, ich würde niemals wieder trinken. Zumindest nicht an einem Sonntagabend. Nicht, wenn ich ein Immobilien-Magnat sein und über Andrew Kenny herrschen wollte.
»Oh, richtig. Es tut mir Leid, Mr. Jordan. Okay, großartig. Wunderbar, Sie kennen zu lernen. Ich heiße Ellen Grace. Nett, Sie zu treffen. Ich habe hier auf Sie gewartet. Ich habe kein Auto kommen hören.«
Lieber Gott, ich konnte es nicht glauben. *Ich habe kein Auto kommen hören?* Was erzählte ich denn da? Würde er mich für unhöflich halten? Würde er glauben, dass ich andeutete, dass er zu arm war, um sich einen Wagen leisten zu können? Das würde auf mich zutreffen, die Frau mit einem rosafarbenen Hyundai, den niemand haben wollte.
Tony Jordan nickte, lehnte sich zurück und streckte sich wie eine Katze. »Ich bin zu Fuß gekommen. Es ist so ein herrlicher Tag, und da ich ja nur vom Nebenhaus herüberkommen musste …«
Ich sah ihn an, als er sprach, und versuchte herauszufinden,

was er sagte. Schließlich kämpfte sich der Schlüsselsatz durch den Dunst aus Restalkohol, Paracetamol und Schmerz, der meinen Geist umnebelt hatte.

»Nebenhaus?«, fragte ich. »Sie wohnen nebenan?«

Tony Jordan lächelte ein sich langsam ausbreitendes Lächeln wie Butter auf einem heißen Sauerteigfladen. Er schüttelte den Kopf. »Ich wohne nicht dort, aber es gehört mir.«

»Oh«, sagte ich und war bemüht, mich auf Wörter zu beschränken, die nichts aussagten.

Sein Gesicht wurde ernst, und er beugte sich ein wenig vor, während er mir in die Augen sah. »Jérôme Daly war … nun, wie ein Vater zu mir. Das Nebenhaus hier gehörte ihm. Er hat es mir hinterlassen, als er getötet … als er starb.«

»Oh Gott, Mr. Jordan … es … es tut mir wirklich Leid. Ich wusste nicht … mir war nicht klar.«

Tony Jordan seufzte. »Woher sollten Sie es auch wissen?«

Er schaute zur Seite, saß vornüber gebeugt da und stützte seine langen, schmalen Hände auf seinen langen, schönen Oberschenkeln ab. Er blickte auf das Kopfsteinplaster unter seinen Füßen hinunter.

»Daher wollte ich mir dieses Haus ansehen. Ich will es vielleicht kaufen. Ich … nun, ich wohne ein wenig abseits, aber ich dachte, ich könnte vielleicht in Jérômes Haus ziehen. Es war sein Stolz und seine Freude, und er hat es mir hinterlassen.«

Er schwieg, als ob er sich an etwas erinnerte, und fuhr sich mit einer langfingrigen Hand durch das Haar, während er in die Ferne schaute.

»Ich weiß nicht, was ich tun soll. Vielleicht werde ich hier leben. Ich weiß es nicht. Leider sind diese Häuser sehr hübsch, aber ein bisschen klein, und ich bin an ein größeres Haus gewöhnt. Ich dachte, ich schaue mir Mrs. Harris' Haus an. Sie und Jérôme waren enge Freunde.«

Tony Jordan schwieg, dann drehte er sich mir zu und sah mich an. Mein Atem stockte eine Sekunde lang angesichts der Intensität seines Blicks. Seine Augen waren so dunkel, dass sie eher schwarz als braun waren, und der traurige Ausdruck auf seinem Gesicht ließ mich so sehr wünschen, ihn zu berühren, dass ich mich auf meine Hände setzte.

»Hm«, machte ich.

Er wandte den Blick ab.

»Mir tut Ihr Verlust sehr Leid«, sagte ich, riss mich zusammen, bis das Mitgefühl, das ich spürte, gewichtiger war als die Begierde.

»Danke.«

»Nein«, sagte ich, »es ist wirklich entsetzlich, jemanden zu verlieren, den man liebt, und vor allem auf solch schreckliche Weise.«

»Sind Sie die Frau, die ihn gefunden hat?«, fragte Tony und sah mich wieder an.

Ich nickte.

»Sie waren mit jemandem zusammen, nicht wahr? Jedenfalls hat die Polizei das gesagt.«

»Andrew. Andrew Kenny. Der Gebietsmanager.«

»Es tut mir Leid«, sagte Tony Jordan.

»Mir auch«, sagte ich. »Er ist eine ziemliche Nervensäge.«

Tony Jordan lachte, und der traurige Ausdruck verschwand aus seinem Gesicht, doch tief in seinen Augen war noch immer ein gewisser Schmerz zurückgeblieben.

»Wollen wir hineingehen und uns umsehen?«, fragte er.

Ich nickte, ging vor ihm her, öffnete die Tür und führte ihn ins Haus, während ich das köstliche Gefühl hatte, dass er ständig hinter mir war. Sobald wir drinnen waren, standen wir uns in der von Sonnenstrahlen getüpfelten Diele gegenüber.

»Gut«, sagte ich, »wo möchten Sie anfangen?«

Tony Jordan öffnete und schloss seine wundervollen Augen ein paar Mal.

»Ellen?«

»Ja?«

»Nach allem, was hier geschehen ist … Sie wissen, mit Jérôme und allem anderen, würden Sie etwas dagegen haben, wenn ich mich allein umsehen möchte?«

Ich schüttelte den Kopf. »Natürlich nicht. Soll ich in der Küche oder irgendwo anders warten?«

»Oder im Garten, wenn es Ihnen nichts ausmacht. Es ist einfach so, dass es aus unerfindlichen Gründen wichtig für mich ist, hier etwas Zeit zu verbringen, wo Jérôme seine letzten Minuten verbracht hat, und es ist nicht nötig, mich bei dem Rundgang zu begleiten. Das Haus ist eine Kopie von Jérômes Haus, und sein Haus kenne ich wie meine Westentasche. Ich bin ja praktisch dort aufgewachsen.«

»Möchten Sie, dass ich für eine Weile weggehe?«, fragte ich. »Dann können Sie hier tun, was Sie tun müssen, und danach die Tür einfach hinter sich zuziehen. Schließlich gibt es hier nichts für Sie zu stehlen – was nicht heißen soll, dass Sie irgendetwas stehlen würden –, Sie verstehen schon, was ich meine …«

Tony Jordan schüttelte den Kopf. »Das ist nicht nötig, und überhaupt« – er schaute zu Boden und dann wieder zu mir auf – »würde ich es schön finden, wenn Sie auf mich warten würden. Wenn Sie nichts dagegen haben, natürlich nur, wenn es Ihnen nicht zu viel Mühe bereitet.«

»Mit dem größten Vergnügen«, sagte ich, und selten habe ich irgendetwas so ernst gemeint. Diesmal konnte ich dem Drang, ihn zu berühren, nicht widerstehen. Ich streckte die Hand aus und legte sie auf seinen Arm. »Ich werde draußen warten, und Sie können mich rufen, wenn Sie mich brauchen.«

»Danke«, erwiderte er, lächelte mich an und wandte sich dann mit entschlossener Miene ab.

Warum sollte er nicht entschlossen aussehen, dachte ich, als ich leise das Haus verließ und meinen Platz auf der Gartenbank wieder einnahm. Es musste schwer sein, sich den eigenen Dämonen zu stellen, und durch ein Haus zu gehen, in dem jemand, den man geliebt hat, ermordet worden war. Ich bewunderte solch einen Mut. Das, und einen guten Körper, und Tony Jordan hatte beides.

Während ich auf der Bank saß und über den Mann im Haus nachdachte, wühlte ich in meiner Handtasche nach meinem Terminkalender. Um halb elf hatte ich meinen nächsten Termin. Das war ein Glücksfall, dachte ich und lehnte mich auf meinem Platz zurück, weil ich schon wieder von der warmen Sonne verführt wurde. Tony Jordan würde genügend Zeit haben. Was für ein Mann, dachte ich, als mein Körper schwerer und schwerer wurde und ich begann, in diesen wundervollen, halbwachen Zustand zu gleiten, während in der Ferne der Verkehr vorüberfuhr und ein Vogel in der Nähe sang. Alles in allem war das kein schlechter Job. Man lernte interessante Menschen kennen – wie Tony Jordan. Er *war* interessant. Wahrscheinlich hatte er drei Kinder, die zusätzlich Raum brauchten, um mit ihrem gut aussehenden Dad herumtoben zu können. Drei Kinder und ein Supermodel als Ehefrau, und ich wettete, dass sie glücklich bis in alle Ewigkeit lebten.

Ich musste wieder eingedöst sein, denn das Nächste, was ich hörte, war Tony Jordan, der meinen Namen sagte.

»Sie sind wie eine Katze«, meinte er, als ich die Augen öffnete.

»Wie bitte?«, fragte ich und bemühte mich, mich auf sein Gesicht zu konzentrieren, das einmal mehr neben mir auf der Bank auftauchte.

»Sie können nicht widerstehen, in der Sonne zu dösen.«

»Oh«, sagte ich und erinnerte mich dann. »Wie sind Sie klar gekommen?«

Er atmete tief ein. »Gut. Gut. Es war … na ja … ein wenig schwierig. Ich bin nicht sicher, ob ich schon alles hinter mir habe, aber ich bin froh, dass ich mich umschauen konnte. Warum ist das Haus so leer? Sicherlich hatte Mrs. Harris weit mehr Sachen als diese?«

»Hatte sie auch. Sie sind eingelagert worden. Ihrem Sohn Daniel gehört jetzt das Haus, und er lebt in Spanien, und nach all der Aufregung … Sie wissen schon … mit dem armen Jérôme, hatte er Spezialisten bestellt, damit sie all ihre Sachen hinausschaffen, einlagern und das Haus reinigen sollten.«

Tony Jordan nickte, während ich sprach. »Gute Idee.«

»Ja, es ist eine gute Idee.«

»Es ist ein hübsches Haus.«

»Ja«, sagte ich. »Gefällt es Ihnen?«

Er nickte.
»Wenn Sie beide Häuser besäßen, würden Sie die Trennwände durchbrechen und alles zu einem einzigen großen Haus machen? Ist das Ihr Plan?«
Tony Jordan nickte wieder. »Etwas in der Art.«
»Und würde es dann groß genug sein? Ich meine, für Sie alle. Würden Sie genügend Platz haben?«
»Uns alle?«
»Ihre Familie. Wie viele Schlafzimmer würden Sie, zum Beispiel, benötigen?«
»Eines«, sagte er.
»Eines«, wiederholte ich.
»Ich bin allein«, sagte er.
»Oh«, erwiderte ich und war aufgeregt, da er meine unausgesprochene Frage beantwortet hatte. »Es ist immer gut, wenn man zusätzlichen Platz für Besucher hat. Verwandte kommen und bleiben. Freunde. Wer auch immer. Vielleicht auch Fremde?«
Ich lachte, weil ich so nervös war, dass ich mich nicht stoppen konnte. Mein Tim Gladstone special. Ein lautes, raues Lachen mit einem durchdringenden Ton am Schluss. Mein Herz sank. Der unglaublich gut aussehende und interessanteste Mann, den ich je kennen gelernt hatte seit – oh, ich weiß nicht, vielleicht mein ganzes Leben lang? –, stand direkt vor mir, und er war nicht nur all das, sondern er war auch – wundersamerweise – ungebunden. Ich hätte ihn verführen können. Nun, vielleicht hätte ich das nicht gekonnt, aber ich hätte es wenigstens versuchen können. Aber nein. Stattdessen hatte ich ihn beleidigt, war eingeschlafen und hatte mich ganz allgemein zum Narren gemacht.

Ich hob die Hand, um mein Haar zu betasten. Struppig am Hinterkopf – das kam von dem Eilmarsch durch die Straßen, als ich mit nassem Haar meinen Wagen gesucht hatte und meinen Kopf danach gegen die Wand gelehnt hatte, als ich auf einer Gartenbank eingeschlafen war. Ich hätte vor Frust schreien mögen. Zusätzlich zu allem anderen solch hässliches Haar zu haben, wenn ich den begehrenswertesten Mann traf, den ich jemals in meinen sechsundzwanzig Jahren kennen gelernt hatte. Das war einfach unfair. Gute Sandalen konnten schlechtes Haar nicht wettmachen.

Tony Jordan lächelte. »Danke, Ellen. Ich muss jetzt los, weil ich in der Stadt ein paar Termine habe. Danke, dass sie mir das Haus gezeigt haben. Ich melde mich.«

»Kein Problem. Überhaupt kein Problem. Ich freue mich darauf.«

Ich blieb sitzen und sah zu, wie Tony Jordan die Auffahrt zur Straße hinunterging und in den Range Rover stieg, der direkt vor dem rosafarbenen Hyundai parkte. Ich hoffte aufrichtig, dass er mich nicht hatte kommen sehen. Er stieg ein, drehte sich um und winkte mir zu, ehe er davonfuhr. Ich winkte zurück und versuchte, ruhig auszusehen und cool und überlegen, doch stattdessen sah ich eher aus wie ein linkischer und nervöser Kandidat bei *Wer wird Millionär.*

Ich schaute auf die Uhr. Fünf vor halb elf. Er war fast eine Stunde lang im Haus gewesen. Und natürlich hatte ich die meiste Zeit davon verschlafen. Wenigstens fühlte ich mich jetzt besser. Ich schaute die enge Vorstadtstraße hinauf und sah einen kleinen blauen Micra näher kommen. Der Wagen hielt vor Mrs. Harris' Haus, und eine dralle Frau in einem überdimensionalen Hawaii-Hemd und einem bauschigen weißen Rock stieg aus. Sie winkte mir zu, als ob ich eine alte Freundin sei. Ich winkte zurück – und diesmal war es mir egal, dass ich wie eine Idiotin aussah.

»Guten Morgen! Guten Morgen!«, rief die Frau, als sie das silbrige schmiedeeiserne Tor öffnete. »Herrlicher Tag, was? Also das ist es, ja? Der Schauplatz des Mordes? Ich hoffe, dass nichts Gruseliges mehr im Haus zurückgeblieben ist.«

Ich stand auf und versuchte, mir eine passende ablehnende Antwort einfallen zu lassen, doch sie stand vor mir und tupfte sich Schweißperlen von ihrem stark gepudertem Gesicht ab, ehe ich endlich etwas sagen konnte.

»Hallo«, war alles, was ich schaffte, und dann kam ich in einem Nebel billigen Parfüms fast um. Die Frau klatschte laut in die Hände.

»Ja! Lassen Sie uns hineingehen! Ich kann es kaum erwarten, mich hier umzusehen. Wie war noch der geforderte Preis?«

Mein Magen hob sich, und in meinem Kopf hämmerte es. Tony Jordan war wie ein Wunder, das sich zu einer wehmütigen Erinnerung verflüchtigt hatte. Es würde ein sehr langer Tag werden.

6

Der gesamte Montag wurde darauf verwendet, Interessenten durch Honan Terrace zu führen. Als ich schließlich fertig war, war es fast fünf Uhr, und ich beschloss, sofort nach Hause zu fahren. Es hatte Zeit bis morgen, mich Molly zu stellen, wenn ich meine Termine für den Tag abholte.

Auf dem Heimweg, als ich im Verkehr schmorte und wünschte, dass derjenige, der den rosafarbenen Wagen entworfen hatte, so viel Weitsicht besessen hätte, eine Klimaanlage einzubauen, klingelte mein Handy. Ich schaute auf den winzigen Monitor, sah, dass es meine Mutter war, und überlegte, ob ich das Gespräch nicht annehmen sollte, doch mein Gewissen gewann. Mein Gewissen und meine abergläubische Natur. Obwohl es mir egal war, ob jemand tot war oder sterben oder zumindest verletzt werden würde, wenn ich das Gespräch nicht annahm, drückte ich auf das winzige grüne Symbol.

»Ellen?«

»Mam.«

»Herrlicher Tag.«

»Ja«, sagte ich, »ja wirklich. Wie geht es dir?«

»Gut. Ich habe gerade das Gespräch mit Alison beendet, und ich dachte, ich rufe dich schnell an, um dir mitzuteilen, dass deine Schwester über das Wochenende kommen wird. Sie alle kommen.«

»Alle?«

»Ja. Alison, Baby Kieran *und* Dermot«, sagte meine Mutter, als rezitierte sie eine Liste von Titelverleihungen. Ich sah mich im Rückspiegel an und schnitt eine Grimasse.

»Klasse«, sagte ich mit einer Stimme, die so flach war wie Wiley Coyote, nachdem er einen Kampf mit einer Dampfwalze ausgefochten hatte. »Es wird ein Hochgenuss sein, Doktor Dermot zu Besuch zu haben. Ich kann es gar nicht glauben, dass er es geschafft hat, sich von seiner geschäftigen Praxis zu entfernen. Was werden sie bloß das ganze Wochenende über ohne ihn anfangen? Halb Dublin wird wahrscheinlich sein Leben aushauchen.«

»Es wird wirklich schön sein, Dermot zu sehen«, sagte meine Mutter und überging meinen Ton. »Und Alison sagt, dass Kieran jetzt sehr niedlich ist. Er krabbelt, und sie sagt, dass er auch schon ein paar Worte spricht. Kaum zu glauben, was? Mit zehn Monaten! Aber Alison selbst hat auch sehr früh gesprochen.«

Ja, dachte ich, und sie hat seitdem nicht mehr aufgehört damit.

»Arme alte Alison«, fuhr meine Mutter fort. »Sie ist ein wenig abgespannt. Es wird schön sein, sie zu Hause zu haben, dann kann sie sich ein wenig erholen.«

»Also wirklich«, sagte ich, bevor ich mich zurückhalten konnte. »Sie muss völlig ausgelaugt sein. Sie hat ja jetzt erst seit zwei oder drei Wochen Ferien, und ihr bleiben noch sechs Wochen, ehe sie in die Schule zurückkehren muss. Sie sollte mal versuchen, in einer Hitzewelle Häuser zu zeigen, wenn sie wissen möchte, was Erschöpfung ist.«

Meine Mutter erwiderte: »Ach was. Deine Schwester hat Kurse gegeben, seit sie die Schule im Juni beendet hat, und überhaupt, was hat dich davon abgehalten, dich zur Lehrerin ausbilden zu lassen wie Alison? Nichts. Nichts, außer deine dummen Ideen und dein Eigensinn.«

»Und die Tatsache, dass ich nicht gut genug in meinem Examen war, um einen Platz zur Ausbildung als Volksschullehrerin zu bekommen?«

»Waren wir daran schuld? Du hattest mehr Grips als Alison, Ellen Grace, und du hast alles hingeworfen und bist mit diesen wilden Freunden herumgezogen und hast nicht studiert. Ich habe dir damals gesagt, dass du das eines Tages bereuen würdest und nun … nun …«

»Hör mal, Mam, es tut mir Leid. Ich weiß, dass sie hart arbeitet. Ich weiß, dass sie ein kleines Baby hat und einen Arzt zum Ehemann, der nie zu Hause ist.«

»Also wirklich, Ellen. Dermot tut sein Bestes …«

»Ich weiß, ich weiß«, sagte ich, ehe sie sich in eine Verteidigungsrede für Dermot stürzen konnte. »Er ist großartig, wunderbar, hervorragend. Alison auch und auch Kieran. Ich liebe sie alle und ich freue mich darüber, dass über das Wochenende kommen – und, Mam?«

»Ja?«

»Ich hatte Recht, keine Lehrerin zu werden. Ich bin eine sehr glückliche Immobilien-Maklerin.«

»Oh.«

»Nein wirklich, das bin ich.«

»In Ordnung, Liebes. Keine weiteren Toten, hoffe ich.«

»Bisher nicht.«

»Gut.«

»Okay, Mam. Ich muss weiterfahren. Ich stecke in dichtem Verkehr und brauche beide Hände.«

»Natürlich, Liebes. Wir sprechen morgen miteinander.«
»Tschüss, Mam.«
Ich schaltete das Handy ab, warf es auf den Beifahrersitz, lehnte den Kopf zurück und schloss die Augen. Ich fühlte mich schuldig, weil ich meine Mutter angelogen hatte. Ich steckte nicht mitten im Verkehr, sondern befand mich in der Tiefgarage unter meinem Apartmenthaus. Alison. Der Fluch meines Lebens. Süße überkorrekte Alison mit ihrer kecken kleinen Nase und einer Haut, die niemals einen Makel gehabt hatte. Wunderschöne kleine Alison mit dem großen Haus, dem gut aussehenden Doktor-Ehemann und dem pausbäckigen Baby. Ärgerliche petzende Alison, die mit Sicherheit zur Direktorin ihrer Schule befördert werden würde, ehe sie dreißig war, weil sie mit Leichtigkeit die herrischste Person dort war.

Wusste Will, dass sie am Wochenende zu Besuch kam? Um uns zu kritisieren und uns unsere Fehler vorzuhalten. »Schreckliche Alison«, wie Ruth sie getauft hatte, als wir zehn Jahre alt waren. Armer Will, wie würde er wütend sein, das gesamte Wochenende mit ihnen im Haus eingesperrt zu werden. Doktor Dermot würde im Fernsehen nach Rugby-Spielen suchen, und Alison würde Will über Studienpläne belehren. Ganz abgesehen von der Tatsache, dass Mam um die Besucher herumscharwenzeln würde, als ob sie Würdenträger wären.
Allerdings gab es noch immer Kieran. Will und ich liebten unseren Neffen Kieran. Nun, fairerweise musste gesagt werden, dass jeder Kieran liebte. Er war einfach das süßeste Baby der ganzen bekannten Welt. Blond und pausbäckig,

mit Engelsblick und Übermut in seinen blauen Augen. Selbst India, die gewöhnlich überhaupt keine Babys mochte, sagte, dass sie Kieran »recht ansprechend« fand. Großes Lob, wirklich. Vielleicht sollte ich Will dazu bringen, in meiner Wohnung zu bleiben, und wir könnten anbieten, uns um Kieran zu kümmern, und so wirklich viel Spaß haben, ohne uns mit Doktor und Mrs. Gleeson befassen zu müssen. Das war eine Idee, die ich mit Will besprechen musste.

Ich raffte meine Sachen zusammen und ging langsam in mein Apartment hinauf. Es war noch immer sehr warm, und die ganze Wohnung roch nach Joey. Der gleiche Joey glich natürlich den Gestank damit aus, dass er zur Begrüßung schnurrte.

»He, Junge«, sagte ich, ließ alles fallen und nahm ihn auf den Arm. »Schön, dich zu sehen.«

Joey schnurrte laut, und ich trug ihn umher, während ich unser Abendessen vorbereitete. Diesmal war ich so mutig, eine Dose Thunfisch für Joey zu öffnen. Ich legte mich auf mein Bett und sah Fernsehen und überdachte meinen Tag.

Ich konnte es gar nicht glauben, wie gut alles beruflich für mich lief. Nun ja, abgesehen von dem armen toten Jérôme und dem ärgerlichen Andrew. »Hazeldene« würde viel Geld einbringen, das hatte ich im Gefühl, und Mrs. Harris' Haus war beliebter als jedes andere Haus, das ich jemals in meinen Büchern gehabt hatte. Alles in allem hatte ich das Haus dem tollen Tony Jordan gezeigt, zwei kahlköpfigen Geschäftsmännern, die auf der Suche nach einer Investition waren, drei Frauen im mittleren Alter, zwei jungen Paaren, die zum ersten Mal kaufen wollten, einer Frau mit einem langen grauen schottischen Plaid und einem Paar Pumps mit

Pfennigabsätzen und einem Mann mit einer erfolglos gekämmten Frisur, der ständig meinen Hintern berührte, weil er darauf bestand, sich an mir vorbei durch die Türöffnungen zu quetschen. Er war noch viel unheimlicher als der Tote. Wann immer ich nicht die Leute die Treppen hinauf und hinunter und in Räume hinein und heraus begleitete, saß ich draußen auf der Bank – weil es mir noch immer unheimlich war, mich allein in dem Haus aufzuhalten – und suchte die Straße nach Tony Jordans Jeep ab.

Als ich begann, mich von den Ereignissen des Tages zu lösen und in den Schlaf zu gleiten, tauchte uneingeladen Andrews Gesicht in meinem Kopf auf. Ich hätte ihn am liebsten zerschmettert, doch ich hatte nicht genügend Energie dazu. Stattdessen versuchte ich, ihn mit Tony Jordans Gesicht zu überdecken. Das funktionierte in etwa, und zumindest hatte ich einen sehr netten Traum von einem Mann, der eine Kreuzung aus beiden war.

Am nächsten Morgen stand ich früh auf und hatte mich nahezu erholt von meinem Trinkgelage am Sonntagabend, duschte, aß und schaffte es, gegen zehn im Büro zu sein. Das war früh für einen Dienstag, da ich erst um elf Uhr erwartet wurde. Obwohl ich mich viel besser fühlte, hätte ich es vorgezogen, die frühmorgendliche Demütigung von Molly zu umgehen. Ich hatte aber keine Möglichkeit, da ich ja meine Terminliste für den Tag abholen musste.
Es war ein weiterer heißer und sonniger Tag, und auf dem ganzen Weg zur Arbeit wünschte ich, ich wäre an der See. Wenn ich auf meine Mutter gehört hätte, würde ich jetzt

Lehrerin sein und Ferien haben, und das hätte mir wirklich gefallen. Jedenfalls die Ferien.

Molly schaute hoch, als ich durch die Haustür ins Büro kam, doch ihr Begrüßungslächeln verschwand, sobald sie mich erkannte. Aber das störte mich nicht. Ihr Missfallen spielte für mich keine Rolle, und außerdem, worüber regte sie sich denn auf? Sie wusste nicht, dass ich gestern um zwei Uhr morgens blau wie eine Haubitze gewesen war und auf dem Fußweg vor meinem Apartment hingeknallt war, oder? Es sei denn, sie wäre mir gefolgt, natürlich. Meine Paranoia lief Amok. Molly würde mir doch nicht folgen – oder? Sie sah zu mir auf. Nein, das würde sie nicht tun. Da ich für Molly kaum exisierte, konnte ich mir nicht vorstellen, dass sie an mir genügend interessiert sein könnte, um mich zu verfolgen.

»Herrlicher Tag, was, Molly?«, sagte ich herausfordernd.

Sie schaute mich an. »Warum müssen in diesem Land alle Menschen immer, immer, *immer* über das Wetter sprechen?«

Ich zuckte mit den Schultern und blieb vor ihrem Schreibtisch stehen, der extra hoch gebaut worden war, um alle abzuschrecken, wie ich vermutete, die kleiner als zwei Meter dreizehn waren.

»Haben Sie meine Termine für heute schon fertig?«

Molly griff in eine Schublade und zog ein Blatt Papier heraus, das sie mir zuflattern ließ.

»Vielen Dank«, sagte ich, als hätte sie mir meine Termine auf einem Silbertablett serviert.

Molly lächelte und blinzelte und sog ihre Wangen ein, als genoss sie ein Fruchtbonbon. »O ja. Diese Lagerspedition hat für Sie angerufen.«

»Welche Spedition?«

»Die Leute, bei denen Sie Mrs. Harris' Habe eingelagert haben.«

»Shamrock Storage?«

Molly nickte. »Bei ihnen ist gestern Nacht eingebrochen worden. All ihre eingelagerten Sachen einschließlich Mrs. Harris' Habe scheinen durchwühlt worden zu sein.«

»Mist. Jetzt muss ich mich noch mal mit Daniel Harris in Verbindung setzen. Wurde etwas gestohlen?«

»Sie glauben nicht, und Sie brauchen sich mit Daniel Harris nicht abzumühen. Ich habe ihn angerufen.«

»Ehrlich?«

»Ja. Schließlich sind das ja seine Besitztümer, oder?«

»Ja, Molly, das sind sie. Danke, dass Sie ihn angerufen haben. Was hat er gesagt?«

»Nicht viel. Er ist nur besorgt, dass er wieder nach Hause kommen muss. Er besitzt Clubs in Torremolinos, wussten Sie das?«

»Ja. Er hat es mir erzählt.«

»Ich habe ihm gesagt, dass ich mich darum kümmere und dass er sich keine Sorgen machen muss.«

»Das haben Sie getan?«

»Natürlich habe ich das getan, Ellen, das machen wir doch sowieso.«

»Ja, eben. Aber was muss unternommen werden?«

»Nicht viel. Nichts wurde entwendet. Shamrock Storage wird alles wieder in die Kisten packen, und das war es dann.«

»Also ist alles geklärt?«

Molly nickte.

»Vielen Dank«, sagte ich.

»Alles ist in einem Tag erledigt. Sagen Sie mir nur, Ellen, wie können Sie dieses Haus noch immer zeigen? Sind Sie nicht *schrecklich, schrecklich* traumatisiert, nach dem, was ihnen in der letzten Woche passiert ist?«

»Nein«, sagte ich, als meine Dankbarkeit verschwand und Molly und ich wieder auf unserer gemeinsamen Basis gelandet waren, wo ich die niedrigste der Niedrigen war und sie eine Mission hatte, mich das spüren zu lassen. Ich schluckte krampfhaft und zwang mich, sie anzulächeln. »Ich finde das großartig. Das Interesse ist fantastisch. Gut fürs Geschäft.«

»Voyeure«, verkündete Molly und schaute auf ihre leuchtend roten Talons. Und da sie wie eine verrückte Ivana Trump aussah, hielt Molly sich ein wenig für eine Intellektuelle. Ich war mir nicht ganz sicher, was ein Voyeur war, doch da Molly es sagte, war ich sicher, dass es sich um etwas Gutes handelte. Sie hob eine Hand und tätschelte ihren mit Spray lackierten, blonden Bob, um ihn auf widerspenstige Haare zu kontrollieren. Als ob auch nur ein einziges Haar auf ihrem Kopf den Mut haben würde, aus der Reihe zu tanzen.

»Vielleicht«, sagte ich. »Aber vielleicht auch wieder nicht. Wer weiß, Molly? Die Nummer zweiunddreißig Honan Terrace scheint im Augenblick eine heiße Immobilie zu sein, und ich freue mich schon auf die Ferien, die ich mir von der Provision leisten werde.«

»Nun«, sagte Molly und begann wieder zu tippen – wie kam sie mit diesen Nägeln bloß mit dem Keyboard zurecht? – »ich dachte gerade, dass Sie Ryan ein paar Kunden durch Honan Terrace führen lassen könnten, das ist schon alles. Es würde eine gute Erfahrung für Ryan sein. Er ist jung. Die Kunden mögen ihn …«

»Und mich mögen sie nicht?«, fragte ich.

»Das habe ich nicht gesagt. Ich habe nur gesagt, dass Ryan vielleicht mit einbezogen werden möchte. Sie scheinen im Augenblick viele Verkäufe zu haben. Ich habe nur laut gedacht, Ellen, mehr nicht.«

»Nun, am Ende eines Tages ist alles nur noch harte Arbeit, Molly. Ich bin sicher, dass Ryan das lernen wird.«

Molly zuckte mit den Schultern, und ich machte ein großes Theater und durchsuchte meine Tasche nach meinem Terminkalender. Ja, das war es, dachte ich, als ich aus Versehen meinen Zeigefinger auf einer Nagelschere aufspießte und Blutstropfen auf mein Maskara tropfte. Ich nahm den Terminkalender und steckte den Finger in den Mund. Ryan musste lernen, dass harte Arbeit der Weg ist, um Karriere zu machen. Das, und das Glück, dass ein alter Mann in einer deiner Immobilien in den Kopf geschossen worden war. So war es immer. Dennoch besaß Ryan die Gunst von Molly, was mehr war, als ich vorweisen konnte.

Der Gedanke an »Hazeldene« und all die Interessenten, die in Scharen zur Honan Terrace strömten, glich Mollys Niedertracht wieder aus, und ich lächelte sie an, als sei sie meine beste Freundin. Molly ignorierte mich, und plötzlich wurden ihre Augen schmal, als sie über meine Schulter schaute. Noch ehe ich mich umdrehte, um zu sehen, was sie anschaute, sah ich, dass sich ihre roten Lippen zu einem süßlichen Lächeln verzogen. Molly hätte meinen Wagen mit Küssen bedecken können, und die Spuren wären nicht aufgefallen, weil ihr Lippenstift absolut perfekt zur Lackierung des Hyundai passte.

Ich drehte mich um und erwartete den schönen Tim Gladstone. Als ich die hoch gewachsene blonde Frau endlich erkannte, die die Glastüren von Gladstone und Richards aufstieß, war es zu spät, in der Personalküche zu verschwinden.

»Davina!«, rief Molly und winkte fast vor Begeisterung. »Davina! Wunderbar, dich zu sehen.«

Davina Blake schwebte uns entgegen. Sie trug ein Kostüm aus blassestem cremefarbenen Leinen und ein Paar der hübschesten cremefarbenen Sandalen, die ich je in meinem Leben gesehen hatte. Ihre Haut schimmerte, als ob sie von innen von winzigen Glühbirnen beleuchtet würde, und es bedurfte eines wissenschaftlichen Messgeräts, um die Menge des Make-up zu bestimmen, das sie auf ihren grünen Augen trug. Das gab es einfach nicht, dass solch ein perfektes Make-up ein Zufall war.

»Molly«, sagte sie mit ihrer sanften Stimme und lächelte mich an, als sei sie begeistert, mich zu sehen. »Ellen. Nun treffen wir uns schon so bald wieder.«

»Davina«, sagte ich, weil ich es musste, aber ich hasste es, wie rau und gewöhnlich meine Stimme sich im Vergleich zu ihrer anhörte. Davina klang wie Schneewittchen im Disney-Zeichentrickfilm. Ihre Stimme ließ wahrscheinlich kleine Vögel vor Freude trillern.

»Was für ein herrlicher Tag«, sagte Davina.

»Ja, wirklich«, erwiderte Molly und verschob die kleine Vase, die neben ihrem Computer stand und eine einzige pinkfarbene Rose enthielt. »Ich liebe dieses Wetter. Alles sieht dann so anders auch, meinen Sie nicht auch, Davina?«

»Oh, Molly«, sagte ich, während ich mich über den Tresen beugte, weil ich der Versuchung nicht widerstehen konnte. »Ich dachte, Sie sind die Leute leid, die Bemerkungen über das Wetter machen?«

Molly lachte herzlich und verdrehte die Augen nach oben und unter ihre blau geschminkten Lider. »Seien Sie nicht albern, Ellen. Wer würde über dieses herrliche Wetter keine Bemerkungen machen? Also, Davina, sagen Sie mir, womit ich Ihnen helfen kann.«

Davina stand direkt neben mir, und wir beide schauten Molly über den Tresen hinweg an. Davina Blake und ich hatten außer unserem Alter wenig gemeinsam. Und unsere Größe natürlich – wenn ich einen Meter achtundsiebzig war, so war Davina das auch. Oh ja, und wir waren – zumindest nominell – vom gleichen Geschlecht. Und dort trennten sich unsere Wege.

Davina sah einfach perfekt aus. Wunderschönes Gesicht. Kurz geschnittenes, blondes Haar. Schimmernde honigfarbene Haut. Große grüne Augen mit schwarzen Wimpern. Das konnte doch nicht natürlich sein, oder? Irgendetwas musste gefärbt sein. Aber das war unwichtig. Sie war trotzdem perfekt. Davina sah so aus, wie ein erfrischender Fruchtsaft an einem heißen Tag schmeckt. Mir war heiß, und ich fühlte mich staubig und zerknittert, als hätte ich in meinen Kleidern geschlafen. Ehe Davina antworten konnte, öffnete sich die Tür zu Andrews Büro, und er kam heraus.

»Davina!«, rief er und war offensichtlich erfreut, sie zu sehen. »Genau die Frau, auf die ich gewartet habe. Komm herein, komm herein. Ich habe alle Informationen, nach denen du gesucht hast, gleich hier in meinem Büro.«

Davina ging auf Andrew zu, und sie schüttelten sich die Hände.

»Schön, dich zu sehen, Andrew. Soll ich hineingehen?«

»Hinein mit dir und nimm Platz. Ich bin gleich wieder da«,

sagte Andrew. »Molly, würden sie mich umbringen, wenn ich sie bäte ...«

Andrew zwinkerte Molly zu, und ich hätte schwören können, dass sie errötete.

»Wie wäre es mit Kaffee?«, trillerte sie.

»Den richtigen?«

Molly sagte in gespielter Überraschung: »Als ob wir den Gästen diesen löslichen Kram anbieten könnten.«

Andrew lächelte breit. »Wissen Sie, Molly, Sie sind ein richtiger Star.« Dann hielt er inne, als hätte er mich gerade erst bemerkt. Ich beobachtete, wie sich sein Gesicht zu verändern schien und etwas von diesem überschwänglichen Charme verlor, den er so liebend gern verströmte.

»Ellen.«

Ich fuhr mir mit einer Hand durch mein staubiges und verschwitztes Haar.

»Andrew.«

»Ist alles in Ordnung?« Er runzelte die Stirn und trat näher an mich heran.

»Prima«, sagte ich so munter wie möglich. »Wunderbarer Tag. Völlig zugeschüttet von Interessenten in Honan Terrace, und die ›Hazeldene-Sache‹ sieht hervorragend aus.«

»Kommst du gut zurecht?«

»Ich verstehe nicht, was du meinst.«

»In Honan Terrace mit dem Mord und allem.«

»Könnte nicht besser sein. Ich denke daran, so etwas Mrs. Armitage vorzuschlagen, die dieses Ferienhaus nicht los wird.«

»Was denn vorschlagen?«

»Jemanden in ihrem Wohnzimmer erschießen zu lassen und

zu erleben, wie die Verkäuflichkeit durch das Dach hereinfliegt«, sagte ich.

»Sehr komisch, Ellen. Geht es dir gut?«

»Niemals besser. Die Arbeit stapelt sich, sage ich. Die Arbeit stapelt sich.«

»Gut. Dann wirst du mich bitte entschuldigen …« Andrew setzte sich zu seinem Büro in Bewegung.

»Davina«, sagte ich.

»Ihr habt euch am Sonntagabend gut amüsiert?«, fragte er.

Ich lachte, weil die Spannung in meiner Kehle schmerzte. »Wir hatten eine tolle Zeit.«

Molly tauchte wieder auf, mit einem Silbertablett, auf dem eine Kaffeekanne, zwei elegante weiße Tassen und eine passende Zuckerdose und ein Milchkännchen standen – die ich noch nie zuvor zu Gesicht bekommen hatte.

»Molly«, sagte Andrew, als er ihr das Tablett abnahm, »Sie sind ein Engel.«

Molly lächelte, tätschelte ihr Haar und hielt den Kopf schräg. Die ganze Szene stieß mir noch übler auf als mein Kater am Tag zuvor. Ich musste sofort gehen.

Mein erster Termin war erst um halb zwölf, doch vielleicht würde ich mir die lilafarbenen Schuhe ansehen, die ich vor Wochen entdeckt hatte. Ich konnte Molly und Andrew noch immer plaudern hören, als ich die schweren Glastüren aufstieß. Und ich war noch immer damit beschäftigt, wie sehr die beiden mich ärgerten, was wohl erklärte, warum ich nicht mitbekam, dass Tony Jordan hereinkam, während ich hinausging.

»Hallo«, sagte er.

Ich schaute zu ihm auf (es war selten genug, dass ich zu

jemandem aufschauen musste – wie groß war er?). Mein Gott, war er schön. Es gab kein anderes Wort dafür.

»Mr. Jordan.«

»Tony.«

»Verzeihung. Tony. Wie geht es Ihnen? Kann ich Ihnen helfen?«

Tony lächelte sein langsames Lächeln, das meine inneren Organe zum Schmelzen brachte. »Ja.«

Er hielt inne, und wir standen im Foyer des Büros, und eine warme Brise umfächelte uns, und die Luft war von Verkehrslärm erfüllt. Ich hatte das Gefühl, dass wir dort standen und uns ewig lange anschauten – oder vielleicht ineinander schauten, doch es müssen nur Sekunden gewesen sein, weil es das richtige Leben war, und im richtigen Leben konnte so etwas nicht länger dauern.

»Ja«, sagte er wieder, »ich frage mich, ob Sie mit mir zu Abend essen möchten?«

»Abendessen?«, fragte ich und kämpfte mit der Kombination aus Hitze und Lust und der neuen Information, dass Tony Jordan mich zu mögen schien.

Tony nickte.

»Heute Abend?«, fragte ich.

»Wann immer Sie möchten.«

»Heute Abend«, wiederholte ich.

Tony lächelte. »Acht Uhr?«

Ich nickte.

»Soll ich Sie abholen?«

Ich nickte wieder. Ich hatte meine Zweifel, dass er im Lippenstiftauto fahren wollte.

»Ihre Adresse?«

»Willow View Apartments – in der Nähe des Flusses.«
»Die kenne ich.«
»Apartment siebenunddreißig.«
Er lächelte mich erneut an, und ich war drauf und dran, ihn zu bitten, mir das in der Öffentlichkeit nicht anzutun. Er begann, bisher ruhende Bereiche in mir zum Prickeln und Pochen zu bringen. Ganz abgesehen davon, dass ich noch einen Arbeitstag vor mir hatte und ein komplettes Abendessen, ehe ich für eine derart pheromonale Herausforderung verfügbar war.
»Das ist großartig«, sagte er, als meinte er es auch. »Ich muss mich beeilen, denn ich sollte noch heute Vormittag nach Galway fahren, aber ich konnte es einfach nicht mehr abwarten, Sie zu sehen. Das stört Sie doch nicht, oder?«
Ich lachte, weil von all den Dingen, die mich stören könnten, eine Einladung zum Abendessen von einem traumhaften Mann niemals dazugehören würde.
»Ich bin entzückt«, sagte ich.
Tony Jordan sah aus, als überlegte er sich gerade, mich zu küssen, doch glücklicherweise, als ich mir nicht sicher war, ob ich mich unter Kontrolle hätte, überlegte er es sich anders. Stattdessen winkte er mir kurz zu und verschwand aus der Tür und die Treppe hinunter. Ich stand zur Statue erstarrt da und schaute ihm nach. Dann erinnerte mich daran, wo ich war.
Ich sollte wohl besser gehen. Meine Liste? Wo war sie? Ich musste sie auf dem Tresen liegengelassen haben. Ich kehrte ins Büro zurück und entdeckte Andrew und Molly dicht nebeneinander, und sie sahen mich an, als sei ich gerade von einer Bühne herabgestiegen. Offensichtlich hatten sie die gesamten Szene mitbekommen.

»Ich habe meine Liste vergessen«, sagte ich, lächelte ihnen zu und meinte es auch. Die Dinge konnten nicht besser laufen. Nicht nur hatte Tony Jordan mich zum Essen eingeladen, sondern Andrew und Molly hatten es auch noch mitbekommen. Ich hoffte, dass sie jedes Wort verstanden hatten. Das war das Mindeste, was ich verdiente.

7

Der Tag zog sich hin, und meine Gedanken waren nicht bei meinem Job, sondern meist bei Tony Jordan oder in meinem Kleiderschrank auf der Suche nach etwas, das sensationell sexy war und das ich am Abend tragen konnte. Ich rief India an.

»Tony Jordan – dieser absolut irre Mann, dem ich gestern Honan Terrace gezeigt habe – hat mich heute Abend zum Essen eingeladen, und ich weiß absolut nicht, was ich anziehen soll«, blubberte ich heraus, sobald India sich meldete.

»Ellen! Hör mal, ich könnte einen Klienten dahaben.«

»Ja, aber du hast keinen. Hast du gehört, was ich gesagt habe, India? Tony Jordan …«

»Ja, ja, ich habe dich gehört. Wer ist das?«

»Das weiß ich nicht, und das interessiert mich auch nicht. Ich weiß nur, dass er der bestaussehende Mann ist, den ich jemals gesehen habe. Oh, mein Gott, Indi! Du musst ihn einfach sehen. Was soll ich anziehen?«

»Wohin geht ihr?«

»Zum Abendessen.«

»Ja, aber wohin? Welches Restaurant?«

»Ich habe keine Ahnung, und es ist mir auch so was von egal. India, du müsstest ihn sehen. Alle Hormone in meinem Körper arbeiten auf Hochtouren, wenn ich mehr als zwei Sekunden lang neben ihm stehe. Was soll ich tun?«

»Trage einen Pulli mit Polo-Kragen und Jeans mit steifem Knopf.«

»Es ist Juli, India. Ich werde mich zu Tode schwitzen.«

»Ich weiß, Ellen, ich habe nur gerade an deine Ehre gedacht.«

»Vergiss sie«, sagte ich lachend. »Wenn du ihn sehen würdest, wäre das Thema Ehre mit Sicherheit nicht mehr in deinem Kopf.«

»Bleib eine Minute dran, Ellen …«

Ich lehnte mich auf meinem Stuhl zurück und schaute an die Decke, während India mit jemandem in ihrem Büro sprach. Was, in Gottes Namen, sollte ich bloß anziehen? Hatte ich Zeit, noch etwas Neues zu kaufen?

»Ellen?«

»Ja.«

»Ich muss Schluss machen. Hör mal, rufe mich morgen früh gleich an und berichte mir, wie es mit deinem *Treffen* gelaufen ist.«

Dann war sie weg, und ich war der Lösung meines Problems keinen Schritt näher gekommen. Das wuchs sich zu einer echten Krise aus. Ich rief Ruth bei der Arbeit an.

»Guten Tag, Parkside Hotel, Ruth am Apparat, wie kann ich Ihnen helfen?«

»Ruth, ich bin's. Kann du eine Minute lang sprechen?«

»Sicher, ja, was ist denn los, Ellen? Hoffentlich keine neuen Toten.«

»Nein, nein, hör zu. Ich habe ein Haus – das Haus, in dem ich den Toten gefunden habe – diesem wirklich tollen Typ gezeigt, Tony Jordan heißt er, und er hat mich für heute Abend zum Essen eingeladen.«

»Das ist klasse!«

»Ich weiß, ich weiß, aber du müsstest ihn sehen, Ruthie. Oh, mein Gott, er ist einfach … oh, mein Gott … einfach großartig. Aber vergiss das mal. Was soll ich anziehen? Ich verliere hier noch den Verstand, während ich das herauszufinden versuche.«

»Was spielt das für eine Rolle? Ich glaube, dass du das ohnehin nicht allzu lange anbehalten wirst.«

»Ruth!«

»Ellen!«

»Was für eine Bemerkung«, sagte ich mit gespielter Missbilligung.

»Du weißt, dass ich nur ehrlich bin, Ell. So wie er klingt, und noch mehr, wie *du* klingst, würde ich sagen, dass ich in dieser Sache völlig Recht habe. Man nennt mich nicht umsonst Dr. Ruth, die Liebesärztin.«

»Niemand außer dir nennt dich so.«

»Das ist nur, weil ich mich am allerbesten kenne. Entschuldige bitte, Ellen. Ja, das stimmt. Zimmer fünfundsechzig. Lassen Sie mich nur Ihren Schlüssel holen. Kein Problem, Mrs. Finnan, nichts zu danken … Nun zurück zu den wichtigen Problemen. Bist du noch dran, Ellen?«

»Ja. Was soll ich anziehen, Ruth?«

»Ich habe dir gesagt …«

»Nein, ich muss mit ihm zuerst zum Abendessen gehen … Ich meine … Oh, Gott, was soll ich bloß anziehen?«

»Das ärmellose rostfarbene Seidenkleid, das du dir in Dublin gekauft hast.«

»Okay«, sagte ich und entspannte mich ein wenig, als Ruth die strategischen Überlegungen für die Kleidung übernahm.

»Ich habe dieses Kleid ganz vergessen. Das ist gut, Ruthie. Sehr gut.«

»Sag ich doch. Sexy, ohne *zu* sehr nach Luder auszusehen.«

»Ja, aber Ruth, wenn du es magst, muss es einfach ein wenig lasterhaft aussehen.«

»Ja, aber auf eine gute Weise.«

»Das stimmt«, sagte ich, als ich mich an das Kleid erinnerte und auch daran, wie gut es mir an all den richtigen Stellen passte. »Danke, Ruth.«

»Ruf mich an.«

»Gleich morgen früh, versprochen.«

»Viel Spaß, Ellen. Tschüss.«

Selbst als ich meine Kleiderprobleme gelöst hatte, hatte ich Mühe, mich auf die Arbeit zu konzentrieren, obwohl ich drei Angebote für Honan Terrace hatte und zwei Ehepaare, die wie wild für »Hazeldene« Gebote abgaben. Das letzte Angebot für »Hazeldene« lag bei fünftausend über dem geforderten Preis. Als ich in dem abendlichen Berufsverkehr nach Hause fuhr, rief ich mich warnend zur Ordnung, wegen »Hazeldene« nicht in Panik zu geraten. Wenn ich die Nerven behielt, konnte ich einen fantastischen Preis für das Haus erzielen, und es würde für mich der Superpreis des Jahres sein.

Und dann ermahnte ich mich auch noch, zumindest in der ersten Nacht keinen Sex mit Tony Jordan zu haben. Der Gedanke an Sex mit diesem tollen Mann ließ meinen Körper erbeben, und ich grinste in Erwartung der vor mir liegenden Nacht. Ich würde mich überlegen und cool geben. Keinen Sex, bis ich ihn besser kennen gelernt hatte, oder mindestens eine Woche lang keinen. Wenn ich es so lange aushalten würde.

Die Nacht war fast perfekt. Ausgenommen des Teils, als ich ins Krankenhaus rasen musste. Der Abend begann wie ein herrlicher Traum. Ich trug das rostfarbene Seidenkleid mit schwarzen Pumps, und es sah genau richtig aus. Mein Make-up legte sich fast von selbst auf, und sogar mein Haar gehorchte mir, was nur sehr selten geschah. Trotz meiner Nervosität war ich um zehn vor acht fertig und wartete auf Tony Jordan. Noch ein kleines Wunder.

Die Klingel schlug genau um acht Uhr an. Ich stolzierte mit Joey im Schlepptau auf meinen Pumps provozierend zur Tür, um sie zu öffnen. Obwohl ich Tony Jordan vor meiner Tür erwartete, war es doch ein Schock. Er sah einfach zu gut aus. Er hatte dieses Aussehen, das einen schockiert, wenn man ihn eine Weile nicht gesehen hatte – zum Beispiel, eine Stunde.

»Ellen«, sagte er, beugte sich vor und küsste mich auf die Wange, »du siehst fantastisch aus. Dieses Kleid steht dir wirklich sehr gut.«

Die Nähe seines Gesichts an meinem ließ wieder Schauer durch meinen Körper strömen, und ich wollte das Abendessen sausen lassen und mit ihm einfach in meinem Schlafzimmer verschwinden. Allerdings hatte ich das Bettzeug nicht gewechselt, denn ich wollte ja überlegen und cool sein. Ich fuhr vor ihm zurück, als mir klar wurde, dass diese Nähe meine Lust über die Richter-Skala hinausjagte.

»Hi, Tony, ich hole … nur … meine Handtasche … und die Katze … ich meine, ich muss die Katze einsperren … die Katze einschließen …«, stammelte ich und ging rückwärts ins Wohnzimmer. Ich griff nach meiner Tasche und scheuchte Joey in die Küche. Ich versteckte mich hinter der

Küchentür und atmete tief durch und versuchte, mich wieder unter Kontrolle zu bringen. Der Versuch, nicht nach dem wunderschönsten Mann zu gieren, den man je gesehen hatte, war ein sehr hartes Stück Arbeit.

Ich fühlte mich auf der Fahrt zum Restaurant, einem kleinen Italiener am Stadtrand, wie eine angespannte Feder. Ich warf Tony Jordan kurze Blicke zu, als er seinen Range Rover durch den Verkehr steuerte. Jedes Mal, wenn er den Gang wechselte, geriet seine Hand aufreizend nahe neben meinen Oberschenkel, so dass ich seine Hitze spürte. Ich musste alle meine Kräfte zusammennehmen, um nicht laut zu stöhnen.

Er plauderte vor sich hin und merkte nichts von meinen sich auflösenden Eingeweiden. Hin und wieder sah er mich mit diesen unglaublichen dunkelbraunen Augen an, Augen, die sagten »ich bin Sex auf Füßen«, und ich vergaß, was er sagte, und verlor mich in diesen Augen. Es würde eine lange Nacht werden, und als wir ins Restaurant gingen, beschloss ich, keinen Tropfen Alkohol anzurühren. Wenn ich etwas trank, würde ich bei einem Kuss nicht Halt machen können. Ich gratulierte mir zu meiner neu gefundenen Selbstbeherrschung.

Wir wurden zu einem kleinen Tisch in einem Alkoven geleitet. Dort brannte eine Kerze auf dem Tisch und ein kleiner Blumenstrauß stand in einer wunderschönen Glasvase.

»Hier war es immer sehr ruhig, und nur eine Hand voll Leute kannten dieses Lokal, doch vor kurzem wurde es in einer Sonntagszeitung besprochen, und jetzt ist es unmöglich, einen Tisch zu ergattern«, sagte Tony, als er die Speisekarte nahm.

Ich nickte, doch das Restaurant interessierte mich überhaupt nicht. Ich saß nur da und bewunderte ihn, und ich schaute mich um, um zu sehen, ob ihn jemand anderer auch bewunderte.

»Ich denke, ich werde die Cannelloni nehmen«, sagte er. »Und du, Ellen?«

Ich konzentrierte mich auf die Karte, doch für mich sah alles italienisch aus.

»Ellen?«

»Ja?«

»Ich habe eine Idee.«

Ich hatte auch eine, aber ich glaubte nicht, dass das der Ort war, darüber zu sprechen. Dennoch, wenn er darauf bestand, über Sex zu sprechen …

»Ich werde für uns beide bestellen«, sagte Tony, beugte sich mir über den Tisch hinweg zu und strich mir mit dem Zeigefinger über meine rechte Hand. Ich atmete tief ein und hoffte, dass mein Handrücken nicht so verschwitzt war wie meine Handfläche.

»Was hältst du davon?«, fragte er.

»Hm«, machte ich.

»Dieses Restaurant gehört meinem Freund Fiorentini, und ich kenne die Speisekarte in- und auswendig. Also, wie ist es?«, fragte er und lächelte, dieses Lächeln, das einem die Eingeweide zum Kochen brachte und das mich zu einer Idiotin machte. Ich nickte heftig. Ehrlich, wenn er gesagt hätte, lass uns Kohle hinter dem Haus essen, hätte ich zugestimmt.

»Und Wein. Mal sehen … hm … einen Frascati … auf jeden Fall etwas Italienisches. Ich werde Vittorio bitten, einen

Wein zu empfehlen«, sagte er und winkte dem Kellner über den kleinen Raum hinweg zu.

Nun ja, dachte ich, ich konnte Tony nicht alles allein trinken lassen, und außerdem entspannte und beruhigte mich Wein. Das war, als ich mein erstes Glas Wein trank. Der Küchenchef brachte uns kleine Teller mit Häppchen von der gesamten Speisekarte, nachdem er sich mit Tony beraten hatte. Das Essen schmeckte herrlich, doch alles würde gut schmecken, wenn man diesen Mann anschauen konnte, während man das Essen genoss. Wir schwiegen, während wir uns gierig über die gefüllten Teller hermachten. Noch ein Plus für Tony, und absolute Hochachtung vor dem guten Essen.

»Ich mag eine Frau, die ihr Essen genießt«, sagte er, als er in Tagliatelli mit frischer Carbonara-Soße und Parmesanspänen eintauchte.

»Danke. Gibt es genügend Tagliatelli für zwei?«, fragte ich. Ich war stolz auf meinen Appetit. Will behauptete, dass ich so viel aß, um die Jahre schlechten Essens im Haus meiner Mutter auszugleichen.

»Reichlich«, sagte er, spießte ein paar davon auf seine Gabel und hielt sie mir vor den Mund. Im Kerzenlicht waren seine Augen schwarz.

Ich beugte mich ihm entgegen, und er schob mir das Essen in den Mund, langsam und so, als ob er mich küsste. Ich kaute und versuchte verzweifelt, dabei leise zu sein. Tony lächelte, streckte die Hand aus und streichelte mir mit den Fingern über die Wange.

»Du bist entzückend, Ellen. Vom ersten Moment an, als ich dich auf der Bank schlafen sah … warst du entzückend«, sagte er.

Ich lehnte mich auf meinem Stuhl zurück. Ich glaubte ihm. Zur Hölle, vielleicht war ich wirklich entzückend, jedenfalls fühlte ich mich verdammt entzückend.
»Ich mag dich auch«, sagte ich und nippte an meinem Weinglas. Das war die Untertreibung des Jahres. Aber Reste des Versprechens, das ich mir selbst gegeben hatte, kühl und überlegen zu sein, meldeten sich durch den Nebel aus Alkohol.
»Ellen, weißt du, was ich unter anderem an dir mag?«
»Nein«, sagte ich und hoffte, dass er es mir sagen würde.
»Nun, du hast nicht mit diesem ›Womit beschäftigen Sie sich beruflich?‹ angefangen. Du weißt schon, wenn man Frauen kennen lernt und sie möchten, dass du ihnen erst deinen Lebenslauf aufsagst, ehe sie in Erwägung ziehen, einen Drink mit dir zu nehmen!« Er lachte und griff nach seinem Weinglas.
»Habe ich das nicht getan? Ich habe vergessen zu fragen. Nur um das mal festzuhalten, was arbeitest du denn?«, fragte ich und war plötzlich sehr neugierig. Ich meine, ich wusste, dass er kein Mörder war oder ein Drogenbaron oder ähnliches, doch ich konnte ihn mir auch nicht als Postbeamter oder Lehrer vorstellen.
»Beautiful Body.«
Ich war verwirrt – das war mit Sicherheit keine neue Karriere. Bezahlte ihn jemand dafür, dass er ein schöner Mann war?
»Beautiful Body, das Freizeit- und Fitnesscenter. Ich leite es. Genauer gesagt, es gehört mir«, sagte er zurückhaltend, als ob er sich schämte, seinen Erfolg zu gestehen. Wenn er Andrew gewesen wäre, hatte er es eine Woche lang an den

Himmel geschrieben oder es sich auf die Stirn tätowieren lassen.
»Oh, das kenne ich. Das neue neben der Kirche. Wow!«
»Es ist nicht sehr groß. Erzähl mir etwas von deiner Arbeit, Ellen. Hast du Angebote für Honan Terrace bekommen?«
Ich war begeistert über die Möglichkeit, meinen Erfolg zu demonstrieren.
»Ich habe schon drei Gebote. Sie sind heute nacheinander reingekommen. Eigentlich wollte ich dich anrufen und dich fragen, ob du nicht auch mitbieten möchtest. Bist du noch immer daran interessiert?«, fragte ich.
Der Ober brachte zwei Cappuccini in hübschen rosafarbenen Tassen.
»Ich bin mir im Moment noch nicht schlüssig. In den nächsten paar Wochen gibt es große Veränderungen – Hotel, Fitnesscenter und alles mögliche. Du hast wahrscheinlich davon gehört. Ich trage mich mit dem Gedanken, dort zu investieren, doch ich könnte erst mal warten«, sagte er lächelnd.
Meine Eingeweide zerschmolzen zum hundertsten Mal.
»Ist Daniel Harris noch immer solch eine Nervensäge wie in der Kindheit?«, fragte Tony, und ich spuckte Wein auf das Tischtuch.
»Du kennst ihn?«, stotterte ich. »Wieso kennst du ihn?«
»Ich habe fast meine gesamte Kindheit in Jérômes Haus verbracht, und er hat seine Kindheit mit Heulen verbracht.«
»Er ist noch immer so«, sagte ich. »Ich dachte, ich würde ihn eigenhändig erschießen, als wir das Haus ausräumten.«
»Und was hat er mit all dem Kram gemacht? Seine Mutter sammelte Antiquitäten, soweit ich weiß. Es ist ein Wunder, dass er noch keine Auktion durchgeführt hat.«

»Vielleicht tut er das noch. Was für Dinge hat sie denn gesammelt?«
Tony zuckte mit den Schultern. »So genau weiß es nicht. Ich erinnere mich nur an diese großen Porzellankatzen überall. Unheimliche Tiere ...«
»Scheiße«, sagte ich.
»Was?«
»Die Katze! Ich habe sie nicht zu Shamrock Storage gebracht. Scheiße, Scheiße, Scheiße.«
Tony lachte. »Worüber sprichst du denn?«
»Die verdammte Katze war unter der Treppe, und der dumme Andrew rief mich an, und die Räumungsleute sind ohne sie abgefahren, und ich habe sie ... Wer ist der Mann, der zu uns kommt, Tony? Er sieht aus, als käme er geradewegs aus einem Mafiafilm.«
Ein kleiner dunkelhaariger Mann näherte sich uns. Ruth hätte ihn geliebt, er war das Double von Robert de Niro.
»Tony, Tony, Tony! Und eine schöne Frau! Tony, ich habe dich seit Wochen nicht gesehen, und nun kommst du mit einer schönen Frau hierher. Du heiratest, Tony, ja, ja, du heiratest schöne Frau und bekommst viele hübsche Bambini mit den Namen von Heiligen. Gute irisch-italienische Namen«, sagte Robert de Niro, während er Tony küsste und umarmte.
»Frankie Fiorentini! Das ist Ellen Grace, und sie ist meine Freundin. Ich warte noch ein wenig mit der Heirat!«, sagte Tony, doch er warf mir einen Blick zu. Einen Blick, der besagte, dass eine Heirat mit mir zumindest eine Möglichkeit war.
Ich lächelte und erlaubte es, mich von Robert de Niro küssen, umarmen und bewundern zu lassen.

Nach dem Essen fuhr Tony mich nach Hause zu meinem Apartment, und ich saß wieder auf meinen Händen, um ihn auf der Fahrt nicht zu traktieren. Als er vor dem Haus anhielt, beugte er sich zu mir herüber und küsste mich zart auf die Wange. Ich saß noch immer auf meinen Händen.

»Gute Nacht, Ellen, es hat mir wirklich Freude gemacht«, sagte er. Seine Augen leuchteten in dem schwachen Licht, und seine Wimpern warfen Schatten auf sein Gesicht. Jedes Mädchen würde für solche Wimpern töten.

»Komm noch mit hinauf … für eine … für eine Tasse Kaffee«, sagte ich.

Er lächelte. »Nur eine«, flüsterte er, beugte sich vor und küsste mich auf den Mund. Ein langer, erfahrener Kuss, bei dem ich fast ohnmächtig wurde. Er zog sich zurück und sprang aus dem Jeep. Ich saß noch immer auf meinen Händen.

Ich kochte in der Küche Kaffee, während Tony sich auf meinem Sofa ausstreckte. Ich kniff mir selbst in die Wange, dass ich nicht träumte, dass dieser tolle Mann sich in meinem Wohnzimmer befand. Ich trug zwei Kaffeebecher auf einem Tablett hinüber. Er hatte die Tischlampe angeschaltet und Musik aufgelegt. Marvin Gaye sang über die Liebe. Ich setzte mich neben ihn auf das Sofa, doch ich achtete sorgsam darauf, ihn an keiner Stelle zu berühren. Ich kannte mittlerweile die Gefahr der Nähe.

Joey sprang auf das Sofa und blieb zwischen uns stehen und entschied, wer den gemütlichsten Körper hatte, auf dem er sich niederlassen konnte. Er wählte Tony, dieser kleine Abtrünnige. Ich musste zugeben, dass Joey ein Kater mit Geschmack war. Neun von zehn Katzen würden Tony wählen.

»Er ist eine schöne Katze«, sagte er und streichelte Joeys

gestreiften Körper. »Er fühlt sich herrlich an, so weich und seidig.« Er streichelte den Kater, und seine langen Finger kneteten das gestreifte Fell. Seine Augen sahen mich die ganze Zeit über an, während er streichelte. Ich dachte, dass ich vor Lust gleich zu schreien beginnen würde. Ich fand die Fernbedienung und schaltete den Fernseher ein. Jerry Springer. Liebe Güte, dieser Mann musste den Himmel besitzen.

Tony lachte, griff nach der Fernbedienung und schaltete Jerry mitten im schreienden Spiel ab. Er nahm mir meinen Kaffeebecher aus der Hand und stellte ihn auf den kleinen Tisch zwischen uns. Ich blieb sitzen und hatte Angst, mich zu bewegen. Ich wusste, dass ich erledigt wäre, wenn ich ihn berührte. Ich würde mich wahrscheinlich blamieren, weil ich ihm seinen schönen maßgeschneiderten Anzug vom Körper zerren und ihn gleich dort auf dem Boden meines Wohnzimmers überfallen würde.

»Komm her«, flüsterte er und zog mich an seine Brust.

Joey sprang vom Sofa herunter und war verärgert über den Wandel der Ereignisse. Ich ließ mich von Tony in die Arme nehmen, mich von seinem herrlichen männlichen Duft einhüllen und mich von ihm küssen. Ich war es leid, auf meinen Händen zu sitzen, und legte sie ihm um den Hals und erwiderte seinen Kuss. Ich war im Himmel, ich liebte alles an ihm, und ich wollte ihn haben, in dieser Minute und auf meiner Couch. Ich riss mich von ihm los, stand auf und zog mir das Kleid aus, genau dort vor ihm, total schamlos. Ich verweilte eine Sekunde lang an meinem besten schwarzen BH und Slip und fühlte mich wie eine Göttin.

»Himmel …«, sagte er und begann, sich seiner Kleider zu entledigen. Ich zog meine Unterwäsche aus, und war froh, dass ich meine guten Sachen von Brown Thomas getragen hatte. Er stand völlig nackt vor mir, und er sah aus wie eine Werbeanzeige für sein Fitnesscenter, ganz Muskeln und Tonus und perfekte Konturen. Wir küssten uns wieder, und er ließ seine Hand quälend langsam an meiner Wirbelsäule hinauf- und hinuntergleiten. Ich packte ihn um die Taille und drückte ihn auf die Couch. Ich kniete über ihm und küsste ihn hart auf den Mund. Seine Hände glitten über meinen Körper und zogen mich dicht an ihn.

»Bist du sicher … du weißt … bist du sicher, dass du es willst?«, murmelte er in mein Ohr. Ich saß praktisch nackt auf ihm – ich meine, sicherer kann man doch gar nicht sein –, oder wollte er, dass ich ihm das schriftlich bestätigte? Doch ich sagte nichts, sondern drängte ihn einfach mit meinem Körper, sich verdammt zu beeilen.

Und dann hörten wir ein unglaublich lautes Geräusch, wie eine Kreuzung aus einem Einbruchsalarm und einem Notarztwagen.

»Was ist denn das? Was hat dieser Lärm zu bedeuten?« Er sprang auf.

»Es ist nichts, nur die Türklingel, komm her, ignoriere es einfach«, sagte ich, beugte mich vor und küsste ihn am Hals. Er hatte solch einen sexy Hals. Meine Ohren wehrten den Lärm ab, und mein Körper wehrte sich gegen Tonys Abwesenheit. Er machte sich auf die Suche nach der Quelle des Lärms. Sein Körper zeigte erste Anzeichen von beginnendem Desinteresse an unserer kleinen Balgerei auf dem Sofa.

»Es ist irgendein Alarm, Ellen, und er kommt aus deiner Küche. Hat deine Küche irgendeinen Alarm?«, fragte er.

Ich saß auf der Couch und betrachtete seinen herrlichen

Hintern, als er zur Küche ging. Einen wunderschönen Hintern.

»Lieber Himmel, Angelas Alarm. Scheiße, Scheiße, Scheiße«, schrie ich, als die Bedeutung des Geräuschs endlich in mein vor Lust verrücktes Hirn eindrang. Tony kam zurückgerannt, und ich zerrte mir wie wild meine Unterwäsche an und das Seidenkleid, das zu meinen Füßen lag.

»Angela Maunsell, meine Nachbarin. Sie ist wahrscheinlich schon tot, es ist ihre Panikklingel, Tony. Sie lebt allein, und daher haben wir den Alarm in meine Küche verlegt. Wenn sie stürzt oder ihr sonst etwas zustößt, könnte ich ihr helfen, und ich tobe hier auf dem Sofa herum – Himmel!«

Ich balancierte auf einem Bein und versuchte, eine Sandale anzuziehen, dann rannte ich zur Nachbartür, Tony im Schlepptau, der seine Hose hochzerrte. Ich fummelte mit den Schlüsseln herum, bis Tony sie mir abnahm und die Tür öffnete. Wir platzten durch die Tür wie Polizisten im Fernsehen, und ich rannte instinktiv zu ihrem Schlafzimmer. Ich wusste, dass Angela gern mit einem guten Krimi früh zu Bett ging.

Und dort war sie auch, lag im Bett, mit grauem Gesicht und flachen Atemzügen. Tony überprüfte sie und brachte mich zum Schweigen, als ich versuchte, sie anzusprechen.

»Frag sie nichts, sag ihr einfach nur, dass alles gut ist, und ich rufe einen Rettungswagen«, sagte er und nahm sein Handy heraus.

»Es tut mir Leid, Angela, es tut mir Leid. Du kommst wieder in Ordnung, es wird dir wieder gut gehen«, sagte ich und streichelte ihre Hand. Ich weinte, und Tony legte den Arm um mich, während er ins Handy sprach.

Der Rettungswagen kam fast sofort.

»Du begleitest sie im Rettungswagen, Ellen. Ich werde die beiden Apartments für dich abschließen, mach dir keine Sorgen«, sagte Tony, als wir uns in den Aufzug drängten. Sie hatten Angela eine Sauerstoffmaske aufs Gesicht gepresst. Damit sah sie noch viel elender aus.

»Ich rufe dich an«, sagte Tony, als sich die Türen des Aufzugs schlossen und sein Gesicht verschwand.

Und nach allem, was ich geopfert hatte, war es nicht einmal ein Herzanfall. Angela Maunsell saß zehn Minuten, nachdem wir im Krankenhaus angekommen waren, aufrecht im Bett und erklärte den Ärzten, dass das Buch, das sie im Bett gelesen hatte, *Psycho Killer Country*, sie in Panik versetzt haben musste. Sie sagte dem Arzt, dass sie es ihm ausleihen würde, wenn sie es fertig gelesen hatte.

Erst als der Arzt mich nach draußen rief, um mit mir zu sprechen, merkte ich, dass ich mein Seidenkleid verkehrt herum anhatte. Er starrte auf das Schildchen am Kleid, während er mit mir sprach.

»Sie ist in keinem guten Zustand, und diese Panikattacke ist wie ein Warnung. Ich bin nicht glücklich über ihren Blutdruck und ihre Herzfrequenz. Daher werde ich sie ein paar Tage lang zur Beobachtung hier behalten«, sagte er.

»Aber sie wird sich doch wieder erholen?«

»Ein paar Tage hier werden ihr gut tun, und sie könnte das Buch bis dahin beendet haben.« Er ging lachend davon.

Ich blieb bei Angela, bis sie für die Nacht untergebracht war. Dann rief ich mir ein Taxi, und als ich zu meinem Apartment kam, konnte ich nur noch ans Schlafen denken. Doch ich brauchte als Erstes einen Kakao. Ich machte mir den Kakao

und ging damit ins Wohnzimmer, wo ich sah, dass Tony alles aufgeräumt hatte. Er war ein guter Mann.
Ich schaute zum Sofa, auf dem ich fast Sex mit dem tollsten Mann der Welt gehabt hätte. Alles war ordentlich, als wäre nie etwas geschehen. Ein Teil von mir war wütend auf Angela Maunsell. Ich meine, sie hätte wenigstens einen anständigen Herzanfall oder einen Schlaganfall oder irgendetwas anderes haben können, wenn sie mich schon davon abhielt, mit Tony zu schlafen. Doch ein anderer Teil von mir war froh, dass das nicht geschehen war. Ich war keine Schlampe, die mit jemandem nur des Sexes wegen schlief. Das war fast wahr, fiel mir auf, abgesehen von dem Tony-Faktor. Ich schlürfte meinen Kakao. Ich hatte zwar keinen Sex, aber wenigstens hatte ich Kakao.

8

Am nächsten Morgen war ich die Erste im Büro, obwohl es spät gewesen war, als ich endlich einschlafen konnte. Molly feilte sich schon die Nägel. Niemand kam früher zur Arbeit als Molly. Manchmal dachte ich, dass sie unter ihrem Schreibtisch schlief oder die ganze Nacht über auf ihrem Drehsessel saß und sich die Nägel machte und das Haar in Ordnung brachte. Ein riesiger Rosenstrauß lag neben ihr auf dem Schreibtisch.

»Gladstone und Richards werfen ja richtig mit Blumen herum. Sie sind wunderschön«, sagte ich, als ich mich auf den Weg zu meiner ersten Koffeinspritze aufmachte. Molly schniefte und murmelte etwas vor sich hin. Ich war nicht in der Stimmung für Molly und schon gar nicht für eine murmelnde Molly, also drehte ich mich sofort weg.

»Was haben Sie gesagt? Haben Sie mit mir gesprochen?«, fragte ich mit ruhiger Stimme, doch mein Körper war angespannt.

»Ich sagte, dass sie für Sie sind«, erwiderte sie, ohne von ihren Nägeln aufzuschauen. Heute war Lila die Nagelfarbe.

»Was ist für mich, Molly?«, fragte ich und legte beide Hände auf den Schreibtisch. Die Haupttür hatte sich zischend geöffnet, und Tim Gladstone und Andrew kamen zum Empfang.

»Die Blumen sind für Sie. Sie wurden geliefert, als ich gerade zur Arbeit kam. Um halb neun. Da ist eine Karte«, sagte und warf sie fast nach mir.

Molly interessierte mich nicht mehr. Mein Magen machte ein paar Purzelbäume, als ich den Umschlag aufriss und die Karte las.

Danke für den Kaffee.

Es war toll.

Ich würde gern noch mehr mit dir trinken …

Tony

Etwas Köstliches durchfuhr meinen Körper, und ich lächelte und nahm die herrlichen Blumen an mich.

»Jemand ist heute sehr beliebt!«, sagte Tim Gladstone, als er vorbeiging.

Andrew schob Papiere auf Mollys Schreibtisch zusammen. Molly sah mich wütend an, während sie sich die Nägel feilte. Sie war wirklich gut und konnte es schon ohne hinzuschauen machen. Ich strahlte beide an, nahm die Blumen und machte mich auf die Suche nach einer Vase und nach Kaffee.

Es war der Morgen für meine Schreibarbeiten, und ich versenkte mich in die anstehende Arbeit und genoss sie gründlich. Nach der Kaffeepause würde ich die »Hazeldene«-Angebote durchforsten und nachschauen, wo wir standen. Ich freute mich darauf.

»Ellen, könnte ich dich mal kurz sprechen, bitte?«

Es war Andrew, der an der Tür zu meinem Büro stand. Die Kopfnote der Rosen erfüllte den Raum, wie auch Ryans Stimme, die lauter zu werden schien, wenn Andrew in der Nähe war.

»Ja, nur zu«, sagte ich, ohne von meinem Computer aufzuschauen.

»Könnte ich … wir in meinem Büro sprechen?«, fragte er und tippte mit den Fingern auf den Rand meines Schreibtischs. Plötzlich wurde es still. Andrea hatte mit dem Tippen aufgehört, und Ryan schrie nicht mehr ins Telefon.
»Können wir nicht einfach hier sprechen, es hört ja niemand zu«, sagte ich und lächelte zu meinen Kollegen hinüber.
»Bitte«, sagte er und ging hinaus.
Das war ein Befehl und keine Bitte. Ich stand langsam auf, und als ich die Tür erreichte, drehte ich mich zu Andrea und Ryan um und machte eine rüde Geste mit meiner Faust und meinem Ellbogen. Eine Geste, die andeutete, dass ich eine ungehörige Verbindung mit ihrem neuen Boss hatte. Und dann zwinkerte ich ihnen zu.
Andrew saß auf der Kante seines Walnuss-Schreibtischs und deutete auf den Stuhl in seiner Nähe. Ich schüttelte den Kopf und stellte mich an das lange Schiebefenster.
»Ich weiß nicht, wie ich es sagen soll, Ellen, ohne dass es klingt … oh, ich weiß es nicht. Ohne dass es kleinlich klingt oder … mein Gott …«
Ich sagte nichts und genoss seine mangelhafte Artikulationsfähigkeit. Es kam nicht häufig vor, dass Andrew nach Worten suchen musste. Ich war nicht besorgt, die Arbeit lief wirklich gut, also wusste ich, dass es darum nicht ging.
»Es ist dieser Mann, Ellen – Tony Jordan. Er hat einen schlechten Ruf. Ehe du in die Luft gehst, möchte ich dir nur sagen, was die Polizei mir erzählt hat. Wenn es umgekehrt wäre, würdest du dir auch um mich Sorgen …«
»Wovon sprichst du, Andrew?«
»Von Tony Jordan.«
»Was ist mit ihm los?«

»Ich bin mir nicht sicher, dass du dich weiterhin mit ihm treffen solltest.«

»Warum nicht?«

»Er ist einfach ein bisschen vertrackt.«

»Wirklich? Für wen, zum Kuckuck, hältst du dich eigentlich? Für meinen Wächter, ja? Ich sage dir nicht, mit wem du zusammen sein sollst, und es sind im Laufe der Jahre auf deiner Liste eine Reihe von vertrackten Freunden aufgetaucht.« Ich hatte meine Hand auf die Hüfte gestützt, und mein Brustkorb hob und senkte sich vor Wut. Ich versuchte, tief zu atmen, wie India es mich für stressige Zeiten gelehrt hatte. Doch ich klang wie jemand, der an seiner eigenen Wut erstickte.

»Ellen, es interessiert mich nicht, mit wem du zusammen bist, das ist ganz allein deine Sache. Ich warne dich nur, mehr nicht. Du entscheidest selber, du bist eine erwachsene Frau«, sagte er und zuckte mit den Schultern.

»Was verstehst du unter ›vertrackt‹? Wenn du schon herumgehst und den Charakter eines Menschen beurteilst, wären ein paar Details hilfreich.«

Er stand vom Schreibtisch auf und sah mich direkt an.

»Als Erstes Drogen, harte Drogen. Erpressung, ein paar Brandstiftungen. Oh, und auch ein oder zwei Morde, doch nichts konnte jemals bewiesen werden«, sagte er, während sein Gesicht nur Zentimeter von meinem entfernt war.

Ich hielt seine Augen mit meinen fest.

»Zu viel *Sopranos*, Andrew. Das ist schlecht für deine Gesundheit. Deine geistige Gesundheit. Ich schlage stattdessen ein leichtes Unterhaltungsprogramm vor. Wie Jerry Springer. Ja, er würde dir gut tun. Wenn du fertig bist – ich habe Berge von Arbeit zu erledigen …«

Ich verließ den Raum, bevor er antworten konnte, machte mir eine Tasse Kaffee, brachte sie zu meinem Schreibtisch und ignorierte Molly, als ich an ihr vorbeiging. Das Spiel des Ignorierens konnten auch zwei Menschen spielen.

Ich saß an meinem Schreibtisch und grübelte über das nach, was Andrew gesagt hatte. Wofür hielt er sich, verdammt noch mal? Er war nur eifersüchtig, weil Tony massenweise Geld besaß und weit erfolgreicher war, als er jemals sein würde. Das hatte nichts mit mir und meinem Wohlergehen zu tun. Riesengroßer Mistkerl. Gut aussehende Männer, die ihr eigenes Unternehmen besaßen, würden sich nicht auf Andrews Liste der zehn Besten befinden.

Ich verdrängte Andrew und Tony aus meinem Kopf, kehrte zu meiner Arbeit zurück und verlor mich in dem Immobiliengeschäft. Ich hatte eine dritte Partei, die sich für »Hazeldene« interessierte, und es war sehr wahrscheinlich, dass sich ein dreifacher Wettbewerbskrieg entwickeln würde. Ich lächelte mich durch den Tag und atmete den Duft der Rosen ein, und mein Lächeln wurde zu einem breiten Grinsen. Das Leben war wunderbar.

Ein platter Reifen und ein heftiger Regenschauer reichten aus, um mir das Grinsen aus dem Gesicht zu wischen. Der Regen setzte ein, sobald ich nach der Arbeit in meinen Wagen kletterte. Ich hatte die Rosen auf den Rücksitz gelegt. Mein Nacken und meine Schultern schmerzten nach einem langen Arbeitstag, und ich freute mich auf mein Essen und meinen Schlaf. Und dann hatte ich mitten in der heftigsten Rushhour eine Reifenpanne. Ich stieg aus dem Wagen in den prasselnden Regen. Es war, als würde jemand eimerweise Wasser über mich ausgießen.

Mein Reifen war völlig zerfetzt, und ich trat dagegen und fluchte.
Ich wusste nicht, wie man einen Reifen wechselt. Ich würde das nicht allzu vielen Leuten gestehen, aber ich hatte es nie wirklich für nötig gehalten, mich damit zu befassen. Es war immer irgendein netter Mann griffbereit, der das für mich erledigte. Nicht jedoch heute. Heute würde die Szene »Frau in Not« nicht funktionieren. Die männlichen Autofahrer warfen einen Blick auf meine durchnässte Gestalt, die neben einem rosafarbenen Wagen stand, grinsten und traten auf das Gaspedal. Ich hatte den Wagen an den Straßenrand gefahren, als ich den Reifen platzen hörte. Daher war ich wenigstens kein Hindernis. Ich wühlte in meiner Handtasche nach meinem Handy und rief meinen Dad in der Arbeit an. Er kam fast sofort zu meiner Rettung.
»Hi, Liebes, sieh dir doch bloß diesen Reifen an! Das ist also der berühmte rosafarbene Wagen, von dem deine Mutter mir schon berichtet hat«, sagte er, während er mir die Wagenschlüssel abnahm, um den Kofferraum zu öffnen. Also dort war das Reserverad untergebracht, im Kofferraum.
»Ich habe alles über Angela gehört. Sie hat deine Mutter heute vom Krankenhaus aus angerufen«, sagte Dad, als er den Wagen aufbockte, um den Reifen zu wechseln.
»War sie wütend auf mich?«
»Wer? Angela? Überhaupt nicht, eher im Gegenteil. Sie konnte dich gar nicht genug loben.«
»Nein Dad, nicht Angela, sondern Mam. War sie wütend auf mich, weil ich nicht angerufen habe? Ich war beschäftigt, und Angela sagte, dass sie die Telefonate erledigen wolle. Sie

sagte, dass sie die Leute gern schockierte, und alle würden ein riesiges Theater machen.«

Er hörte einen Moment lang auf, an dem Reifen herumzufummeln, und lächelte mir zu.

»Das musst du mir nicht sagen. Ich weiß, wie es ist«, erklärte er und machte sich wieder daran, den Reifen zu wechseln.

Ich sah zu, wie die Autos vorbeifuhren, während Dad arbeitete.

»So, fertig!«, sagte er und wischte sich die Hände an einem großen weißen Handtuch ab. »Weißt du, Ellen, ich mag ihn. Den rosafarbenen Wagen. Er passt zu dir. Viel besser als diese alten Fiestas oder Puntos – die sind so verdammt langweilig. Dieser hier hat etwas Lebendiges an sich.«

Er tätschelte das Wagendach, wie man es bei einem Hund tun würde. Ich umarmte ihn.

»Ich schulde dir ein Abendessen.«

»Ich werde dich beim Wort nehmen. Ich bevorzuge Kentucky Fried Chicken, kannst du dir das leisten?«

»Ich werde erst noch ein paar Häuser verkaufen müssen, aber das werde ich schon schaffen. Ich rufe dich an, Dad, und wir machen das bald. Ich sehe dich ohnehin am Wochenende. Die königliche Familie aus Dublin kommt«, sagte ich, als ich in meinen Wagen stieg.

»Wem sagst du das. Deine Mutter hat das gesamte Haus von oben bis unten umgestaltet. Buckingham Palace ist nichts dagegen.«

Ich lachte und winkte, als ich davonfuhr.

Zu Hause schob ich eine riesige Pizza in den Backofen, die mit vier Belägen und zusätzlichem Käse bestückt war. Und auch noch ein Knoblauch-Baguette. Joey war nirgendwo zu sehen, also durchsuchte ich das Apartment nach ihm, während ich gleichzeitig meine Kleidung wechselte. Ich schaute in all seinen Schlupfwinkeln nach, doch von Joey war nichts zu sehen. Als ich ins Wohnzimmer ging, hörte ich ein schwaches Miauen vom Balkon her. Ich öffnete die gläserne Schiebetür, und ein nasser Joey schlich herein. Das war seltsam. Ich ließ Joey nie draußen, wenn ich zur Arbeit ging. Er könnte sich heute Morgen hinausgeschlichen haben, doch ich war sicher, dass er in der Küche gewesen war, als ich ging. Ich überprüfte das Türschloss, doch das sah gut aus.

Ich aß meine Pizza, und Joey klebte dabei auf meinem Schoß, und ich wurde das Gefühl nicht los, dass irgendetwas im Apartment nicht ganz stimmte. Ich schaute mich um und erkannte, dass kleine Dinge verschoben worden waren, als hätte jemand alles im Apartment ein wenig verrückt. Es war nichts gestohlen worden, doch ich hatte das Gefühl, dass meine Wohnung irgendwie berührt worden war. Winzige Veränderungen, die kaum auffielen, wie die Boxen im Wohnzimmer oder die Jalousien an der Schiebetür. Alles ein wenig anders. Vielleicht bildete ich mir das nur ein, doch … was konnte ich dagegen tun? Ich konnte nicht die Polizei anrufen und sagen: »He, ich glaube, jemand ist in meine Wohnung eingebrochen und hat alles um Millimeter verschoben, aber nichts gestohlen.« Sie würden mich nur auslachen.

Ich versuchte, das ungute Gefühl abzuschütteln, während ich mich fertig machte, um Angela im Krankenhaus zu besuchen. Ich überprüfte den Anrufbeantworter. Es gab eine Nachricht von India.

»Ellen? Du hast nicht angerufen. Wie ist es dir in der letzten

Nacht ergangen? Hast du den Rollkragenpullover getragen? Ich rufe dich später an.«
Und eine Nachricht von Ruth.
»Miststück. Ich habe dir meine allerbesten Ratschläge in Sachen Mode gegeben, und du belohnst mich nicht einmal damit, mich anzurufen und mir die blutrünstigen Einzelheiten mitzuteilen. Ich arbeite heute Nacht. Ruf mich an oder stirb.«
Und eine Nachricht von Angela Maunsell.
»Ellen, Liebes, wie geht es dir? Hier ist Angela. Angela Maunsell. Ich rufe dich nur schnell an, um dir noch einmal dafür zu danken, dass du mir gestern Abend das Leben gerettet hast. Du sagtest, dass du heute Abend im Krankenhaus vorbeikommen würdest, und falls du eine Gelegenheit haben solltest, frage ich mich, ob du mir nicht ein paar Kleinigkeiten mitbringen könntest. Aber nur, wenn es dir keine zu großen Umstände macht, Liebes. Gut, dann wollen wir mal sehen. Könntest du mir mein Haarfärbemittel mitbringen – es steht auf dem Regal im Bad. Meine Lockenwickler. Ein Kartenspiel. Fünf Nachthemden – von der Heißmangel. Vier Bettjäckchen. Meine Büchereibücher und die Frisurenzeitschriften. Oh ja, und den Haarentferner. Er befindet sich neben dem Haarfärbemittel auf dem Regalbrett. Ich danke dir, Liebes. Tschüss erst mal.«
Haarentferner? Ich werde aus meiner Nachbarin wohl nie schlau werden. Ich sammelte die Sachen für Angela zusammen und fuhr zum Krankenhaus. Es war bereits Besuchszeit, als ich ankam. Angela saß aufrecht im Bett und schwatzte mit einer Schwester.
»Da kommt sie ja, die junge Dame, die mir das Leben gerettet hat«, sagte sie zu der Schwester neben ihr.

»Oh, Angela, halt! Du übertreibst«, sagte ich.
»Und dieser Mann, wer ist er? Oder habe ich ihn nur geträumt, Ellen?«, fragte sie.
Ich begann auch zu glauben, dass ich ihn nur geträumt hatte.
»Er ist ein Freund und heißt Tony Jordan.«
»Jordan, Jordan. Wie hieß noch gleich sein Vater? Vielleicht ist er einer der Jordans von Hollyhill, nein, diese Jordans waren überhaupt nicht gut aussehend. Woher stammt er, Ellen?«, fragte sie, als ich ihre Sachen ablegte und damit begann, sie in ihren Schrank zu räumen. Sie griff nach dem Haarentferner.
»Hm«, sagte ich und packte weiter aus.
»Und ist er dein Freund? Habe ich gestern Abend irgendetwas Wichtiges unterbrochen … Ich hoffe, dass ich nicht euren Abend ruiniert habe.«
Sie würde nie erfahren, wie sehr sie meinen Abend zerstört hatte.
»Sei nicht albern, Angela. Ich kenne ihn kaum. Wir haben nur Kaffee miteinander getrunken, als dein Alarm ertönte.«
Sie musterte mich mit zusammengezogenen Augenbrauen.
»Kaffee war es?«
»Kaffee.«
»Ich kann mir viel bessere Dinge mit ihm denken, als Kaffee zu trinken«, sagte sie und lachte. Ich lächelte sie mit zusammengebissenen Zähnen an.
Angela und ich spielten Poker auf dem kleinen Krankenhaustablett auf ihrem Bett. Mir war es egal, denn diesmal ging es nur um Fruchtpastillen.
Ich trug mich mit dem Gedanken, Angela zu verlassen, als sie vorschlug, um Geld zu spielen, und meine Mutter mit

einem riesigen Blumenstrauß aus ihrem Garten in der Tür auftauchte.
»Du hast mir nichts von ihm erzählt!«, sagte sie.
»Von wem?«, fragte ich und nahm ihr die Blumen ab. Sie hatte eine Strohtasche, die nach etwas aus meiner Kindheit roch. Ich kannte diesen Geruch.
»Ich habe ihn gerade in der Halle getroffen. Er hat nach Angelas Zimmer gefragt, also habe ich mich mit ihm unterhalten. Er ist auf dem Weg und hat im Laden angehalten, um etwas für Angela zu besorgen«, sagte meine Mutter und zog sich einen Stuhl ans Bett. Sie setzte sich und stellte die Strohtasche mit den weichen Teekuchen auf den Boden.
»Mam, von wem redest du?«
Sie lächelte Angela und mich schüchtern an und nickte uns beiden zu, als ob wir ein kleines Spiel mit ihr spielten.
Und dann schlenderte er ins Zimmer. Tony.
»Ich … ich bin hier zufällig vorbeigekommen und beschloss, nachzusehen, wie es der Patientin geht«, sagte er und lächelte Angela an.
»Noch mal hallo, Anthony«, sagte meine Mutter.
Lieber Himmel, Anthony. Sie war mit ihm schon beim Vornamen angekommen. Ich starrte sie an, doch sie lächelte.
»Was für ein Jordan sind Sie? Ich weiß, dass Sie nicht einer der Hollyhill-Jordans oder der lebhaften Jordans aus Northfields sind. Sind Sie irgendwie verwandt mit Ron Jordan, dem Versicherungsmenschen?«, fragte Angela.
Ich fragte mich, was Tony meiner Mutter über die vergangene Nacht erzählt hatte. Ich suchte in seinem Gesicht nach einem Hinweis und lächelte ihn an.

»Wie geht es Ihnen, Angela?«, fragte Tony und legte seinen Blumenstrauß auf das Tablett am Bettende.

»Mir geht es gut. Es tut mir nur Leid, dass ich Sie in der vergangenen Nacht gestört habe … Sie und Ellen.«

Meine Mutter schaute mich fragend an.

»Kaffee«, sagte ich.

»Wir haben nur Kaffee getrunken«, sagte Tony und lächelte die beiden älteren Frauen an.

»Ich muss jetzt gehen. Wir sehen uns bald, Ang, vielleicht schon morgen.«

»Ich gehe auch. Ich bin nur schnell vorbeigekommen. Ich bin wirklich froh, dass es Ihnen gut geht«, sagte Tony.

Meine Mutter rief ihn zurück.

»Anthony, Sie müssen zum Abendessen zu uns kommen, wie wäre es mit Sonntag? Wir würden Sie gern bei uns haben«, sagte meine Mutter.

»Vielen Dank für die Einladung, Mrs. Grace, aber ich werde am Samstag für ein paar Tage nach London fahren. Geschäftlich. Vielleicht ein anderes Mal?«

Ich bekam die Antwort meiner Mutter nicht mit. Ich konnte nur denken, London am Samstag, was keinen Tony am Wochenende bedeutete.

»London?«, fragte ich, als Tony und ich zum Parkplatz gingen. Zwei Schwestern hielten an der Haustür inne, um ihn zu bewundern. Nun, es musste ihm gelten, denn ich bezweifelte, dass sie meinetwegen miteinander kicherten und flüsterten.

»Ja, London ist über das Wochenende dran. Nun ja, eigentlich eine Woche. Ich werde wahrscheinlich erst am nächsten Wochenende wieder zurück sein«, sagte er, als wir zu meinem Wagen gingen.

»Sag mir die Wahrheit: Du hast von den Kochkünsten meiner Mutter erfahren, und daraufhin hast du drastische Maßnahmen getroffen und einen Flug gebucht«, sagte ich lachend, in dem Versuch, es unbeschwert zu nehmen. Eine ganze Woche. Er ging für eine ganze verdammte Woche weg?

»Gehört dir dieser rosafarbene Wagen?«, fragte er. Ich hatte gehofft, dass die Dämmerung die Farbe unkenntlich machen würde. Ich hatte mich geirrt.

»Das ist tatsächlich meiner«, sagte ich, während ich in meiner Tasche nach den Schlüsseln suchte. Da ich sie nicht finden konnte, klopfte ich die Taschen meiner Levi's ab. Bingo, Schlüssel in der Gesäßtasche.

»Die Blumen waren schön«, sagte ich, als ich die Wagentür öffnete. Ich warf meine Tasche auf den Vordersitz und drehte mich um und lächelte zu ihm auf. Ich liebte diese neue Erfahrung, zu jemandem hinauflächelnd zu lächeln.

»Hast du am Freitagabend schon etwas vor?«, fragte Tony, die Hände in den Taschen und mit einem kleinen Lächeln, das seine Lippen umspielte. Sexy Lippen, küssenswerte, leckenswerte Lippen … Ich stand da und schaute seinen Mund an und konzentrierte mich drauf, cool und überlegen zu sein.

»Ich glaube nicht. Warum?«

»Es gibt einen wirklich guten Film am Freitagabend. *Amores Perros.*«

»Wo läuft er? Im Cineplex? Ich liebe deren Popcorn.«

Tony lächelte. »Nein, er läuft im Hayfield-Filmclub.«

»Oh.«

»Hast du den gesehen? Der Titel bedeutet ›Liebe ist eine Hündin‹. Ich warte schon seit Ewigkeiten darauf, ihn mir ansehen zu können. Würdest du gern mit mir hineingehen?«

Ich wusste nichts von einer Liebe, die eine Hündin war, doch die Lust war mit Sicherheit eine.

»Sehr gern. Ich liebe Filme und vor allem spanische.«

»Mexikanische.«

»Ach ja, wirklich? Das ist ja noch besser, weil mir mexikanische Filme noch besser gefallen.« Das war eine Lüge. Ich hatte noch nie in meinem Leben einen mexikanischen Film gesehen. Es sei denn, dass *The Three Amigos* mexikanisch war, was ich nicht glaubte. Ich könnte mit Tony in hundert fremdsprachigen, künstlerischen Filmen sitzen. Ich nahm mir vor, India über mexikanische Filme auszufragen. Sie liebte all diesen kulturellen Kram.

»Das habe ich mir gedacht. Also werde ich dich um acht Uhr herum abholen?«

Er stand aufreizend dicht vor mir. So dicht, dass ich ihn riechen konnte – Seife und Eau de Cologne und einen Hauch von Knoblauch.

Er beugte sich vor und küsste mich leicht auf die Wange, während seine Hände auf meinen Schultern lagen. Ich schob meine Hände unter sein Jackett und um seine Taille und küsste ihn auf den Mund. Ich konnte hören, wie sich sein Atem beschleunigte, doch er zog sich zurück.

»Freitagabend«, flüsterte er mir ins Ohr. »Ich kann es auch nicht erwarten.«

Wir beide schauten hoch, als sich ein Jeep näherte. Ich brauchte eine Sekunde, um zu erkennen, dass es Tonys Range Rover war. Ein großer Mann sprang vom Fahrersitz herab und lächelte uns beide an. Er trug eine Sonnenbrille mit verspiegelten Gläser. Abends.

»Ellen, das ist mein Freund Bobby Wolfe«, sagte Tony.

»Hi, wie geht's dir?« Ich streckte ihm die Hand entgegen. Ich konnte mich in seinen Brillengläsern sehen. Sein Kopf war geschoren, und er hatte den Bart des Rappers Ali G.
»Hi, ist das Ellen?«, fragte er und schüttelte mir die Hand.
»Schön, Sie kennen zu lernen. Ich muss jetzt los«, sagte ich, während ich mich in meinen Wagen setzte.
»Freitagabend«, sagte Tony, als er meine Tür schloss.
Ich winkte ihnen zu, als ich wegfuhr. Nur achtundvierzig Stunden bis Freitagabend. Das konnte ich gerade noch aushalten.

Ich habe den ganzen nächsten Tag Häuser besichtigt, und ich versteckte mich um die Mittagszeit mit einem Big Mac vor dem »Hazeldene«-Haus. Und da ich erst in ein paar Minuten eine weitere Besichtigung hatte, rief ich India an, um mir einen Schnellkurs in ausländischen Filmen von ihr geben zu lassen. Sie nahm den Anruf wie immer beim ersten Klingelton an.
»Hi, India. Ich bin es, Ellen.«
»Hi, Ellen, hast du eine Erkältung oder was anderes? Deine Stimme klingt so komisch.«
»Essen und sprechen zur gleichen Zeit. Hör mal, India, du erinnerst dich doch an den Typ, von dem ich dir erzählt habe? Tony Jordan? Er hat mich gebeten, mit ihm in diesen Filmclub zu gehen, in einen mexikanischen Film, kannst du dir das vorstellen? Mexikaner machen beschissene künstlerische Filme. Egal. Kannst du mir ein paar Infos geben, damit ich nicht wie eine komplette Idiotin dastehe?«, bat ich und biss in meinen Big Mac. Ich konnte sie am anderen Ende lachen hören.

»Du bist manchmal so komisch, Ell, du bist zum Schreien«, sagte India.

Doch ich versuchte gar nicht, komisch zu sein. Ich war todernst.

»Es ist mir ernst, India.«

»Ich weiß, das macht es ja so komisch. Der Film soll fantastisch sein. Er heißt *Amores Perros* – Liebe ist eine Hündin –, und ich werde ihn mir auch ansehen.«

»Du gehst auch in den Film?«

Ich versuchte, diese Neuigkeit zu verdauen. Ich starb dafür, Tony meinen Freundinnen zu zeigen, doch ich wusste tief in mir, dass morgen Abend die Nacht war. Ich wollte mit ihm schlafen und wollte nicht, dass er und ich herumsaßen und höflich mit meinen Freundinnen plauderten.

»Ja. Ich freue mich schon darauf, diesen Tony zu sehen. Wie hast du ihn genannt – Sex auf Füßen? Jedenfalls hat er einen guten Geschmack bei Filmen. Das ist ein vielversprechender Anfang.«

»Erzähle mir von dem Film.«

»Da ich ihn noch nicht gesehen habe, ist das ein bisschen schwierig. Schau ihn dir einfach an und genieße ihn wie jeden anderen Film. Du wirst ihn toll finden, warte es nur ab.«

Ein Wagen hatte hinter meinem Hyundai angehalten, und ein junges Paar, das geradewegs den Seiten der *Vogue* entstiegen zu sein schien, verließ den schimmernden schwarzen Volvo. Ich winkte ihnen zu und traf meinen Big Mac. Ich fragte mich, ob sie es bemerken würden, wenn ich mich auf den Boden meines Wagens legen würde, um ihn fertig zu essen?

»India, bist du noch dran? Ich muss Schluss machen. Vielleicht sehe ich dich ja morgen Abend«, sagte ich und winkte erneut dem perfekten jungen Paar zu. Sie blickten zu mir her.
»Ich werde dich mit Sicherheit morgen Abend sehen. Ich kann es nicht erwarten, diesen Tony kennen zu lernen. Tschüss.«
Ich stieg aus meinem Wagen und schüttelte Krümel von meinem hellblauen Leinenkostüm. Ein schwacher Ketchup-Fleck klebte auf dem Rock. Ich rieb mit der Hand daran herum.
»Hi, ich bin Ellen Grace, schön, Sie wiederzusehen«, sagte ich zu dem perfekten Paar und streckte ihnen die Hand entgegen. Sie nahmen sie vorsichtig, als ob sie sie erst auf Ketchupreste hin untersuchen wollten. Ich sah sie mit meinem strahlendsten Lächeln an und begann mit der Arbeit.

9

Ich hatte geplant, am frühen Freitagnachmittag nach Hause zu gehen und mich lange zu duschen, als Vorbereitung für meine Verabredung. Doch Tim Gladstone beraumte um vier Uhr eine Sitzung an. Nur mit Andrew, mir und ihm. Ich saß mit Andrew in Tims Büro und wartete darauf, dass der Chef aus einer Sitzung zurückkam, als mein Handy klingelte. Ruths Name leuchtete auf dem winzigen Bildschirm auf.

»Hi, Ruth, wie geht's dir?«, fragte ich und drehte Andrew meinen Rücken zu, der am Konferenztisch Berichte las.

»Du hinterlistiges Miststück!«

»Warum? Was habe ich verbrochen?«, fragte ich mit leiser Stimme.

»Du wolltest ihn India zeigen, aber mir nicht. Ich habe dir was zu sagen, Ellen. Ich werde auch in diesen Film gehen, na bitte!«, sagte sie und lachte.

Die Tür öffnete sich, und Tim Gladstone kam mit Davina Blake herein. Verdammt großartiger Start ins Wochenende.

»Ich muss Schluss machen. Ich rufe dich später an«, sagte ich und beendete das Gespräch.

Alle saßen um den Tisch herum, und Tim Gladstone bot Kaffee an. Ich kritzelte auf einen Block neben mir; das ersparte es mir, mit Andrew und dem goldenen Mädchen zu plaudern. Sie waren sowieso glücklich, miteinander zu sprechen und sich anzulächeln.

»Danke erst mal, dass ihr so kurzfristig gekommen seid«, sagte Tim, als Molly den Kaffee brachte. Es war echter Kaffee in den feinen weißen Tassen. Ich lächelte Molly an. Sie überging mich und lächelte Davina an wie eine Teilnehmerin in der Rose of Tralee.

Tim nahm die schöne Porzellankanne und begann, den dampfend heißen Kaffee einzuschenken. »Gute Nachrichten, Leute«, sagte er, als er die Tassen weiterreichte. »Wir haben den Vertrag für das neue Freizeitcenter und das Einzelhandelsdorf.«

Andrew und ich gaben passende und zustimmende Geräusche von uns. Davina lächelte ihr Golden-Girl-Lächeln.

»Wir sind nicht die einzigen Agenten, wir werden mit Davinas Firma Lee Properties zusammenarbeiten. Ich möchte gern, dass du und Ellen diesen Geschäftsbereich übernehmt, Andrew. Was hältst du davon?«

Ich schaute Andrew an, der neben Davina saß. Verdammt. Ich würde diese beiden einige Zeit am Hals haben.

»Hervorragend, Tim. Das ist ein toller Bereich, und ich kann es kaum erwarten, damit loszulegen«, sagte Andrew.

Sein Anzug war marineblau, natürlich maßgeschneidert. Sein Haar war kürzlich geschnitten worden und sein Gesicht war frisch rasiert. Ich wettete, dass er seinen Rasierapparat zur Arbeit mitnahm und sich jedes Mal rasierte, wenn er pinkeln ging. Ich versuchte mich zurückzuhalten, ihn zu fragen, ob er das wirklich machte, als mein Handy klingelte. Tony. Vier Buchstaben nur, aber was für eine Auswirkung. Ich strahlte, als ich aufstand und mich entschuldigte, während ich das Handy an mein Ohr hielt.

»Hi, Tony, wie geht's?«, fragte ich, sobald ich durch die Tür

nach draußen trat. Und dabei wusste ich schon, dass es ihm gut ging, dass er schön und sexy war und der perfekte Mann, um mit ihm an einem Freitagabend Sex zu haben.
»Ellen, wie geht es dir?«, fragte er. Ich stand in der Halle unseres Bürogebäudes.
Ich schloss die Tür von Tims Büro hinter mir.
»Mir geht es gut. Ist alles klar für heute Abend?«, fragte ich, und ein köstlicher Schauer rann durch meinen Körper.
»Ellen, es tut mir Leid. Deshalb rufe ich ja an. Etwas Unerwartetes hat sich ergeben. Etwas sehr Wichtiges, und ich kann mich dem nicht entziehen. Es tut mir sehr Leid«, sagte er.
Ich fühlte mich wie betäubt und war wütend und außer mir. Ich glaube, das nennt man sexuelle Frustration.
»Hm«, machte ich.
»Ellen, bist du noch dran? Es tut mir wirklich Leid.«
»Es ist gut«, log ich, »mach dir keine Sorgen, Tony, es ist gut.«
»Wenn ich mich da herauswinden könnte, würde ich es tun, Ellen. Aber es ist einfach unmöglich.«
»Okay, ist gut«, sagte ich und biss mir auf einen Nagel. Mir war zum Heulen zumute.
»Ciao, Ellen. Ich rufe dich aus London an.«
»Tschüss«, sagte ich und unterdrückte den Drang, das Handy gegen die Wand zu werfen.
Ich ging zur Sitzung zurück, doch ich erinnere mich kaum an das, was geschah. Ich konnte nur an meine geplatzten Träume denken.
Ich fuhr in einem Zustand totaler Niedergeschlagenheit nach Hause, übersah Joey, als ich mein Apartment betrat,

weil er – wie Tony – ein Mann war und ich sauer war auf Männer. Ich schaute nach, ob ich eine Flasche Wein zu Hause hatte. Für mich, Jerry Springer und Montana Sauvignon Blanc. Was für ein Absturz. Das Handy klingelte, als ich Kakao trank und aufgewärmte Nudeln zum Abendessen aß.

»Hi, hier ist India. Ich hörte, dass Ruth dich angerufen hat – es war nicht meine Idee, Ellen. Sie hat sich praktisch wie ein Bulldozer ihren Weg gebahnt, du weißt ja, wie sie ist.«

»Er geht nicht ins Kino.«

»Wer, der Sex-auf-Füßen?«

»Ja. Etwas kam ihm dazwischen, verstehst du.«

Ich versuchte, meine Enttäuschung zu verbergen, doch ich sprach ja mir India.

»Ellen, sei doch nicht so. Hör zu, geh heute Abend mit uns aus, nur wir drei. Wir werden uns diesen mexikanischen Film ansehen, das wird lustig sein, und anschließend gehen wir auf einen Drink in diese neue Bar – in den River Club … So heißt er, glaube ich.«

»Ich weiß nicht. Ich könnte einfach stattdessen Angela Maunsell im Krankenhaus besuchen.«

»Das wirst du nicht tun, Ellen. Willst du zulassen, dass die Pläne eines Mannes dein Leben diktieren?«

Es war offensichtlich, dass sie Tony niemals zu Gesicht bekommen hatte, denn sonst würde sie nicht so sachlich sein. Doch ich wusste, dass sie Recht hatte. India hatte immer Recht, wenn es um mein Liebesleben ging.

»Ich komme sehr gern mit. Wir werden was zu lachen haben«, sagte ich entschlossen.

»Das ist meine Freundin! Ich hole dich ab.«

»Nein, ich werde fahren, India. Ich bin an der Reihe, und es macht mir überhaupt nichts aus.«
»Bist du sicher? Wir könnten auch Taxis nehmen.«
»Nein, ich werde fahren. Ich bin wirklich müde, und wenn ich Alkohol nur riechen würde, würde ich eine Woche lang nur noch schlafen. Ich werde ohnehin nichts trinken, also werde ich fahren.«
»Großartig! Dann bis später.«
»Tschüss, Ind.«
Ich hatte am Abend zuvor meine Kleider ausgebreitet. Neue schwarze Spitzenunterwäsche, indigoblaue Seiden-Palazzos und mein Lieblingstop, eine schwarze Versace-Bluse, für die ich fast eine Hypothek aufnehmen musste, um sie kaufen zu können. »Verdammter Tony Jordan«, murmelte ich vor mich hin, als ich beschloss, die Kleider trotzdem zu tragen. Als ich geduscht und angezogen war, konnte ich viel besser mit allem umgehen.
Ich wollte mich eigentlich nicht wie verrückt in irgendjemanden verlieben – genau das war mir bei Andrew passiert, und man sah ja, zu was es geführt hatte. Und was das Springen ins Bett mit einem Mann anging, den ich kaum kannte – das war auch keine so gute Idee. Es schien nur eine gute Idee zu sein, wenn ich mich innerhalb eines Radius von drei Metern bei Tony Jordan befand. Doch würde ich auch das unter Kontrolle zu bekommen, bis er von London zurückkehrte.
Ich überprüfte mein Gesicht im Rückspiegel, als ich auf India wartete. »Siehst gut aus, Ellen«, sagte ich zu meinem Spiegelbild und zwinkerte mir zu. India setzte sich auf den Beifahrersitz neben mich. Sie trug ein ärmelloses

pfirsichfarbenes Kleid im Stil der achtziger Jahre, das sich perfekt von ihrem glänzenden schwarzen Bob abhob. Sie sah fast so gut aus wie ich. Ich sagte es ihr, und sie lachte.

Doch Ruth war wie üblich in einer anderen Liga als wir. Sie trug ein hautenges schwarzes ärmelloses Kleid, das eine bedenkliche Brustweite erforderte, um alles oben zu halten. Und was Ruth anging, so gab es bei ihr keinen Mangel an Brustweite. India und ich gaben ein »wow« von uns, als wir sie sahen.

»Wer ist er, Ruth?«, fragte India, als Ruth auf dem Rücksitz Platz nahm.

Ich lachte und startete den Wagen.

»Was meinst du?«, fragte Ruth.

»Ich meine, welchen armen, unverdächtigen Mann hast du ins Visier genommen, und wohin werden wir heute Abend gehen, damit du ihm auflauern kannst?«, fragte India lachend.

»Berichtigung, India«, sagte ich. »Welchen armen, unverdächtigen männlichen *Körper* hat sie gesichtet!«

Wir mussten alle lachen, und India rieb sich die Augen mit einem Papiertaschentuch und überprüfte ihr Make-up im Spiegel.

»Ihr habt so eine miese Meinung von mir, dass ihr glaubt, ich sei eine Art Männerfresserin«, sagte Ruth noch immer lachend.

»Hallo!«, sagten India und ich wie aus einem Mund, und wir fingen erneut an zu lachen.

»Ich wollte deinen neuen Mann beeindrucken, Ellen«, sagte Ruth und beugte sich zwischen den Vordersitzen nach vorn.

»Lass bloß die Hände von ihm! Allerdings wäre das schwierig, weil er heute nicht kommt. Ihm ist etwas dazwischengekommen«, sagte ich, als ich in die Seitenstraße einbog, in der sich der Hayfield-Filmclub befand. Als ich parkte, sah ich, dass sich noch keine Schlange vor dem kleinen Kino gebildet hatte, was mich nicht überraschte. Warum sollte man sich am Freitagabend einen mexikanischen Film anschauen, wenn man Jerry Springer im Fernsehen haben konnte?

»Dazwischengekommen? Das ist schade, Ellen. Ich meine, du hast für heute Abend erwartet, dass etwas dazwischenkommt, aber …«

»Du hast eine dreckige Fantasie!«, schimpfte ich, als ich den Wagen parkte. Doch sie hatte ja völlig Recht.

»Lass Ellen in Ruhe, Ruth, und beantworte unsere Frage. Wer ist der neue Mann?«, fragte India.

»Okay, okay. Sein Name ist Leon, und er arbeitet im River Club. Also mit dem mörderischen schwarzen Anzug. Er hat den süßesten Hintern«, sagte Ruth, als wir zum Kassenhäuschen vor dem altmodischen Kino gingen.

Die Lichter war noch angeschaltet, als wir uns in dem feucht riechenden Kino setzten. Ich sah mich schnell um. Die Besucher waren bunt gemischt. So genannte Studenten, alte Künstler-Typen und Geschäftsleute. Ohne Zweifel waren wir hier am besten angezogen.

Das Licht wurde schwächer, und ich erinnerte mich an nichts mehr, weil ich so herrlich schlief, dass ich nicht einmal aufwachte, um mein Popcorn zu essen.

»Ellen, komm schon. Es ist Schluss, und du schnarchst schon wieder«, drang Indias Stimme durch meinen Traum.

»Geh weg.«

»Ellen!« Ein Schrei in mein rechtes Ohr. Ruths Stimme. Ich sprang auf und schaute mich um. India und Ruth lachten.

»Toller Film«, sagte ich, als wir das Kino verließen.

»Lass den Wagen hier stehen, Ellen«, sagte India. »Es dauert nur ein paar Minuten, um zum River Club zu laufen.«

Der River Club war brechend voll. Er war *der* In-Club, in dem man sich sehen lassen musste, und wir bahnten uns einen Weg durch die Menge, bis wir in der Nähe der Bar Platz gefunden hatten. Die Leute standen in Vierreihen an der Bar, und mir wurde die Aufgabe zuteil, die erste Runde zu bestellen, weil ich die Größte war. Was überhaupt nichts half. Ruths Dekolletee rettete uns schließlich, und wir bekamen nicht nur unsere Drinks, sondern auch einen Tisch. Keine schlechte Arbeit für ein Paar Brüste.

Leon sorgte für die Bedienung und den Tisch und sagte zu Ruths Brüsten, sie sollten rufen, wenn wir irgendetwas brauchten. Als wir uns niedergelassen hatten und unsere Drinks gebracht wurden, zog ich ernstlich eine Brustvergrößerung in Erwägung.

»Großartiger Tisch, Ruth. Wir können von hier aus alles sehen«, sagte ich und musterte den Raum, während ich nach meinem Seven-up griff.

»Also, nun sag schon, Ellen, was ist mit deinem Tonyboy geschehen? ›Etwas kam ihm dazwischen‹ ist wirklich nicht sehr aussagefähig«, sagte Ruth und trank einen großen Schluck aus ihrer Smirnoff-Ice-Flasche.

Ich hätte zu gern einen Drink gehabt und war jetzt traurig, dass ich den Wagen dabeihatte. Doch ich hatte nicht ahnen können, dass ich es fertig bringen würde, im Kino ein Nickerchen zu halten. Wie auch immer, den Wagen in dieser

Gegend am Freitagabend zurückzulassen, kam überhaupt nicht in Frage, wenn ich ihn nicht ohne Reifen und andere wichtige Teile vorfinden wollte.
»Das ist genau das, was er gesagt hat, und überhaupt interessiert mich das alles nicht«, erklärte ich und meinte es auch so.
»Aber was könnte ihm dazwischengekommen sein, was er dir nicht erzählen konnte? Eine Ehefrau. Oder vielleicht eine Freundin?«, schlug Ruth vor.
Ich zuckte mit den Schultern. »Das interessiert mich nicht.«
Und es interessierte mich deshalb nicht, weil ich wirklich entschlossen war, dass ich mich für keinen Mann noch einmal verknoten würde. Und dann sah ich Andrew, und ich hatte das Gefühl, dass das Universum mir einen Streich spielte.
»Scheiße«, sprudelte ich heraus.
»Was? Was?«, fragte India.
»Andrew Kenny. Schaut nicht hin, aber er steht dort an der Bar. Was macht er denn hier? Er muss mir gefolgt sein.«
India und Ruth ignorierten meine Anweisungen, nicht hinzuschauen. Zum Glück war Andrew zu beschäftigt damit, in sein Glas zu schauen, um uns zu bemerken.
»Jesus, hat der einen klasse Arsch. Der ist sogar noch besser als Leons«, sagte Ruth.
»Warum ist er hier? Ich vermute, dass er sich hier sehen lassen muss, oder nicht?«, fragte India. »Seht doch nur mal, wie er an der Bar posiert und ganz allein trinkt. Diese gehetzten Typen werden oft zu Alkoholikern.«
»Wie du, Ind?«, fragte Ruth.
»Was willst du denn damit sagen?«, fragte India.
Ruth lehnte sich auf ihrem Stuhl zurück und überkreuzte

ihre wohlgeformten Beine. »Nur, dass man Menschen nicht zu einem Typ reduzieren kann – du bist eine große und erfolgreiche Anwältin und doch wohl keine Alkoholikerin, oder?«

India zuckte mit den Schultern und spielte mit einem Bierdeckel.

»Nein«, fuhr Ruth fort. »Ich andererseits bin eine ziemlich anspruchslose Empfangsdame im Hotel und nicht im mindesten gehetzt, und – lass uns das deutlich machen – ich glaube, dass ich weit wahrscheinlicher eine Alkoholikerin werden kann als ihr. Zumindest übe ich mehr.«

Ruth setzte sich auf die Kante ihres Stuhls und winkte in Richtung Andrew. Er linste durch den schummrig erleuchteten Club und winkte zurück. Ich wollte schreien, weil Ruth sich auch noch gegen mich wandte – großartig. Vielleicht gefiel ihr Andrew? Sie hatte ihn schon immer gemocht – nun, viel Glück für sie, sie konnte ihn haben. Doch als ich einen kräftigen Schluck von meinem Seven-up nahm und mir wieder wünschte, es wäre Alkohol, verkrampfte sich mein Magen bei der Vorstellung von Andrew und Ruth.

»Hör mal, Ellen, ich weiß, dass ich das Thema wechsele«, sagte India, »doch ich möchte es dir erzählen, solange ich es noch im Kopf habe. Ein Mandant von mir ist an einem Haus, das du in deinen Büchern hast, interessiert. Hazelirgendwas …«

»Hazeldene«, sagte ich.

»Genau. Er hat mir heute gesagt, das er einen Typ aus deinem Büro, den er irgendwie kennt, anrufen wollte. Wie heißt noch der andere Kerl?«

»Andrew?«

»Nein, ich kenne Andrew. Der jüngere Kerl, der glaubt, dass er ein Gottesgeschenk für die Welt ist.«
»Ryan.«
»Ja, das ist er. Ryan. Jedenfalls habe ich meinem Mandanten deine Nummer gegeben und ihm gesagt, dass er dich, und nur dich, gleich am Montagmorgen anrufen soll. Ich habe gelogen und ihm gesagt, dass du die beste Immobilienagentin der Stadt seist.«
»Danke für das Kompliment, India«, erwiderte ich lachend.
»Jesus, Kerle!«, sagte Ruth und schlug mir auf den Arm. »Schau dir doch bloß diesen Idioten mit den verspiegelten Brillengläsern drüben an der Tür an.«
Unsere drei Köpfe drehten sich gleichzeitig in die Richtung, auf der schamlosen Suche nach Gründen zum Lachen. Und dann sah ich Tony. Was war denn heute bloß mit dem Universum los? Bei dieser Quote würden meine Mutter, mein Vater und Onkel Gerry auch noch im River Club auftauchen. Er stand dort, hinter den verspiegelten Brillengläsern, hatte ein Handy am Ohr und musterte die umlagerte Bar, als ob er nach jemandem Ausschau hielt. Einen verrückten Moment lang dachte ich, dass er mich suchte, doch er entdecke einen Mann an der Bar und eilte breit lächelnd auf ihn zu.
»Was macht *er* denn hier?«, fragte ich.
Die Mädchen wandten sich von den verspiegelten Brillengläsern ab und sahen mich an.
»Wer?«, fragte Ruth.
»Tony Jordan.«
»Wo?«, fragte India. »Der Typ mit der Spiegelbrille?«
»Nein, der neben ihm.«

»Hm … nett, wirklich sehr nett«, sagte Ruth.
»Er hat uns gesehen und kommt hierher«, sagte India.
Tony kam zu uns und hatte sein Handy noch in der Hand. Also war ich fallen gelassen worden wegen eines Abends mit den Jungs? Er erreichte unseren Tisch, nickte den Mädchen zu und ging neben meinem Stuhl in die Hocke. Zum ersten Mal, seit ich ihn kennen gelernt hatte, war ich von seiner Nähe nicht überwältigt.
»Ellen. Ich dachte, dass du es bist. Ich habe ein Treffen mit Mike Logan, dem dieser Laden hier gehört. Es tut mir wirklich Leid, dass ich unsere Verabredung absagen musste, aber ich hatte keine Wahl. Wir müssen uns heute zusammensetzen, weil Mike sich mit dem Gedanken trägt, sich in das neue Freizeitzentrum einzukaufen. Und da ich morgen wegfahre, war das die einzige Gelegenheit. Arbeit … du weißt, wie das ist«, sagte er und lächelte mich an. »Möchtest du mich mit deinen Freundinnen bekannt machen?«
»Ruth Joyce und India Burk. Tony Jordan«, sagte ich und deutete auf jeden und freute mich unwillkürlich, dass ich weder fallen gelassen noch angelogen worden war.
Tony stand auf, beugte sich über den Tisch und schüttelte den beiden die Hände. Sein Handy klingelte, und er verdrehte die Augen, als er den Anruf annahm. Ruth und India starrten ihn an, als er ins Handy sprach. Ich unterdrückte ein Lachen. Jesus, meine Freundinnen waren ja einiges, aber dezent waren sie jedenfalls nicht.
Tony ging wieder neben mir in die Hocke. »Ich muss gehen. Ich dachte, ich könnte noch einen Drink mit dir zusammen nehmen, aber Mike wartet. Keine Ruhe für die Bösewichter«, sagte er und küsste mich auf die Wange.

Ich war diese kleinen Küsschen auf die Wange leid, legte ihm die Arme um den Hals und küsste ihn hart auf den Mund. Er reagierte, und wir hörten erst auf, als Mike Logan, der Barbesitzer, Tony auf die Schulter tippte.
»O Gott, Ellen«, flüsterte er mir ins Ohr, stand auf, ging und sah sich nicht mehr um.
Ich bemerkte Ruths und Indias schockierte Gesichter.
»Jesus! Ich dachte, dass ich die Männerfresserin bin!«, sagte Ruth.
»Das war unglaublich und sehr sexy! Wow, Ellen, bleib bei ihm. Ihr seid füreinander geschaffen, das war ja geradezu filmreif«, sagte India.
Ich zuckte mit den Schultern, lächelte sie an und war plötzlich wieder müde, als mir klar wurde, dass Andrew wahrscheinlich die Szene mitbekommen hatte.
»Lasst uns nach Hause gehen«, sagte ich.

10

Am nächsten Morgen wachte ich durch das Klingeln an der Tür auf. Ich stolperte aus dem Bett und zog mir ein langes lilafarbenes T-Shirt über den Kopf. Die Klingel schlug wieder an. Was war das nur für ein Geruch? Es roch wie … ah, Himmel, nein … Joey!

Die Türklingel meldete sich ein drittes Mal.

»Sofort«, rief ich.

»Ellen?«, fragte eine Frauenstimme.

»In einer Minute«, rief ich zurück und versuchte herauszufinden, wem die Stimme gehörte. Ich trat auf meine Versace-Bluse, die auf dem Boden neben meinem Bett lag, und erbrach mich fast wegen des Geruchs nach Katzenpisse. »Ich bin in einer Minute da.«

»Ich bin es nur«, sagte die Stimme vor der Tür.

O Scheiße, sagte die Stimme in mir.

Alison!

Was sollte ich jetzt bloß tun? Nichts hatte mich auf einen Augenblick wie diesen vorbereitet. Und trotz all der Werbung über das Informationszeitalter hatte ich niemals eine Zeitschrift gelesen, die mich auf solch eine Sache vorbereitet. Okay, sie schrieben über Orgasmen und hartnäckige Flecken auf weißem Leinen. Aber was soll man machen, wenn die eigene perfekte Schwester vor deiner Tür steht und die Katze auf dein Top gepinkelt hat, und die ganze Wohnung ein

Abfalleimer ist? Niemand gibt einem eine Liste von praktischen Tipps, um mit einer Situation wie dieser fertig zu werden. Und die Hitze machte es nicht besser, dachte ich, als ich herumrannte wie ein kopfloses Huhn. Und warum hatten wir überhaupt dieses heiße Wetter? Wir waren in Irland, lieber Himmel, und waren auf Regen eingestellt.

Ich riss jedes Fenster auf, das ich finden konnte, und starrte Joey wütend an, der sich auf einem sonnigen Fleck auf dem Boden vor dem Balkonfenster ausgestreckt hatte. Und die ganze Zeit hielt ich das anstößige Kleidungsstück in der Hand. Meine Versace-Bluse. Sie hatte mich ein halbes Wochengehalt gekostet und war jetzt ruiniert, doch weit schlimmer war, dass *ich* ruiniert war, weil Alison hier und ich voller Katzenpisse war.

Mir wurde eisig kalt, als die Panik einsetzte. Was konnte ich tun? Was konnte ich tun? Ich konnte die Bluse in die Dusche schleudern und die Tür schließen, doch das würde auch nicht funktionieren, weil Alison vielleicht zur Toilette gehen musste … Scheiße, Scheiße, Scheiße. Die Türklingel ertönte erneut, und ich wusste, dass es nur eines gab. Noch ehe ich über das verschwendete Geld nachdenken konnte, rannte ich zu meinem Schlafzimmerfenster und warf meine herrliche Bluse hinaus und betete darum, dass sie irgendwo unauffällig in dem unordentlichen rückwärtigen Garten des Gebäudes landete.

Ich wusch mir die Hände, zog mir Shorts an und trottete zur Haustür und versprühte mein Cerutti-Deo. Ich wusste, dass es nicht funktionieren würde, ich wusste, dass mein Apartment noch immer schrecklich stank, doch ich war verzweifelt. Meine einzige Hoffnung war, dass Alison zu höflich sein würde, eine Bemerkung darüber zu machen.

»Kein Katzenfutter für dich, Bursche«, sagte ich und starrte Joey an, während ich das Schloss an der Wohnungstür öffnete. Ihm war das egal.
»Ellen!«, sagte Alison, küsste mich auf die Wange und umarmte mich in einer einzigen flüssigen Bewegung, ehe sie an mir vorbei in mein Apartment fegte.
»Alison.«
»Ellen«, sagte ein großer Mann mit einem stoppeligen Gesicht und beugte sich herab, um mir die Wange zu küssen.
»Dermot.«
Ich trat zurück, damit er durch meine Türöffnung kommen konnte. Dermot Gleeson war ein Ein-Mann-Rugby-Team, mit Händen wie Schaufeln und einem freundlichen Lächeln. Er hatte ein attraktives Gesicht von dem Typ Naturbursche, obwohl sein Kinn so oft in Rugby-Spielen gebrochen worden war, dass es an einer Seite ein wenig schief herabhing. Doch Dr. Dermot war nicht übel. Außer, dass meine Mutter so viel von ihm hielt und dass selbst ich wusste, dass das nicht sein Fehler war.
»Allmächtiger Gott, Ellen«, sagte Alison schon in meinem Apartment, »was *ist* das für ein Geruch? Du solltest in einem geschlossenen Raum wie diesem keine Katze halten.«
Ich dachte daran, die Tür zuzuschlagen und davonzurennen und Alison und Dermot allein in meinem Apartment zu lassen, doch ich hatte vergessen, Schuhe anzuziehen, also seufzte ich und ging wieder hinein.
»Schön, dich zu sehen, Alison«, sagte ich und folgte meinem Schwager durch die Tür.
Alison wandte sich mir zu und lächelte. Sie sah so hübsch aus, dass ich mir wünschte, mich übergeben zu können. Kaum eine

erwachsene Frau ist niedlich, aber meine Schwester ist es. Ihr Gesicht ist breitflächig und irgendwie herzförmig. Ihre Augen sind groß und blau. Sie hat dieses wunderbar federartige kurze blonde Haar, eine perfekte Haut, eine perfekte Figur. Das Einzige, was bei Alison nicht stimmte, war, dass sie klein ist, nun, ich meine, dass sie klein ist, aber ich weiß, dass Alison nicht *klein* ist. Alison ist petite, wie eine perfekte Miniatur.

An jenem Tag, als sie in meinem Apartment stand, trug sie ein glattes blassblaues Hemd und eine noch glattere weiße kurze Hose. Ihre Haut hatte den goldenen Schimmer von Davina Blake, und ich log, als ich sagte, dass es nett war, sie zu sehen.

»Und du, Ellen, schön dich zu sehen. Wir waren in der Stadt – und sind früh auf den Markt gegangen, um frisches Obst und Gemüse zu holen –, es geht ja nichts über frische Ware, nicht wahr, Dermot?«

»Nein, Liebes«, sagte Dermot.

Ich ging in die Kombüsenküche, füllte den Kessel mit Wasser und schob die Gefühle der Unzulänglichkeit beiseite, die meine Schwester immer in mir weckte. »Tee? Kaffee?«

»Kaffee wäre super«, sagte Dermot und setzte sich auf die Couch. Ich hatte den Eindruck, dass die Kissen um Gnade schrien.

»Alison?«

»Oh, nichts, danke. Du hast sicherlich keinen organisch-biologischen Tee, oder?«

Ich schüttelte den Kopf. »Nein, leider nicht, Al, aber ich habe Wodka, wenn dir das recht ist? Du könntest eine dieser saftigen Orangen, die du auf dem Markt gekauft hast, ausquetschen und dir einen Cocktail machen.«

Dermot lachte.

»Sehr komisch, Ellen«, sagte Alison und beugte sich an mir vorbei, um ein Glas vom Regal zu nehmen. Sie füllte es mit Wasser, hielt inne und hob das Glas ins Licht, um es zu überprüfen, und trank dann einen Schluck. Ich bereitete zwei Becher mit Kaffee für mich und Dermot vor.

»Milch? Zucker? Schwarz?«, fragte ich ihn.

»Schwarz wäre prima«, sagte er und lächelte mich an, als ich ihm den dampfenden Becher reichte.

Ich ging an Dermot vorbei und ließ mich in einem Sessel nieder und schluckte einen Mund voll kochend heißem Kaffee. Alison wühlte in einer großen Jutetasche mit Henkeln herum.

»Irgendetwas Schokoladiges?«, fragte ich.

Alison lächelte und zog einen Apfel heraus. »Nein, aber Mengen von Obst, falls du etwas haben möchtest. Hier, nimm einen von diesen Äpfeln.«

Sie warf mir einen Apfel zu, und er landete auf meinem Magen.

»Ich habe gehört, dass Andrew Kenny wieder in der Stadt ist«, sagte Alison, während sie ihren Apfel musterte. »Na sieh mal an. Nichts geht über echtes, im eigenen Land gezogenes Obst. Und? Stimmt das? Ist er zurück?«

»Wer hat dir das erzählt? Mam?«

Alison nickte. »Sie sagte, dass du einen Toten bei der Arbeit entdeckt hast und dass Andrew im Fernsehen war und noch genauso gut aussieht wie früher. Wie stehen denn die Dinge zwischen euch beiden?«

»Warum klopfst du auf den Busch, Alison?«, fragte ich. »Die Dinge – wie du sie nennst – sind gut zwischen Andrew und mir, weil es keine Dinge mehr zwischen uns gibt. Wir arbeiten zusammen. Das ist auch schon alles, die ganze Geschichte. Übrigens ist dieses Obst wahrscheinlich mit Insektiziden behandelt worden, was, Dermot?«

Dermot lachte und nickte.

»Nein, ist es nicht«, sagte Alison. »Ich habe gefragt, und sie haben mir gesagt, dass all ihre Produkte biologisch angebaut werden.«

»Und du glaubst alles, was man dir sagt«, erwiderte ich und hielt inne, um von meinem Kaffee zu trinken.

»Ja«, sagte Alison, doch sie ging zu meinem Spülbecken und wusch den Apfel ab. »Ich weiß genau, wann ich Bio-Obst vor mir habe.«

Ich lächelte, weil ich wusste, dass ich sie aus der Fassung gebracht hatte und dass ich, selbst wenn ich keinen »bedeutenden Partner« hatte und in einem Apartment wohnte, das wie eine Mülltonne stank, Alison noch immer durcheinander bringen konnte, und das machte den überwiegenden Teil meines Lebens der Mühe wert. Und außerdem gab es noch Tony. Was ein ganz großes Ding war, abgesehen von der riesigen sexuellen Frustration, die sich in mir aufbaute.

»Dermot«, sagte ich, weil mir plötzlich eine weitere Idee kam, um meine Schwester zu quälen.

»Ja?«

»Ich kann hier Sky Sports empfangen. Es gehört zu diesem Apartment.«

Dermots Gesicht hellte sich auf. »Das ist großartig.« Aber er schluckte den Köder nicht. Er schaute erst auf die Uhr und dann seine Frau an und trank seinen Kaffee. Wir saßen ein paar Sekunden lang schweigend da.

»Also erzähle mir, wie es dir ergangen ist, Ellen«, sagte Alison und kaute auf ihrem Apfel herum, während sie neugierig in meiner Wohnung hin und her ging. Ich schaute mich in dem Raum um und wand mich innerlich bei dem Anblick des Geschirrs, das sich im Spülbecken stapelte, mit drei Tage alten Nudeln, die darauf klebten, und der Wimperntusche, die auf dem Küchentresen lag.
»Großartig«, sagte ich, stand auf und streckte mich. »Die Arbeit läuft wirklich sehr sehr gut. Ungeachtet allem anderen.«
»Das ist gut«, sagte Alison.
Ich lächelte, obwohl ich nicht glaubte, dass sie auch nur ein Wort davon meinte.
»Und bei dir?«, fragte ich notwendigerweise.
»Großartig«, sagte sie.
»Sind noch alle in Dublin 4 am Leben, Dermot?«, fragte ich.
»Und bei guter Gesundheit, aber nicht zu guter – irgendwie muss man ja die guten alten Antibiotika an den Mann bringen, was?«
Dermot lachte und starrte auf den stummen Fernseher. »Ich kann nicht klagen. Ich kann nicht klagen.«
»Schalte ihn ein«, sagte ich und warf ihm die Fernbedienung zu.
Dermot fing sie auf, als wäre sie ein Rugby-Ball, und er hatte den Fernseher eingeschaltet, noch ehe Alison protestieren konnte. Ihr Gesicht erstarrte zur Maske, und sie lächelte mich an.
»Noch mehr Kaffee, Dermot?«, fragte ich, während ich in die Küche zurückging.
»Nein, danke, El.«
»Kann ich dir noch etwas bringen, Alison?«

Alison schüttelte den Kopf und tippte offensichtlich frustriert mit dem Fuß auf.

»Wo ist denn mein süßer Neffe?«, fragte ich, als ich mir selbst Kaffee einschenkte.

»Mam hat ihn«, sagte Alison. »Sie dachte, dass uns ein wenig Zeit miteinander recht wäre. Allein.«

Ich grinste, als sie den geistesabwesenden Doktor Dermot anstarrte.

»Ich bin ganz wild darauf, ihn zu sehen«, sagte ich und kehrte zu meinem Sessel zurück.

Alison zog sich einen Stuhl mit geradem Rücken vom Tisch heran und setzte sich steif auf die Kante. »Ich dachte, wir sollten auch noch in das neue Möbelhaus gehen, da wir schon mal hier sind. Dermot braucht einen neuen Schreibtisch.«

Ich zog die Augenbrauen hoch und riss die Augen auf, als wir beide zu Dermot schauten, der, die Hände zwischen den Knien, dasaß und sich dem Fernseher entgegengebeugt hatte. Ich versuchte, nicht an die letzten Aktivitäten zu denken, die diese Couch erlebt hatte. Was mich daran erinnerte, dass ich das Krankenhaus anrufen und mich nach Angela erkundigen sollte. Dermot zuckte zusammen und lehnte sich zurück, als irgendjemand irgendetwas im Fernsehen verpasst hatte.

»Man kann Schreibtische auch aus dem Katalog bestellen«, sagte ich. »Sie liefern ihn ins Haus. Das ist klasse, weil man keine Läden mehr aufsuchen muss.«

»Meine Rede, Alison«, sagte Dermot, ohne den Blick vom Bildschirm zu nehmen. »In meinem Büro liegt ein ganzer Stapel dieser Kataloge. Ellen hat Recht, das ist die beste Idee.«

Alison biss in ihren Apfel und gab ein leises Schnauben von

sich, was, wie ich wusste, der Auftakt dazu war, dass sie jemanden attackierte.

»Nun, ich habe nicht gesagt, dass das die *beste* Idee ist«, sagte ich und leckte die Wunde, die ich geschlagen hatte, um sie in Schach zu halten, »ich habe nur gesagt, dass man das tun kann. Mehr nicht.«

Alison presste die Lippen zusammen und zwang sich zu einem Lächeln. »Es ist einfach nicht das Gleiche, oder?«

Dermot zuckte mit den Schultern.

Alison schaute mich an.

Ich zuckte mit den Schultern.

»Also, wir müssen jetzt gehen«, sagte Alison und stand abrupt auf. Dermot sah bestürzt zu ihr hoch, doch in dem Blick, den sie ihm zuwarf, lag etwas, das ihn offenbar davon überzeugte, nicht zu widersprechen. Er schien Alisons Verhalten zu verstehen.

Er schaltete den Fernseher mit der Fernbedienung aus, stand auf, und sein Kopf erreichte fast die Zimmerdecke. Um mich nicht auszuschließen, stand ich auch auf. Dermot und ich überragten Alison, als wir mitten in meinem kleinen Zimmer dastanden, doch irgendwie war sie diejenige, die dominierte. Wie konnte so etwas sein?

»Kommst du heute Nachmittag nach Hause?«, fragte Alison. »Mam meinte, du könntest vielleicht heute und auch morgen zum Abendessen kommen. Mach ein Familienwochenende daraus.«

»Oh«, sagte ich, weil Alison nicht Will war und ich daher meine Bemerkungen über Mams Kochkünste nicht machen konnte. Zwei Tage hintereinander? Das konnte ich nicht ertragen. Das würde mich umbringen.

»Hat Will nicht mit euch gesprochen?«, fragte ich spontan. Alison schüttelte ihren adrett frisierten, blonden Kopf.
»Wir wollten anbieten, Kieran am Nachmittag und Abend zu nehmen«, sagte ich, »dann kannst du mit Dermot zum Abendessen ausgehen, und Will und ich können mit Kieran spielen, und Mam muss nicht für so viele Menschen kochen.«
Alison sah unsicher aus.
»Großartige Idee, Ellen, tausend Dank«, sagte Dermot schnell. »Ein romantisches Abendessen zu zweit. Wir werden in ein wirklich schönes Restaurant gehen, Alison. Komm schon, das wird klasse werden. Wir machen eine große Sache daraus, Liebes. Was meinst du?«
Alison schaute zu ihm auf, und es war offensichtlich, dass sie diese neue Information verarbeitete. Dermot und ich hielten den Atem an. Ich wusste, dass keiner von uns beiden zwei Mal nacheinander Mutters Abendessen ertragen konnten. Dann lächelte Alison, und wir atmeten hörbar aus.
»Ich habe keine Kleidung für ein nettes Restaurant dabei«, sagte sie. »Ich habe nur Freizeitsachen mitgenommen.«
Ich lachte fast, da Alisons Kleidung absolut nichts Freizeitähnliches hatte. Jedes einzelne Kleidungsstück trug ein Designer-Schildchen, und jedes hatte einen bestimmten Platz im Gesamtsystem der Dinge, die ihre Garderobe darstellten. Es war schwierig, in Anbetracht des Berges von überwiegend Kaufhaus-Kleidern, die zusammengeballt unten in meinem Schrank herumlagen, zu glauben, dass Alison und ich dem gleichen Mutterschoß entsprungen waren.
»Kaufe dir heute Nachmittag etwas«, sagte Dermot. »Da Ellen sich um das Baby kümmern wird, können wir noch einmal in die Stadt gehen.«

»Klar«, sagte ich.
»Aber ich hasse einkaufen«, sagte Alison zu ihrem Mann.
»Ich bin sicher, dass ich in irgendeinem Pub ein Spiel finden kann, während du einkaufen gehst. Mach dir keine Sorgen um mich.«
Dermot schob Alison zur Tür.
»Danke, Ellen«, sagte er.
»Kein Problem.«
»Wir bringen dir Kieran später vorbei, wenn dir das recht ist«, sagte Alison.
»Wann?«
»Um drei Uhr«, sagte Dermot.
Ich nickte.
»Es ist wirklich sehr freundlich von dir, das zu tun«, sagte Alison mit glasigen Augen. Ich mochte diese neue weiche Seite von ihr überhaupt nicht. Es musste hormonell bedingt sein, dachte ich.
»Es ist kein Problem. Wir werden Kieran Pizza geben und ein paar Tropfen Bier in seine Flasche tun, und ich bin sicher, dass er keine Probleme machen wird.«
Dermot lachte und zerrte meine Schwester fort, ehe sie reagieren konnte, und ich warf die Tür hinter ihnen zu. Dann schaute ich auf die Uhr an der Küchenwand. Es war erst zehn Uhr. Allmächtiger Gott! Zu welcher Zeit hatten sie das Haus verlassen, wenn es erst zehn Uhr morgens war? Ich musste mit Will telefonieren und ihm sagen, wie er seinen Tag verbringen würde. Doch es war nicht nötig, ihn auch aufzuwecken.
Ich stellte meinen verschwitzten Körper unter die Dusche und fand eine saubere Jeans und ein sauberes T-Shirt. Dann

trank ich Kakao als Gegenmittel zu Alisons Missbilligung. Ich machte mir einen riesigen Becher voll Kakao und zwei dicke Toastscheiben, von denen die Butter herabtropfte. Ich wollte mich gerade hinsetzen und mein Frühstück essen und die Fernsehzeitung lesen, als es an der Tür klingelte.

Ich schaute in die Richtung und versuchte, den Besucher dazu zu zwingen, wieder zu gehen. Es klingelte erneut. Ich knallte mein Frühstück hin und die Zeitung auf den Tisch, öffnete die Tür und betete dabei, dass Alison nicht zurückgekehrt war. Ein großer, vage vertrauter Mann – der zweite Mann an diesem Morgen, ein klarer Rekord – lächelte mich breit an, sobald er mich zu Gesicht bekam. Er hielt ein großes Paket im Arm.

»Guten Morgen«, sagte er.

»Hallo.« Ich musterte ihn. Einsdreiundachtzig mindestens. Rasierter Kopf. Zwei Ohrringe im rechten Ohr und einen Körper, der wie gemeißelt war, so dass er Werbung für Steroide hätte machen können. Und eine verspiegelte Sonnenbrille.

»Ellen Grace?«

Ich nickte. War er ein Lieferant? Ich hatte nichts bestellt, das angeliefert werden musste. Oder hatte ich doch?

»Wir haben uns neulich nachts kennen gelernt. Im Krankenhaus. Ich bin Tonys Freund Bobby. Bobby Wolfe.«

»Oh, mein Gott, es tut mir Leid«, sagte ich, als die Erwähnung von Tonys Namen mich wie ein Schwall heißer Luft traf. »Kommen Sie herein.«

Ich führte ihn ins Zimmer. »Verzeihung, dass es hier so riecht«, sagte ich und war plötzlich nervös, weil ich mich in der Nähe eines Freundes von Tony befand. »Katzenpisse. Verdammte Katze. Entschuldigung.«

Bobby Wolfe schüttelte den Kopf. »Machen Sie sich keine Sorgen. Ich habe ständig Nebenhöhlenprobleme und kann überhaupt nichts riechen.«
Ich nickte und war lächerlicherweise dankbar für die gesundheitlichen Schwierigkeiten des Mannes. »Was kann ich für Sie tun, Bobby? Möchten Sie Tee oder Kaffee oder irgendetwas anderes?«
Bobby Wolfe schüttelte den Kopf und legte die Schachtel, die er trug, auf den Fußboden vor sich. Ich sah, dass er im Sonnenlicht leicht orange war. Das konnte keine echte Sonnenbräune sein. Doch wo gab es eine Sonnenbank, die groß genug war, um Bobby Wolfe aufzunehmen?
»Wolfie, alle nennen mich Wolfie. Nein, vielen Dank. Ich trinke nicht viel Tee. Außerdem habe ich keine Zeit, weil ich zum Training muss. Ich habe Tony heute Morgen zum Flughafen gefahren, und wir haben das unterwegs mitgenommen.«
Wir beide betrachteten den Karton auf dem Boden zwischen uns. Oh, mein Gott, dachte ich, als ich mich vorbeugte und die obere Klappe öffnete. Tony hat an diesem Morgen an mich gedacht. Ich wurde fast ohnmächtig vor Freude und griff in den Karton.
»Das ist ein Katzenkorb«, sagte Wolfie. »Tony hat mir von Ihrer Katze erzählt, und ich habe ihm gesagt, dass das genau das Richtige ist. Ein Freund von mir stellt die Dinger her, und sein Laden befindet sich auf dem Weg zum Flughafen. Also hielten wir an und, nun ja, hier ist es. Was halten Sie davon?«
Zu dem Zeitpunkt, als Wolfie seine Erklärung beendet hatte, hatte ich die gesamte Luftpolster-Verpackung von dem

Geschenk entfernt. Etwas, das aussah wie eine Mischung aus einem Langboot der Vikinger und einem Katzenkorb, stand zwischen uns auf dem Boden.
»Nun?«, wiederholte er, beugte sich hinab und klopfte gegen das mit Pelz ausgeschlagene Innere.
»Er ist entzückend«, sagte ich, denn auch wenn er scheußlich war, sagt man das doch, oder?
Bobby Wolfe lächelte zu mir hoch. »Ich sagte Tony, dass sie ihn mögen würden. Nun, dieser Teil ist das Bett, jeder Dummkopf könnte das erkennen, und dies hier …«
Bobby schwieg, als er auf einen hohen Pfosten am Ende des Katzenkorbs zeigte. Es war geschnitzt wie ein Totempfahl und hatte am oberen Ende einen Mäusekopf.
Ich nickte, weil ich Angst hatte zu sprechen.
»Das ist der Kratzpfosten. Gut, was? Katzen kratzen ja so gern, und dieser Pfosten hier hält sie davon ab, die Möbel zu ruinieren.«
»O ja«, sagte ich.
»Mein Freund Phil – der diese Sachen macht – kann kein Lager aufbauen. Sie werden ihm aus den Händen gerissen. Große Aufträge aus Amerika und von überallher. Man muss die Körbe Monate im Voraus bestellen. Tony sagte, wir sollen warten, doch ich sagte, weil wir an diesem Morgen daran vorbeikamen, können wir auch hineingehen und nachschauen. Also gingen wir hinein, und als Phil hörte, dass er für mich war … hätte er nicht hilfsbereiter sein können. »Mach schon, Wolfie«, sagte Phil zu mir, »nimm dir diesen letzten Katzenkorb – der Ami, der ihn bestellt hat, muss eben noch warten.«
Bobby Wolfe richtete sich auf, und wir beide schauten zu Joey hinüber, der noch immer vor dem Fenster schlief.

»Er hat noch nie einen Korb gehabt«, sagte ich und hoffte, dass das funktionieren würde.
»So ist es immer. Aber das macht nichts – ein paar Versuche in diesem Baby, und er wird nie mehr etwas anderes wollen.«
Und bevor ich ihn aufhalten konnte, war Bobby Wolfe hinübergegangen, hatte Joey genommen und ihn in das Bett mit dem goldenen Fell gelegt. Joey sah mich empört an, als er durch die Luft getragen wurde. Da er nicht die bestgelaunte Katze war, wusste ich, dass er daran dachte, diese große Hand zu zerkratzen, die ihm den Kopf streichelte.
»Nun, nun, schau mal. Gute Katze. Wie heißt er?«
»Joey.«
»Nun, Joey, gute Katze. Wie findest du denn dein neues Bett, das dein Onkel Tony für dich gekauft hat, he?«
Onkel Tony? Ich verkniff mir ein Lachen.
»Hübsch, nicht wahr? Spür doch nur die Matratze. Und schau mal – eine Maus. Du kratzt diese Maus, hörst du, und du lässt Ellens Möbel in Ruhe.«
Ich sah zu und konnte kaum atmen, falls Joey beschloss, aus Bobby Wolfes Hand Hackfleisch zu machen. Doch Joey rührte sich nicht. Er saß nur da und ließ zu, gestreichelt zu werden. Plötzlich schlossen sich Joeys Augen, und er glitt tiefer in sein luxuriöses Bett, und langsam und wundersamerweise begann Joey zu schnurren und schlief ein.
Bobby Wolf hörte auf, die Katze zu streicheln, und grinste zu mir hoch. Sanft schob er das Katzenbett in den Sonnenfleck vor dem Fenster. Joey hob den Kopf und schien Wolfie dankbar anzusehen, ehe er wieder einschlief.
»Ich denke, er wird ihn annehmen«, sagte er, als er zu mir zurückkam. »Ich wusste es.«

Ich nickte. »Sind Sie sicher, dass Sie keinen Tee haben möchten, Bon … hm … Wolfie?«

»Nein, danke. Ich muss gehen.«

»Also, danke. Vielen Dank für den …«

»Katzenkorb.«

»Ja richtig – den Katzenkorb. Danke. Und Joey bedankt sich auch.«

Wolfie lachte plötzlich, obwohl mir nicht klar war, dass ich etwas Lustiges gesagt hatte, und sein Brustkorb hob sich vor Belustigung, was die schweren Goldketten um seinen Hals wie Glocken klingeln ließ. Ich winkte ihm zum Abschied zu, schloss die Tür und machte kehrt, um sofort meinen kalten Toast und den lauwarmen Kakao zu verschlingen. Joey gab leise Schnarchgeräusche in seinem Luxusbett von sich. Woraus bestand es, fragte ich mich, während ich die Fernsehzeitung durchblätterte. Es sah wie eine Art Mahagony aus. Jesus, das war ein verrückter Witz. Doch es war entzückend von Tony, an mich zu denken – oder an Joey –, obwohl er so beschäftigt war. Süß und möglicherweise ein wenig freudianisch, mir ein Bett zu schicken, wenn man alles bedachte. Ich machte mehr Toast und Kakao, und gerade als ich so weit war, mit dieser Runde fertig zu werden, klingelte das Telefon.

»Ich habe nie gesagt, dass ich mich heute um Kieran kümmern würde«, schrie Wills Stimme in mein Ohr. »Ich habe heute Nachmittag eine Verabredung in der Stadt, Ellen. Ich kann mich nicht um Kieran kümmern.«

»Will.«

»Was?«

»Höre mir eine Minute lang zu.«

»Nein.«
»Dann, William Grace, kaufe dir einen Wagen von deinem Taschengeld und fahre die Gut-Instinct-Band selbst zu den Auftritten.«
Es herrschte einen Moment lang Funkstille.
»Okay. Ich werde zuhören, aber nicht zustimmen.«
»Ich möchte nur, dass du zuhörst, Will, mehr nicht.«
»Okay. Die Band heißt jetzt übrigens ›Range‹. Wir haben den Namen geändert – Ein-Wort-Namen haben mehr Schmiss.«
»Oh, großartiger Name«, sagte ich und bemühte mich, ernsthaft zu klingen. »Also, höre gut zu, denn es betrifft nicht nur mein Wohlergehen, sondern auch deines.«
»Komm zur Sache, Ellen.«
»Okay. Mam möchte massenhaft Essen kochen, Will, Massen und Massen von Essen, zu Ehren der Besucher. Wenn sie das tut, dann müssen wir beide das meiste davon essen. Doktor Dermot wird einen Notfall-Anruf während des Essens bekommen – wie immer –, und Dad wird wahrscheinlich Überstunden machen, und Aliston isst so wenig, dass es für sie unwichtig ist, dass es wie Mist schmeckt. Dann bleiben nur noch wir, William und Ellen. Wir müssen essen, was auch immer sie zusammengerührt hat, und ich habe das schlimme, schlimme Gefühl, dass sie sich in einer thailändischen Kochphase befindet. Ich weiß nicht, ob ich von Mam gekochtes grünes Curry essen kann, kannst du es? Oder vielleicht denkst du daran, dass der arme Kieran das essen muss?«
»Nein, natürlich nicht.«
»Also, Will, du solltest mir dankbar dafür sein, dass ich einen schlauen Plan ausgeheckt habe, um dich zu retten.«

»Mist. In Ordnung. Aber was ist mit meiner Verabredung? Ich mag Aisling Mitchell wirklich gern, und ich kann sie nicht einfach anrufen und ihr sagen, dass ich babysitten muss. Wie würde ich denn dann dastehen?«

»Wie ein netter Junge«, sagte ich. »Es wäre zwar gelogen, doch sie würde das ohnehin denken. Sie wäre sehr beeindruckt, festzustellen, dass du der Typ ›Neuer Mann‹ bist. Es wird deinen Sexappeal steigern.«

»Denkst du wirklich?«

»Ich bin eine Frau, William, ich *denke* nicht, ich *weiß* es. Wir werden in die Stadt gehen und uns mit Kieran zusammen mit ihr treffen, und dann nehme ich ihn mit, und du kommst später hierher. Du kannst nicht verlieren, Will, das Mädchen wird beeindruckt sein, und du vermeidest das Essen zu Hause. Fairer kann ich doch nicht sein.«

»Du gehst einen harten Handel ein, Ellen.«

»Grünes Curry, William.«

»Gekauft.«

»Bis um drei Uhr, wenn Kieran hierher gebracht wird.«

»Bis dann.«

11

Bis zu dem Zeitpunkt, als Alison um punkt drei Uhr klingelte, hatte ich geschrubbt und sauber gemacht wie ein wild gewordenes Zimmermädchen. Joey, der all meine Probleme verursacht hatte, hatte den Schlaf der völlig Unschuldigen in seinem neuen Bett geschlafen, und Angela rief mich vom Krankenhaus an, um mir zu sagen, wie gut sie sich fühlte, und um mir zu danken – einmal mehr – dafür, dass ich ihr das Leben gerettet hatte, und um zu versprechen, mir als Nächstes das Buch *Psycho Killer Company* zu leihen.

Ich öffnete die Tür, und Will stolperte mit einem Buggy und drei Tüten herein.

»Ich habe Dermot im Auto gelassen«, sagte Alison hinter Will. Sie ging mit Kieran auf dem Arm ins Zimmer, und er lächelte und plapperte in feuchter Babysprache, sobald er mich sah. Ich streckte die Arme nach ihm aus, und er sprang fast aus den Armen seiner Mutter. Er kuschelte sich an meinen Hals, und ich dachte, ich würde vor Liebe ohnmächtig werden. Vielleicht sollte ich ein Kind mit Tony Jordan machen? Wen störte es schon, wenn er danach in der Nähe blieb? Wenigstens würde ich ein kuscheliges Bündel wie Kieran haben, das mir Gesellschaft leisten würde.

»Möchtest du, dass wir ihn abholen?«, fragte Alison, als sie das Haar ihres Sohnes glättete und ihn auf die Wange küsste.

»Wir können ihn abholen. Aber wenn du ihn mit deinem Wagen nach Hause bringen möchtest – du hast doch im Moment einen Wagen, Ellen, oder?«

»Sie hat im Moment einen sehr speziellen Wagen«, sagte Will.

»Halt den Mund, Will«, sagte ich.

Alison runzelte die Stirn. »Wenn du ihn im Wagen mitnimmst, benutze bitte den Autositz. Will hat ihn mitgebracht.«

»Ich werde ihn nach Hause bringen, Alison, das ist kein Problem. Um welche Zeit?«

»Mam sagte, dass sie ihn zu Bett bringen würde, also kannst du ihn so um acht herum bringen?«

Ich nickte. »Dann los. Amüsiert euch gut. Bis später.«

Alison küsste Kieran, und ich hätte schwören können, dass sie wieder diesen tränenfeuchten Blick hatte. Will schlug die Tür hinter ihr zu, sobald sie gegangen war, und schaute Kieran und mich an.

»Meine Verabredung ist um vier, und ich darf mich nicht verspäten«, sagte er.

Ich lächelte. »Du hast noch viel Zeit. Wo willst du dich mit ihr treffen?«

»Vor McDonalds.«

»Perfekt«, sagte ich und wechselte den an seiner Faust kauenden Kieran auf meinen anderen Arm. »Zehn Minuten Fußweg von hier. Wir werden den Buggy aufbauen und das Mädchen treffen, und ich werde mit dem Baby gehen, sobald du einen guten Eindruck gemacht hast.«

»Bist du sicher, dass sie mich nicht für einen Schwächling hält, wenn sie sieht, dass ich Kieran hüte?«

»Vertraue mir«, sagte ich.
Das war mein Plan, und er schlüpfte mir von der Zunge, als ob es so einfach ginge. Und es wäre einfach gewesen, wenn wir nicht eine halbe Stunde dazu gebraucht hätten, herauszufinden, wie sich der Buggy öffnen ließ. Schließlich schafften wir es, doch ich würde sagen, dass Alison einen Anfall bekommen hätte, wenn sie gewusst hätte, dass wir Kieran fast eine halbe Stunde lang in Joeys neuem Korb sitzen ließen, da das die einzige Möglichkeit war, ihn zu unterhalten.
»Übrigens, ich habe vergessen, den eleganten neuen Katzenkorb zu bewundern, Ell«, sagte Will, als wir einen protestierenden Kieran in seinem Buggy anschnallten.
»Danke«, sagte ich.
»Sehr … na ja … recht retro-kitschig?«
»Halt den Mund, Will.«
»Von wem hast du den, denn ich weiß, dass du ihn nicht selbst gekauft hast. Von Angela Maunsell?«
»Schau mal auf die Uhr«, sagte ich. »Komm schon, Will, dein Mädchen wird weg sein, wenn wir uns nicht beeilen.«
Will nickte. Ich gab Kieran eine Flasche, packte dann die Griffe des Buggys, und wir trabten den Korridor hinunter zum Aufzug. Ich war erleichtert, weil ich nicht über den Mangel an Geschmack sprechen wollte, was den Katzenkorb betraf, und Will auch nichts über Tony Jordan erzählen wollte. Nicht jetzt jedenfalls. Doch was spielte Geschmack für eine Rolle? Er war eine subjektive Angelegenheit, oder nicht? Doch selbst objektiv betrachtet glaubte ich als eine Frau mit einem rosafarbenen Auto und einem Wikingerboot

als Katzenkorb nicht, dass ich dabei war, in naher Zukunft im *Hello!*-Magazin zu erscheinen.

Wir trafen Wills ernst dreinschauende Freundin mit rosafarbenem Haar vor McDonald's, und – trotz der rosa Haare – sie war so beeindruckt, wie ich es vorhergesagt hatte. Ich verabredete mit Will, dass er zu mir nach Hause kommen solle, und dann winkten Kieran und ich ihnen zum Abschied nach.

Die Stadt war voller schwitzender rempelnder Menschen in Shorts und T-Shirts. Ich wollte mit Kieran in den örtlichen Park gehen, doch das Schaukeln des Buggys wiegte ihn in den Schlaf. Ich musste lernen, wie ich mit einem Baby einkaufen konnte, da ich hoffte, eines Tages ein eigenes zu haben. Also ging ich stattdessen Schuhe kaufen, als eine Investition in meine Zukunft. Ich kaufte ein Paar cremefarbene Sandalen und redete mir ein, dass es nur ein Zufall war, dass Davina Blake ein ähnliches Paar besaß.

Sobald Kieran aufwachte, beendete ich meine Einkaufstour. Er zappelte und wimmerte und versuchte, in dem Buggy aufzustehen. Ich kaufte ihm eine kräftig gelbe Lutscheisstange, die ihn eine Weile lang ruhig hielt. Das heißt, bis er etwas davon seitlich an den Buggy schmierte und ich zehn volle Minuten damit zubringen musste, mit Spucke und einem Tuch alles wieder wegzuwischen. Ich wusste, dass ich eine tote Frau sein würde, wenn meine Schwester erfuhr, dass ich ihrem Engel Junkfood gegeben hatte. Ich machte mich auf den Heimweg.

Als ich bei meinem Apartmenthaus ankam, fiel mir auf, dass ich mein Handy den ganzen Tag nicht gesehen hatte. Ich musste es im Wagen liegen lassen haben. Ich beschloss, später nicht noch einmal mit dem Ice-pop-verschmierten

Kieran herzukommen, und fuhr mit dem Buggy durch das Parkhaus. Der rosa Hyundai stand ordentlich geparkt in einer entfernten Ecke. Kieran schien glücklicher zu sein, da wir jetzt aus der Sonne heraus waren – er war halb betäubt von den E-Nummern und summte eine verrückte Babymelodie vor sich hin.

Ich schaute in die Fenster meines Wagens und sah das Handy auf dem Beifahrersitz liegen. Ich öffnete die Tür, nahm das Handy und drehte mich um, um meinem selbstvergessenen Neffen von meinem Glück zu berichten. Statt Kieran mit seinem gelb gestreiften Gesicht stand ein rotgesichtiger Mann mit einem Kapuzenanorak hinter mir. Er drückte mich gegen den Wagen, und sein Mund verzog sich. Ich sah, dass er blaue Augen hatte und eine lange weiße Narbe auf seiner linken Wange.

»Sag deinem Freund …«, sagte er, und dann verschwand er so plötzlich, wie er aufgetaucht war. Eine riesige Hand landete auf seiner Schulter und zerrte ihn von mir weg. Wolfie. Wie gelähmt vor Angst sah ich zu, wie Wolfie den Mann hochhob und ihn gegen eine Säule schleuderte.

»Verpiss dich, Johnson«, sagte er und stand über dem benommenen Mann. Er zerrte ihn auf die Füße und packte ihn an der Kehle. Das Gesicht des Mannes wurde noch röter. »Komm dieser Frau nie mehr nahe, wenn du weißt, was gut für dich ist. Hast du mich verstanden? Und sage diesem Mistkerl, für den du arbeitest, dass er diesen Rat besser befolgen soll.«

Der rotgesichtige Mann wich zurück, sobald Wolfie seine Jacke losließ. Wolfie rannte los, als ob er angreifen wollte, und der Mann rannte davon.

»Sind Sie in Ordnung?«, fragte Wolfie, als er zurück zu der Stelle kam, wo ich noch immer an meinen Wagen lehnte.
Ich nickte.
»Sicher?«
Ich nickte wieder, doch große Tränen begannen über mein Gesicht zu laufen. Wolfie legte die Arme um mich und hielt mich fest. Es war, als ob ich von einer Couch umarmt wurde.
»Wer … wer … wer war dieser Kerl?«, stotterte ich.
»Niemand.«
»Aber Sie haben ihn Johnson genannt.«
Wolfie zuckte mit den Schultern. »Er ist einfach ein Mistkerl. Die Stadt ist voll von ihnen. Kommen Sie. Ich werde mit Ihnen zu Ihrem Apartment hochgehen.«
»Danke. Das finde ich gut. Er könnte ja noch in der Gegend sein. Ich werde besser die Polizei rufen. Wo ist mein Handy?«
Ich entdeckte mein Handy auf dem Boden des Autos und hob es auf.
Wolfie schüttelte den Kopf, als ich begann, die 999 zu drücken. »Keine gute Idee.«
»Warum?«, fragte ich und hielt inne.
»Es gibt keinen Grund. Er ist längst weg.«
»Aber Sie wissen, wo er ist.«
»Ja, aber Sie wollen doch nichts zu tun haben mit diesem Idioten. Dieser Mistkerl wird nicht zurückkommen, aber wenn Sie die Bullen rufen, werden Sie jeden Johnson in Limerick an den Fersen haben.«
»Oh, mein Gott, was soll ich tun?«
»Machen Sie gar nichts, das wird schon geregelt. Es ist vorbei, vertrauen Sie mir.«

»Ich weiß nicht recht.«

»Hören Sie, Ellen, wenn Sie die Polizei holen, werden sie kommen, und sie werden Ihre Aussage aufnehmen, und ich werde ihnen sagen, wer er ist. Aber dann werden sie wieder weggehen, und Sie sind allein, und ich garantiere Ihnen, dass Sie tief im Mist stecken, sobald die Polizei Ihrer Anzeige nachgeht. Diese Johnsons werden Sie nicht mehr in Ruhe lassen. Vergessen Sie die ganze Sache einfach. Er ist weg. Es ist vorbei.«

»Sind Sie sicher?«

»Ich bin mir sicher. Also, wen haben wir denn hier?«

Ich merkte, dass Wolfie von Kieran sprach, den ich völlig vergessen hatte. Nicht, dass das Baby allzu traumatisiert aussah von dem, was es gerade mitbekommen hatte. Er grinste zu Wolfie hoch.

»Na, sieh sich das einer an«, sagte Wolfie, als er dem Charme von Kieran verfiel. »Wie geht es dir, junger Mann?«

Kieran gurgelte. Ich war froh, dass er seiner Mutter nichts von dem erzählen konnte, was er gesehen hatte.

»Er ist mein Neffe. Kieran.«

»Kieran? Das ist ein toller Name. Ich hatte mal einen Greyhound, der Kieran hieß.«

»Oh«, sagte ich, weil mich die Angst überfiel, als ich mir vorstellte, was hätte geschehen können, wenn Wolfie nicht mehr dagewesen war. Doch ich konnte es mir nicht leisten, darüber nachzudenken.

Wolfie befreite Kieran von den Buggy-Gurten, und wir fuhren zusammen im Fahrstuhl hinauf wie eine Familie oder etwas Ähnliches. Obwohl ich nicht glaubte, dass ich mir Wolfie als Vater meiner Kinder aussuchen würde, war ich dennoch davon beeindruckt, wie gut er mit Kieran umgehen konnte. Die Fahrstuhl öffneten sich in meiner Etage, und wir zockelten hinaus auf den Flur. Wolfie trug Kieran. Ich zerrte den Buggy und die Taschen hinterher. Jemand saß auf ihrer Handtasche vor meinem Apartment.

»Ruth?«, rief ich überrascht.

Ruth stand auf, zog ihren kurzen Rock zurecht, bis er fast den oberen Teil ihrer Oberschenkel bedeckte. Sie hob ihre Handtasche vom Boden auf und winkte mir mit einer Weinflasche zu.

»Hast du es vergessen?«, fragte sie.

»Vergessen?«, fragte ich, als wir vor ihr standen.

»Ruth, das ist Wol … Bobby Wolfe, und meinen Neffen Kieran kennst du ja. Wolfie – Ruth.«

»Nett, sie kennen zu lernen«, sagte Ruth.

»Gleichfalls«, sagte Wolfie.

»Wolfie?«, fragte Ruth. »Ist das Ihr Name?«

Wolfie nickte.

»Guter Name«, sagte Ruth grinsend.

Ich schaute Kieran an und sah, dass er an Wolfies enormer Schulter wieder eingeschlafen war. Wolfie grinste mich an. Was für ein Kerl. Fähig, Katzen, Babys und mörderische Vergewaltiger zu bändigen. Ich fragte mich, ob ich es mir leisten könnte, ihn zu engagieren. Dann schaute ich Ruth an. Sie zog an ihrem winzigen Top herum, das kaum bis zu ihrem winzigen Rock über ihrem flachen sonnengebräunten Bauch reichte, und ihre Augen fixierten Wolfie so intensiv, dass ich fast peinlich berührt war, dabei zu sein. Vor allem, weil er ihren Blick mit der gleichen Intensität erwiderte.

»Tut mir Leid, Ruth«, sagte ich, um die sexuelle Spannung abzuschwächen.

Ruth schaute mich an und grinste. »Jesus, Ellen, wenn du Verstand hättest, wärst du gefährlich. Wir haben ein Abendessen hier für heute verabredet. Du hast gesagt, dass du kochen würdest.«

Ich suchte in meiner Tasche nach meinem Wohnungsschlüssel. »War ich betrunken?«

Ruth lachte. »Möglicherweise.«

Wir alle drängten uns in mein Apartment. Ich bat Wolfie darum, Kieran auf die Couch zu legen, und füllte den Wasserkessel. Plötzlich, als wäre mir erst jetzt wirklich klar geworden, was geschehen war, blieb ich mitten in meinem Wohnzimmer stehen und erinnerte mich an den rotgesichtigen Mann, der mich gegen den Wagen gedrückt hatte.

»Also?«, fragte Ruth, während ich mich erinnerte, »was hattest du vor?«

Ich betrachtete ihr vertrautes Gesicht, als sie mich anlächelte, und ich brach in Tränen aus.

»Ellen«, sagte Ruth, kam zu mir gerannt und stellte sich neben mich. »Was ist los?«

Ich schüttelte den Kopf und weinte noch heftiger. Ruth – die selbst mit diesen spitzen Dingern, die sie Schuhe nannte, mindestens zehn Zentimeter kleiner war als ich – schlang die Arme um mich.

»Ellen, Ellen. Was ist los? Was bedrückt dich?«

Ruths Arme schienen die Umklammerung des unheimlichen Kerls im Parkhaus noch unheimlicher zu machen, und ich schluchzte laut auf. »O Ruth, O Ruth. Er packte mich, und ich hatte solche Angst.«

»Wer? Wer hat dich gepackt? Haben Sie sie gepackt?«
Als ich aufschaute, bemerkte ich, dass sie Wolfie ansah.
»Ich doch nicht«, protestierte er.
Ruth schnaubte. »Hören Sie, Mr. Wolfie. Wenn Sie glauben, dass ich …«
Ich ergriff Ruths Arm mit einer Hand. »Nicht er«, schniefte ich, »der Mann mit der Kapuze packte mich. Wolfie hat mich gerettet.«
Ich lächelte Wolfie an, denn ich wusste nicht, was ich getan hätte, wenn er nicht vorbeigekommen wäre, doch die bloße Vorstellung, Wolfie wäre nicht da gewesen, ließ mich nur noch heftiger weinen. Ruth verstärkte ihren Griff um meine Schultern.
»Komm, setz dich, Ellen. Ich werde dir ein bisschen Tee machen. Hast du die Polizei angerufen? Was hat er gemacht – der Mann mit der Kapuze? Versucht, dich zu berauben? Dich zu vergewaltigen? Was?«
»Ich weiß es nicht«, sagte ich, als ich mich neben Kieran auf die Couch sinken ließ. »Ich glaube … ich glaube, dass er mich möglicherweise vergewaltigen oder etwas in Art machen wollte … Er sagte etwas über meinen Freund …«
»Jesus«, sagte Ruth. »Der kleine Perverse.«
»Ja«, erwiderte ich und schluchzte wieder. »Ja.«
Ruth setzte sich neben mich auf die Couch und streichelte mir über den Kopf, während ich weinte. Wolfie schien den Tee gemacht zu haben, denn plötzlich tauchte eine Tasse mit heißem Tee auf, obwohl Ruth nicht von meiner Seite gewichen war. Kieran schnarchte leise, und ich konnte erkennen, dass er Doktor Dermot ziemlich ähnlich war.

»Danke für alles«, sagte ich und schlürfte den kochend heißen Tee.

»Kein Problem«, sagte er. »Ich bin froh, dass ich da war.«

»Ich auch«, sagte ich, und dann fiel mir etwas auf. »Warum waren Sie denn überhaupt hier?«

Wolfies Augen weiteten sich, und er nickte weise. »Ja, ich wollte einfach vorbeischauen und mich vergewissern, dass Sie keine Probleme mit dem Katzenkorb haben.«

»Als Kundendienst, sozusagen«, sagte ich lächelnd.

Wolfie grinste. »So was in der Art.«

»Katzenkorb?«, fragte Ruth.

»Ja«, sagte ich, ehe sie ihn sehen und reagieren konnte. »Wolfie hat ihn heute Morgen vorbeigebracht. Für Joey.«

»Aber er ist ein Geschenk von Tony«, sagte Wolfie und machte eine Handbewegung zu Joeys Superbett hinüber. »Warum sollen nur Hunde all die guten Sachen bekommen?«

Ruth betrachtete den Katzenkorb, der von dem Dauerschläfer Joey noch immer in Beschlag genommen war.

»Na ja«, sagte sie und schaute mich an, »Joey scheint ihn zu mögen.«

»Ja«, erwiderte ich, »Joey liebt ihn.«

»Ellen?«, fragte Ruth.

»Ja?«

»Verzeih mir, dass ich das Thema wechsele, aber sollten wir nicht die Polizei rufen und ihr mitteilen, was geschehen ist?«

Ich schaute Wolfie an. Er zuckte mit den Schultern.

»Das bringt nicht viel«, sagte er.

»Aber was ist, wenn er zurückkommt?«, fragte Ruth.

»Sag das nicht, Ruth«, erwiderte ich.

»Nein, Ellen, du musst vernünftig sein. Du weißt doch nicht, ob er nicht zurückkommen wird. Vielleicht war das kein zufälliger Raubüberfall. Woher sollen wir das wissen?«

»Wolfie kannte ihn«, sagte ich. »Wie haben Sie ihn genannt? Jackson?«

»Johnson. Das bedeutet nichts – es gibt eine ganze Familie von ihnen, und ich weiß nicht einmal mehr, welcher von ihnen es war. Die Polizei wäre nicht in der Lage, etwas zu unternehmen. Das Schlimmste, was Ellen tun könnte, wäre diese Johnsons auf sich aufmerksam zu machen. Außerdem wird er nicht zurückkehren.«

»Aber wie können Sie das wissen?«, fragte Ruth und beugte sich vor. Ich konnte einen Großteil ihrer Brust sehen, und ich war sicher, dass auch Wolfie das konnte, doch in diesem Augenblick schien das keiner von ihnen zu bemerken. Wolfie lächelte sie an.

»Ich habe ihn gewarnt«, sagte er.

»*Und* Sie haben ihn vertrieben«, sagte ich.

Wolfie nickte. »Ja, das auch.«

»Ich verstehe das nicht«, sagte Ruth.

»Wolfie hat Recht«, sagte ich, »ich könnte es nicht ertragen, den Rest meines Lebens damit zu verbringen, nach einem dieser Johnsons über die Schulter zu schauen.«

»Und genau das würde geschehen«, sagte Wolfie.

»Ich bin noch immer der Meinung, dass wir die Polizei verständigen sollten«, sagte Ruth.

»Nein«, erwiderte ich.

Ruth seufzte. »Also, was hast du dann vor?«

»Nichts«, sagte ich und erholte mich allmählich. »Mir geht es gut, und außerdem wird Will bald hier sein.«

»Das könnte der kriminellen Zunft wirklich Angst einjagen«, sagte Ruth lachend, und noch ehe ich antworten konnte, klingelte es an der Tür und Will traf ein.

»Ell, du rätst nie ...«, begann er, ehe er innehielt und die Szene in meinem Apartment betrachtete. Riesiger Mann. Schlafendes Baby. Verheulte Schwester. Und Ruth.

»Hi, Ruth«, sagte er, von einem Ohr zum anderen lächelnd. Ruth war wie ein Traumbild, das von einem Jungen im Teenageralter entworfen wurde und das von jedem Jungen im Teenageralter geliebt werden würde. Will war da keine Ausnahme.

»Will«, erwiderte Ruth.

»Das ist Wolfie«, sagte ich, ehe Will Ruth anstarrte. »Er hat mich vor einem Kerl gerettet, der versucht hat, mich im Parkhaus zu überfallen.«

Will sah mich an. »Du bist aber okay, ja?«

»Sicher«, sagte ich, »da du jetzt da bist, um mich zu beschützen.«

Will lachte laut auf. »Gutes Mädchen, Ell. Hör mal, ich kann nicht sehr lange bleiben. Ich habe Gary in der Stadt getroffen, und wir haben heute Abend einen Auftritt. Es hat bei Grady eine Absage gegeben, und sie haben uns gebeten zu spielen.«

»Aber du hast versprochen, mir mit Kieran zu helfen«, sagte ich und geriet plötzlich in Panik bei der Aussicht, eine Nacht allein mit irgendeinem rotgesichtigen Kerl zu verbringen, der darauf wartete, mich zu vergewaltigen oder zu ermorden.

»Ich weiß, ich weiß, aber ich kann das nicht sausen lassen,

Ell, wir haben schon viel zu lange auf diesen Durchbruch gewartet. Hast du eine Vorstellung davon, wie viele Leute an einem Samstagabend zu Grady gehen? Das könnte unsere Chance sein. Hör mal, ich werde dich später abholen, okay?«

»Aber wie willst du die Sachen dort hinbekommen?«, fragte ich. »Ich kann dich nicht fahren. Ich habe Kieran.«

»Garys Vater bringt sie hin. Aber trotzdem danke. Wir sprechen uns noch. Nett, Sie kennen gelernt zu haben, Mr. Wolfie. Tschüss, Ruth.«

Und noch ehe ich widersprechen oder nach seinen Knöcheln greifen konnte und meinen dürren, gepiercten, musikversessenen kleinen Bruder anflehen konnte, bitte, bitte, bitte zu bleiben, war er auf und davon, mit dem Quietschen seiner Sohlen auf meinem polierten Holzfußboden und dem Zuschlagen der Tür. Weg.

Wolfie und Ruth standen nebeneinander und lehnten am Arbeitstresen in meiner Küche, während sie uns zuschauten.

»Geh nach Hause und verbringe die Nacht dort«, sagte Ruth, ehe ich die Energie aufbringen konnte, tapfer zu sein. »Ich würde ja bleiben, aber ich arbeite heute Nacht.«

»Jesus, Ruth, ich kann den Gedanken, nach Hause zu gehen, nicht ertragen. Mir geht es gut. Außerdem könnte ich Will anrufen und ihn dazu bringen, nach dem Auftritt herzukommen und zu bleiben.«

Ruth seufzte. »Hör mal, Will ist ein guter Junge, aber er ist ein langes, dürres Elend, und ich kann mir nicht vorstellen, wie er dir helfen sollte, wenn dieser Mann zurückkommt, um dich zu töten. Mach dir nichts vor, Ellen, aber Kieran wiegt wahrscheinlich mehr als Will. Was soll er denn für dich tun? Den Angreifer zu Tode singen?«

»Niemand kommt zurück, um irgendjemanden zu töten«, sagte Wolfie.

Ruth lächelte zu ihm hoch. »Ich weiß, dass sie ihn verjagt haben, doch ehrlich gesagt ...« Ruth hielt inne und stemmte eine Hand in die Hüfte, als ob sie Wolfie herausfordern wollte, ihr zu widersprechen. »Ellen ist meine Freundin, und ich muss dafür sorgen, dass sie in Sicherheit ist. Sie sollte nach Hause gehen. Ihre Mutter würde jedem den Garaus machen. Zu Hause wird ihr nichts geschehen. Ich denke, dass ich diese Situation am besten beurteilen kann.«

Wolfie und Ruth starrten einander an, und ich konnte deutlich erkennen, dass Ruth in ihrer »Misch-dich-nicht-ein-oder-ich-werde-dich-töten-Stimmung« war. Aber ich konnte den Ausdruck auf Wolfies Gesicht nicht deuten. Was würde ich tun, wenn er beschloss, beleidigt worden zu sein und Ruth in meinem Apartment anzugreifen? Wolfie konnte uns alle auf einen Arm nehmen und uns aus dem Fenster im dritten Stock in den sicheren Tod im Garten unten werfen, zwischen all den Abfällen des Hauses und meinem Top, auf das Joey gepinkelt hatte. Ich musste etwas unternehmen, um die Situation zu entschärfen.

»Hm ...«, machte ich.

Beide schenkten mir ihre Aufmerksamkeit. Ich konnte kein anderes Wort finden, aber da sie zumindest aufgehört hatten, sich gegenseitig anzustarren, dachte ich, dass ich vielleicht etwas erreichen konnte.

»Hm, hört mal ...«, sagte ich dann.

Kieran murmelte im Schlaf und reckte sich.
»Scheiße«, sagte ich. »Jetzt wacht auch noch das Baby auf.«
Doch Ruth und Wolfie starrten sich schon wieder an, und ich war nicht bereit für irgendetwas. Oh Gott, dachte ich, Arnold Schwarzenegger und Minnie Mouse. Wir werden alle sterben.
Dann grinste Wolfie ohne jede Vorwarnung. »Der letzte Typ, der mit mir gesprochen hat, ist von einer Säule heruntergehüpft. Aber ich denke, Sie haben Recht. Warum gehen Sie nicht zu Ihrer Mutter, Ellen?«
Ich seufzte besiegt. Arnie und Minnie waren zu viel für mich. Kieran wachte auf und streckte die Arme nach mir aus, und ich nahm ihn hoch. Er lachte, als ich ihn fest an mich drückte.
»Okay«, sagte ich und war froh, dass der Entscheidungskampf zumindest für den Augenblick abgewendet worden war. »Ich suche meine Sachen zusammen und fahre später los.«
»Nein, warum gehen Sie nicht jetzt?«, fragte Wolfie. »Ich werde Ihnen helfen.«
Ich sah Ruth an, und sie nickte. Vielleicht war das gar keine schlechte Idee. Wenn ich jetzt ging, musste ich wenigstens nicht allein mit einem kleinen Baby bleiben, falls der Mörder zurückkehrte. Vor allem, wenn Wolfie nicht da war. Und außerdem war das eine Tatsache, was Ruth über meine Mutter gesagt hatte. Wenn alles versagte, konnte meine Mutter den Angreifer bekochen.
Also packten Ruth, Wolfie und ich alle Sachen von Kieran zusammen, und ich warf ein paar Toilettenartikel (und meinen

Make-up-Beutel) in eine Tasche mit sauberer Unterwäsche, einem T-Shirt und Jeans. Dann verließen wir mein Apartment und gingen in Richtung Auto. Ein Schauer rann mir durch den ganzen Körper, als ich das Parkhaus betrat, und ich fragte mich, wo ich mir eine Waffe besorgen könnte. Wolfie und Ruth würden nicht immer da sein, um mich zu beschützen.

12

Ruth fuhr in meinem Wagen mit, und Wolfie folgte uns in einem Wagen, der Tonys Range Rover sehr ähnlich sah. Sobald wir beim Haus meiner Eltern angekommen waren, halfen Ruth und Wolfie mir, die Sachen auszupacken, und danach, bevor mir klar wurde, was geschah, eilte Ruth die Auffahrt hinunter und hinter Wolfie her.

»Ruth! Was tust du? Gehst du jetzt?«, rief ich. Ich hatte darauf vertraut, dass Ruth als eine Art Puffer zwischen meiner Mutter und mir wirken würde. Ruth blieb stehen, drehte sich um und sah mich an. Sie zuckte mit den Schultern.

»Bitte«, schrie ich.

Ruth schüttelte den Kopf. »Ich rufe dich morgen an. Lass es dir gut gehen.«

»Aber wie kommst du jetzt nach Hause?«

Ruth drehte sich um und schaute Wolfie an, der am Range Rover lehnte.

»Es wird mich freuen, Ruth mitzunehmen«, sagte er.

Ruth zog die Augenbrauen hoch und zwinkerte mir zu. »Wir sprechen uns morgen.«

Dann verschwand sie von der Auffahrt und stieg mit einem Klicken ihrer Pumps und einem Hinternwackeln in den Jeep. Kieran begann zu weinen, und ich stand auf der Türschwelle meines Elternhauses und war ziemlich durcheinander.

»Ellen?« Ich drehte mich um und sah meine Mutter in der offenen Tür stehen. »Ist irgendetwas …?«

Mehr sagte sie nicht.

»Nein«, sagte ich. »Nein, Mam, es ist nichts …«

Und dann heulte ich wie eine Polizeisirene, und Kieran heulte mit mir, und meine Mutter trat aus dem Haus, legte die Arme um uns beide und rief nach meinem Vater. Mein Vater kam, und wir gingen alle ins Haus.

Meine Mutter gab mir Toast und Kakao, das einzig Essbare, das ich vertragen konnte, und sie fütterte Kieran mit irgendetwas Breiigem aus einem Glas. Kieran begann zu lächeln, während er sich mit seinen dicken Fäusten über sein klebriges Gesicht rieb, und mir wurde klar, dass ich ihm nichts zu essen gegeben hatte und dass das vielleicht seine schlechte Laune erklärte.

Ich erzählte meinen Eltern eine sehr bereinigte Version dessen, was geschehen war, bei der der mörderische Vergewaltiger zu einem Taschendieb wurde. Dann brachte meine Mutter mich ins Bett, und zum ersten Mal in meinem Leben tat ich das, was sie mir sagte.

Als ich in meinem Elternhaus aufwachte, dachte ich, ich müsste zur Schule, und dann erinnerte ich mich daran, dass man von mir erwartete, mich wie eine Erwachsene zu benehmen, also war die gute Nachricht: keine Schule. Das machte mich glücklich, und ich erinnerte mich wieder daran, warum ich dort war. Ich war kurz davor, in das Trauma dessen, was geschehen war, hinabzugleiten, als mein Handy klingelte. Ich sprang aus dem Bett, griff nach meiner Handtasche und leerte sie auf dem Fußboden aus. Mein Handy schnurrte höflich, und ich nahm es auf. Die Nummer auf dem Display kannte ich nicht.

»Hallo?«

»Ellen?«

»Ja?«

»Hier ist Tony. Wolfie rief an und sagte … geht es dir gut?«

Ich hörte wie betäubt Tonys Stimme zu.

»Ja«, sagte ich, »es geht mir gut. Wolfie war großartig. Gott sei Dank, dass er dort war.«

»Ja, das war wirklich ein Glück. Aber du bist dir sicher, dass es dir gut geht?«

»Ich bin mir sicher. Danke für den Anruf.«

»Kein Problem, ich bin einfach nur froh, dass es dir gut geht.«

»Ich bin allerdings bei meinen Eltern, und ich werde den Tag mit ihnen verbringen müssen – ich habe das Gefühl, dass das traumatischer sein wird als der Überfall.«

Tony lachte. Oh, mein Gott, was für ein Lachen.

»Wie ist es in London?«, fragte ich, um mich abzulenken.

»Schön. Das Übliche.«

»Oh, okay. Und wann kommst du wieder nach Hause? Ich meine, wann hast du deine Geschäfte erledigt?«

»Ich muss fast eine Woche hier bleiben. Als ich die Termine vereinbart hatte, schien es eine gute Idee zu sein, eine Woche hier zu sein. Und jetzt kommt es mir wie eine sehr lange Zeit vor, die ich von zu Hause fort bin.«

Fort von mir? Meinte er das damit? Fort von mir? Vielleicht meinte er ja auch etwas anderes? Vielleicht vermisste er Wolfie? Vielleicht hatte er eine andere Freundin?

»Ellen? Bist du noch dran?«
»Ja, ja, ich bin noch hier.«
Dann schwieg das Handy in meiner Hand.
»Tony?«
»Ja?«
»Geht es dir gut?«
»Mir geht es gut. Aber ich bin einsam.«
»Oh«, sagte ich, »tut mir Leid, das zu hören.«
Wieder eine Pause.
»Ich vermisse dich, Ellen.«
Mein Herz schlug einen Purzelbaum. »Ich vermisse dich auch.«
»Gut.«
»Tony?«
»Ja?«
»Danke für den Katzenkorb.«
Ein lautes Lachen explodierte in meinem Ohr. »Entschuldigung, aber Wolfie war nicht davon abzubringen. Armer Joey.«
»Aber Joey mag ihn.«
»Wirklich?«
»Ja, wirklich«, sagte ich, als ich ein lautes Klopfen an meiner Schlafzimmertür hörte.
»Was war das?«
»Ich sagte ja schon, dass ich zu Hause bin. Meine Mutter ruft mich zum Frühstück. Ich werde besser gehen, sonst kommt sie in einer Minute herein, um mit dir zu sprechen.«
»Ich würde mich freuen, mit deiner Mutter zu sprechen.«
»Aber auch nur, weil du sie nicht kennst. Ich gehe besser hinunter.«

»Ciao, Ellen. Ich rufe dich später wieder an.«

»Tschüss, Tony«, sagte ich, und dann war er weg, und ich hatte nicht einmal eine Millisekunde Zeit, mich in Fantasien zu verlieren, als die Stimme meiner Mutter, eine Stimme, die so kräftig war, dass sie Stahl durchdringen könnte, den Raum von unten her durchdrang.

»El…len! El…len! Steh auf. Frühstück ist fertig. Alison, könntest du hinauflaufen und Ellen holen, ehe ihr Essen kalt wird?«

»Ich bin schon aufgestanden! Ich bin aufgestanden!«, schrie ich zurück und stampfte auf den Fußboden.

»Verdammt noch mal«, murmelte ich, als ich mich anzog. Würden sie mich denn nie in Ruhe lassen? Doch die Dinge würden besser werden. Das war immer so, wenn Tony damit zu tun hatte. Er hatte mich angerufen, weil er sich Sorgen um mich gemacht hatte. Das war … entzückend. Also war es nicht einfach nur die Lust, die uns verband. Oder zumindest von Tonys Seite. Ich musste zugeben, dass meine Gefühle überwiegend lustvoll waren, doch das könnte sich ändern, sagte ich mir, als ich die Treppe hinuntergaloppierte, um Mutters Massaker an etwas Gebratenem zu ertragen. Ich mochte Tony wirklich immer mehr.

Ich verbrachte den Tag in meinem Elternhaus, spielte mit Kieran, quälte Will und versuchte, Alison nicht zu beachten. India meldete sich, weil Ruth sie am frühen Morgen angerufen und ihr erzählt hatte, was geschehen war. Natürlich wollte India, dass ich zur Polizei ging. Wir sprachen lange, was eine nette Abwechslung für mich war, und ich überzeugte sie letztlich davon, dass Wolfie Recht hatte. Der Gang zur Polizei würde mich nur noch mehr in Schwierigkeiten bringen – und niemand von Verstand würde sich mit den Johnsons einlassen. Schließlich mussten wir aufhören zu telefonieren, weil Indias Eltern ein feierliches Abendessen wegen irgendetwas veranstalteten und darauf bestanden hatten, dass all ihre acht Kinder daran teilnahmen.

»Genieße es«, sagte ich, als ich hörte, dass Indias Mutter im Hintergrund nach ihr rief.

»Friss Gift und stirb«, sagte India.

»Sag das nicht, wenn ich in meinem Elternhaus bin«, erwiderte ich. »Es könnte geschehen. Wir werden heute Abend ein exotisches vietnamesisches oder thailändisches Gericht essen. Gott weiß, wie das wieder sein wird. Oder ob ich es überlebe.«

India lachte und beendete das Gespräch, was mich dorthin zurückwarf, wo ich begonnen hatte: Bei dem Versuch, den Tag in meinem Elternhaus zu verbringen. Doch noch weit mehr. Mehr als alles andere versuchte ich wirklich, Mut zu fassen, um in mein Apartment zurückzukehren. Ich musste es tun. Ich würde niemals Sex mit Tony Jordan haben (oder mit irgendjemand anderem, was das betraf), wenn ich nicht zurückging.

Also redete ich meinen Eltern – und mir selbst – ein, dass es mir absolut gut ging. Und nachdem ich beharrlich darauf bestand, dass ich allein zurückfahren konnte, sauste ich nach Hause. Ich hing im Foyer meines Hauses herum und gab vor, mich für die Palmen zu interessieren. Endlich kam auch Mrs. Higgins – eine große, elegante Frau, die unter mir wohnte. Ich begann sofort ein Gespräch mit ihr, und wir fuhren zusammen mit dem Fahrstuhl nach oben. Nun musste ich nur noch den Flur entlanggehen.

Sobald ich mein Apartment betreten hatte, überprüfte ich es schnell, und zum ersten Mal überhaupt pries ich seine Größe – es gab nur sehr wenige Verstecke für jemanden, der größer als ein Meter zwanzig war. Die Nacht war mild, und Joey war froh, mich zu sehen. Ich dachte, dass ich stundenlang wach liegen und mich über meinen Angreifer sorgen würde, doch ich schlief sofort ein, als ich mich hinlegte.

Der nächste Morgen war ein Montag, und ich war begeistert, mich noch unversehrt, aber trotzdem sehr nervös vorzufinden, weil ich mich allein im Apartment befand. Ich duschte, zog mich an und frühstückte in Rekordzeit. Es war wieder ein sonniger Tag mit blauem Himmel und zwitschernden Vögeln, und ich konnte mich nicht erinnern, jemals zuvor eine so lange Zeit sonniges Wetter erlebt zu haben. Ich konnte mir das nur mit der globalen Erwärmung erklären, aber das war ja wohl kein gutes Zeichen! Für mich war es aber gut. Das Leben war so verwirrend. Schlecht war gut, gut war schlecht. Männer mit Kapuzen überfielen einen, und Exfreunde tauchten überall auf. Ich konnte mir das nicht erklären.

Ich parkte den rosafarbenen Hyundai auf dem Büroparkplatz und legte Make-up auf, das ich in meiner Eile, das Apartment zu verlassen, vergessen hatte. Ich überprüfte mich im Spiegel, und außer einem leicht panischen Blick in meinen Augen sah ich gut aus. Ich holte tief Luft. Es war heller Tag, und es waren keine Bösewichter mit Kapuzen in der Gegend. Weitere tiefe Atemzüge. Ich öffnete die Tür und stieg aus dem Wagen aus. Okay, ich war bereit. Eine trainierte, blasierte Verkaufsmaschine, mit ein paar großen Geschäften in der Hinterhand. Ich hatte keine Angst, ich hatte keine Angst, ich hatte keine Angst …

»Rrrrgh!«, schrie ich, als eine Hand nach meinem Arm griff. Ich wirbelte herum und holte mit meiner Handtasche aus und hörte zufrieden den Aufschlag, als die schwere Ledertasche meinen Angreifer traf. Nein!, schrie es in meinem Kopf. Nein, verdammt und zugenäht! Ich konnte mir das nicht gefallen lassen. Kleine Halunken sprangen mich auf dem Parkplatz an, wenn ich meiner Arbeit nachging. Sie griffen nach mir, wann immer ich ihnen den Rücken zudrehte. Ich war es leid, und ich würde mir von diesen Halunken nicht mein Leben ruinieren lassen. Ich würde Karatestunden nehmen – oder eine Knarre kaufen, obwohl die wahrscheinlich illegal war. Aber das waren auch Menschen, die auf Parkplätzen andere angriffen.

»Uff!«, rief jemand, als ob der Wind aus ihm herausgeschlagen worden wäre. Und dann schaute ich meinen Angreifer an. Tim Gladstone? Tim Gladstone griff mich an? Der liebenswürdige, gut aussehende und zivilisierte Tim Gladstone überfiel mich in unserem eigenen Büroparkhaus? Oder vielleicht nicht. Ein rotgesichtiger Tim Gladstone rang nach Luft und hielt sich mit beiden Händen den Magen.

»Was, in Gottes Namen, ist in dieser Tasche?«, keuchte er.

Ich versuchte ein Lächeln, während ich meine Handtasche öffnete und hineinschaute. »Oh, nur das Übliche. Make-up, Haarbürsten, Geldbörse, oh ja … und eine Dose Katzenfutter. Die hatte ich vergessen … ich wusste, dass ich sie gekauft hatte, aber ich hatte sie nicht finden können. Also hier drin war sie die ganze Zeit.«

Ich hielt inne und betrachtete das noch immer rot angelaufene Gesicht des Cary-Grant-Doubles.

»Es tut mir wirklich Leid, Mr. Gladstone. Geht es Ihnen wieder gut? Ich wollte Ihnen nicht weh tun ... aber ich wusste ja nicht, dass Sie es sind. Wissen Sie, ich dachte, dass ich angegriffen werde, und ich reagierte, ehe ich sehen konnte, wer es war und ...«

Tim Gladstone hatte sich in der Zeit erholt, in der ich wieder nach Luft schnappte. Er streckte die Hand nach mir aus, überlegte es sich dann aber wieder und drückte sie erneut auf seinen Magen.

»Es ist schon gut, Ellen, wirklich. Mir geht es gut, und ich vergaß Ihr Trauma. Ich hätte mich Ihnen so nicht von hinten nähern sollen.«

Ich schüttelte den Kopf. »Aber Sie konnten doch nichts dafür. Wie hätten Sie das wissen können?«

Tim Gladstones Gesicht verzog sich zu einer gut aussehenden Maske des Bedauerns. »Alle wissen das, Ellen. Selbst die Zeitungen. Erinnern Sie sich nicht?«

Ich schaute ihn an und schüttelte den Kopf. Aber wie konnte er es wissen? Ich hatte ja noch nicht einmal die Polizei gerufen. Wolfie hatte gesagt, dass es dazu keinen Grund gab.

»Ellen«, begann Tim Gladstone mit sanfter Stimme. »Ich mache mir wirklich Sorgen um Sie. Die Firma muss sich um ihre Angestellten kümmern. Haben Sie schon daran gedacht, sich Hilfe zu holen? Ich bin sicher, dass es etwas gibt, um die Bedürfnisse eines Menschen in einer posttraumatischen Situation wie Sie zu erfüllen. Wir kommen selbstverständlich für die Kosten auf ...«

»Oh, mein Gott«, unterbrach ich ihn. »Nein, das ist es nicht. Sie denken an den Toten? Ach du meine Güte, jetzt verstehe ich. Nein, nein, das ist in Ordnung. Das ist es nicht ...«

»Nicht?«
Ich schüttelte den Kopf, und plötzlich war mir meine Handtasche zu schwer, also ließ ich sie auf den Boden fallen. »Es war ein anderer Mann – der Mann mit der Kapuze am Samstagabend. Er griff mich im Parkhaus an, und ich weiß auch nicht, ich dachte, dass ich darüber hinweg wäre, es ist ja nichts passiert. Wolfie war dort, und er warf ihn quer durch das Parkhaus, doch als sie mich am Arm gepackt haben, und da es in einem Parkhaus war …«
Und dann brach ich, trotz all meiner Bemühungen, ruhig zu bleiben, in Tränen aus. Genau dort im Parkhaus, nachdem ich meinem höflichen Boss die Luft genommen hatte, weinte und weinte und weinte ich. Tim Gladstone nahm meinen Arm und führte mich ins Gebäude und in sein Büro. Er setzte mich auf einen Stuhl, gab mir eine Packung Tempos und verließ dann den Raum für eine Minute. Als er zurückkehrte, gab er mir einen dampfenden Becher.
»Tee«, sagte er, »ist gut gegen Schock.«
Ich schlürfte den Tee, der sehr stark war – warum servierte niemand Kakao? Ich hätte gern einen Becher Kakao gehabt, aber ich war nicht in der Lage, mich zu beschweren. Allerdings schien er Recht zu haben mit dem Tee, dass dieser gut gegen einen Schock war, denn als ich ihn ausgetrunken hatte, fühlte ich mich viel besser. Besser zwar, aber noch immer voller Angst, Tim Gladstone in die Augen zu sehen. Ich konnte es selbst kaum glauben. Ich hatte nicht nur meinen reizenden Chef attackiert, sondern, weit schlimmer, mich auch noch in ein heulendes Baby verwandelt.
Dennoch war es passiert, und es gab auch keine Rückzugsmöglichkeit, und es wurde Zeit, dass ich mich als Erwachsener

dieser Sache stellte. Ich beugte mich vor, packte den Stier bei den Hörnern und schaute Tim Gladstone an. Er lächelte. O mein Gott. Was für ein Mann. Warum konnte ich nicht einen reizenden, wohlwollenden und gut aussehenden Mann wie ihn in meinem Leben haben?

»Mr. Gladstone«, begann ich.

»Ellen, nennen Sie mich Tim, um Himmels willen.«

Ich lächelte, obwohl ich wusste, dass ich viel zu verlegen war, um das zu tun. »Danke. Aber es tut mir wirklich sehr, sehr Leid. Ich weiß gar nicht, warum ich das getan habe und … sind Sie verletzt?«

Tim Gladstone schüttelte den Kopf. »Mir geht es wirklich gut. Ich habe weit Schlimmeres auf dem Rugby-Feld einstecken müssen.«

»Oh, Sie spielen Rugby?«, fragte ich, entzückt darüber, dass ich das Thema wechseln konnte.

»Ich habe gespielt, als ich jung war.«

»Mein Schwager spielt oft Rugby. Ich habe vergessen, in welchem Club er spielt, doch manchmal spielt er für Irland. Dermot Gleeson heißt er, kennen Sie ihn vielleicht?«

»Dermot Gleeson? Zweite Reihe für Irland?«

Ich nickte. »Oh ja, das stimmt.«

»O mein Gott. Dermot Gleeson. Und er ist mit Ihnen verwandt?«

»Er ist mit meiner Schwester Alison verheiratet.«

»Dermot Gleeson«, sagte Tim Gladstone wieder und schüttelte den Kopf, als könnte er es nicht glauben. Ich hatte nicht gewusst, dass Doktor Dermot so berühmt war, sonst wäre ich netter zu ihm gewesen und hätte vielleicht sogar gefragt, was eine zweite Reihe bedeutete.

»Er besorgt meinem Dad manchmal Eintrittskarten für Spiele«, sagte ich und sah plötzlich eine Möglichkeit, wie ich mich beim Chef lieb Kind machen konnte. »Ich könnte ihn bitten, Ihnen ein paar Karten zu überlassen. Nur, wenn Sie möchten, natürlich. Vielleicht sind Sie ja nicht daran interessiert …«

»Doch, sehr gern, wirklich, Ellen. Wenn es nicht zu viele Umstände macht.«

»Kein Problem. Ich glaube, mein Dad hat etwas erwähnt, dass Dermot ihm Karten für ein großes Spiel in der nächsten Saison besorgen wird.«

»Das wäre großartig, Ellen«, sagte Tim Gladstone und lächelte mich strahlend an. Ich lehnte mich auf meinem Stuhl zurück und grinste, weil ich überglücklich war, dass er den Vorfall im Parkhaus vergessen zu haben schien. Und genau in diesem Moment klopfte es leise an der Tür, und Andrew schob den Kopf um den Türrahmen herum.

»Tim? Entschuldigen Sie die Störung. Ich bin gerade gekommen. Soll ich die Ordner hereinbringen, damit wir einen Plan für die Reise aufstellen können?«

»Andrew! Wie geht es Ihnen? Ich hatte noch keine Gelegenheit gehabt, mit Ellen darüber zu sprechen – würden Sie schnell hinüberlaufen und die Ordner und Broschüren herbringen? Ich setze sie ins Bild, und dann können wir loslegen. Ich schätze mal, dass nicht viel Zeit übrig ist.«

Andrew lächelte zustimmend und schloss die Tür.

»Über was mit mir sprechen?«, fragte ich, weil ich meine Neugierde nicht zurückhalten konnte.

»Ellen«, sagte Tim Gladstone, lehnte sich auf seinem Ledersessel zurück und spreizte seine manikürten Finger auf dem Schreibtisch vor sich. »Gladstone und Richards haben gerade einen sehr aufregenden und lukrativen Vertrag mit Pablito Estates in Spanien unterzeichnet, für einen Anteil an einer herrlichen neuen Anlage in Marbella. Wir müssen zwei von unseren Dienstältesten dorthin schicken, damit sie sich die Anlage persönlich anschauen. Nicht, dass ich irgendwelche Befürchtungen hätte, Pablito ist eine höchst seriöse Firma. Dennoch ist es besser, wenn man sich die Objekte selbst anschaut. Also ist alles vorbereitet, damit Sie und Andrew am Mittwochmorgen fliegen …«

»Ich? Und Andrew?«

Tim Gladstone lächelte und nickte. »Sie haben doch einen gültigen Pass, oder?«

Ich nickte. »Ja.«

»Hervorragend. Hervorragend.«

»Aber warum ich?«

»Wie bitte?«

Ich atmete tief ein und verfluchte alle Parzen, die es in letzter Zeit geschafft hatten, ihre schleimigen Klauen in mein Leben zu schlagen. Ich und Andrew? In Spanien? Ich schaute Tim Gladstone an, der mich verständlicherweise überrascht ansah, weil ich über diese großartige Gelegenheit nicht erfreut war. Ich wünschte, ich wäre Lehrerin.

»Ich meine, ich habe keine Erfahrung, was ausländische Immobilienmärkte betrifft.«

»Aber du sprichst doch Spanisch, nicht wahr, Ellen?«, sagte Andrew hinter mir. Ich drehte mich nach ihm um und sah ihn in der Tür stehen, auf seinen Armen ein Stapel Papiere. »Tim hat sich an deinen Lebenslauf erinnert, und das ist einer der Gründe, warum er möchte, dass du nach Marbella mitkommst.«

Ich schaute zu Tim Gladstone zurück, der mich anlächelte, und ich zwang mich, sein Lächeln zu erwidern. Schließlich konnte er nicht wissen, dass er mein Leben ruinierte. Tim Gladstone erhob sich.

»Könnten Sie mich eine Minute lang entbehren«, sagte er auf dem Weg zur Tür. »Andrew, vielleicht könnten Sie Ellen die Einzelheiten schildern, während ich draußen bin. Ich bleibe nicht lange fort.«

Die Tür schloss sich hinter Tim Gladstone, und Andrew verteilte seinen Arm voll Papiere auf dem Boden. Ich betrachtete seinen Hinterkopf. Ruth liebte Andrews Lippen, doch ich hatte schon immer eine Schwäche für seinen Hinterkopf gehabt. Er hatte etwas so … Verletzliches an sich. Er kniete auf dem Boden neben seinen Papieren, wandte sich nach mir um und schaute mich an.

»Das ist die Anlage«, sagte er und deutete auf ein paar aquarellartige künstlerische Skizzen und eine Karte. »Hundert ziemlich exklusive Apartments, in Strandnähe, aber nicht mitten im Ort. In der Nähe eines Golfplatzes natürlich, auf dem Meisterschaften ausgetragen werden … Ellen, geht es dir gut?«

Ich schaute ihn an. »Was meinst du? Gib mir ein paar von den Broschüren, und ich werde sie lesen. Vielleicht könnte ich sie heute Abend mit nach Hause nehmen. Dadurch bekomme ich ein besseres Gefühl für diesen Standort.«

»Das ist nicht das, was ich meine.«

Andrew stand auf und kam zu mir herüber. Ich stand ebenfalls auf, weil ich den Vorteil nicht ertragen konnte, den er dadurch hatte, dass er mich überragte.

»Was meinst du dann?«, fragte ich und richtete mich zu

meiner vollen Größe auf. »Glaubst du, dass ich mit diesem Papierkram nicht zurechtkomme? Ich kann Spanisch so gut lesen wie sprechen, Andrew, ich werde das schon schaffen.«
Andrew schüttelte den Kopf und schaute mich weiterhin an. Seine Blicke glitten über mein Gesicht, als ob er nach etwas suchte, und dann sah er mir mit einem verwirrten Ausdruck in seinen grauen Augen in die Augen. Wir standen so nah beieinander, dass ich seinen Atem auf meinem Gesicht spüren konnte, und ich wäre ausgewichen, befand mich aber in einer Art Falle zwischen dem Sessel und dem Schreibtisch, so dass ich mich irgendwie nicht bewegen konnte. Oder vielleicht auch nicht wollte.
»Was ist los?«, fragte ich.
»Bist du in Ordnung?«, fragte er.
Ich nickte, doch meine Augen füllten sich wie von selbst mit Tränen. Andrew streckte die Hand nach meinem Gesicht aus und rieb mit dem Daumen sanft über meine Wange.
»Wimperntusche«, sagte er.
»Mist«, sagte ich.
Andrew lächelte. »Es sieht irgendwie süß aus. Bist du wegen irgendetwas aus der Fassung geraten? Tränen?«
Ich schloss die Augen, weil ich nicht wusste, was, zur Hölle, in mir passierte, und ich hatte Angst, dass ich wieder zu weinen beginnen könnte. Und ich war es leid, ein greinendes Baby zu sein. Doch meine Augen zu schließen war ein noch größerer Fehler, denn sobald ich das machte, konnte ich Andrew intensiv riechen, und ich wurde plötzlich an all die Tage und Nächte erinnert, die wir gemeinsam verbracht hatten. All die Zeit und all die Liebe und all die Kopfschmerzen und all die dummen, dummen Fehler.

Ich öffnete die Augen, doch das machte es nicht besser. Andrew starrte mich an, und ich war sicher, dass er sich an die gleichen Dinge erinnerte. Doch Andrew und ich waren fertig miteinander. Aus und vorbei. Da war zu viel Wasser unter der Brücke hindurchgeflossen, um jemals zurückzukehren. Und außerdem hatte ich ja nun Tony. Den herrischen, sexy, aufmerksamen Tony. Auch wenn er nicht Andrew war, war er doch wunderbar.

Plötzlich erinnerte ich mich daran, wie ich Tony am Freitagabend im River Club geküsst hatte. Und dabei hatten uns Andrew – und die halbe Stadt – zugesehen. Und vielleicht fiel Andrew das auch ein, denn seine Augen wurden plötzlich kalt, als ob er in sich eine Tür zugeschlagen hätte. Und zur gleichen Zeit öffnete sich die Bürotür.

»Großartig«, verkündete Tim Gladstone auf dem Weg zu seinem Sessel. »Sie haben Ellen aufs Laufende gebracht. Hervorragend, hervorragend! Nun werden wir uns noch ein paar Einzelheiten vornehmen, und dann, denke ich, werden wir durch sein. Was glauben Sie?«

»Kein Problem«, sagte Andrew und ging zu seinen Papieren zurück, die auf dem blauen Teppich verstreut herumlagen.

»Absolut prima«, sagte ich und rückte wie wild die Einzelteile in mir zurecht und erinnerte mich daran, dass Andrew Kenny ein großer Mistkerl war und dass es mir in meinem Leben ohne ihn besser ging. »Ich kann es kaum erwarten. Spanien, wir kommen!«

13

Der Regen rauschte am Mittwoch wie aus Kübeln herab, und ich war entzückt. Es war herrlich, nach Marbella zu fliegen, wenn das Wetter in Irland grau und miserabel war, auch wenn es nur ein Arbeitsausflug war und keine Ferien und Andrew bei mir war. Es gab nur ein Problem – wie, zur Hölle, sollte ich mit meinem ehemaligen Liebhaber und meinem nun neuen Chef umgehen? Ich versuchte, mir eine Strategie zurechtzulegen, doch da das zu schwierig war, gab ich es auf.

Ich verschlief fast den gesamten Flug, was mir ein Gespräch mit Andrew ersparte. Als wir das Flugzeug auf dem Flughafen von Malaga verließen, war die Hitze überwältigend. Ich war froh, dass ich den Weitblick besessen hatte, ein ärmelloses Top unter meinem Regenmantel anzuziehen. Andrew trug natürlich einen formellen Anzug.

Die spanische Sonne knallte auf uns herab, als wir auf ein Taxi warteten. Man konnte die Hitze wie einen seltsamen trockenen Nebel aufsteigen sehen. Doch es war eine köstliche Hitze, und der blaue Himmel war wolkenlos, was für Iren immer etwas Neues ist. Andrew hatte sein elegantes Jackett und die Seidenkrawatte ausgezogen und öffnete gerade den obersten Knopf seines Hemdes.

»Andrew, mach hier keinen Striptease. Die Einheimischen könnten mit einem verwirrend weißen Körper wie deinem nicht klarkommen«, sagte ich lachend.

»Weiße Körper sind exotisch, wenn man sonst immer nur braune zu sehen bekommt. Warte es ab, Ellen. Sie werden Schlange stehen, um mir Luxusapartments abzukaufen, sobald sie einen Blick auf meine schneeweiße Brust geworfen haben!«
Er lächelte mich an und fuhr sich mit der Hand durch sein Haar und zerzauste es auf moderne Art. Ich liebte es, wenn er das machte. Ich schaute weg. Und er auch.
»Das ist unser Taxi«, sagte ich und brüllte auf Spanisch den dicken, verschwitzten Geschäftsmann an, der versuchte, es uns wegzunehmen.
Der dicke Mann wich von dem Taxi zurück und starrte mich mit offenem Mund an wie ein Goldfisch, der nach Luft schnappt. Der Taxifahrer lachte und schüttelte den Kopf.
»Was hast du zu ihm gesagt, Ellen?«, fragte Andrew, als wir uns für die halbstündige Fahrt nach Marbella ins Taxi gesetzt hatten.
Ich schaute ihn an und zuckte mit den Schultern. »›Verzieh dich von meinem Taxi, du verschwitztes fettes Schwein, und warte wie alle, bis du an der Reihe bist.‹ Mehr habe ich nicht gesagt. Keine große Angelegenheit.«
Der Taxifahrer lachte noch immer.
»Ellen!«
»Was denn? Wir haben das Taxi doch bekommen, oder nicht?« Wieder zuckte ich mit den Schultern.
»Ich bin nicht überrascht darüber, dass wir das Taxi bekommen haben«, sagte Andrew.
Wir schwiegen, als wir auf die spanische Autobahn fuhren. Andrews Bein drückte sich an meines. Ich wusste, dass das keine Absicht oder sonstwas war. Es war einfach nur

die Konsequenz daraus, dass man einsiebenundachtzig groß war und im Fond eines spanischen Taxis mit einem sehr schlaksigen Mädchen saß. Aber es fühlte sich gut an. Es fühlte sich richtig an, und es nervte mich. Ich versuchte, mich mehr in Richtung Tür zu schieben, doch es gab keinen Platz bei all den langen Gliedmaßen. Also schloss ich die Augen und versuchte, ein Bild von Tony Jordan in mir heraufzubeschwören, doch stattdessen tauchten Andrews intensive graue Augen auf. Und der Druck seines Oberschenkels an meinem verstärkte sich, oder ich bildete mir das nur ein.

Sonnenbrille. Ich brauchte meine Sonnenbrille. Wenn ich die hatte, würde es mir gut gehen und ich würde keine schlechten Gedanken über meinen Exfreund mehr haben. Ich wühlte in meiner Tasche herum und erinnerte mich dann, dass ich sie in meinen Koffer gepackt hatte. Andrew hörte auf, aus dem Wagenfenster zu schauen, und wandte sich mir zu. Ich hatte vergessen, wie gut er aussah. Auf eine andere Art als Tony. Es war die Art von gutem Aussehen, an die man sich gewöhnt.

»Ist alles in Ordnung mit dir, Ellen? Ist dir etwas heruntergefallen?«, fragte er und beugte sich vor, um auf dem Boden nachzusehen. Das war zu viel. Andrew Kenny beugte sich zwischen meinen Beinen hinunter, und wir hatten noch nicht einmal Marbella erreicht.

»Wow!«, sagte ich. Himmel, ich musste schon zu viel Sonne abbekommen haben.

Andrew richtete sich auf. »Ellen?«, erkundigte er sich mit einem Ausdruck völliger Verblüffung auf dem Gesicht.

»Sol Playa!«, sagte der Taxifahrer. Ich hätte ihn am liebten

geküsst. Den Taxifahrer. Wir waren bei unseren Apartments angekommen, und ich konnte mich erholen von … der Sonne oder was auch immer.
Das von Pablito Estates uns zur Verfügung gestellte Apartment gehörte in die Luxusklasse. Ich jauchzte, als ich den Whirlpool sah, und Andrew jauchzte, als er den 32er Fernseher mit dem digitalen Sky-Kanal sah. Es gab Blumen in dem großen offenen Raum und einen riesigen Korb mit exotischen Früchten in der Küche. Pablito Estates wollten Eindruck schinden, und ich beschwerte mich nicht. Sie konnten mich gern jederzeit beeindrucken.
Ich rannte zur Balkontür und öffnete sie. Der Blick war wie aus einem Film oder von einer Postkarte. Unglaublich. Atemberaubend. Die Apartments befanden sich auf einem Hügel außerhalb von Marbella und gewährten einen Ausblick über das fantastische türkisfarbene Mittelmeer. Die Stadt, die sich unterhalb der Apartments erstreckte, war von einem verwirrenden Weiß. Ich rief Andrew herbei, damit er sich das anschaute.
»Ist das nicht herrlich?« Ich genoss das idyllische Bild vor mir. Die Stadt tief unter uns, das Meer, das sich vor uns ausbreitete, und eine kleine Terrasse, von der aus man einen perfekten Blick auf alles hatte.
»Ich wette, dass es hier nachts sensationell ist«, sagte Andrew. Er stand dicht hinter mir. Zu dicht? Vielleicht war das nur meine Einbildung. Ich bewegte mich nicht.
»Sie sie teuer? Sind sie zu verkaufen oder was?«, fragte ich.
»Keineswegs. Pablito Estates haben dieses exklusive Dorf vor ungefähr fünf Jahren gebaut. Du sprichst von mindestens

zweihundertfünfzigtausend Pfund, Ellen, und das gilt nur für das Studio. Sollen wir es kaufen?« Er lachte und ließ seine Hand leicht auf meiner Schulter liegen.
»Das würde ich gern tun«, sagte ich, »aber wenn ich einen so unglaublich schönen Ort wie diesen sehe – ich weiß auch nicht –, dann möchte ich ihn irgendwie besitzen. Ich bin eifersüchtig auf den Menschen, der das hier besitzt, und ich meine nicht das Apartment. Ich meine diesen unvorstellbaren Blick. Den möchte ich besitzen«, sagte ich und deutete mit der Hand aufs Meer.
»Ich weiß, was du meinst, Ellen, dass du die Dinge, die du liebst, besitzen möchtest. Ich weiß genau, was du meinst«, sagte er mit leiser Stimme in mein Ohr.
Ich drehte mich um, sah ihm ins Gesicht und erwartete, ein Lächeln oder ein Grinsen zu sehen. Doch er war todernst. Er musterte mein Gesicht, und ich wusste nicht, wonach er suchte. Oder ich wollte es gar nicht wissen.
»Ich könnte ein Pferd verdrücken«, sagte ich, schüttelte Andrews Hand ab und machte mich auf die Suche nach Essen. Ich fragte mich, ob Pablito Estates' Großzügigkeit sich auch auf Essen erstreckte.
Ein Kühlschrank in amerikanischem Design war voll gepackt mit Salaten, Gemüse und jeder Art von kalten Fleischwaren, die man sich nur denken konnte. Und Wein. Faustino, den ich am liebsten trank. Und Berge von San-Miguel-Bier.
»Andrew, sieh dir das an. Das ist sogar noch besser als die unglaubliche Aussicht«, rief ich in Richtung der Terrassentür, während ich das Essen auf dem Tresen aufhäufte, um das Mittagessen zuzubereiten.

Wir aßen schweigend auf der Terrasse. Andrew hatte eine Flasche Wein geöffnet.
»Wir können nicht trinken und Auto fahren, das weißt du«, sagte ich, als wir die Mahlzeit zur Hälfte hinter uns hatten. Ich schielte nach dem restlichen Wein.
»Was für eine Offenbarung, Ellen. Was also schlägst du vor, was wir tun sollen? Oh, ich weiß, dass ich einfach gar nichts trinken und dir allen Wein überlassen soll, wie wäre denn das?«
»Sehr raffiniert ist das«, sagte ich und starrte ihn an, als ich ein großes Stück Brot abschnitt.
Die Stille kehrte zurück, außer dem wilden Zwitschern der Vögel in den Bäumen in unserer Nähe. Ich konnte Bougainvillea riechen. Ich griff über den metallenen Terrassentisch hinweg und nahm einige der Broschüren über den neuen Apartment-Komplex. Einfach nur, um etwas zu tun.
»Unsere geschäftlichen Aktivitäten heute können wir zu Fuß erreichen«, sagte Andrew schließlich.
»Was steht denn auf der Tagesordnung? Ich würde gerne schwimmen gehen. Das Meer sieht so toll und verführerisch aus. Das genaue Gegenteil von Kilkee, wo man einen Pullover über dem Bikini tragen muss«, sagte ich, während ich mir noch mehr Brot mit Butter bestrich.
»Wir haben um drei Uhr eine Verabredung bei Pablito Estates. Ihre Büros befinden sich weiter unten in der Straße. Dann haben wir bis etwa acht Uhr frei. Danach werden wir mit ihnen zum Essen gehen«, sagte er, streckte seine langen Beine von sich und verschränkte die Arme vor seiner Brust. Da er eine Sonnenbrille trug, konnte ich nicht sicher sein, doch ich hätte mein Leben dafür verwettet, dass sich seine

Augen schon geschlossen hatten. Er machte ein Nickerchen. Noch eine Sache, die ich im Zusammenhang mit Andrew vergessen hatte. Seine kleinen Nickerchen nach den Mahlzeiten. Wie ein Kleinkind.
»Ellen, was ist los, warum starrst du mich so an?«
»Nichts. Ich dachte, du wärst eingeschlafen, also habe ich … dich nicht angestarrt. Dort ist eine wirklich ungewöhnliche Blume, gleich neben dir … ja dort … siehst du sie?«
»Manchmal glaube ich, dass du völlig irre bist«, sagte er. Er stand auf und ging ins Apartment. Er lachte. Und ich grinste vor mich hin.

Der Termin endete erst um halb sechs Uhr. Ich eilte zurück ins Apartment und überließ es Andrew, den Leihwagen abzuholen, der uns zur Verfügung gestellt wurde, ein Mercedes mit Stoffdach. Wenn das stimmte, dann würde Andrew die Nacht für den Versuch opfern, den verdammten Wagen zu sich ins Bett zu bekommen. Ich lachte bei dieser Vorstellung, flitzte in mein luxuriöses Schlafzimmer und warf einen Badeanzug und Handtücher in einen Beutel. Einer der Burschen von Pablito hatte mir von dieser abgelegenen Bucht erzählt, die mit einem fünfminütigen Fußweg vom Apartment aus erreichbar war. Ich würde gerade genug Zeit haben, um vor dem Abendessen ausgiebig zu schwimmen.
Die Bucht war fantastisch und völlig menschenleer. Ich zog mir meinen Badeanzug an, rannte ins warme Meer und ließ das warme Wasser über mich schwappen. Dann schwamm ich sehr lange Zeit, obwohl ich wusste, dass ich nicht allein in unbekannten Gewässern schwimmen sollte. Doch das hier war nicht der wilde graue Atlantik, sondern das warme

friedliche Mittelmeer, und ich wollte schwimmend all den Stress und die Anspannung aus meinem Körper entfernen. Allerdings schwamm ich dicht an der Küste entlang, wie mein Vater es mich gelehrt hatte, als ich gerade neun oder zehn Jahre alt gewesen war. Nach einer guten halben Stunde ließ ich mich eine Weile auf dem Rücken treiben und schaute zu dem klaren blauen Himmel hinauf.

»Ellen, es ist halb acht Uhr.«

»Mann!«

»Ich wollte dich nicht erschrecken. Ich dachte, du hättest mich gesehen, als ich am Strand war …«

»Lieber Himmel, Andrew!«, sagte ich spuckend und versuchte, mich aufzurichten und gleichzeitig Wasser zu treten.

»Beruhige dich, Ellen. Schau mal, du kannst hier stehen, versuche es«, sagte er lachend.

Er streckte sich und hielt mir seine Hand hin. Ich nahm sie und ließ meine Füße auf den weichen sandigen Meeresboden gleiten. Ich hatte wieder Boden unter den Füßen. Er hielt noch immer meine Hand und war so nahe, dass ich die goldenen Sprenkel in seinen grauen Augen erkennen konnte.

»Tut mir Leid, Ellen.«

»Es ist in Ordnung. Es geht mir wirklich gut«, sagte ich und wandte den Blick nicht ab.

Plötzlich legte er beide Arme um mich und zog mich an seinen nassen Körper. Und ich war nicht gefasst auf die verdammten Gefühle, die die einfache Umarmung eines Exfreundes entfesselte. Ich wandte mein Gesicht ab und versuchte, Zeit zu gewinnen, um meine Fassung wiederzuerlangen! Doch ich schob seine Arme nicht weg. Freunde umarmen sich ständig, sagte ich mir. Vielleicht konnten wir

das zur Abwechslung versuchen – Freunde zu sein. Er umfasste mein Gesicht und drehte es zu sich.
Und dann küsste er mich. Sanft und perfekt. Ein perfekter Andrew-Kuss, den niemand jemals wiederholt hatte. Es fühlte sich richtig an wie ein Schuh, der genau passt, oder wie ein Nachhausekommen als Kind, wenn man weiß, dass dein Papa dir Fertigessen bringen würde. Es fühlte sich so an, wie es sein sollte.
»Nein! Nein! Nein!«, rief ich, riss mich von ihm los und rannte zum Strand. Zu gehen wäre würdevoller gewesen, denn niemand kann durch taillenhohes Wasser rennen.
»Ellen, es tut mir Leid. Bitte Ellen, hör doch, es ist einfach geschehen … es hat sich so richtig angefühlt … ich dachte, du … Ellen, bitte bleib stehen … sieh mich an …«
Ich watete weiter zum Sandstrand, und als ich ihn erreichte, nahm ich meinen Beutel und lief zum Weg hinauf. Ich habe mich nicht mehr umgedreht.

14

Sobald ich im Apartment zurück war, duschte ich und zog mich schnell an, und dabei versuchte ich, einen Sinn in dem zu finden, was am Strand geschehen war. Konnte ich nach all der Zeit noch immer Gefühle für Andrew haben? Und nach allem, was geschehen war? Und hatte er noch immer Gefühle für mich, oder war er nur auf eine bequeme Bettgeschichte aus? Ich wusste, dass die Antwort auf diese Fragen nein war. Absolut und definitiv nein. Außer auf die letzte Frage. Das bequeme Betthupferl. Das war genau das, was Andrew wollte, dachte ich, als ich vorsichtig Nagellack auf meine Nägel auftrug. Er war lila. Molly hatte mich endlich erreicht.

Es klopfte leise an der Tür.

»Ellen?«

Ich antwortete nicht und ging hinüber, um mein Handy zu überprüfen, ob es Nachrichten für mich hatte. Ein verpasster Anruf von India war darauf, doch das Signal war zu schwach. Ich würde später versuchen, sie anzurufen.

»Ellen, wir müssen sprechen.«

»Es gibt nichts zu besprechen, Andrew. Überhaupt nichts«, sagte ich und biss mir fast auf die frisch manikürten Fingernägel.

»Öffne die Tür, Ellen. Komm schon, wir sind erwachsen und keine Kinder mehr. Öffne die Tür.«

Ich öffnete die Tür. Er hatte geduscht, und sein Haar war

noch immer feucht. Ich wollte mit der Hand hindurchfahren. Dieser Gedanke ging mir durch den Kopf, trotz meines Entschlusses, die ganze Sache in eine Art lenkbare Perspektive zu bringen.

»Sprich«, sagte ich.

Er trug die schönsten Chinos aus weichem beigefarbenem Stoff und ein schwarzes Freizeithemd, das wahrscheinlich so viel gekostet hatte wie der Whirlpool im Bad.

»Lass uns auf die Terrasse hinausgehen. Ich habe Wein kalt gestellt, und wir haben noch Zeit, bis sie uns abholen«, sagte er, und ohne auf eine Antwort zu warten, schlenderte er zur Terrassentür.

Ich folgte ihm. Die Sonne ging gerade unter, und das Licht über dem Meer war wunderschön. Ich nippte an meinem Wein und betrachtete den unglaublichen Sonnenuntergang. Das war das Leben. Außer dem, was am Strand geschehen war, und Tony, und dem Überfall. Und den Kochkünsten meiner Mutter.

»Ellen, es tut mit Leid, was am Strand geschehen ist. Ich wollte dich nicht kränken.«

Er saß mir gegenüber, hatte die Ellbogen auf den Tisch aufgestützt, und sein Gesicht ruhte in seinen Händen. Ich schaute ihn an, antwortete aber nicht.

»Dennoch, Ellen, kann ich mich nicht dafür entschuldigen, dass ich … dass ich dich noch immer mag«, sagte er und streckte die Hand aus, um meine zu berühren.

Ich zog meine Hand schnell auf meinen Schoß zurück.

Also würde er sich nicht dafür entschuldigen, dass er einen Quicky wollte. Das war anständig von ihm.

»Hör mal, wenn du einen Quicky möchtest, dann gibt es in

Marbella mit Sicherheit Orte, wo man deine Bedürfnisse befriedigen wird …«
»Ich kann nicht glauben, dass du so etwas überhaupt denkst.«
Ich zuckte mit den Schultern. »Ich würde vorschlagen, du fragst Juan von Pablito Estates. Sie haben bisher für alles gesorgt. Ich bin sicher, dass das kein Problem sein wird. Wenn du mich jetzt entschuldigst.« Ich ging zurück ins Wohnzimmer. Ich konnte die Ankunft eines Wagens auf der mit Kies bestreuten Auffahrt hören.
Andrew kam mir ins Zimmer nach. Ich konnte spüren, dass er sehr dicht hinter mir stand. Ich drehte mich nicht um. Ich blieb stehen und wartete auf das Anschlagen der Klingel.
»Ellen …«
»Ja?«
»Könntest du so liebenswürdig sein, mich anzuschauen, während ich mit dir spreche?«
»Sicher«, sagte ich und studierte die weiße Wand vor mir. Ein Riss tauchte in Deckennähe auf. Die Türklingel schlug an. Ich zuckte zusammen.
»Vergiss es einfach, Ellen. Du hast Recht, und ich habe Unrecht, so war es ja schon immer. Du hörst nur das, was du hören möchtest, und siehst nur das, was du sehen möchtest. Ich öffne die verdammte Tür, weil du damit beschäftigt bist, die Wand zu bewundern«, sagte er und ging an mir vorbei in den Flur.
Tränen brannten in meinen Augen, doch ich blinzelte sie fort. Ich hatte meine teure Wimperntusche aufgetragen und wollte nicht, dass sie zerfloss, und außerdem hatte ich in der Vergangenheit genügend wegen Andrew Kenny geheult. Ich wusste, dass diese Spanienreise keine gute Idee gewesen war,

doch ich hatte mit all dem nicht gerechnet. Und ganz gewiss nicht mit meinen eigenen Gefühlen Andrew gegenüber. Gefühle, die überhaupt nicht vorhanden sein sollten.

Andrew kehrte mit zwei lärmenden Besuchern von Pablito Estates zurück. Ich war froh, dass einer von ihnen eine Frau war.

»Ellen, du kennst Juan, und das ist Anna. Sie ist die Finanz-Direktorin bei Pablito Estates«, sagte Andrew und wurde zu dem tollen Immobilienmagnaten, noch ehe man papp sagen konnte. Ich lächelte und streckte beiden meine Hand entgegen.

»Señorita! Ellen. Sie sehen wunderbar aus. Wie die Schauspielerin, oh, wie hieß sie noch gleich? Ich habe es. Sandra Bullock, die Schauspielerin in dem Film über den schnellen Bus!«, sagte Juan.

Andrew lächelte, und Anna lachte wie ein wieherndes Pferd durch die Nase. Ich stand mit dümmlichem Lächeln daneben und hielt meine Hand noch immer ausgestreckt.

Juan schüttelte sie, und Anna nickte mir zu und ließ eine Reihe weißer Zähne aufblitzen, die ihren ganzen Mund füllte. Sie sah Andrew mit flatternden langen schwarzen Wimpern an. Ich war hin und her gerissen, ihr die perfekten Zähne einzuschlagen oder sie zu fragen, woher sie ihre Wimperntusche hatte. Stattdessen lächelte ich alle albern an und hatte das Gefühl, dass es eine lange Nacht werden würde.

Und ich hatte völlig Recht. Wir aßen in einem winzigen Fischrestaurant in der Altstadt. Das Essen und der Wein waren erstklassig, nur Anna war ein harter Brocken. Beim Nachtisch hätte ich sie gerne erwürgt. Ich konnte nicht entscheiden, ob es ihr Pferdelachen war oder ihre klimpernden Wimpern, die die Mörderin in mir weckten.

Ich war entzückt, als Andrew sich entschuldigte, da er nicht auf eine Kneipentour gehen wollte. Juan fuhr uns nach Hause, er und ich vorne im Auto, und Andrew und Anna kicherten und flirteten miteinander auf dem Rücksitz. Eine ganze Nacht lang höflich zu sein, war ermüdend, und so beschloss ich, das es am sichersten war, mein albernes Lächeln aufzusetzen, während die anderen auf der Heimfahrt redeten. Es funktionierte. Wir verabschiedeten uns, und Andrew und ich stiegen aus dem Wagen. Anna hängte sich aus dem Fenster, winkte und warf Luftküsse, als der Wagen aus der Einfahrt hinausfuhr. Ich seufzte tief auf und entspannte mich zum ersten Mal in dieser Nacht.

»Himmel, das war eine schöne Schinderei. Danke dir übrigens für deine Hilfe«, sagte er, als er die Tür des Apartments aufschloss.

»Gern geschehen, Andrew. Jederzeit wieder, bitte einfach darum«, sagte ich und marschierte zum Kühlschrank und zu einer eiskalten Flasche Faustino.

Er holte zwei Weingläser vom Sideboard und ging zur Terrasse. »Ich war sarkastisch, Ellen. Dieses riesige blöde Lächeln? Was sollte das denn bedeuten?«, fragte er, als er die Terrassentüren öffnete.

Ich folgte ihm mit dem Wein. Der Mond warf einen silbernen Strahl über den Tisch, und die Sterne bedeckten den Himmel. Es war noch immer warm, und Grillen zirpten im Gebüsch. Die Lichter Marbellas wetteiferten mit den Sternen darum, wer am besten glitzern konnte. Ich zog meine Pumps aus und sank Andrew gegenüber in einen Sessel.

»Himmel«, sagte ich.
»Dieses Lächeln war nicht himmlisch, Ellen. Du hast ausgesehen, als hättest du unter Drogen gestanden«, sagte er und goss Wein in die Gläser.
»Ich hatte nur die Wahl, blöd zu lächeln oder Anna zu ermorden. Ehrlich, ich meine das Pferdelachen und die klimpernden Wimpern. Sie ist doch offensichtlich keine dumme Frau, warum tut sie dann in der Anwesenheit von Männer so? In deiner Anwesenheit?«
»Das ist nicht wahr. Sie hat auch mich fast wahnsinnig gemacht, aber du warst viel zu hart ihr gegenüber.«
»Sie kann von Glück sagen, dass ich ihr nicht mit dieser blöden Sangriaflasche auf den Kopf geschlagen habe, die du – und nur du – ihrer Ansicht nach trinken solltest. Und aus einer blöden langen Tülle. Selbst Juan war gekränkt. Ich hörte, wie er das auf Spanisch vor sich hinmurmelte.«
Ich nahm einen großen Schluck aus meinem Glas und sah Andrew an. Er lächelte.
»Ich habe ihm übrigens auf Spanisch geantwortet, und er ist fast vom Stuhl gefallen. Das war das Beste in dieser Nacht«, sagte ich, und wir beide lachten. Was als ganz normales Kichern begann, entwickelte sich zu einem heiseren dröhnenden Lachen. Jedes Mal, wenn wir uns anschauten, lachten wir noch heftiger. Mein Bauch tat mir weh von dem strapaziösen Lachen, und Tränen rannen über Andrews Wangen, als wir noch heftiger und lauter lachten. Doch selbst in diesem Augenblick wusste ich, dass dieser Ausbruch die Spannung zwischen uns lösen sollte.
Und Andrew sah so toll aus. Ich weiß, dass Mondlicht schmeichelhaft ist, doch es verwandelte Andrews normales

gutes Aussehen in eine unglaubliche Attraktivität, die das Herz fast zum Stehen brachte. Lass-deinen-Slip-sofort-fallen, wie Ruth diese Herzstillstands-Attraktivität nennen würde. Zu diesem Zeitpunkt wusste ich genau, was ich tun wollte. Ich wollte mich vorbeugen und ihn auf seinen sensiblen Mund küssen. Ich wollte ihn küssen und all die Gefühle herauslassen, die ich so entschieden unterdrückte. Doch ich wusste aus der Vergangenheit, dass ich Andrew nie wieder vertrauen konnte. Nie, nie, niemals.

Er beugte sich über mich, als er mehr Wein eingoss. Ich konnte sein fein duftendes Aftershave riechen, das er immer verwendete und das nach Wald roch. Ich hielt den Atem an, als er den Wein eingoss und sich unsere Köpfe fast berührten. Ich beschloss, dass ich ihn küssen und verdammt sein würde, wenn er mir den Kopf zudrehte.

Er drehte den Kopf, lächelte im Mondlicht und kniete neben mir nieder, so dass sich unsere Gesichter auf gleicher Höhe befanden. Ich fuhr mit den Fingern seine Lippen nach. Ich liebte diesen Mund. Er streckte die Hand aus und griff nach meinen herumwandernden Fingern. Ich dachte, dass er sie in seinen Mund schieben würde, doch er nahm meine Hand und legte sie auf den Tisch zurück und schüttelte dabei den Kopf.

Er lächelte das herzzerschmelzende Lächeln. »Nein, Ellen, ich bin nicht an einem bequemen Quicky interessiert. Und schon gar nicht mit dir. Wenn du mich jetzt entschuldigen möchtest. Ich denke, ich gehe ins Bett. Morgen ist ein langer Tag.« Und er griff mir zärtlich wie bei einem kleinen Kind unter das Kinn.

»Gute Nacht, Ellen«, sagte er und ging ins Apartment hinein.

»Nacht«, flüsterte ich, doch nur die Grillen hörten mich.

Ich blieb noch eine Weile sitzen, und mir schwirrte der Kopf vor widerstreitenden Gefühlen. Ich konnte ihn auf keinen Fall mehr lieben. Zu Hause wartete Tony Jordan auf mich, oder in England oder wo auch immer er sich befand. Aber er würde niemals Andrew sein. Er würde niemals so zu mir passen wie Andrew. Wir passten zusammen wie perfekt ausgerichtete Teile eines Puzzles, ganz natürlich und so, wie es sein sollte – zwangsläufig. Ja, das war das Wort, das Andrew und mich beschrieb. Zwangsläufig. Und vielleicht bekämpfte ich deshalb meine Gefühle für ihn so sehr. Ich hasste es, zu glauben, dass es Bereiche in meinem Leben gab, die zwangsläufig waren. Ich musste die Dinge kontrollieren und konnte nicht zulassen, dass mich die Dinge kontrollierten. Und bei Andrew besaß ich niemals die Kontrolle.

Ich füllte mein Weinglas noch einmal und erlaubte es mir, mich an das erste Mal zu erinnern, als ich Andrew gesehen hatte. Es war an einem herrlichen Frühlingstag, und ich trug eine brandneue Levi's, die mein Vater mir am Tag zuvor gekauft hatte. Ich kam aus einer Vorlesung über Konstruktionszeichnungen, und Andrew und eine Gruppe seiner Freunde betraten den Vorlesungssaal, als ich hinausging. Ich schaute direkt in stahlgraue Augen, als ich an der Tür an ihm vorbeiging. Er hielt eine Sekunde lang inne, als würde er mich kennen, konnte mich aber nicht unterbringen. Ich fühlte das Gleiche: Als hätte ich ihn ein Leben lang gekannt.

Ich sah ihn in jener Nacht bei einer Musikveranstaltung in der College-Bar wieder und tat so, als wollte ich den Namen der Band wissen. Das war eine Lüge. Ich wollte nur mit ihm sprechen, und er wollte auch mit mir sprechen, denn er bat mich, am nächsten Abend in den Film *Apocalypse Now* mitzukommen, der in der Film-Gesellschaft gezeigt wurde. Und das war schon so gut wie alles gewesen.

Von da an waren wir unzertrennlich. Völlig verliebt und völlig vernarrt ineinander. Nach einem Jahr zogen wir zusammen. Es war mein letztes Jahr am College. Andrew hatte seinen Abschluss schon und arbeitete bei Lee Estates als Juniorauktionator. Wo er natürlich brillierte. Unser Leben war damals fast perfekt.

Oh, natürlich gab es auch Probleme, wie zum Beispiel meine Mutter, die darauf beharrte, dass wir sofort heiraten sollten, ehe wir bis in alle Ewigkeit in der Hölle schmorten. Und es gab Andrews Familie. Die hochnäsige Sylvia Kenny und ihr arbeitssüchtiger Ehemann Roger und ihre höchst ehrgeizigen Kinder, unter denen Andrew eine Ausnahme war, was ich jedenfalls zu dieser Zeit dachte. Ich wusste allerdings, dass ich in den Augen seiner Eltern nie gut genug für ihren Andy sein würde. Ich war zu groß, zu dünn, zu dunkel, zu unverblümt, zu gewöhnlich, zu clever, zu schweigen – suchen Sie sich was aus. Doch erstaunlicherweise widerstand unsere Beziehung unseren Familien. Was sie nicht überlebte, waren Andrew und ich.

Ich trank einen weiteren Schluck Wein, während ich mir die sterbenden Augenblicke unserer großen Liebe ins Gedächtnis zurückrief. Es begann mit dem Heiratsantrag. Das war ein verdammt fataler Fehler gewesen. Ich meine, uns ging es wirklich gut, wir waren wie verrückt verliebt und auch voller verrückter Lust. Alles war prima, bis Andrew mich bat, ihn zu heiraten.

Wir aßen Spaghetti zum Abendessen, es war einfach ein

normaler Dienstagabend, und er musste es unbedingt sagen, als ich in meine Nudeln stach. Er liebe mich, sagte er. Er war sich niemals in seinem ganzen Leben einer Sache so sicher gewesen. Er wollte, dass ich ihn heirate, je eher, desto besser, sagte er. Und fühlte ich das Gleiche? Er dachte schon, also lass uns heiraten, und was ich davon hielt? Ich wollte sagen, dass ich der Ansicht sei, dass es gemein von ihm war, so etwas zu fragen, ehe ich mein Essen zu mir nehmen konnte. Das hinderte mich am Essen.

Ich glaube noch immer, dass er Unrecht gehabt hatte, so davonzurennen. Er sagte, ich sei diejenige, welche, und all den Kram, und ich machte einen einzigen winzigen Fehler, der mir letztlich half, mir über mein Verhältnis zu ihm klar zu werden, und er rannte nach London davon, verdammt noch mal. Am Schluss war ich mir meiner Gefühle sicherer als er sich seiner.

Was passierte, war, dass ich mit India am Wochenende nach dem Antrag ausging. Ich hätte darüber nachdenken sollen, doch ich konnte nur denken, dass es wie ein Zug war, der nicht anhalten würde. Ich wollte abwarten, bis ich sicher war, dass es der richtige Zug für mich war. Doch das erzählte ich Andrew nicht, nicht sofort jedenfalls. Ich meine, das war etwas, was er wirklich hätte erraten können. Ich war immerhin zwei Jahre jünger als er. Erst vierundzwanzig, ein Baby, ein Kind, und er wollte die Ehe und alles, was damit zusammenhing.

Also ging ich mit India zusammen zum Pinkeln, und ich hatte Sex mit ihrem Bruder Emerson Burke. Es ist wirklich einfach so geschehen, und ich hatte es im Verlauf der Nacht auch nicht geplant. Wir haben miteinander getrunken, und

Emerson kam in den Pub mit seinen Filmemacher-Freunden. Er war das Gegenteil von seiner Schwester. Groß, blond, blauäugig. Hübsch nach Art von Brad Pitt. Ich hatte ein paar Drinks intus, und Emerson und ich steigerten uns in eine intensive Unterhaltung hinein. Er wollte am nächsten Tag nach Buenos Aires fliegen, um dort an irgendeinem Film zu arbeiten. Eine Billigproduktion, düster und bedeutungsvoll, hatte India spöttisch gesagt. Das Gespräch mit Emerson war so, als ob man in eine andere Welt schaute. Eine Welt ohne Hypotheken oder gute Jobs oder Karriereleitern. Oder Heiraten.

Also schlief ich mit ihm, und ich wusste, dass ich, sobald wir fertig waren und ich in seinem dunklen, fremden Schlafzimmer lag, den Boden liebte, nein, anbetete, auf dem Andrew ging, und dass ich ihn nicht nur heiraten wollte, sondern auch wollte, dass wir an der Hüfte zusammenwüchsen. Ich verzehrte mich danach, ihn zu sehen, um ihm zu sagen JA! JA! JA! Also verließ ich Emerson, der in seinem Bett mit Leopardendruck schnarchte, und nahm mir ein Taxi nach Hause zu Andrew.

Doch Andrew war nicht glücklich über meine neu gefundene Wahrheitsliebe. Nun, er war nicht glücklich, auf welche Art und Weise ich die Wahrheit erkannt hatte. Vielleicht hätte ich den Teil über Emerson auslassen sollen. Vielleicht hätte ich ihm einfach erzählen sollen, dass ich die Wahrheit in dem Moment erkannt hatte, als ich für India und mich Drinks an der Bar von Brennan's Pub in der Shannon Street bestellt hatte.

Doch wir hatten uns noch nie belogen, und ich dachte nicht, dass es eine gute Idee wäre, damit in der Nacht zu beginnen, in der ich seinen Heiratsantrag annahm. Also weckte ich ihn in jener Nacht und hüpfte auf das Bett und küsste sein Gesicht und seine wunderbaren Lippen, und er lachte und fragte: »Was ist los, Ellen? Was hast du denn?« Ich erzählte ihm alles über Emerson und so weiter, und er wurde sehr still. Er entzog sich meinen Umarmungen und Küssen und schaute mich mit diesen Augen an, und ich konnte sehen, dass er sich zurückzog, und seine Augen wurden zu Stahl, und sein herrlicher Mund wirkte verletzt und bitter.

Ich flehte: »Andrew, kannst du es nicht verstehen? Ich brauchte das, ich musste mir sicher sein, jetzt bin ich mir sicher, Andrew. Andrew, bitte höre mich an. Ich liebe dich, das kann ich jetzt sagen und dir in die Augen sehen, ich liebe dich, und ich möchte dich mehr als alles in der Welt heiraten. Ist das nicht gut genug?«

Ich streckte die Beine auf der Terrasse aus. Die Lichter von Marbella waren schwächer geworden, und die Grillen hatten zusammengepackt und waren zu Bett gegangen. Mein Gesicht war feucht, und ich spürte, dass ich weinte. Es war, als lebte ich wieder in jener Nacht und versuchte, Andrew zu überzeugen. Doch er war nicht überzeugt. Er schlief auf dem Sofa und war am nächsten Morgen verschwunden, ehe ich aufwachte.

Einen Monat später hörte ich, dass er einen tollen neuen Job in London hatte. Den ganzen Monat über, ehe er wegging, hatte ich versucht, ihn zu erreichen. Ich hinterließ Nachrichten auf seinem Handy, auf seinem Anrufbeantworter, bei seinen Arbeitskollegen. Ich wartete vor seinem Büro, doch er schaffte es immer, mir auszuweichen. Ich hörte eines Tages auf, ihn zu jagen, als India mir sagte, ich erinnere sie an die Frau in *Fatal Attraction* und dass Andrew ein großer arroganter Mistkerl sei und dass es mir ohne ihn viel besser gehen würde. Und das war das Letzte, was ich bis zum vergangenen Monat von Andrew Kenny gehört hatte. Neue Tränen stiegen mir in die Augen, und ich wischte sie mit dem Handrücken fort. Ich musste zäher werden und mich raushalten. Ich war jetzt ein anderer Mensch.

Ich trank den Wein nicht aus, sondern ging zu Bett.

15

Der Donnerstag dämmerte hell und warm und wundervoll herauf, wie jeder Sommertag in Spanien. Ich zog mir eine Caprihose an und flache Schuhe, weil ich wusste, dass der Apartmentbau, den wir heute besichtigen wollten, eine Baustelle war. Ich konnte Andrew in der Küche pfeifen hören. Ein herrlicher Duft nach frisch gebrühtem Kaffee hing in der Luft und nach etwas anderem, etwas Gebackenem.

»Croissants«, sagte er, als ich in die Küche kam, »aber nur die aus der Dose. Ich habe sie im Kühlschrank entdeckt. Und ich habe frischen Orangensaft ausgepresst. Wir werden ein französisches Frühstück in Spanien essen. Hungrig?«

Ich nickte und goss mir Kaffee ein. Er war köstlich. Ich rührte im Kaffee herum, um Andrew nicht in die Augen sehen zu müssen. All die Erinnerungen, die ich in der vergangenen Nacht ausgegraben hatte, waren noch zu frisch in meinem Gedächtnis. Erinnerungen wie das Küssen dieser sinnlichen Lippen und auch schmerzliche Erinnerungen wie der Monat, den ich damit zubrachte, ihn zu jagen, und die Einsamkeit und Verzweiflung, als ich schließlich feststellte, dass ich ihn verloren hatte. Ich schwor mir damals, dass ich es niemals wieder erlauben würde, so verletzlich zu sein.

»Es wird Zeit«, sagte Andrew, und ich sprang vor Angst vom Stuhl auf.

»Für was?«, fragte ich und fasste mich wieder.

»Arbeit, Ellen. Erinnerst du dich an das, was wir tun und wofür Leute uns viel Geld geben, wenn wir es richtig machen?«, fragte er.
Als Antwort warf ich ein Croissant nach ihm, doch er duckte sich und warf sofort eines nach mir, das gegen die Vorderseite meines strahlend weißen T-Shirts prallte.
»Es tut mir Leid, Ellen. Ich wusste nicht, dass ich so ein guter Croissant-Werfer bin«, sagte er lachend, nahm etwas Küchenpapier und kam damit auf mich zu.
»Bleib damit weg von mir, du machst es nur noch schlimmer«, sagte ich.
Er starrte auf meine Brust, und ich wurde verlegen. Meine Brustwarzen beschlossen ausgerechnet in diesem Moment, Haltung anzunehmen. Ich verschränkte die Arme vor meiner Brust und starrte Andrew an.
»Du zerstörst den Anblick, Ellen. Und er hatte mich gerade neugierig gemacht«, sagte er und lächelte das besondere Andrew-Lächeln. Ich liebte ihn. Himmel, nein, was dachte ich denn da? Ich hasste diesen arroganten Kerl.
»Lass uns zur Arbeit gehen«, sagte ich und verschwand, um mein T-Shirt zu wechseln.
Wir fuhren in dem Mercedes mit dem Stoffdach durch Marbella. Andrew war wie ein Kind mit einem neuen Spielzeug, und ich musste zugeben, dass es mir genauso ging. Ich konnte es kaum erwarten, ihn zu fahren, und sagte das Andrew auch.
»Weißt du, Ellen, das ist genau das, was passiert, wenn man in einem rosafarbenen Hyundai durch die Gegend fährt. Du musst mit einem richtigen Auto fahren, damit du wieder weißt, wie das war«, erwiderte er und wandte den Blick nicht von den engen Straßen in Marbellas Altstadt ab.

Ich hätte auf die Bibel schwören können, dass seine Haut schon eine Schattierung dunkler geworden war, nach nur einem Tag in Spanien. Er trug eine Sonnenbrille und ein wasserblaues Hemd, das mit Sicherheit nicht in einem Dunnes-Laden gekauft worden war.

»Nun, das ist ja auch der Grund dafür, dass ich ihn den restlichen Tag fahren werde«, sagte ich.

»Du wirst um den Wagen mit mir kämpfen müssen.«

»Wie denn? Mit einem Wortgefecht? Einem Ringkampf? Schreikampf? Ich würde gern einen Schreikampf führen, denn den würde ich gewinnen, ohne eine Hand zu rühren«, sagte ich und fummelte an dem Autoradio herum. Spanische Musik dröhnte plötzlich aus den Lautsprechern, und wir beide lachten.

»Ringkampf. Ich würde gern mir dir ringen«, sagte er nach einer Minute. »Am Strand, in dieser kleinen Bucht.«

Da ich verlegen wurde, erwiderte ich nichts. Ja, ich sprach überhaupt nicht mehr, bis wir den Apartment-Komplex erreichten, den Gladstone und Richards im tristen, verregneten Shannonside zu verkaufen versuchen würden.

Wir arbeiteten den restlichen Tag lang und aßen nur zur Mittagszeit schnell ein Sandwich. Der Apartment-Komplex *Marina Golf* war ein weitläufiges Gelände mit Aussicht über dem Hafen, doch mit einem ganz neuen Golfplatz dahinter. Es gab einen sehr attraktiven Swimmingpool und ein davon getrenntes Becken für Kinder, das, wie ich wusste, ein großer Pluspunkt bei den Verkaufsverhandlungen sein würde.

Ich fotografierte alles mit einer Digitalkamera, während Andrew in dem kleinen Büro blieb, um die Verträge und die Unterlagen zu überprüfen. Juan war dafür abgestellt worden, uns herumzuführen, und ich war dankbar dafür, dass er es war und nicht Anna, die Flirterin des Jahres.

Juan und ich hatten unseren Rundgang durch den Besitz fast beendet, als Andrew mich auf meinem Handy anrief.

»Probleme, Ellen.«

»Schieß los«, sagte ich, während ich die Zimmer in einem der Studio-Apartments inspizierte. Juan stand neben mir in dem winzigen Badezimmer und grinste von einem Ohr zum anderen.

»Die Verträge sind hier im Büro, und der Anwalt ist auch hier und hält mir seinen Parker-Füller unter die Nase und wartet darauf, dass ich sie unterzeichne. Das Problem ist, dass die Verträge in Spanisch sind. Sie haben vergessen, die endgültige Fassung übersetzen zu lassen.«

»Wir haben eine Ausfertigung in Englisch mitgebracht. Vergleiche die beiden einfach.«

»Das ist ja der Punkt. Sie sehen unterschiedlich aus. Der englische Vertrag scheint mehr Klauseln zu haben. Ich habe Tim angerufen, doch er spielt Golf und ist nicht verfügbar. Pablito sagt, dass ich jetzt unterschreiben müsse, sonst müsste ich bis Montag in Spanien bleiben. Möchtest du nicht einen Blick auf den Vertrag werfen? Wenn du der Ansicht bist, dass er okay ist, dann werde ich unterschreiben.«

»Natürlich möchte ich das, Andy«, sagte ich und verfluchte mich sofort dafür, dass ich seinen Kosenamen verwendet hatte. Aber ich fühlte mich geschmeichelt, dass er meine Meinung hören wollte und dass alles von mir abhing.

Ich schaltete das Handy aus und lächelte Juan an.

»Probleme?«, fragte er noch immer lächelnd.

»Nein, alles ist prima. Ich muss nur in Ihr Büro hinübergehen, um etwas mit meinem Kollegen zu klären, okay?«
»Etwas reinigen? Hat er etwas verschüttet?«, fragte Juan mit diesem riesigen Grinsen. Er konnte weit besser blöde lächeln als ich.
»Nein, alles ist in Ordnung. Das Büro ist unten beim Schwimmbad, nicht wahr?«, fragte ich.
Ich ging durch den kleinen Garten des untersten Apartments zum Büro. Ich betrachtete das Anwesen, während ich dorthin schlenderte, und entschied, dass es eine gute Investition für uns war. Wir würden keine Probleme haben, die Einheiten zu verkaufen, sobald alles fertig gestellt war.
Anna war mit Andrew und einem kahl werdenden spanischen Anwalt in dem Büro. Ich nickte allen grüßend zu und nahm Andrew gegenüber Platz. Er reichte mir wortlos den Vertrag. Ich begann zu lesen und bat Andrew um einen Kugelschreiber. Als ich Notizen auf den Seiten machte, vollführten Anna und der Anwalt akrobatische Verrenkungen, um zu sehen, was ich schrieb, doch ich setzte das blöde Lächeln auf, das Juan und ich perfektioniert hatten.
»Andrew, wir müssen reden. Allein«, sagte ich, als ich mit dem Lesen fertig war. Ich ging mit den Verträgen in der Hand hinaus.
»Was ist los, Ellen? Probleme?«, fragte er, als wir zum Schwimmbad gingen. Wir setzten uns auf zwei Plastikstühle.
»Sie haben den Vertrag geändert, Andrew. Sieh mal, hier, hier und hier, und schau dir die neue Klausel hier an. Du kannst das nicht unterschreiben. Sie bedeutet, dass der Bauunternehmer ungeschoren davonkommt. Keine Gartenanlage, keine technische Ausstattung, keine Fliesen, keine

Arbeiten an der Zufahrt der Anlage. Es könnte Probleme mit den spanischen Behörden geben, wenn diese Arbeiten nicht gemacht werden, und wir müssen dafür haften. Der Bauunternehmer ist Pablito Estates, und normalerweise sind sie dafür verantwortlich.«

»Also was willst du damit sagen? Das ganze Geschäft sausen lassen?«, fragte Andrew und schaute mich gespannt an.

»Überhaupt nicht. Sie versuchen, uns reinzulegen. Geh wieder hinein und sag ihnen, dass wir wollen, dass diese Klauseln gestrichen werden. Und wir möchten, dass unser Englisch sprechender Anwalt in Malaga die Endfassung liest.«

»Das ist alles?«

»Das ist alles. Nur, dass wir dann bis Montag hier bleiben müssen.«

»Ich werde bleiben, Ellen. Sie werden einen von uns im Büro brauchen. Du fliegst morgen wie geplant zurück. Himmel, es könnte sein, dass ich unter diesen Umständen erst am Dienstag nach Hause komme. Ja, das werden wir tun, du kehrst wie geplant nach Hause zurück, und ich werde bleiben und alles klären.«

»Prima«, sagte ich, stand auf und ging zurück ins Büro, um unseren spanischen Kollegen mitzuteilen, dass ihr kleiner Schwindel nicht funktioniert hatte. Ich war jedoch enttäuscht darüber, dass Andrew mich einfach so nach Hause schickte.

Ich hatte keine Lust, zum Apartment zurückzufahren. Ich hatte mich den ganzen Tag in der sengenden Hitze aufgehalten und spürte allmählich die Auswirkungen. Und als Andrew mich fragte, ob ich fahren wollte, lehnte ich ab. Ich setzte mich auf den Beifahrersitz, und als wir zur Autobahn

fuhren, lehnte ich den Kopf zurück und ließ mein Haar in der kühlen Brise wehen. Ich schloss die Augen und begann einzudösen.
Ich wachte abrupt auf, als der Wagen wie wild auf der Autobahn schlingerte.
»Allmächtiger Gott, Andrew, was machst du denn, du Verrückter. Halte an, du bringst uns ja beide um. Halt!«, schrie ich. Dann wurde alles schwarz.

»Ell, Ellen, wach auf. O Ellen, Himmel, wenn etwas Ernsthaftes … Gott, das würde ich mir nie verzeihen … Ellen …«
»Wow!«, sagte ich erschöpft, öffnete die Augen und sah sein Gesicht direkt vor mir. Ich dachte, dass ich tot sei und im Himmel angekommen wäre. Ich war kurz davor, ihn zu küssen, als er anfing, mit mir zu sprechen.
»Ellen, Ellen, wach auf«, sagte der Mund.
»Ich bin wach, Mund, du Dummkopf«, erwiderte ich.
»Was war das, Ellen, dein Mund, ja? Tut dir der Mund weh?«
Ich öffnete die Augen ganz. Um uns herum türmten sich Autos auf, und ich konnte das Geheul von Sirenen hören, als sie auf der Autobahn herbeirasten.
»Ellen, ein Lastwagen hat sich vor uns quer gestellt, und ich musste ausweichen … Himmel, Ellen, ist das Blut auf deinem Gesicht?«
Sein Körper fühlte sich gut an meinem an, und ich konnte ihn wieder riechen, diesen Andrew-Geruch. Ich überlegte, ob ich ihn bitten sollte, mit mir Sex zu haben, gleich hier auf dem Vordersitz des Wagens, doch die spanische Polizei und die Ambulanz trafen genau in diesem Moment ein. Ich

konnte hören, dass Andrew mit der Polizei sprach, als ein Sanitäter meinen Kopf untersuchte. Er sah auf eine dunkle spanische Art sehr gut aus, und ich fragte mich, ob er gerne mit mir Sex haben wollte. Doch dann wirkte er sehr beschäftigt, Und ich wusste tief in mir, dass die Tatsache, dass ich mit jedem Fritz oder Franz Sex haben wollte, ein Symptom meiner Gehirnerschütterung war.

»Es geht Ihnen gut, aber Sie müssen sich röntgen lassen. Wo wohnen Sie?«, fragte der Sanitäter.

»Im Sol Playa«, erwiderte ich.

»Dort gibt es ein kleines Krankenhaus. Sie haben eine Röntgenanlage und eine gute Ärztin, sie ist meine Schwester. Ihr Mann wird Sie dorthin bringen«, sagte der Sanitäter.

»Señor, die Señora muss zum Röntgen. Bringen Sie sie in das private Krankenhaus in der Nähe Ihres Apartments, okay?«

»Señorita«, sagte ich.

»Señorita«, sagte Andrew.

»Si, Señora«, sagte der Sanitäter und winkte uns zum Abschied zu, als er zum nächsten Wagen ging.

»Wir werden sofort in dieses Krankenhaus gehen und dich untersuchen lassen«, sagte Andrew. »Komm, lass mich deine Stirn anschauen.«

Er nahm mein Gesicht sanft in beide Hände und musterte meine Stirn. Er streichelte meine Wange und beugte sich zu mir vor.

»Du wirst leben«, flüsterte er in mein Ohr und zog mich an sich.

Ich umarmte ihn auch, und er gab mir einen leichten Kuss auf meinen Kopf, damit ich es nicht spüren sollte. Doch ich spürte es, und es war schön.

Das Krankenhaus war winzig und leer, und man arbeitet dort äußerst effektiv. Ich war nach einer halben Stunde fertig und hatte vier sterile Pflaster auf einem kleinen Schnitt auf meiner Stirn kleben. Die Ärztin sagte, dass ich in Ordnung sei und mich ausruhen solle und dass es nichts gab, worüber ich mir Sorgen machen musste.

Als wir ins Apartment zurückkehrten, bereitete Andrew mir ein Nest aus Daunendecken und Kissen auf dem Sofa zu. Ich zog mir die Kleider aus, die – wie ich bemerkte – von getrocknetem Blut bedeckt waren. Als ich mich umzog, konnte ich hören, dass er Kaffee kochte.

»Jetzt setz dich hin und bewege dich den restlichen Abend nicht mehr. Du hast gehört, was die Ärztin gesagt hat, Ellen. Setz dich«, befahl er, als ich in einem weißen Bademantel ins Wohnzimmer kam.

Ich machte es mir auf dem Sofa gemütlich und ließ mich von Andrew bemuttern. Es fühlte sich gut an, und der Schock des Unfalls machte sich erst langsam bemerkbar. Mein Kopf tat ein wenig weh, und ich rieb mir die Schläfen.

»Sie haben mir ein paar Schmerztabletten für deinen Kopf gegeben. Hier, nimm eine, bevor der Schmerz richtig einsetzt«, sagte er und holte die Tabletten und ein Glas Wasser.

»Danke, Andrew.«

»Hier ist die Fernbedienung für den Fernseher. Ich lege sie dicht neben dich. Dann musste du in der Nacht keinen Finger heben.«

Er setzte sich zu mir auf das Sofa, legte meine Füße auf seinen Schoß und begann sie sanft zu massieren. Das war ein gefährliches Terrain, doch ich schloss die Augen und genoss es trotzdem. Selbstverständlich schlief ich ein.

Ich erwachte ruckartig. Da der Raum dunkel war, wusste ich, dass ich mindestens ein paar Stunden geschlafen hatte. Eine Notiz lag auf dem Tisch neben mir. Ich nahm sie und las:

Ellen!

Bin unterwegs, um etwas Schönes zum Abendessen zu holen. Sei brav! Andrew

Ich las die Mitteilung noch einmal. Andrew, nicht *in Liebe Andrew* oder *Andy*, einfach nur Andrew. Ich nahm die Fernbedienung und schaltete den Fernseher ein. Verdammt noch mal, Jerry Springer war mir nach Spanien gefolgt. Ich schaute mir Jerrys letztes schreiendes Spiel an, doch ich war so hungrig, dass ich mich nicht konzentrieren konnte. Ich hatte das Gefühl, als wäre Andrew für immer verschwunden. War er nach Tesco zurückgegangen, um Essen zu holen?

Schließlich hörte ich das Knirschen eines Wagens in der Einfahrt. Essen, herrliches Essen. Andrew kam mit zwei Tellern herein, die in Folie eingepackt waren. Der Geruch war köstlich.

»Mach den Tisch dort frei, Ellen, ja, genau so, wirf den Kram einfach auf den Boden.«

»Hm, das riecht hervorragend!«, sagte ich, als er die Folie von den Tellern nahm.

»Warte, steh nicht auf«, sagte er und rannte in die Küche. Er kehrte mit Wein, Gläsern und Besteck zurück.

Wir aßen die köstliche Mahlzeit, für die Andrew ein Vermögen ausgegeben hatte, um sie für uns kochen zu lassen.

»Warte, bis du den Nachtisch siehst«, sagte er, als er sich sein Glas noch einmal mit Wein füllte. Ich verweigerte ein zweites Glas, doch Andrew schien meine erzwungene Abstinenz wettmachen zu wollen.

»Andrew! Du öffnest noch eine Flasche? Es sieht dir gar nicht ähnlich, so viel zu trinken. Das ist doch normalerweise mein Ressort.«

»Eifersüchtig, Ellen?«, fragte er und prostete mir zu, ehe er aus seinem Glas trank.

Ich fuhr fort, meine Meeresfrüchte-Paella zu essen.

»Das ist der Schock, Ellen. Weißt du, es hätte heute dort draußen alles geschehen können, und als ich dich sah, dachte ich, du wärst … tot, und, Gott …«

»Ich bin nicht tot, Andrew. Wir beide sind am Leben und guter Dinge und essen unser Abendessen.«

»Ich weiß, ich weiß. Doch der Wein hilft mir, meine Nerven zu beruhigen. Der Chefkoch, der das Essen im Restaurant kochte, hat mir einen Schuss von irgendetwas gegeben. Etwas, das die Spanier gegen Schock trinken. Meine Hände haben noch immer gezittert …«

Er schaute mich an. Er saß auf dem Boden neben mir, und ich streckte die Hand aus und strich ihm über den Kopf. Er ergriff meine Hand, drehte sie herum und küsste die Handfläche. Dann küsste er jeden Finger einzeln, bis ich dachte, ich würde gleich aufschreien vor Verlangen nach ihm. In der ganzen Zeit ließ er mich nicht mehr aus den Augen.

»O Gott, Andrew …«

Er sagte nichts und küsste einfach meine Finger. Er hatte noch immer nicht aufgehört, mich anzusehen. Das war unglaublich sexy, und ich wusste, dass meine Gehirnerschütterung damit nichts zu tun hatte. Nein, es war Andrew, der sexy, aufreizende und wundervolle Andrew, den ich so gut kannte.

Danach geschah alles sehr schnell. So, als ob wir beide eine lange Zeit gehungert hätten und wir uns gegenseitig so schnell wie möglich nähren müssten. Wir landeten auf dem Fußboden und liebten uns auf wilde halsbrecherische Weise. Vage dachte ich zu irgendeinem Zeitpunkt an Empfängnisverhütung, doch ich wurde zu sehr von Andrew mitgerissen, um mich wirklich zu kümmern, wirklich etwas dafür zu tun. Ich konzentrierte mich auf Andrew und darauf, wie sehr sein Körper für meinen geschaffen war. Wir erreichten den Höhepunkt gemeinsam, perfekt, wunderbar und spektakulär. Ich hätte schwören können, dass eine Blechbläser-Band im gleichen Raum spielte, die uns anfeuerte. Doch ich glaube, dass sich das nur in meinem Kopf abspielte. Wir hielten uns anschließend eng umarmt, und unsere Körper waren ein Gewirr aus verschwitzter Befriedigung auf dem kalten gefliesten Boden im Wohnzimmer. Ich hatte Angst, mich zu bewegen oder zu sprechen, falls es nur ein herrlicher Traum gewesen war.

»Gott, Ellen … es tut mir Leid … ich wollte es … du …«

»Ich wollte es auch, Andrew«, sagte ich und küsste ihn auf den Mund, dann küsste ich sein Ohr und seinen Hals und wieder den wundervollen Mund. Immer wieder zurück zu diesen Lippen. Und dann liebten wir uns wirklich, nahmen uns Zeit und genossen jeden Moment. Wir hatten einen langsamen und fast quälenden Sex, den nur Verliebte haben können. Sex, den ich Gott weiß wie lange nicht gehabt hatte, nun ja, eigentlich nicht mehr, seit Andrew nach London gegangen war.

»Nachtisch«, sagte ich, als wir im Nachglühen der Liebe badeten. »War das der Nachtisch? Wenn ja, dann schlägt das jeden Käsekuchen um Längen.«

Andrew streichelte meinen Nacken. »Nein, der Nachtisch ist

im Auto«, sagte er und ließ seine Hände über meinen Körper wandern.

»Dann hol ihn«, sagte ich und küsste ihn langsam. Wir lagen noch immer auf dem Fliesenboden, doch einer von uns hatte es geschafft, eine Daunendecke unter uns zu ziehen.

»Ich werde den Nachtisch holen, wenn du heute Nacht in meinem Bett schläfst.«

»Das ist Erpressung, Andrew.«

»Ja, ich weiß. Aber ist Erpressung nicht hin und wieder großartig?« Er drückte einen Kuss auf mein Ohr.

»Ich werde dir einen Handel vorschlagen. Du schläfst in meinem Bett.«

»Handel.«

»Du bist eine Schlampe, Andrew, weißt du das? Ein lockerer Knabe, eine männliche Schlampe.«

»Wirst du jetzt unanständig? Wir passen perfekt zusammen. Eine männliche Schlampe und eine weibliche Schlampe.«

»Nachtisch jetzt sofort, oder der Handel ist gelaufen.«

Andrew lächelte und stand auf. Er suchte in dem Gewirr aus Kleidern und Kissen nach seiner Hose. Ich sah zu, wie er sie über seine langen schlanken Beine zog. Er hatte mir den Rücken zugedreht, und ich war froh darüber. Er hatte einen tollen Hintern.

»Ich glaube, dass die weibliche Schlampe mit mir liebäugelt … stimmt's?«, sagte er und drehte sich schnell um.

Ich schloss die Augen und tat so, als schliefe ich.

»Du solltest glücklich sein«, sagte ich mit geschlossenen Augen.

»Das bin ich, Ellen, das bin ich«, flüsterte er, ging hinaus zum Auto und kam mit einer Schachtel zurück.

»Ta-ta! Nachtisch, Ellen, dein liebster«, sagte er und kniete sich neben mir nieder und reichte mir die schlichte, cremefarbene Schachtel.

»Schokoladenkuchen, Eis, nein, kein Eis, Pavlova, Windbeutel«, riet ich und löste die blaue Schnur. In der Schachtel befand sich ein Paar exquisitester Sandalen, die ich je gesehen hatte. Blasses kamelhaarfarbenes Leder, weich wie Baumwolle mit einem niedrigen Absatz. Und eine riesige Dose Kakao.

»Andrew, sie sind fantastisch. Wirklich fantastisch«, sagte ich und nahm die Schuhe heraus. Ich umarmte ihn.

»Ich liebe dich, Ellen.«

»Ich liebe dich auch, Andrew.«

Ich war begeistert von den Schuhen, doch in Wirklichkeit war ich noch begeisterter von der Tatsache, dass Andrew sich daran erinnert hatte, wie sehr ich Kakao liebte und dass dieser ein todsicheres Mittel war, um mich aufzuheitern, egal, um was es ging. Ich schmiegte meinen Kopf an seine nackte Brust. Tränen stiegen mir in die Augen, aber ich wollte nicht weinen. Ich war zu glücklich. Und der Gedanke, in Andrews Armen einzuschlafen, machte mich noch weit glücklicher.

Mitten in der Nacht wachte ich plötzlich auf. Ich war einen Moment lang verwirrt, bis sich meine Augen an die Dunkelheit gewöhnt hatten. Ich konnte Andrews Atem neben mir hören, und ich setzte mich vorsichtig auf, um ihn zu betrachten. Ich konnte die Umrisse seines Gesicht gegen das weiße Kissen erkennen. Er war mit dem Gesicht zu mir auf der Seite eingeschlafen, und sein langer nackter Körper war nur von einem Laken bedeckt. Ich hatte früher Andrew sehr oft im Schlaf beobachtet, wenn ich selber nicht einschlafen konnte. Doch heute Nacht war es anders.

Es war, als hätte ich ihn nie zuvor gesehen. Ich musterte das Gesicht vor mir und das dunkle zerzauste Haar. Er hatte perfekt geformte Augenbrauen, und ich fragte mich, ob er sie sich zupfte. Ich lachte leise bei diesem Gedanken. Andrew bewegte sich und streckte seinen Körper aus, während er sich gleichzeitig auf den Rücken drehte. Sein Profil sah eckig aus und wie gemeißelt in diesem morgendlichen Zwielicht. Ich beugte mich vor und küsste ihn leicht auf den Mund, damit ich ihn nicht aufweckte. Sekunden später rollten wir im Bett herum. Diese Sexgeschichte entpuppte sich langsam als unwiderstehlich. Für uns beide.

Wir frühstückten gemütlich auf der Terrasse, und Andrew wollte mich gleich nach dem Frühstück und nachdem ich gepackt hatte, zum Flughafen fahren. Es war schon warm, und ich bewunderte den Anblick, während ich meinen Toast mit Honig aß. Den Anblick von Andrew, meine ich, doch die Landschaft war auch ziemlich spektakulär. Ich wollte ihn noch immer berühren, und ich musste auf meinen alten Trick zurückgreifen und mich auf meine Hände setzen. Wann immer wir jedoch aneinander vorbeistrichen, schienen wir wieder beim Sex zu landen, und das würde nicht mehr möglich sein, sobald wir in die harte Realität von Limerick zurückgekehrt waren.

»Das Hemd, das du trägst, Ellen, ist meines«, sagte Andrew, als er Honig auf seinem letzten Stück Toast verteilte. »Die Farbe steht dir wirklich gut.«

»Ja, aber entschuldige den Butterfleck. Mein Toast hat gekleckert«, sagte ich und beäugte sein Toastbrot.

»Das macht nichts. Ich habe es bei Penney gekauft, es war richtig billig«, sagte er und biss knirschend in seinen Toast.

Ich schlürfte meinen Kaffee und sah ihm über den Rand meiner Tasse beim Essen zu. Ich war wahnsinnig verliebt in ihn, und ich würde das nicht wieder leugnen. Ich wusste, dass wir noch vieles besprechen mussten, doch das kümmerte mich nicht. Ich wusste einfach, dass ich ihn liebte, und das war mir im Augenblick genug.

»Wir müssen miteinander reden«, sagte er, als könnte er meine Gedanken lesen. »Ich muss wirklich … es gibt etwas, das ich …«

»Nein, Andrew, nicht jetzt und nicht hier, weil wir damit alles zerstören. Wir werden zu Hause noch viel Zeit zum Reden haben.«

»Nein, Ellen, ich möchte dir etwas sagen, etwas erklären. Ich möchte nicht, dass du …«

Mein Handy, das neben mir auf dem Tisch lag, klingelte. Andrew schwieg und schaute zum Meer hinüber. Ich schaute auf das erleuchtete Display meines Handys. Tony.

Noch ehe ich überlegen konnte, hatte ich es schon am Ohr.

»Hi, Ellen.«

»Hi, Tony.« Ich senkte die Stimme, doch Andrew hatte es gehört. Ich sah, dass sich sein Körper eine Sekunde lang anspannte.

»Noch in Spanien?«

»Ja, noch in London?«

»Ja. Ich rufe nur an, um zu hören, wie es dir geht …«

»Mir geht es gut.«

»Ich vermisse dich wie verrückt.«

»Ja.«

Trotz allem, was mit Andrew geschehen war, konnte Tonys

Stimme noch immer meine Eingeweide in Gelee verwandeln. Was hatte dieser Kerl an sich?

»Ist jemand bei dir? Oder bist du in einer Sitzung? Himmel, entschuldige mich eine Minute, Ellen … Hör mal, ich muss ohnehin Schluss machen und kann es kaum erwarten, dich wiederzusehen.«

Er beendete das Gespräch. Ich lächelte Andrew an und verdammte mich dafür, den Anruf überhaupt angenommen zu haben. Und auch dafür, dass ich Tonys Namen ausgesprochen hatte. Dann dachte ich, was soll's, ich hatte das Lügen satt, und dies hier war eine neue Ära für Andrew und mich.

»Das war Tony Jordan.«

»Ach wirklich?«

»Er hat nur angerufen, weil er wissen wollte, wie es mir geht und so was …«

»Ach wirklich?«

»Vergiss Tony Jordan. Es war nichts zwischen Tony und mir, und jetzt passiert mit Sicherheit nichts mehr, nach allem, was mit uns hier geschehen ist.«

»Ich möchte das wirklich glauben, Ellen. Aber es war eindeutig etwas zwischen euch beiden im River Club am letzten Freitagabend. Ich meine, es geht mich ja überhaupt nichts an …«

»Ich hoffe, verdammt noch mal, dass dich das etwas angeht, Andrew«, sagte ich, stand auf und setzte mich auf seinen Schoß. Und dann mussten wir einfach wieder Sex miteinander haben, diesmal im Whirlpool. Man sagt, dass die Zeit verfliegt, wenn man Spaß hat. Nun, das ist wahr, denn wir kamen am Flughafen so spät an, dass uns nur noch Minuten blieben.

Wir lachten und küssen und umarmten uns an dem Abflug-Terminal, sehr zum Vergnügen des Flughafenpersonals. Sie klatschten, als ich mich schließlich von Andrew löste und über den Laufgang in Richtung des Flugzeugs rannte.

Ich setzte mich auf meinem Platz und genoss das Gefühl in mir, dieses wunderbare Gefühl, wahnsinnig verliebt zu sein. Als der Steward uns aufforderte, unsere Sicherheitsgurte anzulegen, fiel mir auf, dass ich in der Eile, mich anzuziehen, vergessen hatte, mir einen Schlüpfer anzuziehen. Ich lachte laut auf.

16

Ich war nach Spanien so erschöpft, dass ich den gesamten Samstag verschlief und nur für kurze Ausflüge in die Küche und ins Badezimmer aufwachte. Am Sonntag lag ich im Apartment, schaute fern und dachte über das nach, was mit Andrew geschehen war. All die Gefühle, die ich für ihn hatte, schienen ausgebrochen zu sein und überfluteten mein Herz, meinen Geist und meinen Körper.

Ich wollte India und Ruth davon berichten, doch irgendwie war ich noch nicht dazu bereit, selbst mit meinen besten Freundinnen darüber zu sprechen. Und da sie sowieso nicht wussten, dass ich aus Spanien zurück war, rief ich einfach niemanden an. Stattdessen erzählte ich Joey die ganze Geschichte, während ich ein getoastetes Käsesandwich aß.

Er hörte aufmerksam zu und unterbrach mich auch nicht – was mir an Katzen so gut gefällt – und schnurrte ununterbrochen.

»Also, Joey«, sagte ich, als wir uns auf der Couch zusammenkuschelten und uns Wiederholungen von Oprah anschauten, »ich glaube, dass ich Andrew die ganze Zeit über geliebt habe – kannst du dir das vorstellen?«

Joey schaute mich an und blinzelte langsam, als ich seinen großen gestreiften Kopf streichelte.

»Ich weiß nicht, warum ich jemals daran gezweifelt habe, oder an ihm. Ich weiß nicht einmal, warum ich so empfinde – es ist einfach so, und ich kann offenbar nichts daran ändern. Und ich möchte auch nichts daran ändern, vermute ich mal.«

Joeys Augen begannen sich langsam zu schließen, während ich ihn streichelte und mit ihm sprach.

»Ich weiß nicht, was geschehen wird, wenn er morgen Abend nach Hause kommt, doch irgendwie bin ich mir sicher, dass sich alles gut anlassen wird, Joey. Ich glaube diesmal, dass sich alles zum Guten wenden wird.«

Joey begann zu schnarchen, und mein Handy klingelte. Ich nahm es hoch und sah den Namen auf dem Display. Tony. Ich konnte doch diesen Anruf nicht annehmen, oder? Immerhin waren Andrew und ich wieder zusammen, und Tony war nur eine sehr attraktive Ablenkung gewesen, oder nicht? Das Handy klingelte noch immer. Andererseits wäre es unhöflich, den Anruf nicht anzunehmen, da ich nur herumsaß. Was konnte ein Gespräch schon ausmachen?

»Hallo?«, sagte ich.

»Ellen.«

»Tony.«

»Wie geht es dir?«

Wie ging es mir? Großartig, bis ich seine Stimme hörte. Großartig und entschlossen und glücklich über die Aussicht, mein Leben mit Andrew zu bewerkstelligen – bis ich Tonys Stimme hörte.

»Ellen?«

»Ja?«

»Geht es dir gut? Bist du zu Hause oder bist du noch immer in Spanien?«

»Ich habe mich hier auf dem Sofa mit Joey zusammengerollt.«

»Ich liebe dieses Sofa, und ich erinnere mich gut daran, und da ich gerade daran denke – hatten wir nicht irgendetwas Unvollendetes auf diesem Sofa gehabt?«

Ich lachte.

»Also?«, fragte Tony. »Wie wäre es, wenn ich zu dir käme und wir würden das beenden, was wir begonnen haben?«

In jenem Augenblick schien das eine großartige Idee zu sein, doch es gab ja noch Andrew. Welche Wirkung Tony Jordan auch immer auf mich haben mochte, es war Lust und nicht Liebe, oder? Das war das Einzige, das irgendeinen Sinn ergab. Was ich an Andrew hatte, war es wert, bewahrt zu werden, und ich würde es nicht fortwerfen – egal, wie verführerisch die Aussicht von Tony auf meinem Sofa auch sein mochte.

»Nicht heute Abend«, war alles, was ich herausbrachte.

»Wäschst du dir die Haare?«

»Nein, Tony. Ich wasche die Katze.«

Tony lachte. »Dann zu einer anderen Zeit, ja?«

»Bestimmt«, sagte ich, ehe ich mich bremsen konnte.

»Großartig«, erwiderte er und beendete das Gespräch, noch ehe ich es zurücknehmen konnte.

Ich trottete in die Küche und machte mir Kakao und Toast und überzeugte mich selbst davon, dass ich nicht gerade ein Treffen vereinbart hatte für ein Rendezvous mit Tony Jordan. Was ich gesagt hatte, konnte alles bedeuten, oder nicht? Und ich hatte zumindest der Versuchung widerstanden, ihn auf der Stelle zu sehen. Joey schnaubte, als ich ihn zur Seite schob. Ich trank meinen Kakao, drehte die Lautstärke von Oprah herunter und dachte über Spanien nach. Wieder mal.

»Hör mal, Joey, ich weiß, was du denkst, und du hast Recht.

Andrew und ich müssen über einige Dinge sprechen, und ich vermute, dass es auch um Tony geht und um alles andere. Und Tony *ist* sexy – du selbst magst Tony sehr, nicht wahr, Joey. Aber, Joey, ich vermute, dass der Unterschied darin liegt, dass ich Andrew liebe. Und ich vermute, dass das letztendlich einen großen Unterschied macht.«

Und dann konnte ich nicht weitersprechen, weil ich wieder kurz vor dem Einschlafen war. Ich war völlig erschöpft nach Spanien. Vielleicht von der Arbeit und der Hitze und dem Autounfall und dem Sex und der Tatsache, dass meine Periode fällig war. Oder vielleicht sogar überfällig, dachte ich erschöpft, als ich Joey unter den Arm nahm und zurück zum Bett ging. All diese Dinge, dachte ich, als ich in den Schlaf hinüberglitt, all diese Dinge machten einen müde.

Ich erwachte am nächsten Morgen von dem Geräusch des Regens. Irgendwie war ich froh darüber, dass es regnete. Ich duschte und aß etwas und suchte am Boden meines Kleiderschranks nach einem Regenmantel und in meinem Wagen nach einem Schirm, und dann brach ich zu der langsamen verregneten Fahrt zur Arbeit auf. Unweigerlich war mein Kopf voller Gedanken an Andrew. Und ich war aufgeregt und ein wenig ängstlich über das, was geschehen könnte, wenn er zurückkam und wir uns in der kalten verregneten Realität unseres Lebens gegenüberstanden. Aber in Wahrheit war ich eher aufgeregt als ängstlich.

Ich parkte den rosafarbenen Hyundai – der mir mittlerweile außerordentlich gut gefiel – im Parkhaus der Firma und rannte durch den sintflutartigen Regen ins Haus. »Hazeldene«, dachte ich, als ich durch die Pfützen patschte. Nun, da ich wieder zur Arbeit kam, musste ich mich um »Hazeldene«

kümmern. Molly beachtete mich kaum, als ich an ihrem Schreibtisch vorbeieilte, doch das kümmerte mich nicht. Mich kümmerte überhaupt nichts. Nicht der Regen, nicht die Tatsache, dass mein Wagen rosa war oder dass ich noch immer erschöpft war, obwohl ich ein ganzes Wochenende verschlafen hatte. In mir sang ein neues glückliches Gefühl, und nichts, das außerhalb von mir geschehen würde, konnte das zerstören. Das dachte ich jedenfalls.

Ich musste mit einigen Bietern für »Hazeldene« telefonieren und herausfinden, ob ich irgendetwas in Gang setzen konnte. Vielleicht würde ich das perfekte Paar – die Andersons – zuerst anrufen. Ich fühle eine Art unvernünftiger Treue den Andersons gegenüber, die an dem Haus festgehalten hatten, trotz meiner Bemühungen, sie auszuschalten. Ich öffnete die Schublade, um die »Hazeldene«-Akte herauszunehmen. Sie war nicht da. Das war seltsam. Ich durchsuchte die anderen Schubladen. Verrückt, wie ich war, war ich normalerweise sehr ordentlich darin, meine Arbeitsunterlagen zu archivieren. Nichts.

Ich stand auf und ging quer durch das offene Büro zu Mollys Schreibtisch. Molly schrieb am Computer und hob den Kopf nicht, als ich mich ihr näherte.

»Molly?«

Langsam, als schwämme sie durch Honig, drehte Molly den Kopf und schaute in meine Richtung.

»Ja?«

»Molly, haben Sie die ›Hazeldene-Akte‹ gesehen?«

»›Hazeldene‹?«

»Ja, ›Hazeldene‹. Sie scheint nicht in meinem Schreibtisch zu sein. Ich frage mich, ob vielleicht jemand etwas in der Akte nachschauen musste oder was auch immer, während ich in Spanien war?«

Molly lächelte mich an, und mein Herz blieb fast stehen.

»Wie *war* Spanien? Ich habe Sie das noch gar nicht gefragt. Hatten Sie eine tolle Zeit?«

»Es war schön, Molly. Es war Arbeit. Aber ja, es ist ein schöner Ort, und ich hatte tatsächlich eine wunderbare Zeit, wie es nun mal so ist.«

»Gut, gut.«

Molly drehte den Kopf weg und begann wieder zu tippen.

»Molly? ›Hazeldene‹? Haben Sie eine Ahnung, wo ich die Akte finden kann?«

Molly schlug mit ihren in der Farbe eines Orangensorbets lackierten Nägeln auf die Computertasten. »Hm. Vielleicht liegt sie auf Ryans Schreibtisch. Ich glaube, das könnte das Objekt sein, das er am Freitag verkauft hat, jetzt, da Sie es erwähnen.«

Ich schaute Mollys Profil an und sah, dass etwas von dem passenden Orangensorbet-Lippenstift im Winkel ihres schmallippigen Mundes zusammenlief.

»Er kann ›Hazeldene‹ nicht verkauft haben«, sagte ich, als mir die Panik in die Eingeweide fuhr. »Es war mein Objekt, Molly. Er kann es nicht verkauft haben.«

Molly zuckte mit den Schultern und tippte schneller. Ich ging zu Ryans Schreibtisch und zog die Aktenschublade auf, und die erste Akte, die ich sah, war die »Hazeldene«-Akte. *Meine* »Hazeldene«-Akte. Ich zog sie heraus und klappte sie auf, und dort stand schwarz auf weiß das Wort, das bedeutete, dass Ryan sterben musste. VERKAUFT. Wer, in Gottes Namen, war Robert White? Ich hatte noch nie von ihm gehört, und wie konnte er es schaffen, einfach hereingetanzt zu kommen und »Hazeldene« zu kaufen, während ich fort war? Die Bürotür öffnete sich, und ich schaute auf in Ryans hässliches Gesicht, das auf mich zukam.

»Ellen! Zurück aus Spanien. Wir war es? *Hasta la vista, Baby, ha?*«

Ich atmete tief durch und widerstand dem Drang, seinem knochigen Kinn eine zu verpassen.

»Ryan. Haben Sie die Möglichkeit, mit mir für eine Minute in die Küche zu gehen?«

Das Lächeln auf Ryans Gesicht flatterte, und seine Augen weiteten sich.

»Jetzt«, sagte ich und klopfte mit der »Hazeldene«-Akte gegen die Kante seines Schreibtischs und starrte ihn an, ehe ich mich zum Gehen wandte. Ich stieß die Küchentür auf und riss sie dabei fast aus den Angeln, und dann stand ich in dem kleinen Viereck und atmete tief ein. Ich war sicher, dass Ryan draußen war und die Optionen abwog. Stelle ich mich Ellen in der Küche, oder stelle ich mich Ellen in der Öffentlichkeit? Er kam zur Tür hereinmarschiert. Ich wusste, dass er das tun würde, dieser Feigling.

»Ellen! Ganz schön großer Wetterunterschied, was? Ich wette, Sie waren traurig, dass Sie nicht in Spanien bleiben konnten. Sie wären niemals nach Hause gekommen, wenn Sie gewusst hätten, dass Sie in das hier heimkommen würden, nicht wahr?«

»Das hier?«, fragte ich.

»Das Wetter. Der Regen, Gott, er macht die paar trockenen Wochen mehr als wett, nicht wahr? Fluten überall …«

»Oh, der Regen. Ich dachte, Sie meinten etwas anderes.

Etwas in der Art, ich weiß nicht genau, lassen sie mich nachdenken … ja, das ist es – kleine Scheißkerle hinterrücks erstechen, die mir meine Geschäfte stehlen …«
»Also, Ellen …«
»Unterlassen Sie das ›also Ellen‹, Sie kleiner Mistkerl! Ich habe die ganze Arbeit für diesen Verkauf gemacht, und dann kommen Sie … Sie …, sobald ich aus dem Weg bin, und reißen sich mein Objekt unter den Nagel. Ich kann es nicht glauben, selbst bei Ihnen nicht, Ryan.«
»Hören Sie, beruhigen Sie sich. Robert White erschien am vergangenen Donnerstag auf dem Schauplatz, überbot alle, und Sie waren in Spanien. Was hätte ich Ihrer Meinung nach tun sollen, Ellen?«
»Ihm vielleicht sagen, dass ich in ein paar Tagen zurück sein würde? Sich von Tim meine Nummer geben lassen und mich in Spanien anrufen? Ich weiß es nicht, Ryan, aber ich habe nicht erwartet, dass Sie solch ein hinterhältiger kleiner Mistkerl sind.«
»Das ist kein Grund für so eine Wortwahl, Ellen …«
»Ich würde Ihren hinterhältigen kleinen Arsch gern an Tim Gladstone verkaufen.«
»Und was würden Sie sagen, Ellen?«, fragte Ryan, während das Lächeln von seinem Gesicht verschwand und von einem harten Blick ersetzt wurde, den ich nie zuvor bemerkt hatte. »Dass Sie mit diesen Leuten wochenlang verhandelt haben und dass *ich* derjenige war, dem es gelungen war, dieses Geschäft zum Abschluss zu bringen?«
Ich schnappte nach Luft. »Meine Katze hätte dieses Geschäft unter Dach und Fach bringen können, Ryan. Sie sind vor Ungeduld fast geplatzt.«

»Wirklich? Das sagen Sie. Wie auch immer, Ellen, ob es Ihnen nun gefällt oder nicht, jetzt ist es abgeschlossen. Verkauft. Und ich war derjenige, der es geschafft hat, das Ganze zu Ende zu bringen.«

»Für ungefähr fünftausend weniger, als ich aus ihnen herausgeleiert hätte. Vor allem, wenn es einen neuen Bieter gegeben hätte.«

Ryan zuckte mit den Schultern und stand so aufrecht da, dass er aussah, als hinge sein Anzug an einer sehr großen und sehr mageren Vogelscheuche. »Das ist Ihre Meinung, Ellen. Wie auch immer, Ellen, ich habe zu tun. Wir sehen uns.«

Ryan marschierte zur Tür hinaus, und ich starrte ihm nach. Dieser wehleidige kleine Mistkerl hatte mir mein Geschäft und meine Provision gestohlen. Und es gab, verdammt noch mal, nichts, was ich dagegen tun konnte. Tränen der Enttäuschung brannten mir in den Augen, und ich hatte gute Lust, die Küche zu zertrümmern. Wenn ich doch bloß nicht nach Spanien gefahren wäre ... doch wenn ich es nicht getan hätte, wären die Dinge zwischen Andrew und mir nicht geklärt worden – oder zumindest halb geklärt. Das war es, wenigstens das. Die Arbeit war schließlich nur die Arbeit, und man musste noch viele Stunden seines Lebens verbringen, und es war ja wohl wichtiger, dass dort alles in Ordnung war? Allerdings gab es noch diesen kleinen Bastard ... ich konnte mir vorstellen, wie ich ihm seinen dürren Hals umdrehte. Meine Periode hatte noch immer nicht eingesetzt, also dachte ich mir, dass wenn ich Ryan erstechen oder ihn mit dem rosafarbenen Hyundai rückwärts überfahren würde, ich ein hormonelles Ungleichgewicht geltend machen könnte. Was für ein kleiner Widerling, ich konnte es einfach nicht glauben, dass er so etwas tun würde. Zumindest schien er mir die Honan Terrace nicht gestohlen zu haben. Oder doch? Ich dachte, dass ich besser überprüfen sollte, ob die Akte noch dort war, wo ich sie hinterlassen hatte.

Als ich zurück ins Büro ging, war Ryan nirgendwo zu sehen, und ausnahmsweise auch Molly nicht. Sie musste weggegangen sein, um ihren Liebling zu trösten, dachte ich, während ich die Aktenschublade nach der Honan-Terrace-Akte durchsuchte. Sie war noch da.

»Entschuldigung?«, sagte eine weibliche Stimme hinter mir.

Ich schaute auf. Eine Frau mit einem strahlenden Gesicht und weit auseinander stehenden, blauen Augen und blondem lockigem Haar stand mitten im Raum und hatte ein zappelndes kleines Mädchen auf dem Arm.

»Hallo«, sagte ich, »kann ich Ihnen helfen?«

Die Frau lächelte, während sie das Kind auf dem Boden vor ihren Füßen absetzte und nach einem rundlichen Handgelenk griff.

»Ich wüsste gern, ob Andrew Kenny im Haus ist?«

Ich schüttelte den Kopf. »Tut mir Leid, aber er ist verreist. Soweit ich weiß, wird er morgen wieder hier sein. Kann ich Ihnen behilflich sein?«

Die Frau runzelte die Stirn und legte eine Hand an ihre Wange. »O je«, sagte sie und runzelte die Stirn, als sie sich konzentrierte. Das kleine Mädchen schrie, und die Frau beugte sich hinab und hob es hoch. Das kleine Mädchen verbarg seinen dunklen Kopf an der Schulter der Mutter.

»Vielleicht könnte ich ja etwas für Sie tun?«

Die Frau lächelte. »Entschuldigung, Entschuldigung, ich bin einfach ein wenig verwirrt, das ist alles. Ich war mir sicher, dass Andrew hier sein würde, doch das ist wirklich mein eigener Fehler. Ich hätte in der vergangenen Woche hierher kommen sollen. Er rief mich vor seiner Abfahrt an, doch ich war mir sicher, dass noch viel Zeit wäre …«

Die Tür zu Tim Gladstones Büro öffnete sich, und er trat in unser Großraumbüro heraus.

»Linda?«, fragte er.

Die blonde Frau drehte sich um. »Tim! Wunderbar, dich zu sehen.«

»Linda! Wie geht es dir, und ist das die kleine Katie? Meine Güte, ist sie gewachsen. Ist alles in Ordnung? Andrew ist noch in Spanien.«

Die Frau, die Linda hieß, ging zu Tim Gladstone hinüber und umarmte ihn. Tim strich mit einer Fingerspitze über Katies Babygesicht.

»Ich weiß«, sagte die Frau, »diese Dame …«

»Ellen«, half Tim.

Die Frau drehte sich um und lächelte mich an. »Ja, Ellen hat mir freundlicherweise angeboten, mir zu helfen, doch ich fürchte, dass nichts unternommen werden kann. Ich muss Katies unterschriebenes Passformular so schnell wie möglich haben, sonst werden wir nichts mehr rechtzeitig erledigen können.«

»Du fliegst nach Amerika, nicht wahr?«, fragte Tim.

Linda nickte. »Ich kann kaum glauben, dass ich so blöd war.«

»Und du brauchst Andrews Unterschrift? Und es gibt keine andere Möglichkeit?«

Linda schüttelte den Kopf. »Es sei denn, ich gehe zum Gericht, doch warum sollte ich das tun? Mir all diesen Ärger aufzuhalsen, da Katies Vater hier lebt und bereit ist, ihr

Passformular zu unterschreiben. Wenn ich doch bloß nicht so viel um die Ohren gehabt und das Formular in der letzten Woche zur Unterschrift hergebracht hätte.«

»Pass mal auf, geh in mein Büro, und wir werden sehen, ob wir Andrew erreichen können«, sagte Tim Gladstone. »Ach, Ellen, da ich gerade daran denke. Es gibt am Donnerstagabend eine wichtige Veranstaltung – eine geschäftliche Sache. Ich möchte gern, dass Sie kommen. Die neue Unternehmung, an der wir gearbeitet haben, soll vorgestellt werden. Es geht da hauptsächlich um Netzwerkarbeit – um die neuen Kunden kennen zu lernen, doch vielleicht macht Ihnen das ja Spaß. Ziehen Sie Ihr Sonntagskleid an und amüsieren Sie sich. Werden Sie kommen können?«

Ich starrte ihn an und versuchte, einen Sinn in seinen Worten zu erkennen. »Sicher«, sagte ich und hatte keine Ahnung, um was er mich gebeten hatte. »Kein Problem.«

»Prima. Das Metropol. Gegen acht, denke ich. Wir sprechen später darüber. Ich muss jetzt mit Linda reden.«

Ich nickte, als Tim Gladstone in sein Büro und zu der Fremden und ihrem Baby ging. Ihre Unterhaltung wirbelte in meinem Kopf herum, und ich hatte das Gefühl, als verließe das Blut meinen Körper, als die Worte langsam einen Sinn ergaben. Katies Vater? Andrew? Andrew war Katies Vater? Nun, das würde das schwarzhaarige Baby mit der blonden Mutter erklären. Und das würde auch erklären, warum mir dieses kleine Mädchen so vertraut vorkam. Mein Leben schien um mich herum zu zerfallen wie die Trümmer eines zerbombten Gebäudes. Ryan hatte mir meine Arbeit gestohlen, und nun auch noch das …

17

Ich blieb ein paar Sekunden lang dort stehen, wo ich war, wie festgenagelt auf dem Teppich vor Ryans Schreibtisch, durch das schiere Gewicht dessen, was ich gerade gehört hatte. Plötzlich hob sich mein Magen, und ich rannte zur Toilette und hatte kaum Zeit, die Kabine zu verriegeln, ehe ich mich übergab. Kein Wunder, dass Andrew nach Hause zurückgekommen war. Er hatte eine Freundin und ein Baby, und er – diese Ratte – zog mit Davina Blake herum –, ganz zu schweigen davon, dass er mit mir geschlafen hatte und sich benommen hatte, als ob er mich liebte ... Ich übergab mich noch einmal. Mistkerl. Elender, elender Mistkerl.

Sobald ich sicher war, dass ich mich nicht mehr übergeben musste, kehrte ich in das Großraumbüro zurück. Meine Knie zitterten, und ich wollte nicht unbedingt weinen, sondern so laut, wie ich konnte, schreien. Molly war wieder an ihren Schreibtisch zurückgekehrt und tippte wie wild, und Ryan war nirgends zu sehen. Ich ging zu Mollys Schreibtisch und lehnte mich schwer dagegen.

»Molly«, sagte ich.

Und ausnahmsweise schaute sie mich sofort an, und ich hatte den Eindruck, als sähe ich so etwas wie Mitgefühl in ihren Augen, deren Lider avocadogrün geschminkt waren.

»Sie sehen entsetzlich aus, Ellen.«

Ich lächelte. »Danke. Genauso fühle ich mich auch. Ich muss

nach Hause gehen, Molly. Ich glaube nicht, dass ich heute arbeitsfähig bin. Könnten Sie das Tim sagen und meine Termine umlegen?«

Molly nickte. »Kein Problem.«

Ich wandte mich um und ging zur Tür.

»Ellen?«

Ich drehte mich um.

»Alle Kunden, denen ich keine neuen Termin geben kann, gebe ich an Andrea weiter, wir wollen uns im Augenblick nicht mit Ryan befassen, geht das klar?«

Meine Augen füllten sich mit Tränen. Molly war nett zu mir. Ich musste kurz vor dem Sterben sein.

»Danke, Molly«, sagte ich und entkam, noch ehe ich zu weinen begann.

Und ich schaffte es gerade noch. Ich hatte das Parkhaus halb durchquert, als die Tränen kamen. Heiße Tränen der Enttäuschung, des Schmerzes und der Not. Ich konnte es nicht glauben. Ich war ein Dummkopf, so ein totaler Dummkopf. Ich fummelte an dem Schloss des Hyundai herum und fuhr nach Hause, und wundersamerweise überfuhr ich auf dem Weg dorthin niemanden und nichts. Als ich ins Parkhaus des Apartmenthauses kam, klingelte mein Handy. Ich schaute auf das kleine Display, ehe ich mich meldete, denn ich wusste, dass ich meine Mutter in diesem Moment nicht ertragen konnte. Das Display sagte India. Ich meldete mich.

»Hallo, Ellen?«

»Ja, hi, Ind.«

»Bist du noch in Spanien oder schon wieder zu Hause? Du hast nicht angerufen, und ich habe mich gefragt, wie du

klarkommst – war es schlimm mit diesem gefürchteten Andrew? War es wirklich unangenehm?«
Ich antwortete nicht.
»Ellen, kannst du mich hören? Wo bist du?«
Ich atmete tief ein. »In meinem Wagen.«
»Es ist verboten, beim Fahren ein Handy zu benutzen.«
»Ich fahre nicht, India. Ich habe geparkt. Ich bin in meinem Parkhaus zu Hause.«
»In deinem Parkhaus? Warum bist du nicht bei der Arbeit?«
»Ich war dort gewesen, doch ich bin krank und fuhr nach Hause.«
»Armes Ding. Was ist los mit dir?«
»Irgendein Bazillus, den ich mir in Spanien eingefangen habe, vermute ich.«
»Arme Ellen. Kann ich etwas für dich tun? Ich sollte heute Morgen im Gericht sein, doch der Termin ist gestrichen worden, also habe ich bis zur Mittagszeit frei, falls ich dir etwas besorgen soll. Willst du? Brauchst du irgendetwas, meine ich?«
»Nein«, sagte ich und schluckte krampfhaft. »Mir geht's gut.«
»Bist du sicher?«
»Ja.«
»Also sag mir noch schnell, ehe du raufgehst – wie war es in Spanien? Und wie lief es mit Andrew?«
Und das war zu viel. »O India, o mein Gott, es war … ich weiß nicht … es war verrückt, und dann war es gut … großartig, selbst in Spanien, und er sagte all diesen Kram und … und …«
»Und du hast mit ihm geschlafen«, unterbrach mich India.

»Ja, ich habe mit ihm geschlafen«, wiederholte ich leise.

»O Ellen«, seufzte India.

»Nein, sag es nicht, Ind. Es schien das Richtige zu sein, und es hätte sogar richtig sein können, nur war es das nicht, und nun weiß ich wirklich nicht, was ich tun soll.«

Ich schwieg, als mir ein neuer Schwall Tränen über das Gesicht lief. Ich konnte es nicht glauben. Wie hatte ich so dumm sein können? Wie konnte er mir so etwas antun?

»Ellen? Ellen, weinst du?«

Ich schniefte.

»O Ellen. Was hat dir dieser Kerl angetan? Ich werde ihn erwürgen, wenn er … sag mir, was geschehen ist.«

»Es war wirklich nett, Ind., und gut, und ich dachte … du weißt schon, dass alles so war, wie es hätte sein sollen. Und dann kam heute Morgen diese Frau ins Büro, und sie hatte ein Baby auf dem Arm und war wirklich nett. Freundlich. Und sie sagte, sie müsse Andrew erreichen, damit er die Passformulare unterschreibt, weil er der Vater des Babys ist …«

»Oh, mein Gott.«

Ich heulte ein paar Sekunden lang und putzte mir dann die Nase. »Das ist genau das, was ich gedacht hatte. Na ja, nicht genau.«

»Ich komme zu dir.«

»Es geht mir wirklich gut, Ind.«

»Ich bin in ein paar Minuten bei dir.«

Das Handy verstummte. Ich stieg aus dem Auto und fuhr zu meinem Apartment hinauf. Keine Angela, Gott sei Dank. Dankbarkeit für kleine Gnaden. Nicht, dass mir das viel Gutes einbrachte. Joey schlief in dem Katzenkorb, was mich an Tony Jordan erinnerte.

Sobald ich mit dem Weinen aufhörte, würde ich Tony anrufen und mich mit ihm verabreden, und ich würde Sex mit ihm haben, und es würde großartig sein, und diesem Mistkerl Andrew würde das alles entgehen … Mein Handy klingelte, und ich schaltete es aus, ohne einen Blick auf das Display zu werfen. Ich war nicht in dem Zustand, um mit jemandem zu sprechen. Ich machte mir Toast und Kakao, und ein paar Minuten später klingelte es an der Tür. Ich linste durch den Türspion und sah India davorstehen, und sie sah von Kopf bis Fuß wie eine Anwältin aus: adrett frisiertes Haar, ein hübsches marineblaues Kostüm, eine altmodische weiße Bluse. Ich würde es ihr vertrauensvoll überlassen, mein Leben wieder auf die Reihe zu bekommen, selbst wenn ich sie nicht kennen würde. Ich öffnete die Tür, und sie betrat das Apartment und umarmte mich.

»Kümmere dich nicht um diesen Dummkopf«, sagte sie mir ins Ohr. »Ich habe dir schon immer gesagt, dass du zu gut bist für diesen Idioten.«

Ich nickte. »Danke. Möchtest du Tee oder Kaffee oder etwas anderes? Kakao?«

India schüttelte den Kopf und setzte sich an den Esstisch. »Nein, danke.«

Ich setzte mich ihr gegenüber und trank von meinem Kakao, und zum ersten Mal in meinem Leben wurde mir davon übel. Ich stellte den Becher ab.

»Du siehst wie ein Geist aus«, sagte India.

»Danke.«

»An was leidest du?«

»Kotzeritis.«

»Na prima. Warum gehst du nicht ins Bett und bleibst dort?«

Ich schüttelte den Kopf.
»Du möchtest hier sitzen und dich mies fühlen?«
Selbst der Geruch nach Schokolade, der aus dem Becher vor mir aufstieg, verursachte mir Übelkeit, und ich schob den Becher weiter von mir weg.
»Ja«, sagte ich, »ich möchte mich dafür bestrafen, dass ich so blöd bin.«
India seufzte und schüttelte den Kopf. »Ich denke, dass du genug bestraft worden bist.«
Meine Augen füllten sich mit Tränen, doch ich schluckte krampfhaft und schniefte so lange, bis meine Nase ganz wund war. Dieser Widerling. Ich hatte genügend geheult, und ich würde nicht noch länger wegen dieser Ratte heulen.
Joey kam herüber und rieb sich an meinen Beinen. Ich beugte mich vor und streichelte seinen Rücken, bis er schnurrte.
»Ich hasse Männer«, sagte ich. »Ich möchte niemals mehr etwas mit einem Mann zu tun haben.«
India nickte. »Okay, und ich werde dir keine Vorwürfe machen, außer dass ich dachte, dass du Tony Jordan magst. Er ist großartig, und ich glaube – ich kann mich auch irren, Ellen – dass du in der letzten Woche im River Club wirklich so ausgesehen hast, als ob du ihn mochtest, als du mit ihm geknutscht hast.«
»Sehr komisch, India.«
India lächelte. »In Bezug auf Tony Jordan, geben Sie zu, Miss Grace, dass Sie dem Gericht nicht die volle Wahrheit gesagt haben …«
»Halt den Mund«, sagte ich, doch ich konnte ein Lächeln nicht unterdrücken.
»Vergiss Andrew Kenny«, sagte India.

»Schon geschehen.«
India schaute auf ihre Uhr. »Ich muss jetzt gehen, sonst komme ich zu spät. Kann ich noch etwas für dich tun, ehe ich gehe?«
Ich schüttelte den Kopf.
»Also, geh ins Bett, Ellen, und ruhe dich aus.«
Ich nickte, und wir erhoben uns. India umarmte mich, und ich folgte ihr zur Tür.
»Ruhe dich aus«, wiederholte sie und wühlte in ihrer Tasche herum, auf der Suche nach ihrer Brille. Sie setzte sie auf und sah mich an. »Du siehst wirklich beschissen aus, Ellen. Du erinnerst mich an meine Schwester Isis, als sie schwanger war. Sie hat ein halbes Jahr so ausgesehen.«
»Großartig«, sagte ich. »Hoffentlich ist es nach vierundzwanzig Stunden vorbei.«
India nickte. »Wir sprechen uns später. Ruf mich an, wenn du etwas brauchst.«
»Ciao.«
Ich schloss die Tür und machte mich auf die Suche nach einem warmen Pullover. Die Übelkeit, die kurzzeitig vergangen war, baute sich wieder auf. Ich schüttete ein wenig getrocknetes Katzenfutter in Joeys Schüssel und machte mich auf den Weg in mein Schlafzimmer. Als ich im Bett lag, gingen mir Indias Worte durch den Kopf. *Isis, als sie schwanger war.* Aber ich war nicht schwanger. Ich konnte nicht schwanger sein, weil ich keinen Sex mit Tony gehabt hatte – nur mit Andrew –, und das war erst vor kurzem gewesen. Vor fünf Tagen? Und meine Periode war fast fällig, und man wurde nicht einfach so schwanger, oder doch?
Wann hätte ich meine Periode bekommen sollen? Ich lag

unter der Daunendecke, schloss die Augen und versuchte, trotz meiner Benommenheit zu rechnen. Samstag? Ich dachte, dass sie am Samstag fällig gewesen war, und heute war erst Montag und ich hatte mit Andrew am Donnerstagabend Sex gehabt, und überhaupt … ich konnte nicht schwanger sein. Das war absurd. Alison hatte ein halbes Jahr lang gebraucht, um mit Kieran schwanger zu werden – das wusste ich, weil sie es mir unbedingt erzählen wollte.

Ich war einfach nur müde und abgespannt, und ich hatte einen Bazillus im Bauch, und Andrew hatte ein Kind – das war alles. Deshalb hatte ich so verrückte Gedanken. Ich schloss die Augen und überließ mich dem Schlaf, der schon über mir gelauert hatte. Verdammter Andrew. Verdammter, verdammter Andrew. Als ich in den Schlaf hinüberglitt, dachte ich, ich hörte ein Baby weinen, und das ließ mich auch weinen. Was, zur Hölle, sollte ich jetzt tun?

18

Joey und ich verschliefen den Rest des Montags, und als ich am Dienstagmorgen aufwachte, fühlte ich mich ein bisschen besser. Noch schwach und mit zittrigen Beinen, dennoch besser, obwohl es noch immer keine Anzeichen meiner Periode gab. Als ich für die Arbeit bereit war, sagte ich mir, dass die Tatsache, dass ich mich nicht mehr übergeben musste, ein gutes Zeichen war, das bedeutete, dass ich nicht schwanger war. Ich lachte sogar über mich, weil ich dumm genug war, zu glauben, ich hätte schwanger sein können. Es war zu lächerlich, um darüber Worte zu verlieren. Es war einfach nicht möglich. Wenn man bedenkt, wie oft ich Leute das habe sagen hören: »Ich habe keine Ahnung, wie ich schwanger geworden bin. Es gibt keinen guten Grund dafür. Es war unmöglich gewesen.« Solche Sätze hatten sie geäußert, während sie Babys auf ihrem Schoß hielten.

Ich habe immer gedacht, dass sie einfach nur dumm waren. Ich dachte, dass sie sich geirrt hatten und nicht in der Lage waren, sich damit abzufinden. Schwanger zu werden war ein physiologischer Prozess und leicht zu verstehen, und er hat überhaupt nichts Mystisches an sich. Es sei denn, natürlich, ich war schwanger. Das wäre ein riesiges Mysterium, und ich würde den Verstand verlieren.

Doch ich konnte nicht darüber nachdenken, weil ich sonst verrückt werden würde, und daher verbannte ich diese Gedanken aus meinem Kopf. Ich beeilte mich mit dem Duschen und dem Frühstück, weil ich begierig darauf war, zur Arbeit zu kommen, meine Tagesliste zu nehmen und das Büro so schnell wie möglich wieder zu verlassen. Noch bevor Andrew ins Büro kam.

Molly lächelte mir breit entgegen, als ich die Rezeption betrat.

»Ellen! Gut, Sie zu sehen. Fühlen Sie sich besser?«

Ich nickte. »Nicht zu schlecht!«

»Das spanische Bauchweh, was?«

Ich nickte wieder.

»Sie können es glauben oder nicht«, sagte Molly und hielt inne, um den kleinen Ohrring in ihrem rechten Ohr zu zwirbeln, »zwei Ihrer Termine wurden gestern von den Kunden selbst storniert, und den anderen habe ich neue Termine gegeben. Keiner von ihnen hatte heute Zeit, also werden Sie einen leichten Tag haben.«

Sie nahm ein Blatt Papier hoch und reichte es mir – ausnahmsweise höflich – über den Tisch. »Hier ist es. Den ganzen Tag in Honan Terrace. Das wird eine leichte Übung für Sie sein. Kein Herumfahren im Regen und im Verkehr. Sie können sich zwischen den Kundengesprächen entspannen. Es gibt wirklich viele Interessenten für dieses Objekt, nicht wahr? Wer hätte das gedacht?«

Molly plapperte immer weiter, während ich die Liste der Namen betrachtete, die sie mir ausgehändigt hatte, und ich hätte am liebsten geheult, wenn ich mich nicht dazu entschlossen hätte, niemals wieder zu weinen. Nun, außer wenn ein Film zu traurig war oder wenn jemand, den ich liebte, starb. Doch ich würde niemals wegen eines Mannes weinen.

Nein, mit Sicherheit nicht. Ich hatte mich entschieden. Das Telefon klingelte, und Molly nahm den Hörer ab.
»Guten-Morgen-Gladstone-und-Richards-Immobilien-Agenten-und-Auktionäre-Molly-am Apparat. Wie kann ich Ihnen helfen?«
Was sollte ich bloß den ganzen Tag über in Honan Terrace machen? Ich konnte nicht allein in diesem unheimlichen Haus bleiben, und da es in Strömen regnete, konnte ich auch nicht im Garten sitzen …
»Andrew Kenny?«, fragte Molly.
Ich stimmte mich auf ihre Unterhaltung ein.
»In Ordnung, ich verstehe. Nun, Andrew ist im Moment noch nicht da, doch ich erwarte ihn jeden Augenblick. Vielleicht sollte ich mir Ihre Nummer aufschreiben, damit er Sie später zurückruft.«
Das war's dann. Ich musste hier raus. Ich raffte all meine Habseligkeiten zusammen und eilte zu meinem Wagen, stieg ein und fuhr los. Ich war noch nicht bereit, Andrew zu sehen. Diesen Mistkerl. Noch nicht. Vielleicht sogar niemals mehr. Doch mit Sicherheit jetzt nicht.
Honan Terrace sah im Regen noch weit unheimlicher aus, als ich die Tür aufschloss. Ich schnüffelte, doch ich roch nur den Geruch des flüssigen Industriereinigers. Ich machte eine schnelle Runde durch das Haus und ging wieder nach draußen, um in meinem Wagen zu warten.
Kaum saß ich im Wagen, klingelte mein Handy. Ich schaute auf das Display: das Büro. Molly musste vergessen haben, mir noch etwas mitzuteilen.
»Hallo?«
»Ellen?«

Andrew. Es war Andrew. Mein Herz hüpfte in meiner Brust herum, und als ich spürte, dass sich meine Augen mit Tränen füllten, drückte ich auf den Aus-Knopf. Oh, mein Gott! Was sollte ich bloß tun. Ich öffnete das Wagenfenster und atmete tief ein. Ich wäre verdammt, wenn ich weinen würde. Die Tränen verschwanden, und das Handy klingelte wieder. Ich betrachtete es und wollte nicht reagieren. Doch wenn ich keine Antwort gab, würde er wissen, dass etwas passiert war.

»Hallo, Andrew?«, sagte ich so munter, wie ich es bewerkstelligen konnte.

»Ellen?«

»Entschuldige die Unterbrechung – das blöde Handy schaltet sich immer aus. Was möchtest du von mir, Andrew? Hat Molly vergessen, mir etwas zu sagen?«

»Nein«, sagte Andrew und machte eine Pause. »Nein, das ist es nicht. Ich rufe nur an um … nun ja … hallo zu sagen. Wie geht es deinem Kopf? Ist er in Ordnung?«

»Das ist nett. Dem Kopf geht es gut – er heilt, danke der Nachfrage. Aber sag du mir doch, wie es dir geht. Hattest du einen guten Heimflug? Huch, ich glaube, jetzt kommen meine ersten Kunden. Ich muss in einer Minute Schluss machen. Sonst gab es ja nichts mehr, oder?«

Am anderen Ende der Leitung war es ein paar Sekunden lang still. Mein Herz raste wieder.

»Nein«, sagte er, »ich wollte nur wissen, wie es dir nach … Spanien geht.«

»Ja, gut. Hör mal, Andrew, was das angeht – können wir es vielleicht gleich erledigen. Es war großartig, das kann ich nicht bestreiten. Ich hatte eine wunderbare Zeit, und es war … wie soll ich es sagen – ich denke, es war nett, die Straße der Erinnerungen entlangzuschlendern … einmal …«

»Ellen …«

»Wir vergessen das einfach, Andrew. Wir sind wieder zu Hause, und wir beide haben unser eigenes Leben. Man kann nicht zurückgehen. So sagt man doch, Andrew, und es ist wahr. Also, das dazu. Ich muss jetzt aufhören. Wir sprechen uns später.«

Ich drückte den Aus-Knopf am Handy und lehnte mich in meinem Sitz zurück. Mein Herz raste, und meine Augen brannten, doch ich würde nicht nachgeben. Niemals. Er konnte das mit sich selbst ausmachen. Plötzlich wurde laut an mein Fenster geklopft. Meine Augen sprangen auf, und ich sah Tony Jordans gut aussehendes Gesicht, das mich durch den Regen anstrahlte. Ich öffnete die Tür und stieg aus.

»Nimmst du jemals Anrufe auf deinem Handy an?«, fragte er und lächelte mich an.

»Wie bitte?«

»Ich rufe an und rufe an und rufe an. Ich habe gestern Abend sogar in deinem Apartment angerufen, doch auch dort nahm niemand ab.«

Er lächelte verlegen, als ob es ihn peinlich berührte, zugeben zu müssen, wie oft er versucht hatte, mit mir zu sprechen.

»Ich war krank. Ich habe fast den ganzen Tag und die ganze Nacht geschlafen. Tut mir Leid.«

»Das ist schon in Ordnung. Angela hat mich gehört und zu sich eingeladen. Wie fühlst du dich jetzt?«

»Einigermaßen gut.«

»Du sieht ein wenig zerbrechlich aus.«

»Danke.«
»Zerbrechlich, aber noch immer toll, Ellen.«
Tony grinste, und ich musste ebenfalls lächeln.
»Du bist ein guter Lügner«, sagte ich.
Er schüttelte den Kopf. »Nein, ich sage dir die Wahrheit.«
Er streckte die Hand aus und berührte meine Wange, und irgendwie war seine Berührung so sacht und er offensichtlich so froh, mich zu sehen, dass ich schon wieder weinen musste. Doch da ich beschlossen hatte, das Weinen aufzugeben, musste ich etwas anderes tun. Also streckte ich die Hände aus und zog seinen Kopf zu mir herunter und küsste ihn auf den Mund. Tony legte seine Hand auf meinen Rücken und zog mich dicht an sich, während wir uns küssten. Wir standen auf der Straße vor Honan Terrace, und ein sanfter, aber hartnäckiger Sommerregen durchnässte uns, und wir küssten und küssten und küssten uns, bis ich die Erleichterung spürte, als ich mich aus meinem Kopf entfernte und in meinen Körper zurückkehrte. Und es war die reine Freude, den Kopf zu verlieren.
»O Jesus, Ellen«, sagte Tony und zog sich kurz von mir zurück.
Ich schaute ihn an.
»Ich habe noch nie eine Frau kennen gelernt, die mich so überrascht hat«, sagte er gegen mein nasses Haar. »Ich weiß niemals, wann du mich küssen wirst.«
»Tut mir Leid«, flüsterte ich.
Tony lachte. »Bitte entschuldige dich nicht.«
Ich schaute in seine dunklen Augen, und mein Kopf schmerzte, doch mein Körper machte alles richtig.
»Tony?«

»Ja?«
»Meine erster Termin ist erst um halb zwölf Uhr.«
»Oh, klar, und warum bist du dann so früh hier?«
»Zum Nachdenken.«
Tony küsste meinen Hals. »Okay.«
»Tony?«
»Ja?«
»Es ist erst zehn Uhr.«
»Ich weiß.«
»Vielleicht könnte ich in deinem Haus auf meine Kunden warten? Der Regen ist … na ja, nass. Aber nur, wenn du nicht zu beschäftigt bist.«
Ohne zu antworten, drehte Tony sich um und nahm mich an der Hand, und wir gingen den kurzen Weg zu Jérômes Haus hinüber. Ehe ich noch darüber nachdenken konnte, waren wir in Jérômes Diele, und dann waren wir irgendwie auf der Couch in seinem Wohnzimmer, und Tony küsste mich, und unsere feuchten Kleider flogen wie Konfetti durch die Luft, als wir uns ihrer entledigten. Je mehr mein Körper auf Tonys Berührung reagierte, desto weniger dachte ich an Andrew und Spanien und an alles, was in meinem Leben falsch gelaufen war. Es kümmerte mich nicht mehr.
»Warte, Ellen, mach langsam«, sagte Tony plötzlich, und ich sah ihn überrascht an.
»Warten?«, wiederholte ich ungläubig, während ich nach Luft rang. Mein Herz hämmerte so laut in meinen Ohren, dass ich mich fragte, ob eine Spezialeinheit vor dem Haus aufmarschierte. Tony fummelte in seinem Jackett herum, und zog ein kleines Tütchen hervor.
»Oh«, sagte ich ein wenig verlegen und wollte ihm

versichern, dass ich, abgesehen von irgendwelchen Krankheiten, wahrscheinlich nach Lage der Dinge nicht schwanger werden konnte, obwohl ich aussah, als wäre das bereits der Fall.

Doch ich sagte nichts, und Tony lächelte, küsste mich und zog mich an sich, und plötzlich kümmerte ich mich nur noch um das, was im Augenblick geschah, und es war so unglaublich gut, dass ich befürchtete, die Nachbarn würden womöglich die Polizei rufen, wenn sie mich vor Lust schreien hörten. Doch selbst das ließ mich völlig kalt.

Nachdem wir uns geliebt hatten, lagen Tony und ich erschöpft, aber glücklich auf Jérômes Couch. Tony fuhr mit der Fingerspitze auf meiner Wirbelsäule hinauf und herunter.

»Das war unglaublich«, sagte er und schwieg, um mich anzuschauen. »Du warst unglaublich.«

»Du warst auch nicht schlecht«, sagte ich und lächelte ihn an, weil ich froh war, dass er da war. »Ich bezweifele, dass meine nächste Verabredung so gut wie diese hier sein wird.«

Tony lehnte sich zurück, streckte die Arme über den Kopf und lachte. Ich beugte mich vor und küsste ihn auf die Brust.

»Nun, das hoffe ich jedenfalls nicht. Himmel, Ellen, wo bist du mein Leben lang gewesen?«

»Geiler Kerl«, sagte ich, als ich auf dem fadenscheinigen Teppich stand, meinen BH und den Strumpfhalter vom Boden aufhob, wo sie ineinander verheddert vor dem Kamin lagen. Ich zog meine Unterwäsche an und machte mich auf die Suche nach meiner Kleidung. Als ich an dem grünen Samtsofa vorbeiging, auf dem Tony noch immer wie eine griechische Statue lag, streckte er eine Hand aus, um mich zu sich zu ziehen. Ich kam bereitwillig zurück, und wir küssten uns sanft. Während Tony mich näher heranzog, gingen seine Hände erneut auf eine Erkundungstour. Ich wehrte mich halbherzig.

»Ich muss arbeiten, Tony Jordan«, sagte ich mit gespielter Missbilligung.

»Ich auch«, sagte er und zog eine Augenbraue hoch.

»Nette Arbeit«, erwiderte ich und lachte ihn an, als ich mich befreite und in meine regenfeuchte Hose und in das T-Shirt schlüpfte. Sobald ich angezogen war, betrachtete ich mich in dem Spiegel über Jérômes Kamin.

»Himmel«, sagte ich und zog an meinem Haar, »ich sehe aus wie jemand, der mit einem Mann auf einer Couch herumgerollt ist.«

»Für mich siehst du gut aus«, sagte eine Stimme hinter mir.

»Hormone«, erwiderte ich und durchsuchte meine Handtasche – die ich glücklicherweise mit ins Haus genommen hatte – nach einem Kamm und meinem Make-up. Ich fand beides und reparierte mein Haar und mein Gesicht, so weit das möglich war. Tony zog sich hinter mir an, und ich musste mich dazu zwingen, ihn nicht im Spiegel anzuschauen. Das war viel zu erregend. Als ich fertig war, betrachtete ich mich erneut und stieß einen lauten Seufzer aus.

»Ich sehe nach überhaupt nichts aus«, sagte ich. »Niemand wird mir ein Haus abkaufen.«

Tony trat hinter mich und schlang die Arme um mich.

»Ich schon«, sagte er, »genauer gesagt, ich werde.«

»Ja, klar.« Ich ließ es zu, dass sich mein Rücken an seinen Körper schmiegte. »Aber du wirst doch sicherlich nicht von mir erwarten, dass ich den anderen Kunden den gleichen Service biete wie dir?«

Tony kicherte. »Nein. Ehrlich gesagt wäre ich sehr bestürzt, wenn du das tun würdest. Aber im Ernst, Ellen, ich will das Haus kaufen. Ich hatte schon seit einer Weile mit dir darüber sprechen wollen, doch du hast mich von meinen Geschäften abgelenkt. Ich möchte das Haus haben, weil – nun, du kennst den Grund. Nenne mir das höchste Gebot, das du dafür genannt bekommen hast, und ich werde es überbieten.«

»Du machst Witze.«

»Nein. Es ist mir völlig ernst. Führe die Leute, mit denen du Termine vereinbart hast, herum, und dann tu all das, was ihr Immobilien-Haie tut, und rufe mich heute Nachmittag an und nenne mir dein höchstes Gebot.«

Ich drehte mich um und sah ihn an. »Du meinst es ernst, nicht wahr?«

Tony nickte. Ich küsste ihn.

»Ich werde dich am nächsten Freitag nach Feierabend anrufen und dich wissen lassen, was geboten worden ist.«

»Du verhandelst hart«, sagte Tony und lächelte mich an, und ich küsste ihn wieder.

»Also«, sagte ich und trat beiseite, ehe ich womöglich erneut die Kontrolle verlor. »Ich denke, ich kann ernsthaft sagen, dass es eine Freude ist, mit Ihnen Geschäfte zu machen, Mr. Jordan.«

Tony lachte. Ich ging zur Tür und drehte mich noch einmal zu ihm um. Sein kurzes schwarzes Haar war so schön zerzaust, dass ich fast noch einmal kehrtmachte. Doch ich hatte keine Zeit mehr.

»Tschüss, Tony.«

»Wir sprechen später.«

Ich hielt an der Tür inne. »Eine Sache noch.«

»Ja?«
»Wie bist du gestern Abend mit Angela klargekommen?«
»Wie mit einem brennenden Haus. Sie machte mir Kaffee und lieh mir einen Stapel Bücher. Mein Gott, diese Frau liest sehr blutrünstige Bücher, was?«
»Lies sie nicht, sie werden dich aufregen«, sagte ich. »Angela ist ein zäher alter Vogel und kein so sensibler Junge wie du.«
»Guter Rat. Ehe du gehst, muss ich dich noch etwas fragen.«
Ich sah ihn an.
»Morgenabend. Ich muss zu dieser feudalen Festivität gehen. Eine Immobilien-Entwicklungsparty. Möchtest du mich dorthin begleiten?«
In meinem Kopf hörte ich ein entferntes Echo, dass Tim Gladstone etwas über diese Sache gesagt hatte. Es war nur vage, da meine stärkste Erinnerung an diesen Moment die Entdeckung war, dass Andrew ein Kind hatte, und auch, natürlich, mein überwältigender Wunsch, mich zu übergeben.
»Ich glaube, dass ich ohnehin dorthin gehe«, sagte ich. »Findet das im Metropol statt?«
Tony nickte.
»Ich glaube, ich werde dort sein. Tim Gladstone bat mich, hinzugehen.«
»Dann komm mit mir dorthin«, sagte Tony. »Solche Partys können unglaublich langweilig sein, aber ich habe so ein Gefühl, dass wir Spaß haben würden, wenn wir zusammen sind.«
»Was hat dich denn auf diese Idee gebracht?«
»Oh, nur eine wilde Vermutung. Wirst du mich begleiten?«
»Liebend gern.«
»Ich hole dich um sieben Uhr ab.«

»Gut. Bis dann, Tony.«
Ich verließ Jérôme Dalys Haus, und sobald ich draußen war, sah ich, dass meine erste Kundin schon eingetroffen war. Ich war froh darüber, weil ich nicht über das nachdenken wollte, was gerade geschehen war. Himmel, wie konnte ich Sex mit Tony Jordan haben, wenn ich Angst hatte, dass ich von Andrew schwanger war? Was für eine Schlampe war ich eigentlich? Ich zwang mich dazu, mich auf den Augenblick zu konzentrieren und auf die dünne, nervös wirkende, junge Frau, die in einem grünen Plastikregenmantel mit Perlglanz vor Mrs. Harris' Haus wartete.
»Miss Jenkins? Hallo, wie geht es Ihnen? Ich bin Ellen Grace von Gladston und Richards. Ich hoffe, ich habe Sie nicht warten lassen. Ich bin in einer geschäftlichen Angelegenheit aufgehalten worden. Dann kommen Sie mal. Lassen Sie mich die Tür für Sie öffnen, dann gehen wir gleich hinein.«
In der dunklen Diele von Mrs. Harris' Haus schaltete ich die Lampe ein.
»Nun«, sagte ich zu der Frau, die neben mir stand, »soll ich Sie allein auf Entdeckungsreise gehen lassen? Ich habe festgestellt, dass Menschen oft allein sein wollen, wenn sie sich umsehen. Es kann einem die Lust nehmen, wenn ein Immobilien-Agent einem ständig über die Schulter schaut.«
Miss Jenkins schaute mich an und faltete die Hände.
»Es sei denn, Sie möchten, dass ich Sie begleite«, sagte ich. »Was immer Ihnen lieber ist.«
Miss Jenkins blinzelte. »Allein«, sagte sie, »ich schaue mich allein um.«
»Prima! Ich warte hier in der Diele, falls Sie mich benötigen. Rufen Sie mich einfach, wenn Sie irgendetwas brauchen, ja?«

Miss Jenkins nickte mit ihrem Mäusekopf und stieg die Treppe hinauf. Ich sah zu, wie sie die Treppe hinaufging, und dachte dabei, dass sie wahrscheinlich nicht viel älter war als ich. Wer war sie, fragte ich mich, als sie aus meinem Blickfeld entschwand. Ich wettete, dass sie nicht auf grünen Samtsofas mit Männern herumrollte, die sie kaum kannte, auch noch dazu während der Arbeit. Dennoch brauchte ich etwas Glück im Leben.

Es hörte den ganzen Tag über nicht auf zu regnen, und ich wechselte zwischen meinem Auto und den Führungen durch das Haus hin und her. Während der Termine ertappte ich mich dabei, dass ich an Andrew dachte und – was noch schlimmer war – an meine unbestreitbar verspätete Periode. Das war zu schwer zu ertragen, also begann ich, mir Gedanken über den armen alten Jérôme Daly zu machen.

Es schien schon eine lange Weile her zu sein, seit wir von der Polizei etwas über den Mord gehört hatten, also vermutete ich, dass sie die Killer noch nicht gefangen hatten. Killer. Das Wort ließ mich erschaudern, und ich sah mich in der verschlafenen Sackgasse um. Es schien einfach unmöglich zu sein, dass jemand in dieser unschuldig aussehenden Gegend erschossen wurde. Wer konnte so etwas bloß tun, und warum?

Doch so war es immer, oder nicht? Die Dinge waren meist nicht so, wie sie schienen. Schließlich hatte es wirklich so ausgesehen, als ob es Andrew ernst gewesen war, als er sagte, das er mich liebte. Und es war eine Lüge gewesen. Ich konnte es nicht ertragen, darüber nachzudenken. Wenn ich schon über schreckliche Dinge nachdenken musste, zog ich einen Mord vor.

Ich machte nach fünf Uhr in der Honan Terrace Schluss, was wunderbar war, weil es bedeutete, dass ich nicht mehr ins Büro zurück musste. Es regnete in Strömen, als ich nach Hause fuhr. Ich war zu müde und unglücklich, um auch nur Radio zu hören, und so starrte ich die Passanten an. Eine Frau mit einem Kleinkind im Regenmantel auf dem Arm rannte vor mir über die Straße. Wohin ging sie? Nach Hause zu ihrem liebevollen Mann, der ein begeisterter Vater ihres Kindes war? Oder, wie ich, nach Hause zu einer Katze in einem verrückten Katzenbett?

Mein Kopf war so schwer, dass ich ihn am liebsten auf das Lenkrad gelegt hätte und mitten im Verkehr eingeschlafen wäre. Doch es gab noch meine Mutter. Und meinen Vater. Das Nachdenken über meine Eltern erinnerte mich an Alison und an Kieran, und zum ersten Mal wurde ich halbwegs fröhlich. Vielleicht wäre es doch nicht nur schlecht, wenn ich schwanger war. Wenigstens würde ich ein süßes Baby wie Kieran haben. Jemanden, der mich liebte. Das wäre gut. Und Andrews kleines Mädchen war hübsch. Wahrscheinlich hatte er gute Gene. Wenn ich schwanger war, würde ich es ihm mitteilen? Sollte ich es ihm erzählen? Es gab zu viele Unwägbarkeiten, zu viele Komplikationen, um überhaupt anzufangen, über die gesamte Situation nachzudenken.

19

Ich machte mir eine Pizza und Pommes frites und trank einen Liter Saft (sollte ich tatsächlich schwanger sein, dachte ich, würde ich die Vitamine benötigen). Und Joey und ich hatten uns gerade gesetzt, um Wiederholungen von *Emergency Room* anzusehen, als es an der Tür klingelte. Ich ging auf Zehenspitzen zum Türspion und hatte vor, das Klingeln zu überhören, wenn ich den Besucher nicht mochte – und es gab im Augenblick eine lange Liste unwillkommener Besucher. Doch es waren Ruth und India. Ich öffnete die Tür, und sie stürzten herein.

»Wir haben Wein mitgebracht«, sagte Ruth.

»Geht es dir besser?«, fragte India.

»Oh, wunderbar, euch zu sehen. Warum kommt ihr nicht herein und macht es euch gemütlich?«, fragte ich, als ich vor der Couch stand, auf der sich meine beiden Freundinnen schon breit gemacht hatten.

Ruth zog eine Augenbraue hoch. »Setz dich und erzähle uns alles. India hat mir berichtet, dass du und der attraktive Andrew eine schöne Zeit gehabt habt, indem ihr euch rund um Marbella durchgeschlafen habt …«

»Das habe ich nicht gesagt«, unterbrach India.

»Nein«, sagte Ruth, »aber das ist das, was du gemeint hast, also sei ruhig und ein braves kleines Mädchen. Erzähle es mir, Ellen.«

»Es gibt nichts weiter zu erzählen«, sagte ich, als Ruth aufstand und in die Küche ging, um Gläser zu holen. Sie füllte drei Gläser mit Wein und reichte sie herum.

»Da muss aber mehr sein«, sagte Ruth. »Lüge deine besten Freundinnen nicht an, das gibt schlechtes Karma – in deinem nächsten Leben wirst du als Esel zurückkehren.«

Ich lachte.

»Ist da noch mehr?«, fragte India, beugte sich zu mir vor und umfasste ihr Weinglas mit beiden Händen.

Ich schüttelte den Kopf. »Ich habe dir schon so gut wie alles erzählt, es sei denn, du möchtest den Sex haarklein hören …«

»Rede weiter«, sagte Ruth und lehnte sich auf der Couch zurück. Sie hatte sich ihrer roten Pumps bereits entledigt, die im rechten Winkel zueinander unter dem Couchtisch lagen.

»Du bist pervers«, sagte ich.

»Ruth, um Gottes willen«, rief India und schlug Ruth aufs Bein.

Ruth lachte.

»Jedenfalls hatten Andrew und ich Sex in Spanien und … es schien wirklich, als wäre es zu dem Zeitpunkt das Richtige gewesen.«

Ich schwieg und trank den Inhalt meines Glases in einem langen Schluck aus, schenkte nach und fuhr fort: »Ich dachte, dass alles wieder in Ordnung sei. Es fühlte sich an, als ob es so wäre – als wäre all der Mist nie passiert. Er sagte mir … oh, das Übliche, dass er mich liebt und so weiter. Ich glaubte ihm, und dann kam am Montag diese Frau und das Kind ins Büro, auf der Suche nach ihm. Ich konnte es nicht glauben! Aber es stimmte wirklich.«

»O je«, sagte Ruth.

Ich zuckte mit den Schultern.
»Mistkerl«, sagte India.
Ich nickte. »Das war es. Ich bin endlich mit Andrew Kenny fertig. Nach all dieser Zeit habe ich meine Lektion gelernt.«
»Arme Ellen«, sagte India.
»Ich werde es überstehen.«
»Hast du mit Andrew über die Madonna und ihr Kind gesprochen?«, fragte Ruth.
»Warum denn? Das kleine Mädchen ist eindeutig sein Kind – selbst Tim Gladstone sagte es, und wenn man sie ansieht … sie sieht aus wie er.«
»Je weniger Ellen mit Andrew Kenny zu tun hat, desto besser«, sagte India. »Er hat sie schon genug verletzt.«
Ruth leerte ihr Glas und schenkte nach, dann sah sie mich an. »Ich weiß, dass du verletzt bist, doch, Ellen, du warst diejenige, die es zuerst beendet hast.«
»Nein, habe ich nicht.«
»Doch, Liebes, du hast mit Emerson geschlafen, soweit ich mich erinnere. Tut mir Leid, India.«
»Das hat nichts mit mir zu tun«, sagte India.
Ruth lachte. »Emerson ist immerhin ein Mann – auch wenn er verrückte Dokumentationen über die Geburtsrituale am Amazonas dreht. Er hat mir schon immer gefallen, doch egal, aus welcher Warte man es betrachtet, Ell – dass du mit Emerson geschlafen hast, war der Todeskuss für deine Beziehung mit Andrew.«
Ich schüttelte den Kopf. Ich hatte das alles schon früher durchdacht, und ich wusste, dass ich Recht hatte, und ich würde mir das sogar von der wohlmeinenden Ruth nicht ausreden lassen. »Er sagte, dass er mich liebt. Aber, Ruth, er

konnte nicht mal ein wenig Druck vertragen, ohne gleich nach England abzuhauen. Ist das Liebe?«

»Ich weiß es nicht«, sagte Ruth.

»Ich schon«, sagte India, »und das hat nichts zu tun mit Emerson, selbst wenn er mein Bruder ist …«

»Wo ist Emerson denn jetzt?«, unterbrach Ruth.

»In Tibet. Aber lass Emerson aus dem Spiel. Andrew hätte Ellen besser behandeln sollen. Er ist ein feiger Mistkerl. Ich habe ihn nie gemocht. Ich habe ihm auch nie getraut. Klar kann ich sehen, wie attraktiv er ist, doch … Ellen ist ohne ihn besser dran. Ich bleibe dabei.«

»Ja, das tust du«, sagte Ruth. »Ich meine ja nur, dass du mit Andrew über das Geschehene sprechen solltest. Hast du schon mit ihm geredet?«

Ich nickte.

»Und?«

»Es war nett.«

»Wirklich?«

Ich nickte. »Wirklich.«

»Und was hat er gesagt?«, fragte Ruth.

»Nicht viel.«

»Okay – und was hast du gesagt?«

»Nun, im Grunde dankte ich ihm für das Stelldichein.«

»Gott im Himmel«, sagte Ruth.

India lachte. »Braves Mädchen.«

»Und was sagte er dazu?«, fragte Ruth.

»Nicht viel. Was sollte er sagen. Der kleine Mistkerl scharwenzelt mit Davina Blake herum, schläft mit mir und versteckt die ganze Zeit eine Frau und ein Kind – was soll das denn bedeuten, Ruth?«

»Ich habe keine Ahnung«, sagte Ruth. »Deshalb glaube ich ja, dass du ihn fragen solltest.«
»Ich habe jetzt aber andere Dinge im Kopf«, sagte ich. »Ich werde weitermachen, und meinetwegen kann er einen ganzen Harem haben. Ich muss euch etwas sagen. Ich hatte heute Sex mit Tony Jordan.«
»Was?«, rief India aus und verschüttete fast den Wein, als sie sich aufgeregt vorbeugte.
Ich verbarg das Gesicht hinter meinen Händen und lachte.
»Wie?«, fuhr India fort. »Wo? Wann?«
»Heute Morgen – im Haus seines Onkels –, ach, er ist ja nicht sein richtiger Onkel, der tote Mann, den Andrew und ich gefunden hatten – erinnert ihr euch an ihn?«
Ich schaute meine Freundinnen an, die mir ihre ungeteilte Aufmerksamkeit schenkten.
»Erzähle uns später von dem Mord«, sagte Ruth. »Ich möchte was über den Sex hören.«
»Dafür gibt es doch einen Begriff«, erwiderte ich.
»Voyeurismus«, sagte India.
»Ich habe dich nicht über Wolfie ausgefragt – wie *war* denn das?«, fragte ich.
Ruth grinste. »Großartig. Nun pack schon aus, Mädchen.«
»Es war toll«, sagte ich. »Ehrlich. Ich sage das nicht einfach so dahin. Selbst mit … mit allem anderen, was da läuft. Ich gehe mit ihm morgen Abend zu einer Party – zu diesem Immobilien-Ball.«
»Ich gehe auch dorthin«, sagte India aufgeregt. »Unsere Firma stellt die Anwälte für die Ausarbeitung der Verträge. Ich glaube, ich habe euch das schon erzählt. Jedenfalls sind wir und bin ich eingeladen worden.«

»Und ich gehe auch hin«, sagte Ruth lachend. »Was für ein Zufall ist denn das?«
»Warum gehst denn du hin?«, fragte India.
»Oh, du glaubst also, dass eine bescheidene Empfangsdame nicht gut genug ist, um zu einem schicken Ball mit den Schönen und Reichen zu gehen, was?«, erwiderte Ruth.
»Das habe ich nicht gemeint, Ruth. Wie kannst du nur so etwas sagen? So etwas würde ich nicht einmal denken.«
Ruth lachte und boxte India gegen den Arm. »Ich weiß. Ich gehe mit Wolfie hin.«
»Das ist cool«, sagte ich. »Wir werden uns kaputtlachen.«
»Das ist in Ordnung für euch beide«, sagte India und zog eine Schnute. »Ich habe keinen Freund, den ich mitbringen kann.«
»Mach dir keine Sorgen, Schätzchen«, sagte Ruth. »Wir werden dort schon einen Freund für dich finden.«
»Glück wäre eine feine Sache«, sagte India.
»Was zieht ihr denn an?«, fragte ich. »Wie formell ist das denn?«
»Ziemlich formell«, sagte India, »aber nicht einschüchternd.«
»Na gut«, sagte ich, stand auf und ging zur Küche. »Das ist ja prima. Ich werde einfach meine umfangreiche Abendgarderobe durchsehen und etwas Passendes aussuchen. Für wen hältst du mich eigentlich, Ind? Für Alison?«
»Du hast das rückenfreie schwarze Kleid«, sagte India. »Hast du das überhaupt schon mal getragen?«
»Ein Mal. Aber was ist mit Schuhen?« Ich erinnerte mich an die Sandalen, die Andrew mir in Spanien geschenkt hatte und die noch immer in meinem Koffer lagen. Sie könnten zu dem Kleid passen. Allerdings hatte Andrew sie mir

geschenkt, und damit waren sie für den Wohlfahrtsladen bestimmt – selbst wenn es mich umbringen würde, diesen Schuhen auf Wiedersehen zu sagen.
»Du wirst vielleicht keine andere Wahl haben, neue Schuhe zu kaufen«, sagte Ruth. »Das ist wirklich eine Last.«
Ich lächelte, denn es gab nichts, was ich mehr liebte, als Schuhe zu kaufen. »Möchte jemand Kaffee haben?«, fragte ich.
Ruth hob die Weinflasche hoch. »Okay, du kannst welchen machen. Diese Flasche scheint leer zu sein.«
Ich füllte den Wasserkessel und hörte meinen Freundinnen zu, die miteinander die Einzelheiten der Garderobe diskutierten, die sie zu dem Ball tragen wollten. Das schwarze Kleid war eine gute Idee. Vor allem, weil es am Bauch nicht zu eng saß. Eine gute Eigenschaft für jedes Kleid zu jeder Zeit, ganz zu schweigen kurz vor der Periode – oder wenn man zufällig ein bisschen schwanger war.
Das Wasser kochte, und ich machte drei Becher Kaffee zurecht und trug sie und zwei Pakete Schokoladenkekse in den Wohnzimmerbereich. Ruth und India schauten kaum auf, als ich zurückkam. Sie waren völlig vertieft in ein Gespräch über die Eigenschaften von künstlicher Sonnenbräune. Ich würde es ihnen erzählen, beschloss ich, als ich das Tablett auf meinem Couchtisch abstellte. Sie waren meine besten Freundinnen, und sie waren wirklich gute Freundinnen – wir hatten im Laufe der Jahre viel miteinander durchgestanden. Ich wusste, dass, wenn ich es ihnen sagte, sie mich beruhigen könnten, dass ich nicht schwanger war, oder mir sogar helfen, vernünftig zu bleiben, falls ich es doch war. Und wenn ich es ihnen erzählte, würde es mir zumindest nicht mehr

ständig im Kopf herumgehen. Das war es. Es war entschieden. Ich würde es tun.

»Kann ich euch beide eine Minute lang sprechen?«, fragte ich.

India und Ruth schauten zu mir auf.

»Ich muss euch etwas sagen …«

An der Tür klingelte es.

»Einen Moment«, sagte ich und schlenderte davon, um die Tür zu öffnen.

Angela Maunsell flatterte an mir vorbei in den Raum.

»Ellen, Ellen, Ellen. Wo bist du gewesen? Ich habe mir Sorgen um dich gemacht, und dieser Junge von den Jordans war gestern Abend auf der Suche nach dir hier. Und wir hatten eine wunderbare Zeit miteinander, versteh mich nicht falsch, Liebes, wir haben Kaffee getrunken und eine lange, lange Diskussion über Bücher geführt. Ich glaube, ich konnte ihn überzeugen, in meinen Horror-Leser-Buchclub einzutreten, was Phyllis Hickey einen Schlag versetzen wird, die ihren Neffen Fachtna mitbringt – Fachtna! Was ist denn das für ein Name? Ich bin wirklich für die irische Tradition und all das, aber das klingt überhaupt nicht wie ein Name, um Gottes willen. Und was diesen Fachtna angeht – er ist entnervend.«

Angela machte eine Pause, um Luft zu holen.

»Hallo, Angela«, sagte Ruth.

»Fühlen Sie sich besser, Angela?«, fragte India.

»Guten Abend, Mädchen«, sagte Angela lächelnd und winkend. »Wie geht es euch beiden? Ich habe euch eine Weile nicht gesehen. Wie geht es deiner Mutter, India?«

»Es geht ihr gut«, erwiderte India.

»Hört mal, ich wollte nicht bleiben und euren gemütlichen Mädchenabend stören. Ich wollte nur nachsehen, ob es dir gut geht, Ellen.«
»Mir geht es gut, Angela. Ich war in Spanien und habe mir dort einen Bazillus eingefangen. Also habe ich gestern wie eine Tote geschlafen, und jetzt geht es mir besser.«
»Das ist großartig«, sagte Angela. »Ich werde jetzt wieder gehen.«
»Warum bleibst du nicht für einen Kaffee?«, bot ich an.
»Ich möchte euch drei nicht stören.«
»Sie stören uns nicht«, sagte Ruth, »kommen Sie hier neben mich auf die Couch.«
»Also …«, begann Angela mit leuchtenden Augen, »wenn ich nicht störe.«
»Ich hole Ihnen eine Tasse Kaffee«, sagte India. »Setzen Sie sich hin und entspannen Sie sich.«
Angela ging zu dem Sessel und setzte sich. Eine Minute später gab India ihr eine Tasse Kaffee.
»Danke dir, Liebes. Sag mir, Ruth, geht es deinem Onkel Richard besser?«
»Kennen Sie eigentlich alle Leute, Angela?«, fragte Ruth.
Angela lächelte und nickte. »Ziemlich viele.«
»Er hat das Krankenhaus wieder verlassen«, erklärte Ruth, »das hat mir meine Mutter heute mitgeteilt.«
»Richard war ein schrecklich gut aussehender Mann in seinen Tagen, weißt du. Und er konnte tanzen wie Fred Astaire – obwohl er kein Homo wie Fred Astaire war –, aber trotzdem ein wunderbarer Tänzer. Das Trinken hat ihn ruiniert. Natürlich kann man nicht tanzen, wenn man eine volle Flasche Wiskey intus hat, oder?«

Ruth, India und ich lachten, und Angela setzte sich auf ihrem Sessel zurecht. Ich konnte erkennen, dass Angela es sich für den Abend gemütlich gemacht hatte. Ich wollte mich dem Partygeplauder mit Angela und den Mädchen anpassen, doch meine verspätete Periode begann immer drohender über mir zu schweben, während der Abend fortschritt.

Also kringelte ich mich, mit Joey auf dem Schoß, in einem Sessel zusammen und schützte Erschöpfung vor, während ich das Lachen und Scherzen um mich herum beobachtete. Ich wusste, das ich niemals mehr den Mut aufbringen würde, India und Ruth zu erzählen, dass ich glaubte, schwanger zu sein, zwar nicht deshalb, weil ich glaubte, dass sie mir etwas Schlechtes oder Kritisches sagen würden. Sondern es war der Gedanke, diese Worte laut auszusprechen. Irgendwie war das der beängstigendste Teil. Als ob schon das Aussprechen es wirklich machen würde. Doch wenn ich es in mir eingeschlossen hielt, könnte es nicht wahr sein.

20

India, Ruth und Angela blieben lange, und als sie gingen, fürchtete ich, dass ich nie einschlafen würde. Mein Kopf schwirrte vor Schlägereien und Bildern von Babys, und ich war mir sicher, dass mich das alles wach halten würde. Aber nein, sobald mein Kopf das Kissen berührte, schlief ich ein. Ich erwachte früh am nächsten Morgen, und es hatte endlich aufgehört zu regnen. Ich war entschlossen, dass, wenn ich schwanger wäre, alles gut wäre. Ich würde alles bewältigen. Ich war eine erwachsene Frau, und ich hatte aus freien Stücken Sex gehabt – also würde ich alles bewältigen. Jedenfalls sagte ich mir das, und ich war entschlossen, es auch zu glauben.

Der Tag war bedeckt und schwül, und ich war noch immer müde, trotz all des Schlafes, doch ich beruhigte mich selbst damit, dass es einfach hieß, dass ich mich von der Magenverstimmung erholte. Die Müdigkeit bedeutete überhaupt nichts.

Molly lackierte sich eifrig die Fingernägel, als ich im Büro eintraf. Smaragdgrün stand auf der Tagesordnung, wie es schien.

»Morgen, Molly«, sagte ich, weil ich wirklich froh war, sie zu sehen. Schließlich war sie eine Konstante in meinem Leben, und ich benötigte im Moment alle Konstanten, die ich bekommen konnte.

»Ihre Liste liegt schon dort – auf dem Tresen«, sagte sie, schaute auf und schenkte mir ein halbes Lächeln.

»Danke«, erwiderte ich, nahm sie an mich und überflog die Seite bis zum Ende. Wenigstens war nicht alles in Honan Terrace. Obwohl es Vorteile haben könnte, wenn es so wäre.

»Ellen?«

»Ja.«

»Tim bat mich, Sie an die Veranstaltung heute Abend im Metropol zu erinnern.«

»Das ist nett. Ich habe es nicht vergessen, danke.«

Molly schniefte. »Sie freuen sich darauf, vermute ich?«

»Ich habe nichts dagegen.«

»Wissen Sie schon, was Sie anziehen werden?«

Ich zuckte mit den Schultern. »Ich habe ein schwarzes Kleid, das ich anziehen werde.«

Molly lehnte sich auf ihrem Stuhl zurück und betrachtete mich von oben bis unten. Ich wand mich in meinen Kleidern, doch ich stand es mit einem Lächeln durch.

»Hm«, meinte sie, als sie aufhörte, mich zu mustern, »glaube ich das nur, oder haben Sie ein wenig zugelegt, Ellen?«

Oh, mein Gott!, dachte ich und schaute sofort auf meinen Bauch. Es musste also wahr sein, ich musste schwanger sein. Molly warf mir einen weiteren durchdringenden Blick zu, und ich überlegte, ob ich sie fragen sollte, ob das Baby ein Mädchen oder ein Junge war.

»Zu viel Paella«, sagte ich, sobald ich wieder sprechen konnte, »all das viele Essen und die Sonne und das Fliegen führt ja zu Flüssigkeitseinlagerungen.«

Molly runzelte die Stirn.

»Gehen Sie heute Abend auch hin?«, fragte ich boshaft.

Molly richtete sich auf ihrem Stuhl auf und schloss ihre Nagellackflasche. Sie schüttelte den Kopf. »Nein, ich nicht. Aber ich weiß, dass Sie nicht zu vielen Veranstaltungen gehen, nicht wahr, Ellen? Also müssen Sie sich *wirklich, wirklich* darauf freuen …«

»Freuen auf was?«, fragte Andrew hinter mir.

Mein Herz blieb stehen, und ein gewaltiges Zittern lief durch meinen Körper. Ich atmete tief ein. Nichts. Schwanger oder nicht. Naiv oder nicht. Auf keinen Fall würde ich ihn merken lassen, wie durcheinander ich nach Spanien war. Ich wirbelte herum und sah ihn an.

»Andrew!«, sagte ich mit einem breiten Lächeln. »Geht es dir gut?«

Ich verlor fast meine Entschlossenheit, weil er nicht besonders gut aussah. Er hatte dunkle Schatten unter den Augen und ein angespanntes Gesicht, das ich noch nie zuvor an ihm gesehen hatte. Zu viele lange Nächte, sagte ich mir. Zu viel Sex mit zu vielen Frauen, und er war nicht mehr so jung wie früher. Was, zur Hölle, erwartete er denn?

»Ich bin okay«, sagte er leise, »und du?«

»In Bestform.«

Er stellte seinen Aktenkoffer auf den Boden vor sich ab und rieb sich mit der Hand über das Gesicht. »Also, auf was freust du dich so sehr?«

»Auf heute Abend. Tony bat mich, ihn zu begleiten. Wirst du auch dort sein?«

Andrew nickte.

»Gut für einige«, murmelte Molly hinter mir.

»Entschuldigung, Molly, haben Sie etwas gesagt?«, fragte Andrew.

»Nein, nichts.«
»Und du wirst niemals erraten, was geschehen ist«, fuhr ich mit so viel gezwungener Fröhlichkeit fort, dass ich Gast bei einer Gameshow hätte sein können. »Es stellte sich heraus, dass India mit ihrer Firma hingeht, und Ruth geht auch hin. Ist das nicht ein lustiger Zufall?«
»Ihr werdet eine tolle Zeit haben«, sagte Andrew, und der Hauch eines Lächelns tauchte um seinen Mund auf.
»Das werden wir mit Sicherheit. Ich bin schon sehr aufgeregt. Es wird das erste Mal für Tony und mich sein, gemeinsam zu einer Veranstaltung zu gehen.«
Andrews Blick wich keinen Moment lang von meinem Gesicht, während ich sprach, doch ich konnte sehen, dass etwas Bemerkenswertes bei ihm geschah. Ein anderer, unpersönlicher Andrew stand plötzlich vor mir, und nach und nach breitete sich ein Lächeln auf seinem Gesicht aus.
»Tony Jordan?«
Ich nickte.
»Du solltest lernen, Kuchen zu backen, in denen Feilen versteckt sind«, sagte Andrew und hob seinen Aktenkoffer hoch. »Molly, könnten Sie in mein Büro kommen, sobald Sie Zeit haben? Ich muss etwas mit Ihnen besprechen.«
Und dann war er fort, und ich blieb wie üblich wie eine Idiotin stehen.
»Was sollte das denn heißen?«, rief ich, als Andrew die Tür zu seinem Büro hinter sich zuknallte. Ich drehte mich zu Molly um, die zurückgelehnt, mit übereinander geschlagenen Beinen und verschränkten Armen dasaß wie eine Frau im Theater.
»Was, zur Hölle, soll das heißen?«, fragte ich Molly.

Molly zuckte mit den Schultern, wiegte sich ein wenig hin und her, als sie mit ihrem supertollen und ergonomisch perfekten Sessel für Sekretärinnen schaukelte. Sie löste ihre Beine und stand auf, blies auf ihre smaragdfarbenen Krallen, nahm einen Notizblock und kam hinter ihrem Schreibtisch hervor.

»Nun?«, beharrte ich, als ob das etwas mit Molly zu tun hätte.

Sie blieb vor mir stehen und verrenkte sich den Hals, um mir ins Gesicht zu schauen.

»Nun«, sagte sie, als ob sie König Salomon oder Richter Judy wäre und sich zu einer ernsten Angelegenheit äußern wollte. »Ich vermute, dass Ihr Freund kriminell ist …«

»Ist er nicht!«, unterbrach ich sie.

»Schreien Sie nicht mich an, Ellen. Andrew scheint das zu glauben, und vielleicht ist er besorgt um Sie.«

Ich lachte. »Nicht sehr wahrscheinlich.«

»Ich habe gehört, dass Sie beide ernsthaft zusammen waren.«

»Das ist lange her, und es ist ehrlich und wahrhaftig vorbei. Was auch immer Andrew Kenny meint, es bedeutet nicht, dass er besorgt um mein Wohlergehen ist. Eifersüchtig auf Tony Jordan schon eher.«

Molly zuckte mit den Schultern und rückte ihren von Lycra bedeckten Busen zurecht. Sie hielt ihren Notizblock in die Höhe, als kapitulierte sie. »Ich muss arbeiten«, sagte sie, »wie Sie wohl auch?«

Und dann war sie in Andrews Büro verschwunden, und einmal mehr ließ man mich auf dem gleichen Fleck stehen, und ich spuckte Feuer. Als ich mich ein wenig erholt hatte, nahm ich meine tonnenschwere Handtasche und ging zu meinem

Wagen hinaus. Verdammte Kiste, was für ein Morgen, und es war erst halb zehn Uhr.
Ich hoffte, dass der Tag besser wurde und dass meine Fähigkeit, sarkastisch zu reagieren, nicht ständig zerstört wurde. Vielleicht geschieht das, wenn man ein Baby erwartet? Vielleicht wird man völlig weich und sentimental und unfähig, gemein und hartherzig zu sein? Aber soweit ich wusste, hatte Molly drei Kinder, und all das Kinderkriegen schien ihre ätzende Persönlichkeit überhaupt nicht tangiert zu haben.
Ich saß in dem Hyundai, schaltete den Motor ein und machte das Radio an. Dann erinnerte ich mich daran, dass ich meine Arbeitsliste auf Mollys Schreibtisch vergessen hatte. Verdammt! Ich stellte den Motor ab und rannte zurück ins Büro. Als ich dort ankam, sah ich, dass Molly an ihrem Schreibtisch saß. Verdammt noch mal! Trotzdem musste ich die bescheuerte Liste haben.
Molly sortierte einen großen Stapel Post auseinander. Sie schaute hoch, als sie die Tür hörte. Sie beugte sich vor und hob einen großen braunen Umschlag vom Boden auf.
»Der ist für Sie gekommen«, sagte sie und schüttelte den Umschlag, während sie sprach. Dann, urplötzlich – und so unerwartet, als wenn Außerirdische oder Brad Pitt zur Tür von Gladstone und Richards hereinmarschierten –, explodierte der Umschlag in Mollys Hand. Ein Knall wie eine Fehlzündung beim Auto erschütterte den Raum, dann gab es eine Stichflamme, die von einer Wolke Rauch begleitet wurde, und den unheimlichen Klang von Mollys unheimlich klingenden Schreien. Ich lief zu Molly, die den brennenden Umschlag zu Boden geschleudert hatte. Andrew kam aus seinem Büro gerannt.

»Was …« Er nahm einen langen grünen Läufer hoch und warf ihn auf die Flammen, die aus dem Umschlag aufstiegen.
»Bist du verletzt?«, fragte er, als er sich neben mich stellte.
Ich schüttelte den Kopf und nickte in Mollys Richtung. Wir beide schauten sie an. Ihr Gesicht war schwarz vom Rauch, und es sah ganz so aus, als wären ihr Pony und vielleicht auch ihre Augenbrauen versengt. In ihren großen blauen Augen standen Tränen.
»Er war für Ellen«, sagte sie.
»Nein, war er nicht«, sagte ich.
Molly nickte. »Er war für Sie, Ellen. Ich habe es gesehen. Er war an Sie adressiert.«
»Oh«, sagte ich.
»Molly? Sind Sie verletzt?«, fragte Andrew.
Molly sah ihn an und blinzelte, weil sie offensichtlich Schwierigkeiten hatte, sich auf sein Gesicht zu konzentrieren. »Ich glaube nicht.«
»Wir müssen Sie trotzdem untersuchen lassen«, sagte er, streckte eine Hand aus und drückte ihre Schulter. »Ich werde einen Krankenwagen rufen und die Polizei verständigen, und wir werden sie bitten, sich diese ganze Sache anzuschauen. Okay?«
»Okay«, sagte ich.
Molly nickte.
Andrew telefonierte, und Molly und ich blieben in völliger Stille, wo wir waren. War das eine Briefbombe gewesen? Für mich? Wer sollte mir eine Briefbombe schicken? Ich sah Molly an und dachte an all die miesen Dinge, die sie mir angetan hatte, und dass ich vielleicht froh sein sollte, dass die Bombe bei ihr explodiert war. Vor allem, da sie

keine größeren Verletzungen davongetragen zu haben schien, die eine halbwegs gute Kosmetikerin nicht richten konnte. Aber ich war nicht froh. Sie tat mir mit ihrem versengten Gesicht und dem benommenen Gesichtsausdruck Leid. Molly tat mir Leid und ich stellte mir verwirrt die Frage, wer mich so verletzen wollte, dass er mir eine Briefbombe schickte.
Andrew kam und blieb vor mit stehen, sobald er seine Telefonate beendet hatte.
»Also«, begann er. Sein Gesicht war vor Wut gerötet. »Also, bist du jetzt glücklich? Wirst du mir nun glauben?«
»Was?«
»Ich habe dich vor Tony Jordan gewarnt, und du hast mich ignoriert, und nun geschieht das hier. Du wirst nicht glücklich sein, bis dir etwas wirklich Schlimmes passiert, vermute ich. Vielleicht wirst du auch umgebracht werden. Dann wirst du mir glauben.«
»Nun, ich könnte Probleme damit haben, dich wissen zu lassen, ob ich das, was du behauptest, glauben werde oder nicht, wenn ich tot bin, Andrew.«
Andrew seufzte und erwiderte: »Um Himmels willen, Ellen. Das hier musste einfach geschehen.«
»Was?«, fragte ich. »Was musste geschehen? Dass Molly an einem Mittwochmorgen durch eine Briefbombe in die Luft gejagt wird?«
»Nein«, sagte Andrew ruhig, »nur dass du irgendwann verletzt werden wirst, wenn du darauf bestehst, weiter mit Tony Jordan herumzuhängen.«
»O ja, versuchst du nun, mir weiszumachen, dass Tony Jordan versucht, mich zu töten! Sei nicht dumm, Andrew, wenn

er mich umbringt, wen würde er denn dann heute Abend zu dem Empfang mitnehmen?«

»Ich glaube nicht, dass er versucht, dich zu töten, doch ich weiß ganz sicher, dass er ein Krimineller ist, und es interessiert mich nicht, was du sagst, Ellen. Jérôme Daly hatte mit ihm zu tun, und Jérôme Daly ist tot.«

»Also, Tony hat Jérôme nicht umgebracht. Er war wie ein Vater für ihn. Er liebte ihn, also hast du damit nicht Recht, Andrew. Du zählst in deinem arroganten Kopf zwei und zwei zusammen und bekommst eine Fünf heraus.«

»Vielleicht hat er ihn nicht getötet, doch die Wahrheit ist, dass er noch immer tot ist, und das, was du offenbar nicht hören kannst, Ellen, ist, dass wenn du mit Tony Jordan herumhängst, du auch irgendwann tot sein wirst.«

»Ähäm«, machte eine Stimme hinter Andrew.

Wir beide schauten in die Richtung der Stimme.

»Detective Hilary Thornton.« Eine matronenhafte Polizistin, die aussah wie eine Stricklehrerin, stand da und lächelte uns an. »Sie haben angerufen?«

»Großartig«, sagte Andrew und trat zurück, als zwei Krankenschwestern an ihm vorbei zu der schwarzgesichtigen Molly gingen. Ich sah, dass eine der Schwestern Andrew einen anerkennenden Blick zuwarf, und ich hätte ihr am liebsten einen Tritt versetzt. Was war mit Krankenschwestern los?

»Ist noch jemand verletzt?«, fragte die Inspektorin.

Andrew und ich schüttelten die Köpfe.

»Also gut, wir haben einige unserer Bombenspezialisten hier, und sie werden sich hier umschauen und sich einen Überblick verschaffen, falls es weitere explosive Dinge geben sollte …«

»Oh, mein Gott!«, schrie Molly und wir wirbelten herum. »Alle! Weg! Alle weg! Und sie waren alle meine eigenen – nicht dieser Plastikmist.«

Molly streckte die Hände von sich weg. All ihre Nägel waren zersplittert und eingerissen, nur smaragdfarbene Reste der Nägel hingen an den Ecken.

»Ellen! Ellen, sehen Sie nur.«

»O Molly«, sagte ich, ging zu ihr und nahm sie in den Arm. »Das wird wieder. Sie werden wieder wachsen, und in der Zwischenzeit können Sie in diesen neuen Salon gehen und sich dort wunderbare falsche Nägel anbringen lassen.«

Molly schüttelte den Kopf. »Ich möchte das nicht. Ich möchte das nicht.«

Ich umarmte sie wieder, und plötzlich brach sie in Tränen aus, und ihr zarter Körper wurde von Schluchzen erschüttert. Eine der Krankenschwestern – diejenige, die Andrew bewundert hatte – wischte Mollys Gesicht ab.

»Schock«, sagte sie zu mir. »Es wird ihr bald wieder gut gehen. Es ist nur der Schock.«

Ich nickte. Es war wirklich ein Schock, Molly so aufgelöst zu sehen. Das war sogar ein noch größerer Schock als der explodierende Briefumschlag. Doch das sagte ich nicht. Die Krankenschwestern und ich brachten Molly zum Krankenwagen, und ich half ihr beim Einsteigen, ehe ich zurück ins Büro ging. Andrew lehnte an einer Wand und sprach mit Tim Gladstone, als ich zurückkehrte. Ich hatte Tim nicht hereinkommen sehen.

»Ist mit Ihnen alles in Ordnung, Ellen?«, fragte Tim Gladstone, als ich die Rezeption betrat.

»Ja, alles klar«, sagte ich.

Nun ja, außer der Tatsache, dass ich vielleicht mit Andrews Baby schwanger war und dass das ein riesiges Problem sein würde, wenn dem so war. Doch ansonsten ging es mir gut. Einen entsetzlichen Augenblick lang dachte ich, ich hätte diese Worte laut ausgesprochen. Doch da sich die Mienen von Tim und Andrew nicht verändert hatten, war ich beruhigt.

»Wir müssen das Büro für den Rest des Tages schließen, denke ich. Was meinen Sie, Andrew?«, fragte Tim Gladstone.

Andrew schwieg eine Minute lang und schien mich anzuschauen, doch als ich versuchte, mit ihm Blickkontakt aufzunehmen, sah er weg.

»Das stimmt, Tim«, sagte er. »Ryan und Andrea sind sowieso nicht da. Ich werde sie anrufen und ihnen sagen, dass sie nach Hause fahren sollen, wenn sie fertig sind.«

»Ich muss gehen«, sagte ich und schaute auf meine Uhr. »Ich habe um elf Uhr eine Besichtigung.«

Andrew sah mich an. »Wirst du arbeiten können?«

Ich nickte.

»Es ist nur … nur … dass du sehr blass bist.«

Ich nickte wieder, weil ich wusste, dass das wahrscheinlich wahr war – ich fühlte mich auch blass.

»Mir geht es gut«, sagte ich. »Ich könnte es nicht ertragen, den ganzen Tag herumzusitzen und nachzudenken.«

»Das ist eine tolle Haltung!«, sagte Tim und klopfte mir auf die Schulter. »Tote, spanische Agenten, die versuchen, kurzen Prozess zu machen – gut gemacht, übrigens. Selbst Bomben. Nichts stört Sie, was?«

Ich lächelte. Nein, nichts – außer einer möglichen Schwangerschaft, dachte ich.

»Ich werde nach Hause fahren, wenn ich fertig bin«, sagte ich.
Andrew nickte.
»Vergessen Sie heute Abend nicht«, sagte Tim.
Ich sah ihn an.
»Den Empfang«, sagte er.
»O ja«, sagte ich, »den hätte ich fast vergessen. Und das erinnert mich daran, dass ich mir noch Schuhe kaufen muss.«
Tim Gladstone lachte, und selbst Andrew lächelte. Ich winkte ihnen zu. Ich war wirklich froh, dass ich an diesem Tag arbeiten konnte. Häuser zeigen und über die Feuchtigkeit und den Verkehr, über Nachbarn, Hypotheken und Häuserpreise reden. Alles war besser, als über Andrew und Tony Jordan und über Babys nachzudenken. Vor allem Babys. Und nicht nur, weil ich Angst hatte, schwanger zu sein. Es war noch schlimmer. Ein Teil von mir freundete sich immer mehr mit dieser Idee an. Ein Baby. Mein eigenes Baby. Jemanden zu lieben, der meine Liebe erwiderte und keine Fragen stellte. Ich drängte die Gedanken an das Baby zurück, doch ich schien sie nicht vollständig ausschalten zu können.
Mein manischer Wunsch, das Denken zu vermeiden, drückte sich darin aus, das ich zwischen meinen Terminen durch jedes Schuhgeschäft in der Stadt lief. Schließlich fand ich die perfekten Schuhe zu meinem schwarzen Kleid. Goldene Pumps, Cinderella-Sandalen, die so zierlich waren, dass sie fast nicht vorhanden waren. Sie kosteten ein kleines Vermögen. Ich ignorierte meine interne Kreditkartenwarnung und kaufte sie trotzdem.
Ich verdiente sie. Immerhin war ich in die Luft gejagt worden (nun, beinahe) und war vielleicht schwanger, was bedeu-

ten würde, dass ich einige Zeit lang keine hübschen Kleider würde kaufen können. Doch selbst wenn ich schwanger war, würde ich noch immer in der Lage sein, meine schönen Schuhe zu tragen. Ich würde vielleicht nicht überall hingehen können – doch das war ein anderes Problem. Ein großes Problem zur Zeit, war mein Motto. Oder wenigstens: Ignoriere ein Problem zur Zeit. Mehr konnte man von mir nicht verlangen. Und es würde härter und härter werden, das zu tun, während das Leben mir Probleme entgegensetzte. Es war alles zu gemein, um noch mehr Worte darüber zu verlieren.

21

Als ich duschte und mich anzog, versprach ich mir selbst, dass ich keinen Sex mit Tony Jordan haben würde. Es wäre einfach nicht korrekt, mit ihm Sex zu haben, wenn ich schwanger wäre. Das schien mich von meinen Problemen abzulenken, doch es war kein ausreichender Grund. Ich war verwirrt. Es gab einfach so viele Probleme, die gelöst werden mussten. Wenn ich schwanger war – zum Beispiel –, würde ich dann mit Tony Schluss machen müssen? Das war keine angenehme Aussicht. Ich konzentrierte mich auf das Auftragen des Make-up, die richtige Wahl des BHs und des Lidschattens und versuchte, mein Haar dazu zu bringen, sich anständig zu benehmen. Und das kostete mich die gesamte Zeit, bis es an meiner Tür klingelte.

Tony stand unter der Tür und sah unglaublich gut aus in seinem schwarzen Frack. Sein weißes Hemd leuchtete gegen seine olivfarbene Haut, und der dunkle Stoff saß perfekt an seinem muskulösen Körper.

»Meine Güte«, sagte ich, als er mich an sich zog und küsste. Mein Herz tanzte und hüpfte schon wieder in meiner Brust. Was war das noch, dass ich beschlossen hatte, keinen Sex zu haben? Vielleicht nur noch ein letztes Mal, ehe ich im Zölibat lebte?

»Du siehst toll aus«, sagte Tony, als der Kuss zu Ende war.

»Du machst auch eine ganz nette Figur«, erwiderte ich, ein

Stück von ihm entfernt, und betrachtete ihn aufmerksam von Kopf bis Fuß. Sicherlich würde ein letztes Mal niemandem weh tun.

Tony streckte seine Hand nach mir aus, und ich wich zurück.

»Nein«, sagte ich, »es hat mich Stunden gekostet, mich fertig zu machen – ich habe nicht die Absicht, diese ganze harte Arbeit zu zerstören.«

Tony grinste. »Nur einen kleinen Kuss?«

Ich schüttelte den Kopf. »Vergiss es. Das gibt es nicht. Außerdem ist das ein Arbeitseinsatz. Ich dachte, dass von dir Arbeit erwartet würde, und ich weiß, dass von mir mit Sicherheit erwartet wird, dass ich arbeite.«

Tony verschränkte die Arme und lehnte sich an den Türrahmen. Seine Blicke wanderten so langsam an meinem Körper hinauf und hinab, dass ich mich fast wie berührt fühlte.

»Stopp«, sagte ich.

»Ich tue doch gar nichts.«

Ich sah ihn an. »Ich hole nur meine Tasche, und dann können wir gehen.«

»Willst du mich nicht hineinbitten?«

»Später, vielleicht«, sagte ich und konnte nicht widerstehen, zu lächeln, als ich meine kleine, mit schwarzen Perlen besetzte Abendtasche nahm und mir einen silbernen Schal um die Schultern legte. »Wie sehe ich aus?«

»Das habe ich schon gesagt. Du siehst fantastisch aus. Wie kannst du von mir erwarten, dass ich die Finger von dir lasse?«

Tony machte zum Schein einen Sprung in meine Richtung, und ich küsste ihn leicht auf die Lippen.

»Wir müssen gehen und erst ein wenig arbeiten«, sagte ich.

»Du bist neulich zur Arbeit gegangen, nachdem wir unseren kleinen Geschäftstermin in Jérômes Haus gehabt hatten«, sagte Tony und machte eine Bewegung, um mich an ihm vorbeigehen zu lassen.

»Und ich sah aus, als hätte ich auf einer Couch mit einem Mann herumgetobt«, sagte ich und ging zum Lift voraus.

»Das habe ich dir auch gesagt.«

»Für mich sahst du sehr gut aus.«

Ich lachte. Die Türen des Lifts öffneten sich, und ich sah, dass er leer war. Ich schaute Tony an und wieder zum leeren Lift zurück. Ich schüttelte den Kopf.

»Nein«, sagte ich, »die Treppe.«

»Feigling«, sagte Tony und folgte mir, als ich auf meinen zierlichen Sandalen die drei Treppen hinunterschwankte.

Der Ballraum im Metropol pulsierte vor Gesprächen und Farben und Musik, als Tony und ich eintrafen. Ruth und Wolfie standen neben der Tür und beobachteten die Menge.

»Hallo«, sagte ich und stellte mich neben Ruth, die sehr gut aussah in einem silbernen Futteralkleid mit tiefem Ausschnitt.

»Hi, Ell. Tony«, sagte Ruth lächelnd.

Wolfie hob eine Hand zu einem gespielten Salut. »Boss.«

»Wolf«, sagte Tony, »netter Anzug.«

»Danke«, sagte Wolfie und ruckte den Kragen seines Hemdes zurecht. »Ich glaube, ich bin eher der lässige Typ Mann.«

»Alles zum richtigen Anlass«, sagte Tony.

»Ein guter Anlass?«, fragte ich und überlegte, ob ich etwas durcheinander brachte und wir wirklich auf einem Wohltätigkeitsball waren.

»Geschäfte«, sagte Tony lächelnd. »Gibt es hier irgendwo eine Bar?«
Wolfie deutete quer durch den Raum. »Ich werde mit dir dort hinüberspazieren. Möchtest du noch mal das Gleiche haben, Ruth?«
Ruth kippte den Inhalt ihres Glases hinunter und gab Wolfie das leere Glas. »Ich habe nichts dagegen.«
Tony zwinkerte mir zu, ehe er mit Wolfie in der Menschenmenge verschwand.
»Du siehst wunderbar aus«, sagte Ruth zu mir.
»Danke, du auch, und ich muss schon sagen, Ruthie, dass das ein recht gewagtes Dekolletee ist.«
»Danke. Ich halte es für ein Kunstwerk. Tony sieht heute Abend ganz schön scharf aus. Sehr sexy.«
Ich seufzte. »Ich weiß. Ich hatte alle Mühe, meine Hände von ihm zu lassen, ehe wir losgingen. Wolfie sieht in diesem Anzug auch ganz gut aus.«
»Ja, aber ohne sieht er noch besser aus.«
»Ruth!«
»Ich bin bereit, zuzugeben, dass wir alle es nicht geschafft haben, heute Abend unsere Hände bei uns zu behalten.«
Ich lachte. »Wie, zur Hölle, machst du das nur? Du siehst trotzdem gut aus.«
»Oh, nichts geht über den alten Après-Ski-Schimmer, der Farbe auf die Wangen einer Frau zaubert.«
Ruth und ich begannen zu kichern, bis uns Tränen über die Wangen liefen.
»Was ist denn so lustig?«, fragte eine Stimme hinter uns.
Wir drehten uns um. India stand vor uns und sah aus wie eine mystische Göttin in einem reinweißen Seidenkleid. Sie hatte

ihr Haar hochgesteckt, aus dem zarte Strähnchen bis zu ihrem langen Hals herunterhingen.
»Wow!«, sagte ich.
»Mein Gott«, sagte Ruth, »du siehst unglaublich aus. Toll. Höchst erstaunlich. Und das alles, ohne auch nur das kleinste Dekolletee zu zeigen. Wie machst du das, Hündin?«
»Oh, einfach durch Klasse«, sagte India und lächelte königlich. Ruth schlug ihr auf den Arm.
India lachte. »Okay, okay. Einfach durch Klasse und mit kleinen Titten. Wir haben nicht alle die gleichen Vorzüge, die wir zur Schau stellen können, verstehst du, Ruth?«
»Nun, du siehst fabelhaft aus. Was für ein Make-up ist das? Du hast das in der vergangenen Nacht nicht getragen«, sagte Ruth.
»Ich habe vergessen, wie es heißt«, erwiderte India, »aber ich hatte heute einige Absagen, also ging ich in einen Schönheitssalon und habe es mir aufsprühen lassen. Es funktioniert wirklich, was? Kein Wunder, dass alle Filmstars sich das machen lassen. Wo sind eure Freunde?«
»An der Bar«, sagte ich.
»Sie werden noch eine Weile fort sein«, sagte India. »Dort ist es knallvoll. Wer sind all die Leute?«
»Wo sind sie?«, fragte Ruth und sah sich um.
Ich zuckte mit den Schultern. »Keine Ahnung.«
»Die Großen und die Guten der Stadt«, sagte India.
Ruth und ich schauten sie an.
»Nun«, sagte India lächelnd, »insofern, als sie diejenigen sind, die all das Geld haben. Anwälte. Auktionäre. Immobilien-Entwickler.«
»Cowboys«, sagte ich.

India nickte. »Überwiegend.«
Wir lachten. Ich fühlte eine leichte Berührung an meiner Schulter. Ich drehte mich um, weil ich Tony erwartete, und glücklicherweise sagte ich nichts Anzügliches. Tim Gladstone lächelte mich an.
»Hallo«, sagte ich, »wie lief es denn heute, nachdem ich gegangen war?«
»Gut. Nun, so gut, wie es sein kann, wenn man der Polizei Rede und Antwort gestanden hat, nachdem unser Büro in die Luft gejagt wurde. Sie brauchen morgen eine Aussage von Ihnen. Es wäre nicht schlecht, wenn Sie dort sein könnten, wenn der Postbote kommt.«
Ich lachte.
»Büro in die Luft gejagt?«, fragte Ruth.
»Ich hatte keine Möglichkeit, dich anzurufen. Ich werde euch später davon erzählen. Tim Gladstone … ich möchte Sie gern mit meinen Freundinnen bekannt machen. Ruth und India.«
Tim Gladstone schüttelte ihnen nacheinander die Hand.
»Entzückt, Sie beide kennen zu lernen«, sagte er.
Die beiden grinsten wie Schwachsinnige. Wolfies Kopf tauchte über der Menge auf, und er blinzelte mir zu. Ich lächelte. Er und Tony kamen zu unserer kleinen Gruppe. Ich machte sie mit India und Tim Gladstone bekannt.
»Also«, sagte Ruth und nahm lächelnd den Drink entgegen, den Wolfie ihr reichte, »was meintest du, dass euer Büro heute in die Luft geflogen ist?«
»Euer Büro ist in die Luft geflogen?«, fragte Tony.
Ich schüttelte den Kopf. »Nicht ganz. Es war nur eine Briefbombe. Von irgendeinem verärgerten Spinner. Sie hat nicht

viel Schaden angerichtet, doch ich glaube, dass Mollys Augenbrauen versengt worden sind.«

»Oh, mein Gott!«, sagte Ruth. »Sie wird jemanden dafür bezahlen lassen.«

»Wahrscheinlich mich«, sagte ich. »Als ob ich sie in die Luft gejagt hätte. Und nur, weil der Brief an mich addressiert war …«

»An dich?«, unterbrach Tony mich.

Ich sah ihn an und nickte. »Muss ein sehr wütender Kunde gewesen sein, doch ich schwöre, dass ich niemanden überboten habe.«

Alle lachten, außer Tony, der Wolfie ansah. Wolfies Gesicht war so starr wie eine Botoxmaske. Nur ein kleiner Muskel zuckte im Winkel seines rechten Auges.

»Könnte alles sein, Tone«, sagte er.

Tony nickte und quälte sich ein Lächeln ab. Sein Gesicht schien noch dunkler als sonst zu sein.

»Ich muss einen Anruf machen«, sagte Tony und brachte sein Lächeln in Ordnung, bis es fast normal wirkte. Doch ich konnte sehen, dass etwas hinter seinen Augen lauerte. »Ich gehe nur eine Minute hinaus, wenn Sie mich entschuldigen. Nett, Sie kennen gelernt zu haben, Tim. Ich bin in einer Minute wieder da, Ellen. Brauchst du irgendetwas?«

Ich schüttelte den Kopf und winkte ihm mit meinem Glas zu. »Mir geht es gut, danke.«

Wir blieben schweigend stehen und sahen Tony nach, bis er durch die hohen Doppeltüren verschwand, die zum Foyer führten. Wolfie hustete laut.

»O je«, sagte er wie ein Darsteller in einer Pantomime, »mir fällt gerade ein, dass ich auch einen Anruf machen muss. Bin sofort wieder da.«

Und fort war er.

»Also«, sagte Tim Gladstone, »eine Bombe ist schon eine komische Sache, was?«

Ruth lachte laut auf, hustete schnell, und ich sah zu Boden. Mein Leben wurde langsam surrealistisch. Sex. Männer. Bomben. Rosafarbene Autos. Straßenräuber. Mögliche Babys und Katzenkörbe. Nun würde ich mit Sicherheit niemals ins *Hello!*-Magazin kommen.

»Ja«, sagte India, »manchmal kann so ein Ding wie eine Bombe alles verändern.«

Was für eine Freundin, dachte ich, als India mutig um eine Unterhaltung mit meinem leicht verrückten Boss kämpfte. Ich sah sie an und lächelte ermutigend, doch das war verschwendete Zeit. Indias Blicke richteten sich auf Tim Gladstone.

»War es sehr beängstigend?«, fragte sie.

Tim, der genauso auf India fixiert war, zuckte mit den Schultern und lächelte sein dümmlich-prächtiges Cary-Grant-Lächeln. »Ich war draußen, als sie explodierte. Ellen, Andrew und natürlich Molly waren die Einzigen im Büro. Ich kam erst dazu, nachdem der Umschlag in Flammen aufgegangen war.«

India schüttelte den Kopf. »Trotzdem. Das kann auch sehr traumatisch sein. Was hat die Polizei gesagt? Haben Sie eine Ahnung, wer sie geschickt haben könnte?«

Tim starrte India wie berauscht an, und ihre Frage schwebte über seinen Kopf hinweg. Ich sah Ruth an, die eine Augenbraue hochzog, und dann sahen wir beide wieder India und Tim Gladstone an. Und das war besser als ein Film.

»India«, sagte Tim, »was für ein schöner Name.«
India errötete und neigte den Kopf, damit die Haarsträhnchen über ihr Gesicht fielen, und dann schaute sie Tim wieder an. »Ich danke Ihnen.« Sie klang ernst.
Nun, jeder andere, den ich kannte, würde einfach nur »Danke« sagen. Doch India verwendete niemals Kurzfassungen – sie benutzte den vollständigen Ausdruck. Und als ich darüber nachdachte, war Tim Gladstone der einzig andere Mensch, den ich kannte, der das auch machte. Ich sah Ruth an, die zwinkerte.
»Wir sollten uns aufmachen und unsere Partner einfangen«, schlug Ruth vor und wandte sich Tim und India zu. »Ich frage mich, ob ihr beide uns für ein paar Minuten entschuldigen würdet, unsere Männer scheinen auf der Vermisstenliste zu stehen.«
»Aber gerne«, sagte Tim Gladstone.
India lächelte.
»Ellen?« Ruth schaute mich mit aufgerissenen Augen an.
Ich starrte eine Sekunde lang verwirrt zurück, dann fiel bei mir der Groschen.
»O ja, du hast Recht. Wir sollten sie suchen«, sagte ich. »In ein paar Minuten sind wir wieder da.«
Ruth zog mich am Arm, und wir gingen zum Foyer hinaus.
»Hast du das gesehen?«, fragte sie, sobald wir außer Hörweite waren.
»Was?«
»*Das!* India und Tim Gladstone. Ich habe so etwas noch nie gesehen. Es war so … so … romantisch.«
Meine Augen füllten sich mit Tränen, und ich nickte. »Ja. Ja, so war es.«

Bevor ich in Liebe und Romatik und anderem schwelgen konnte, was mich mit Sicherheit sentimental gemacht hätte, sah ich Tony, der auf uns zukam, dicht gefolgt von Wolfie. Tony blieb vor mir stehen.

»Ich muss gehen«, sagte er und nahm meine Hand in seine beiden Hände. »Es tut mir wirklich sehr Leid, Ellen, aber ich habe keine Wahl ...«

»Geschäfte«, unterbrach Wolfie ihn, »dagegen können wir nichts tun.«

»Wir?«, fragte Ruth.

Wolfie grinste. »Entschuldigung, Ruthie. Ich auch. Ich rufe dich später an.«

Ich schaute Tony an, und ich konnte sehen, dass das Undefinierbare noch immer wie ein schwacher Duft um ihn herumschwebte.

»Geht es dir gut?«, fragte ich.

Sein Gesicht entspannte sich. Er beugte sich zu mir vor und strich mit seinen Lippen über meine. »Prima. Es tut mir Leid, Ellen. Ich rufe dich morgen an.«

Ich nickte, und dann waren er und Wolfie verschwunden.

»Was, verdammt noch mal, hat das alles zu bedeuten?«, fragte Ruth, als wir nebeneinander in dem belebten Foyer standen.

»Ich habe keine Ahnung«, sagte ich, doch ich hatte ein ungutes Gefühl im Magen. Und als wären die Dinge nicht schon schlimm genug, öffnete sich in diesem Augenblick die Tür des Hotels, und Andrew kam herein.

Trotz allem, was geschehen war und der Tatsache, dass er nichtsnutzig, mies und ein Dreckskerl war, schlug mein Herz höher, sobald ich ihn sah. Doch das beruhigte sich sofort wieder, als ich Davina Blake entdeckte, die hinter ihm hereinschwebte. Sie lachte über etwas, das er gesagt hatte, und umfasste vertraulich seinen Arm, und schon hätte ich mich wieder übergeben können. Das Schlimmste war jedoch, dass sie beide sehr gut aussahen. Davina trug ein langes, seegrünes Kleid aus einem schimmernden Stoff und Andrew – der noch immer ein wenig ausgemergelt und blass aussah – war so attraktiv in seinem Abendanzug, dass mein Herz wie ein entzündeter Zahn schmerzte. Ich zog Ruth am Arm, und wir traten hinter eine Gruppe von Männern zurück, die lautstark ein Rugby-Spiel diskutierten.

»Oh, mein Gott«, flüsterte Ruth, als Davina Blake und Andrew vorbeigingen und viel zu sehr voneinander in Anspruch genommen waren, um uns zu bemerken.

»Ja«, sagte ich.

Ruth drückte meinen Arm, während wir beieinander standen und zusahen, wie das tolle Paar im Festsaal verschwand. Ruth schwenkte ihre kleine, mit Muscheln besetzte Tasche, die an einer langen Silberkette hing.

»Komm schon, Ellen, lass uns hineingehen. Zum Teufel mit ihnen allen! Andrew und Tony und Wolfie und diese große, blonde Frau …«

»Davina Blake.«

»Wie auch immer. Vergiss sie alle. Lass uns ein paar Drinks holen und uns unter die Menge mischen. Was meinst du? Schau uns an, wir sind großartig, und wir werden mit Leichtigkeit ein paar Männer finden. Sie werden Schlange stehen. Komm schon.«

Ich sagte nichts. Noch mehr Männer? Das glaubte ich nicht. In meinem Leben gab es schon mehr als genug Komplikationen.

Ich sah Ruth an, und plötzlich war alles zu viel für mich. Trotz meines Versprechens mir selbst gegenüber, nicht mehr zu weinen, konnte ich fühlen, dass heiße Tränen in meine Augen stiegen. Ich konnte nur an die Wimperntusche denken und daran, was die Tränen mit ihr machen würden. Ruths Stirn legte sich in Falten, und sie hielt meine Hand.

»Ellen, komm, es ist alles in Ordnung. Ich denke, du solltest mit Andrew sprechen. Das habe ich dir schon gesagt. Ich wette, dass da ein Missverständnis besteht, und du solltest es aufklären, und alle werden glücklich bis ans Ende ihres Lebens sein.«

Ich schüttelte den Kopf und gab einen kleinen Schluchzer von mir. Ruth streichelte meinen Handrücken.

»Wer werden hineingehen und uns betrinken«, sagte sie. »Was kümmern uns die anderen, verdammt noch mal.«

»Ich kann nicht«, heulte ich.

Ruth schüttelte den Kopf. »Ich habe Geld. Uns wird es gut gehen.«

»Nein, das ist es nicht. Ich kann mich nicht betrinken, Ruth. Ich … ich glaube, dass ich schwanger bin.«

Ruths Augen weiteten sich so sehr, dass ihre falschen Wimpern aussahen, als seien sie zwei Nummern zu klein.

»Scheiße«, sagte sie.

Ich nickte.

Sie atmete aus. »Heilige Scheiße.«

Ich nickte wieder.

»Tony?«, fragte sie.

Ich schüttelte den Kopf.

»Andrew«, sagte sie.

Ich nickte und suchte in meiner winzigen Tasche nach einem

Papiertaschentuch und fand auch glücklicherweise eines. Ich putzte mir laut die Nase, und Ruth sah aus, als überlegte sie, hineinzugehen und Andrew windelweich zu schlagen.
»Klebt meine Wimperntusche an meinem Kinn?«, fragte ich.
Ruth schüttelte den Kopf. »Himmel, Ellen, bist du sicher?«
»Nein, aber heute ist Donnerstag, und ich glaube, dass meine Periode am Samstag fällig war – das sind fünf Tage, und meine Periode hat sich noch nie verspätet.«
»Aber wann hattest du Sex mit Andrew?«
»Am vergangenen Donnerstag.«
»Es ist nicht wahrscheinlich, dass du da schon schwanger warst, oder?«
Ich schüttelte den Kopf. »Nein, aber wo, zur Hölle, ist meine Periode geblieben? Ich sage mir immer wieder, dass ich nicht schwanger bin und dass es nicht möglich ist, doch dann, Ruth, erinnere ich mich an all die Leute, die ich kennen gelernt habe, die wie durch Zauberei schwanger geworden sind. Kein guter Grund, aber trotzdem schwanger. Und dann war da auch meine Übelkeit – was hatte das zu bedeuten? Vielleicht war es kein Bazillus. Und dennoch fühle ich mich nicht gut, verstehst du. Mir ist noch immer ein wenig übel.«
Meine Augen füllten sich wieder mit Tränen, und ich schniefte gegen sie an. Sie sollten einfach verschwinden. Ich war fertig mit dem Heulen. Es war nur eine vorübergehende Entgleisung gewesen, doch jetzt war es vorbei. Ich putzte mir die Nase.
»Himmel, Ellen, keine Kondome in Spanien, vermute ich mal.«
»Halt den Mund, Ruth, das spielt jetzt keine Rolle.«
»Verzeihung, Verzeihung. Du hast Recht.«

»Was soll ich machen, wenn ich schwanger bin?«
Ruth lächelte zu mir hoch, und es war erkennbar, dass sie den Schock verkraftet hatte und wieder sie selbst wurde. »Alles wird gut werden.«
»Das sagt sich so leicht.«
»Nein, so wird es sein, einfach gut. Es könnte viel schlimmer sein, Ell, du könntest auch eine unheilbare Krankheit haben.«
»Ich glaube, dass ich die auch noch habe.«
»Was?«
»Nun, welche andere Erklärung gibt es für die Tatsache, dass ich scheinbar nicht von Andrew Kenny loskomme.«
»Miststück«, sagte Ruth und versetzte meinem Arm einen Schlag, »du hast mich erschreckt.«
Ich lächelte, weil es einfach keinen Grund gab, weiter zu heulen. »Ich möchte nach Hause gehen. Ich kann den Gedanken nicht ertragen, dort hinein zurückzugehen, mit all diesen Leuten.«
»Dann gehen wir nach Hause. Wir sind ja sowieso von unseren Freunden im Stich gelassen worden. Dann können wir auch nach Hause gehen.«
»Man erwartet von mir, dass ich arbeite. Mich mit all diesen Immobilien-Magnaten unterhalte.«
»Sage Tim, dass du dich krank fühlst und nach Hause gehen willst.«
»Vielleicht.«
»Ja, Ellen, sag ihm, dass sich die Magenverstimmung wieder meldet.«
»Denkst du, dass er mir glauben wird?«
»Nun, ich habe das Gefühl, dass es ihm scheißegal wäre,

wenn du zum Mond fliegen würdest, wenn er nur mit India reden kann.«

»Das stimmt. Aber du bleibst trotzdem hier. Es ist mir unangenehm, wenn ich dir den Abend ruiniere.«

Ruth schüttelte den Kopf. »Ich würde ein langes heißes Bad vorziehen. Dieser BH ist mörderisch. Man bezahlt einen Ausschnitt wie meinen mit viel Leid, und da alles umsonst ist, ist es mir egal.«

Ich lächelte, und trotz allem anderen dachte ich, wie glücklich ich dran war, so eine gute Freundin zu haben.

»Ich nehme mir ein Taxi«, sagte ich. »Danke, Ruth. Für alles.«

»Für nichts. Komm schon, diese fetten Mistkerle dort drüben sind blau und beäugen uns schon seit fünf Minuten, und ich möchte hier raus, ehe einer von ihnen zu uns herüberkommt.«

Ruth und ich gingen zum Empfangstresen im Foyer und bestellten uns ein Taxi. Mein Apartment war in der Nähe, und nach ein paar Minuten trafen wir dort ein.

»Möchtest du, dass ich mitkomme?«, fragte Ruth.

»Nein, danke, mir geht es gut. Ich werde sofort ins Bett gehen. Danke dir trotzdem, Ruth.«

Ich küsste sie auf die Wange, stieg aus dem Taxi und blieb winkend auf dem Bürgersteig stehen, bis die Rücklichter außer Sicht waren. Dann war ich mit meinen Gedanken wieder allein. Zum Glück war ich so erschöpft, dass ich es gerade noch schaffte, hineinzugehen. Ich hatte keine Energie mehr, mir Sorgen zu machen. Ich hörte laute Musik aus Angelas Apartment, was gut war – denn das bedeutete, dass sie sich einen Film ansah und es unwahrscheinlich war, dass sie mich nach Hause kommen hörte.

Joey schlief fest im Katzenkorb, als ich hereinkam, und er hob nicht einmal den Kopf, als er das Öffnen der Tür hörte.
»Selbstsüchtiger Mistkerl«, sagte ich, als ich auf dem Weg ins Bett an ihm vorbeiging. »Typisch Mann. Und ich dachte, dass du anders wärst, Joey.«
Er schlief weiter. Ich zog meine Kleider aus und sprang unter die Dusche. Dann machte ich mir einen riesigen Becher Kakao und einen Toast und nahm einen Stapel Zeitschriften mit ins Bett. Während ich meinen Kakao schlückchenweise trank und die hochglänzenden Seiten umblätterte, entspannte ich mich allmählich. Mistkerl, dachte ich, wann immer mir das Bild von Andrew in den Kopf kam. Dummer, verlogener Mistkerl. India hatte Recht, mir ging es ohne ihn besser. Meine Augenlider wurden schwer, und ich wurde müde. Also trottete ich ins Bad, um mir die Zähne zu putzen und zur Toilette zu gehen. Und genau da entdeckte ich, dass meine Periode eingesetzt hatte. Ich nahm mir kaum die Zeit, meinen Schlüpfer hochzuziehen, und rannte zum Telefon und wählte Ruths Nummer.
»Ja?«, sagte eine Stimme.
»Ruth. Meine Periode. Ich habe sie bekommen. Gerade eben. Ich bin nicht schwanger.«
Ruth jauchzte mir ins Ohr. »Das sind gute Neuigkeiten.«
»Das kannst du laut sagen«, sagte ich.
»Das sind tolle Neuigkeiten, wirklich, wirklich gute Nachrichten«, sang Ruth zu der Melodie von *Congratulations.*
»Du bist verrückt, Ruth«, erwiderte ich lachend.
»Ja, das bin ich wirklich. Und du bist nicht schwanger.«
»Nein, bin ich nicht. Gute Nacht, Ruth, und danke für alles.«
»Keine Ursache. Nacht, Ell.«

Ich ging zurück zum Bett und kroch unter die Steppdecke und fühlte mich noch müder als zuvor. Das war die Erleichterung, stellte ich fest, als ich in den Schlaf glitt. Doch in meinem Kopf drehte sich alles, und ich sah weiterhin Bilder von dem kleinen Baby, das ich innerlich schon angenommen und sogar geliebt hatte. Und als ich einschlief, wurde mir bewusst, dass ich trotz der Erleichterung, nicht schwanger zu sein, auch ein wenig enttäuscht war.

22

Am nächsten Morgen wachte ich schon vor dem Klingeln des Weckers auf, und ein paar Minuten lang dachte ich, ich könnte doch schwanger sein. Und dann fiel mir einiges aus der vergangenen Nacht wieder ein, und ich rannte ins Bad, um nachzuprüfen, ob meine Periode wirklich eingesetzt hatte und ich das nicht nur geträumt hatte. Ich war der Mutterschaft für dieses Mal entkommen. Ich war höchst erfreut, doch noch immer war dieses Bild in meinem Kopf von einem wunderschönen Baby mit Andrews grauen Augen, das aus der Wiege zu mir aufschaute. Dann dachte ich an Andrew, den verdammten Vater des Jahres, mit Kindern, die überall in der Stadt auftauchten. Ich war jung, frei und allein stehend, und ich hatte die Absicht, das auch zu bleiben.

Nachdem ich geduscht und mich angezogen hatte, ließ ich Joey hinaus, schob mir ein Stück Toast in den Mund und verließ mein Apartment. Es war ein herrlicher Tag, und ich war versucht, zur Arbeit zu laufen, doch ich wusste, dass ich den Wagen irgendwann für Besichtigungen benötigen würde, also fuhr ich in die helle Morgensonne. Das Radio spielte ein Medley der Beach Boys, und ich sang die ganze Zeit mit, bis ich das Büro erreicht hatte. Es war gut, am Leben zu sein. Es war noch besser, am Leben und nicht schwanger zu sein.

»Guten Morgen, Gladstone und Richards. Kann ich Ihnen helfen?«, fragte eine flüsternde Stimme hinter Mollys

Schreibtisch, als ich beim Empfang ankam. Mollys Vertreterin saß aufrecht auf Mollys supertollem Luxussessel und musterte mich von oben bis unten mit kalten, berechnenden Blicken.

»Mein Name ist Leah Richards, wie das Richards in Gladstone und Richards.« Sie schenkte mir ein kleines Lächeln. Sie sah aus wie ein Kind, ein hübsches, blondes kleines Mädchen, aber sie hatte den kalten Killerblick eines russischen Spions. Und sie war mit dem Boss verwandt, der sich halbwegs zur Ruhe gesetzt hatte. Klasse.

»Oh, Sie müssen Mollys Vertretung sein«, sagte ich fröhlich und streckte ihr meine Hand hin. »Ellen Grace, Senior-Auktionatorin.«

Sie schüttelte kurz meine Hand und nickte mir zu. Dann nahm sie eine Zeitschrift und blätterte sie durch, als sei ich nicht vorhanden.

Ryan saß zurückgelehnt auf seinem Sessel und hatte die Hände hinter dem Kopf verschränkt, als ich ins Büro kam.

»Hast du sie gesehen? Toll, nicht wahr? Ich bin gerade der Frau meiner Träume begegnet«, sagte er und lächelte mich an. Er hatte Knopfaugen, die völlig verschwanden, wenn er lächelte. Er sah aus wie ein Eichhörnchen.

Ich schenkte ihm mein süßestes Lächeln. »Du würdest mehr Chancen bei Molly oder ihrer Mutter haben.«

Mein Telefon klingelte, und ich nahm den Hörer ab, während ich Ryan noch immer anlächelte. Heute hatte er mehr Pickel denn je. Sein Gesicht sah aus wie ein Pickelhimmel.

»Hi, Ellen Grace hier …«

»Ellen.« Es war Tonys Stimme. Ich liebte es, wie er meinen Namen aussprach, und ich fragte mich, wie ich ihn dazu

bringen könnte, ihn noch einmal zu sagen, wenn sein Ton ernsthaft geworden war.
»Hattest du nicht ein Haus in den Büchern, Hazel – irgendwas?«
Ich warf einen verstohlenen Blick zu Ryan hinüber, der auf seinem Laptop herumhackte, doch ich wusste, dass er ein Ohr gespitzt hatte.
»Warte einen Moment.« Ich schaltete auf den tragbaren Hörer auf meinem Schreibtisch um und ging dann in die winzige Küche, um Kaffee zu machen und Tony zuzuhören.
»›Hazeldene‹, ist das das Haus, das du meinst?«
»Ja. Ich habe gerade im Fitnessstudio gehört, dass jemand das Haus gekauft hat, Ellen.«
»Das ist sehr nett, Tony«, sagte ich lachend. Ich hatte keine Ahnung, wohin diese Unterhaltung führen würde.
»Es ist überhaupt nicht sehr nett, Ellen. Sie sagten, dass dieser Jemand all sein Vermögen eingefroren hat und dass CAB heute Morgen dort eingetroffen ist.«
»Ein Taxi ist in das Haus gefahren?«
»Nein. CAB. Die Behörde, die für betrügerische Konkurse zuständig ist. Er wird untergehen, Ellen, ich dachte, dass du das wissen solltest, ehe irgendetwas überschrieben wird. Sonst kann auch ›Hazeldene‹ zusammen mit dem restlichen Vermögen eingefroren werden, wenn er irgendwelche Verträge unterzeichnet.«
»Wie heißt er?«
»Robert White. Ein richtiges Schlitzohr. Die Untersuchung könnte Jahre dauern, und das Haus könnte damit blockiert sein. Eine sehr unangenehme Situation für euch.«
Ich konnte jetzt völlig klar sehen. Ich dachte, dass Tony der

süßeste Mann war, da er mich anrief, um mich zu warnen. Es erfüllte mich mit Wärme, dass er sich so um mich kümmerte.
»Tony, wie kann ich dir danken?«
»Ich kann mir einiges vorstellen. Und etwas wirklich Gutes … interessiert?«
Ich lachte. »Klar.«
»Heute Abend?«
Ich dachte an zwei Dinge: meine Periode und meine Mutter. Ich hatte ihr versprochen, heute Abend zum Essen aufzutauchen. Ich konnte Andrew im Foyer mit der Eisjungfer sprechen hören.
»An einem anderen Abend, Tony. Ich muss heute Abend nach Hause gehen. Ich habe es versprochen, und ich habe meine Eltern fast eine Woche lang nicht mehr gesehen.«
Andrew kam in die Küche, nickte mir zu und begann, den Kaffee zu machen. Ich konnte sein Aftershave riechen.
»Ich habe dich seit zwölf Stunden nicht gesehen, Ellen. Es ist die Hölle, wirklich. Vergiss deine Mutter. Bitte!«
Ich lachte Andrews wegen und beobachtete, wie er seinen Kaffee zur Tür hinaustrug. Ich war sehr dicht daran, mein Bein auszustrecken, um ihn zu Fall zu bringen, doch ich widerstand diesem Impuls.
»Ich kann nicht, Tony. Meine Mutter wird wahrscheinlich einen Suchtrupp ausschicken, wenn ich heute Abend nicht auftauche.«
»Wie wäre es jetzt gleich mit einem Kaffee?«
»Wo?«
»Hier im Beautiful Body, meinem Fitnesscenter. Meine Bürotür lässt sich abschließen.«
Ich lachte. »Ich wette, dass das so ist.«

»Und ich habe eine wunderbare Couch. Wir könnten unseren Kaffee auf der Couch trinken.«

»Ich glaube, ich hatte diesen speziellen Kaffee schon einmal genossen.«

»Und ich glaube, dass du ihn sogar sehr genossen hast. Ich habe ihn geliebt. Also?«

Andrew kam wieder herein und formte lautlos mit den Lippen, dass ich auf der anderen Telefonleitung gebraucht wurde.

»Ich muss Schluss machen. Wir sprechen später.«

»Bis später, Ellen.«

Ich hängte auf und ging zum Empfangsbereich hinaus und fragte mich, wie Tony es fertig brachte, einen so alltäglichen Namen wie Ellen so sexy klingen zu lassen. Andrew war nirgends zu sehen, und ich war froh darüber. Die Eisjungfer reichte mir den Hörer, und sie sah Ryan ausdruckslos an, als er aus seinem Büro kam. Vielleicht war die Eisjungfer gar nicht so schlimm, wie sie zu sein schien.

»Du hast es vergessen. Ich weiß, dass das so ist.«

»Hi, Mam, wie geht's dir? Mir geht es gut, danke der Nachfrage.«

»Du hast es vergessen. Ich habe deinem Vater gestern Abend im Bett gesagt, sie hat es vergessen. Ich kann solche Sachen spüren, habe ich zu ihm gesagt, und ich habe Recht behalten.«

»Mam, ich komme heute Abend zum Abendessen, das habe ich nicht vergessen.«

»Ich wusste es.«

»Du wusstest was?«, fragte ich, während Ryan mit albernem Lächeln um die Eisjungfer herumstrich. Ich versuchte, mich an ihren Namen zu erinnern, doch das klappte nicht, und einen verrückten Moment lang dachte ich, dass es genauso war, wie meine Mutter es gesagt hatte. Ich schüttelte den Kopf.

»Ich wusste es. Das geht bei dir zum einen Ohr rein und zum anderen wieder hinaus, Ellen. Und du hast ja schließlich keinen Rattenschwanz an anderen Sachen zu bedenken. Nicht wie die arme Alison, die an Kieran denken muss und all diese Dinge, und dann ist da auch noch Dermot …«

»Bis heute Abend, Mam.«

»Angelas Party.«

Und dann erinnerte ich mich. Es war Angela Maunsells siebzigster Geburtstag, und meine Mutter schmiss eine Überraschungsparty für sie. War das heute Abend? Oder – noch schlimmer – schon gestern Abend gewesen?

»Angelas Party steht kurz bevor, nicht wahr?« Ich reagierte unverbindlich, was ich für die beste Art hielt.

»Samstagabend, und ich bin deswegen schon jetzt aufgeregt.«

Ich stieß einen hörbaren Seufzer der Erleichterung aus. Ich hatte die Party nicht verpasst.

»Ich komme heute Abend zu euch und helfe dir bei den Vorbereitungen. Wir schreiben all die Dinge auf, die wir tun müssen. Wie findest du das?«, schlug ich vor. Ich fühlte mich sehr großherzig, da ich die Party nicht verpasst hatte. Und dass ich nicht schwanger war.

»Würdest du das tun, Ellen? Das wäre großartig. Dein Vater ist keine Hilfe, und er sagte, wir sollten heute Abend essen gehen, kannst du dir das vorstellen? Er möchte, dass wir alle zum Essen ausgehen! Aber ich sagte ihm, dass ich, wenn ich nicht für das Essen sorgen muss, weil Alison darauf besteht, einen Service zu bestellen, heute Abend koche. Ist es nicht das, was ich am besten kann?«

Gut gemacht, Alison, dachte ich. Das ersparte uns, das Regionalkrankenhaus am Samstagabend vorzuwarnen. Lebensmittelvergiftung. Massives Magensyndrom.

»Bis heute Abend«, sagte ich und legte auf.

Ryan hatte aufgehört, auf die Eisjungfer einzureden, und als er ging, sah sie mich an, verdrehte die Augen und machte mit den Fingern Andeutungen von Übelkeit. Ich klatschte erfreut mit meiner Hand gegen ihre hochgereckte Hand, als ich an ihr vorbeiging. Ich änderte meine Meinung über sie – die Eisjungfer war in Ordnung.

Ich kehrte in mein Büro zurück und grübelte über die Information nach, die Tony mir über »Hazeldene« gegeben hatte. Ich beschloss, zu Tim Gladstone zu gehen und ihn entscheiden zu lassen, was zu tun war. Doch es gab eine Sache, der ich sicher war. Wenn das Haus wieder auf dem Markt sein würde, wäre das mein Verkauf.

Ich überprüfte meine Tagesliste. Zwei Besichtigungen in Honan Terrace, und ein neues Haus in der Ennis Road. Ich würde mich in den nächsten paar Stunden für Angebote in Honan Terrace ins Zeug legen. So nett Tony Jordan auch war, ich wollte einen Höchstpreis für Honan Terrace erzielen, und er sollte keine Änderungen erwarten, nur weil er die Auktionatorin kannte. Ich lachte, als ich mit der Arbeit begann, und dachte über eine neue Definition des Wortes »kennen« nach. Es war fast fünf Uhr, als ich endlich Tim Gladstone in seinem Büro gegenübersaß. Ich teilte ihm die Information mit, die Tony mir gegeben hatte. Er verschränkte die Finger ineinander und schüttelte ungläubig den Kopf, als ich ihm die Geschichte erzählte.

»Ich kann nicht glauben, dass Ryan so nachlässig gewesen ist. Es gibt Standardprüfungen, mit denen sichergestellt werden kann, dass ein Angebot seriös ist, und er kennt sie«, sagte er. »Ich werde Andrew in dieser Sache hier einbeziehen müssen.«

Er griff nach dem Nebenstellen-Telefon und sprach hinein. Andrew kam zur Tür herein, ehe man »Baby« sagen konnte. Er nickte mir flüchtig zu, und ich erwiderte sein Nicken. Die Atmosphäre im Büro veränderte sich fast sichtbar, und ich hätte schwören können, dass unser Atem frostig wurde, als wir sprachen. Ich ließ Tim Gladstone Andrew ins Bild zu setzen, lehnte mich zurück, gab mich nach außen hin besorgt, doch innerlich triumphierte ich und schwelgte in Ryans Missgeschick.

»Wir werden uns juristischen Rat einholen. Ich werde das gleich morgen früh erledigen«, sagte Andrew.

»Nun, wir können nicht zulassen, dass ›Hazeldene‹ zusammen mit Robert Whites Vermögen eingefroren wird. Ich glaube nicht, dass der Vertrag schon unterzeichnet, versiegelt und verschickt ist, aber wir können unseren Kunden – oh, wie hieß er noch gleich … ach ja, Roger Moriarty, – wir können ihn nicht im Stich lassen«, sagte Tim.

Ich nickte zustimmend. Wenn Andrew die rechtliche Seite gleich morgen früh klärte, dann würde ich es bis fünf Uhr verkauft haben, und zwar für einen besseren Preis. Und Honan Terrace würde ich auch verkauft haben. Ich wollte aufspringen und vor Freude über diesen Wandel der Ereignisse im Raum herumtanzen, doch ich schaffte es, mich zurückzuhalten. Hin und wieder warf Andrew mir einen fragenden Blick zu, während er und Tim die juristischen Aspekte diskutierten. Ich lächelte zurück und fragte mich einen Moment lang, ob er meine Gedanken lesen konnte. Ich schüttelte mich, um mich auf das konzentrieren zu können, was gesprochen wurde. Ich würde diese Sache nicht vermasseln, nach allem, was geschehen war. Ich verdiente diese Verkäufe, weil ich verdammt hart dafür gearbeitet hatte. Ein Bild von Tony und mir, wie wir auf einer grünen Couch herumgemacht hatten, kam mir in den Sinn, und ich konnte spüren, dass sich mein Gesicht rötete. Andrew schaute mich wieder an.

»Dann ist das geregelt, Andrew. Ellen, Sie sind ein absoluter Star, großartige Arbeit. Wir sprechen uns morgen«, sagte Tim, stand auf und eilte zur Tür hinaus wie ein Mann, der eine Mission hatte. Ich nahm mir vor, India später anzurufen, denn ich hatte den Verdacht, dass sie mit einem gewissen Mr. Gladstone ausgehen würde.

»Wie geht es dir?«, fragte Andrew, während er seine Unterlagen in seinen Aktenkoffer schob. Das erinnerte mich daran, dass ich mir einen Aktenkoffer kaufen wollte, statt mich mit einer zwei Tonnen schweren Handtasche abzuschleppen, die alles enthielt, von einer Digitalkamera bis zu Tampons.

»Richtig gut, Andrew«, sagte ich, als ich aufstand und die Zwei-Tonnen-Handtasche vom Boden hochhob.

»Ich habe … ich habe mich gefragt, ob …«

Er konnte das nicht aussprechen, was er sagen wollte, weil mein Handy klingelte. Es war Tony.

»Entschuldige, ich muss das Gespräch annehmen«, sagte ich und fuchtelte mit dem Handy vor seiner Nase herum.

Er nickte. »Gute Nacht, Ellen.«
Ich sprach mit Tony, während ich zusah, wie Andrew den Raum verließ. Er hatte etwas Trauriges an sich, wie er hinausging, und ich hätte ihn fast zurückgerufen. Aber ich wurde schnell wieder vernünftig. Ich war die neue starke und nicht-schwangere Ellen, und Andrew spielte keine Rolle in ihrem Leben. Nein, Sir.

23

Ich starrte auf meinen Teller. Mein Magen schlug einen Purzelbaum, als der Geruch des Essens mir in die Nase stieg. Ich atmete tief ein und griff nach Messer und Gabel.

»Coq au Vin mit Kartoffelgratin«, erklärte meine Mutter, während sie eine dicke Soße auf den Kartoffeln verteilte. »Weil ich keinen Wein hatte, habe ich Sherry genommen, aber das ist doch sowieso das Gleiche, oder? Und das Huhn kommt aus einem Freilaufgehege. Ich glaube, dass man den Unterschied schmecken kann.« Sie bedeckte eine zweite Platte mit Essen mit Stanniolpapier. Ich kostete das Huhn. Es mochte ja vielleicht in einem anderen Leben freien Auslauf gehabt haben, doch nun war es ein ausgetrocknetes Stück Leder in einer Übelkeit erregend süßen, widerlichen Sherrysoße. Ich spielte mit meinen Kartoffeln herum und hatte Angst, sie zu probieren.

»Wo ist Will?«, fragte ich.

»Dein Vater ist mit Will zum Kentucky Fried Chicken gefahren. Sie wollten ein wenig Zeit miteinander verbringen.«

Sie wollten dem Huhn in Sherry entkommen, dachte ich.

»Weißt du, wen ich heute getroffen habe?«

»Wen?«, fragte ich, während ich das Essen auf meinem Teller herumschob. Ich beschloss, Mam zu Weihnachten einen Hundewelpen zu kaufen. Einen robusten Hund, der alles fraß.

»Diesen entzückenden Jungen, Anthony Jordan. Den Jungen, den ich im Krankenhaus kennen gelernt habe.«
Mein Herz hüpfte ein wenig bei der Nennung seines Namens. Und dann stürzte es bei dem Gedanken ab, dass er eine Zeit lang mit meiner Mutter allein gewesen war.
»Also, ich habe ihn gefragt, ob er gern zu Angelas Party kommen würde, und er hat zugesagt!«
Ich stöhnte innerlich auf bei dem Gedanken, dass Tony all meine verrückten Verwandten kennen lernen würde. Und Alison, o Gott, Alison, die ihn mit Fragen durchlöchern und auch vor seinem finanziellen Status nicht Halt machen würde.
»Er kommt in einer Weile herüber, um etwas zu essen. Er war heute sehr beschäftigt mit dem Kauf einer Couch. Er suchte nach grünem Samt, wie er mir erzählt hat. Ich bot ihm an, mit ihm zusammen ein paar Couchen anzuschauen, doch er sagte nein, er wisse ganz genau, was er wollte. Das ist ein gutes Zeichen, Ellen, wenn ein Mann sich für Möbel interessiert …« Sie schnatterte weiter, doch ich hatte die wichtige Information schon herausgepickt und versuchte, diese zusammen mit dem Huhn in Sherry zu verdauen.
»Er kommt hierher? Jetzt? Heute Abend?«, krächzte ich, während ich wie wild versuchte, mir einen Fluchtplan auszudenken. Es klingelte an der Tür.
»Das ist er, würde ich sagen.« Sie rannte zur Tür und drückte vor dem Dielenspiegel ihr Haar zurecht. Ich saß wie zu einer Statue erstarrt da, und meine Gabel schwebte auf halber Strecke zu meinem Mund in der Luft. Tony betrat unsere kleine Küche und füllte den Raum mit seiner Anwesenheit. Er war leger gekleidet in Jeans und einem T-Shirt, doch er

sah aus wie ein Mann, der versucht, einfach zu wirken. Ein schneller Blitz von Verlangen raste durch meinen Körper, doch der Anblick meiner Mutter in ihrer gestreiften Schürze, die direkt hinter Tony stand, machte es bald zunichte. Es würde ein qualvoller Abend werden.

»Ellen«, sagte er und setzte sich auf den Stuhl mir gegenüber. Meine Mutter kicherte wie ein Schulmädchen, als sie das Essen vor ihn hinstellte.

»Hi, Tony«, sagte ich und beobachtete sein Gesicht, als er zu essen begann. Ich hoffte, dass er ein guter Schauspieler war. Wills Freund Animal war einmal zum Abendessen geblieben und war schreiend in der Küche umhergerannt, nachdem er eine Gabel voll Lasagne probiert hatte.

»Überrascht, mich zu sehen?«, fragte er, als er sich seine Kartoffel schmecken ließ. »Die sind richtig gut, Mrs. Grace.« Meine Mutter verfiel wieder in ihr Schulmädchen-Kichern. Ich beobachtete sein Gesicht, als er sich durch das Essen pflügte. Will und Dad kamen heim. Mam machte Tony mit ihnen bekannt, und Will, Dad und ich starrten ungläubig auf Tony, der jedes einzelne Häppchen auf seinem Teller aß.

»Das war großartig. Ich habe noch trainiert, ehe ich das Fitnesscenter verließ, und war richtig hungrig«, sagte er. Wir starrten ihn mit offenen Mündern an.

»Möchten Sie noch einen Nachschlag, Anthony? Es ist noch genügend da.«

»Ich hätte gern noch etwas, Mrs. Grace, wenn Sie es entbehren können. Ich möchte Ihnen aber nicht das ganze Essen wegessen«, erwiderte er lachend und deutete mit der Gabel auf uns. Wir hatten noch immer kein Wort miteinander gewechselt. Mein Vater und Will tauschten erleichterte Blicke aus. Huhn in Sherry würde morgen nicht als etwas anderes verkleidet wieder auf den Tisch kommen. Meine Mutter sah aus wie eine Katze, die Sahne geschleckt hatte.

»Ich habe einen Rhabarberkuchen gebacken, Anthony. Ich werde Ihnen etwas davon holen«, sagte sie und machte sich auf die Suche nach dem Kuchen. Bei der Erwähnung von Rhabarberkuchen verließen Dad und Will fluchtartig die Küche. Ich sah Tony zu, wie er seinen zweiten Teller voll Essen leerte. Er lächelte mir zu und zog die Augenbrauen hoch, als er meinen schockierten Gesichtsausdruck sah. Entweder war er ein großer Lügner, oder er war anständiges Essen nicht gewöhnt. Meine Mutter allerdings war im Himmel. Wir baten niemals um einen Nachschlag, und jetzt war Tony hier und stimmte bereitwillig dem Nachtisch zu. Sie stellte den Kuchen vor Tony ab, der grinste und einen Bissen davon nahm. Dann klingelte das Telefon in der Diele, und sie rannte davon, um den Anruf entgegenzunehmen.

»Tony, wie hast du das gemacht?«, fragte ich leise.

»Was?«, fragte er. Er beugte sich zu mir herüber und küsste mich auf den Mund. Ich konnte den Rhabarber schmecken und verzog das Gesicht.

»Der Kuss war doch nicht so schlecht, oder?«, fragte er lachend.

»Wie konntest du all dieses Essen essen?«, fragte ich.

Er lächelte wieder und wischte sich den Mund mit einer Papierserviette ab.

»Sieh doch nur, wie glücklich deine Mutter ist«, sagte er.

»Aber wie konntest du so tun, als würde es dir schmecken?«

»Das war nicht die härteste Sache der Welt, Ellen. Ich habe es schon mit viel härterem Kram als diesem hier zu tun

gehabt«, erwiderte er. Er lächelte, doch ich hörte an seiner Stimme, dass es ihm ernst war.
»Kann ich mir dein Schlafzimmer anschauen?«, fragte er.
»Stopp! Meine Mutter hört dich sonst noch!«
»Deine Mutter liebt mich.«
»Aber nicht so sehr.«
»Doch, so sehr. Sie liebt mich so sehr, dass sie mir den Umgang mit ihrer Tochter gestattet. Ich werde sie um Erlaubnis bitten, wenn du das möchtest ...«
Ich konnte hören, dass sich meine Mutter am Telefon verabschiedete.
»Wage es ja nicht, Tony!«
Er rieb sein Bein unter dem Tisch an meinem, als plötzlich sein Handy klingelte.
»Hi. Ja. Bist du sicher? Ich bin gleich da.«
Er zuckte mit den Schultern. »Das Übliche, Ellen. Ich werde dringend gebraucht und muss gehen. Ich weiß nicht, warum ich überhaupt Angestellte habe.«
»Ich bringe dich zum Auto«, sagte ich, und meine Mutter nickte anerkennend, als ich ihn aus der Küche hinausbegleitete.
Draußen war die Nacht wundervoll still und sommerlich. Der Himmel war mit Sternen übersät, und einen kurzen Moment lang fühlte ich mich nach Spanien zurückversetzt. Und zu Andrew. Ich beobachtete, wie Tony die Tür seines Jeeps öffnete.
»He, warum bist du so ernst?«, fragte er und klopfte dann auf den Beifahrersitz neben sich. »Setz dich eine Minute lang in den Jeep, damit ich mich ordentlich von dir verabschieden kann.«

Ich lächelte und kletterte neben ihn in den Jeep, wobei ich wusste, dass Tony und ich in einem so kleinen Raum keine gute Idee war.
»Du siehst wunderschön aus, Ellen. Ich glaube, ich verliebe mich in dich«, sagte er und streichelte mein Gesicht ganz leicht mit der Hand.
»Ich wette, dass du das zu all deinen Frauen sagst.« Ich streichelte nun sein Gesicht und fuhr ihm mit den Händen durch sein Haar.
»Nein, das stimmt nicht.« Er küsste mich.
Ich glaubte ihm die Sache mit dem Verlieben. Doch warum hörte ich keine Blaskapelle spielen wie in Spanien? Sein Handy klingelte wieder, gerade, als unser Kuss außer Kontrolle zu geraten drohte.
»Tut mir Leid«, flüsterte er mir ins Ohr.
»Das ist in Ordnung. Ich wollte den Nachbarn ohnehin keine kostenlose Vorstellung geben.«
Tony lachte und ließ den Motor an. Ich küsste ihn auf die Wange, kletterte aus dem Jeep und schaute ihm nach, als der davonfuhr. Ich konnte Jasmin oder nachts duftende Levkojen im kleinen Garten meines Vaters riechen. Noch einmal brachte mich das nach Spanien zurück und zurück zu der Villa. Zurück zu Andrew. Ein Schmerz zerriss mein Herz, und ich blinzelte die Tränen zurück.
Warum war ich überhaupt nach Spanien gefahren? Ich hätte Tim Gladstone sagen sollen, dass ich nicht abkömmlich wäre, dass ich keinen Pass besäße, dass ich gesperrt wäre und jede andere kleine Lüge, die mich entschuldigt hätte. Wenn ich nicht gefahren wäre, wäre jetzt mit Andrew alles in Ordnung. Oder nicht? Das war die Vierundsechzigtausend-

Dollar-Frage, entschied ich, als ich zurück ins Haus meiner Mutter ging.

In der restlichen Nacht schrieb ich mit meiner Mutter endlose Listen. Lebensmittellisten, Gästelisten. Überarbeitete Gästelisten. Alkohollisten – die Einzige der Listen, bei der Will sich genötigt fühlte, einen Kommentar abzugeben. Ich brach spät auf, und als ich den Motor anließ, kam Will aus dem Haus gestürmt.

»Ellen, Ell, warte!«, schrie er, doch ich fuhr trotzdem vom Randstein weg, und Will jagte wie verrückt hinter mir her.

»Sehr witzig«, sagte er, als ich anhielt und das Fenster herunterkurbelte.

»Was willst du, Will?«, fragte ich. Ich war müde und brauchte sofort meinen Schlaf.

»Wir werden das wichtigste Konzert unseres Lebens geben – ich meine, wirklich wichtig, Ell …«

»Mach schon, Will, wann ist es?«

Ich hoffte, dass es nicht morgen Abend war, doch ich wusste, dass es so sein würde. Ganz nach Murphys Gesetz.

»Morgen Abend. Wir haben eine Menge Leute, die uns hinfahren, doch wir brauchen dich, um die Sachen anschließend abzuholen. Animals Vater verreist am Wochenende, und Wedgies Mutter geht zum Tai-Chi. Also könntest du es machen?« Er schenkte mir sein bestes Jüngerer-Bruder-Lächeln.

»Wo ist das Konzert?«

»Du wirst es nicht glauben, Ellen. Es ist im Depot, stell dir das bloß vor! Warum kommst du nicht hin? Da werden auch ältere Leute sein …«

»He, pass auf, was du sagst, wenn du möchtest, dass ich deinen Kram abhole!«

»Nein, ich möchte gern, dass du dir unser Konzert anhörst, es wird eine tolle Veranstaltung werden, Ell. Dort soll ein Typ von A&R auftauchen. Das könnte unser ganz großer Durchbruch werden, verstehst du?«

»Ich werde irgendwann zwischendurch kommen. Wann ist das Konzert zu Ende?«

»Gegen elf.«

»Das ist großartig«, stimmte ich zu. »Bis morgen.« Als ich losfuhr, bemerkte ich einen schwarzen Jeep, der sich hinter mich setzte, und anfangs dachte ich, dass es Tony war. Doch es war nicht sein Jeep. Er blieb mir auf der gesamten Heimfahrt auf den Fersen, und ich begann, nervös zu werden, als ich parkte. Ich hatte beschlossen, dass ich meinen Wagen nicht verlassen würde, solange der Jeep in der Gegend war. Als ich in meinen Rückspiegel schaute, konnte ich erkennen, dass er langsam durch meine Straße weiterfuhr. Ich verschloss meinen Wagen und eilte in mein Apartment. Ich war entsetzt darüber, dass ich so paranoid war.

24

Am nächsten Morgen war ich die Erste bei der Arbeit. Es war ein weiterer herrlicher Tag, und ich fühlte mich gut, trotz all der Vorkommnisse in der vergangenen Woche. Ich hielt beim Café au lait wegen frischer Croissants und Cappuccini zum Mitnehmen an, und ich kaufte sogar ein Croissant für Ryan. Er hatte einen harten Tag vor sich, der arme Kerl.

Ich erinnerte mich an den Namen der Eisjungfer, sobald ich sie im Empfang sah. Sie blätterte wieder in einer Hochglanzzeitschrift.

»Hi, Leah, wie geht's? Kaffee? Ein Croissant? Bedienen Sie sich«, sagte ich, als ich den Titel ihrer Zeitschrift las. *Asiatische Kampfsportarten.* Ich schaute sie schockiert an.

Sie warf mir ihren Killerblick zu. »Ich habe den schwarzen Gürtel – im Judo«, sagte sie.

»Oh. Klasse.«

»Und ich werde in der nächsten Woche für meinen schwarzen Gürtel in Karate antreten. Wünschen Sie mir Glück.«

»Viel Glück«, sagte ich. Doch ich glaubte, dass sie weder Glück noch Kampfsport brauchte, nicht bei diesen Killeraugen.

Andrew traf ein, und Ryan, Andrea und Tim folgten. Alle versorgten sich mit Kaffee und Croissants. Ryan nahm sich zwei Croissants, doch ich sagte nichts. Schließlich ging es ihm wie einem Mann, dem ein Überfallkommando bevorstand, und das war seine letzte Mahlzeit. Ich musste ihn zu sehr angelächelt haben, denn er warf mir neugierige Blicke zu, als er in sein zweites Croissant biss.

»Wie geht's Molly?«, fragte Andrea.

»Ganz gut«, sagte Tim. »Ich habe sie gestern Abend besucht. Sie erholt sich gut, doch sie wird noch eine weitere Woche nicht zur Arbeit kommen. Sie braucht Ruhe.«

Und die Gelegenheit, ihre Nägel nachwachsen zu lassen, dachte ich, doch ich sagte kein Wort.

Wir beendeten unser Frühstück mit Kaffee und Croissants, und alle gingen an ihre Schreibtische. Ich setzte mich an meinen und begann zu arbeiten, und ich blickte nicht auf, als Andrew Ryan abholte. Zweifellos das Überfallkommando. Andrea warf mir einen verwirrten »Was-ist-los«-Blick zu, doch ich zuckte nur mit den Schultern und spielte die Unschuldige. Ich konnte erhobene Stimmen in Tims Büro hören, und als mein Telefon klingelte, war ich froh über die Ablenkung.

»Hi, Ellen Grace hier …«

»Lass den Scheiß, Ellen. Bist du frei zum Mittagessen?«

»Hi, Ruth.«

»Hi. Hör zu, India hat mich eben angerufen, ehe sie zum Gericht ging. Ich treffe mich mit ihr um ein Uhr in der Ivy Hall zum Mittagessen. Kannst du auch kommen?«

»Ja, liebend gern. Aber muss es unbedingt dort sein?«

»India hat die Auswahl getroffen, und wie ich sie kenne, hat sie dort auch reserviert. Warum?«

»Kein Warum. Es ist nur voller Anzüge. Anwälte, Steuerberater …«

»Auktionäre. Ja, ich kenne diese Bande.«
»Okay, dann also die Ivy Hall.«
Ich konnte wütende Stimmen hören. Der arme Ryan wurde gerade umgebracht.
»Irgendwelche Skandale über India und die angehende Romanze?«
Der Geräuschpegel war jetzt Besorgnis erregend, und ich konnte das nicht länger ignorieren. Andrea war hinausgegangen, um nachzusehen, was los war.
»Ich muss Schluss machen, Ruth. Bis zum Mittagessen.«
Ich legte auf, bevor Ruth eine Chance hatte, sich zu verabschieden, und ich ging hinaus zur Rezeption, wo ein ausgewachsener Kampf stattzufinden schien. Ein hochgewachsener dunkelhaariger Mann stand dort und schrie Leah an. Sein Haar war widerspenstig und ungekämmt, und er trug eine alte Jeans und ein Hemd, das Schweißflecken unter den Achseln hatte. Er wandte sich mir zu, und ich bemerkte seine markanten Gesichtszüge. Er hatte die Augen eines Psychopathen.
»Sie Miststück«, schrie er mich an. Ich sah mich um, um festzustellen, ob er mit jemandem hinter mir sprach.
»Wer? Ich?«, fragte ich.
»Ja, Sie, es ist Ihr Fehler, all das hier.«
Er kam zu mir und begann mit seinem Finger vor meinem Gesicht herumzufuchteln. Tim und Andrew kamen aus Tims Büro heraus.
»Was geht hier vor?«, fragte Tim.
Andrew kam zu mir und stellte sich neben mich.
»Ich habe einen Anruf von meinem Anwalt bekommen, der mir sagte, dass der Hauskauf, den ich in der vergangenen

Woche getätigt habe, ins Wasser gefallen ist. Und das ist der Fehler von diesem Miststück. Genau diese, Jordans Miststück.«

Man hat mich ja schon so einiges genannt im Laufe der Zeit, doch das war das Allerletzte.

»Ich bin niemandes Miststück, Sie Mistkerl«, sagte ich und wich nicht zurück, als der Finger wieder vor meinem Gesicht durch die Luft stach.

»Das stinkt. Irgendetwas geht hier vor sich, und sie steckt dahinter«, schimpfte er. Seine Augen sahen aus wie Hannibal Lecters Augen. Er kniff sie zusammen und senkte seine Stimme um ein paar Dezibel, bis sie fast ein Flüstern war. »Du wirst noch dran glauben, Miststück. Pass gut auf.«

Tim Gladstone stellte sich vor ihn.

»Verlassen Sie sofort meine Geschäftsräume, Mr. White, und wagen Sie es nicht, meine Mitarbeiter noch einmal in dieser Form zu bedrohen.«

Robert White, also das war er. Und genau in diesem Moment kamen zwei seiner Handlanger in den Empfang. Er kam plötzlich auf mich zu, und bevor jemand reagieren konnte, sprang Leah über den Schreibtisch und streckte Robert White mit einem Judogriff zu Boden und hielt ihn fest. Andrew und Tim hatten seine beiden Kameraden gepackt, und Andrea versteckte sich hinter einem Aktenschrank. Bis dahin war mir noch nicht aufgefallen, dass Andrea Grips hatte. Ryan war nirgends zu sehen.

Leah flüsterte irgendetwas in Whites Ohr, und er stand – wie in einem Videoclip – langsam vom Boden auf. Dann gingen alle drei rückwärts aus dem Büro.

Ich schaute mich um.

»Möchte jemand noch Kaffee haben?«, bot ich an.

Andrew nahm mich beim Arm, legte die andere Hand in meinem Nacken und führte mich wie ein Polizist in sein Büro.

»Was ist hier los, Ellen?«

»Ich habe nicht die geringste Ahnung. Das Einzige, was ich mir denken kann, ist, dass Ryan die ›Hazeldene‹-Sache durcheinander gebracht hat, und irgendwie gibt mir der verdammte Robert White die Schuld.«

»Ellen, du weißt, dass es nicht so einfach ist. Er hat dich bedroht, er kannte Jordan. Deinen Freund.«

»Um Himmels willen, Andrew!«

»Ich werde die Polizei rufen. Sie werden sich hier bald noch eine zusätzliche Station einrichten können.«

»Was glaubst du, was das hier ist, eine Episode von *NYPD Blue?*«

»Ich werde ihnen von den Drohungen berichten, die dieser Mann gegen dich vorgebracht hat, Ellen, ob dir das nun recht ist oder nicht.«

»Hör mal, er ist einfach nur wütend wegen des Hauses und der Steuerbehörde und diesem Kram. Sonst ist wirklich alles in Ordnung.«

»Ich mache mir Sorgen um dich.«

Nicht so viele, dass du aufhören kannst, ganz allein den Planeten zu bevölkern, platzte ich fast heraus.

»Es ist nicht nötig, dass du dir Sorgen um mich machst, Andrew. Ich bin durchaus in der Lage, auf mich aufzupassen, und übrigens habe ich beschlossen, Leah zu meiner besten Freundin zu machen«, sagte ich in einem Versuch, die

Stimmung zu heben und mich weiteren forschenden Blicken zu entziehen.

Er legte mir eine Hand leicht auf die Schulter, dann ließ er sie zu meinem Gesicht hinaufgleiten, und ich konnte mich nicht von seinem Blick lösen. Ich dachte, er würde mich küssen, und meine Lippen wurden von seinen magnetisch angezogen. Ich stellte mir im Kopf seine kleine Tochter vor, mit den gleichen Augen, dem gleichen Haar und den gleichen Genen.

»Du bist schon etwas Besonderes, Andrew Kenny.«

Ich drehte mich auf dem Absatz um und verließ den Raum.

Den restlichen Morgen verbrachte ich damit, an »Hazeldene« zu arbeiten. Bis zur Mittagspause hatte ich ein festes Gebot, und ich verließ gut gelaunt das Büro in Richtung Ivy Hall, obwohl ich von einem Psychopathen bedroht worden war. Und was diese Andrew-Sache betraf, würde ich das ein für alle Mal klären müssen. Doch wie? Ich dachte darüber nach, während ich durch den Sonnenschein schlenderte. Ich würde ihm einfach in absehbarer Zeit aus dem Weg gehen müssen. Und in meinem restlichen Leben ebenso.

Ruth hatte eine Flasche Sauvignon Blanc bestellt und war bei ihrem zweiten Glas angekommen, als ich mich atemlos auf den Stuhl neben sie setzte.

»Trinken am Tag, Ruth?«, fragte ich, als sie mir die Speisekarte reichte.

»Mir war danach. Es ist ein wunderschöner Tag und, na ja, … es ist Freitag!«

»Stimmt. Und du wurdest nicht beinahe von einem Psychopathen angegriffen!«

Ruth sah mich schockiert an. »Was ist geschehen?« Sie füllte mein Glas mit Wein. Ich trank einen großen Schluck. Die Bedienung kam, und wir bestellten frittiertes Hähnchen in einer Teighülle und Salat, und wir waren zu hungrig, um auf India zu warten.

Ich berichtete Ruth kurz von meinem ereignisreichen Morgen und ließ es humorvoller klingen, als es war. Doch sie amüsierte sich nicht darüber.

»Das ist nicht komisch, Ellen. Er bedrohte dich, und ich meine, du solltest das der Polizei melden«, sagte sie mit ernstem Gesicht.

Ich lachte. »Sei nicht albern. Der Mann hatte sein Herz an ein Haus gehängt, und er hat es nicht bekommen, das war schon alles.«

»Er hat dich bedroht, und er erwähnte Tony Jordan, Ellen.«

»Jeder kennt Tony. Er ist ein wichtiger Geschäftsmann, auf den alle eifersüchtig sind«, sagte ich, doch ich wusste, dass ich nicht überzeugend klang. Ich konnte sehen, dass India mit einem Mann im Schlepptau das Restaurant betrat. Ich hoffte, dass es nicht Tim Gladstone war, denn ich bekam immer Sodbrennen, wenn ich mit meinem Boss zu Mittag aß.

»Hier kommt India mit einem Mann«, verkündete ich und drehte mich um, um India zuzuwinken. »Himmel, wer ist denn bei ihr?«

Ruth verrenkte sich den Hals, um etwas zu sehen.

Sie standen mit den Rücken zu uns, als sie ihre Mäntel aufhängten. Doch ich wusste, wer der Mann war, sobald ich das gewellte blonde Haar sah. Emerson Burke war wieder in der Stadt. Ich versuchte, mich zu fassen, doch das funktionierte nicht. Ich war knallrot, als sie zu unserem Tisch kamen. Und davon war die Rückblende auf die Bettdecke im Leopardendruck schuld.

»Hi, leider komme ich zu spät, aber dieser Typ ist plötzlich in meinem Büro aufgetaucht«, sagte India und lächelte ihren Bruder an. Ich musste zugeben, dass ich einen guten Geschmack hatte, wenn es darum ging, Kandidaten für einen Seitensprung auszuwählen. Emerson sah besser aus, als ich ihn in Erinnerung hatte. Ein Brad-Pitt-Doppelgänger mit honigfarbener Haut, türkisgrünen Augen und welligem Haar, das jeder L'Oréal-Werbung würdig gewesen wäre. Ich lächelte ihn albern an, als er zur Begrüßung nickte und sich neben Ruth setzte.

India sah verändert aus. Ich konnte nicht sagen, was es war, doch als ich ihr zuschaute, wie sie die Speisekarte studierte, spielte ein feines Lächeln um ihre Lippen, und ich wusste, dass in ihrem Leben etwas Großartiges geschehen war. Ruth und Emerson diskutierten eingehend die Speisekarte.

»India, hast du heute Vormittag all deine Verhandlungen bei Gericht gewonnen?«, fragte ich.

Ihre Augen leuchteten, und sie kicherte und versteckte ihr Gesicht hinter der Speisekarte. Lieber Himmel, das war überhaupt nicht unsere India. Vielleicht nahm sie heimlich Drogen.

»Nun?«, sagte ich.

»Nun?«, wiederholte sie hinter der Speisekarte. Ich nahm ihr die Speisekarte weg, und sie kicherte wieder.

»Du hast mit ihm geschlafen«, flüsterte ich.

»Pscht, erzähle es nicht der ganzen Welt, noch nicht, jedenfalls.«

Ruth und Emerson waren noch immer in ihre Unterhaltung

vertieft und hatten India und mich komplett vergessen. Ich wollte Ruth warnen, dass es bei mir mit Emerson genauso begonnen hatte und dass ich zwischen Bettzeug mit Leopardendruck gelandet war. Doch das hier war die Männerfresserin Ruth. Vielleicht besaß sie ja selber Bettzeug im Leopardendesign.

»Du hast mit meinem Boss geschlafen!«, sagte ich.

»Nun, es ist völlig legal, mit dem Boss von irgendjemandem zu schlafen.«

»Also, Tim Gladstone … Sex mit ihm … nun komm schon, spuck es aus!«

»Ellen, du bist ja schlimmer als Ruth!«

»Ich warte, India.«

»Unglaublich, herrlich, spektakulär, süchtig machend – glücklich?«

»Nein, aber offensichtlich bist du es! Ich mache mir Sorgen, India. Ich habe dich noch nie zuvor so gesehen!«

Der Ober kam und nahm Indias und Emersons Bestellung entgegen. Ruth weigerte sich, mich anzusehen. Emerson war zu Ruths Mittagessen geworden.

»Nie zuvor mich wie gesehen?«, wiederholte India, während sie sich ein Glas Wasser eingoss. Dann sah sie mich an und begann zu lachen.

»So eben, verliebt«, sagte ich.

»Für Liebe ist es noch zu früh, Ellen, aber Lust ist großartig. Er ist höchst, ach, ich weiß nicht! Er ist einfach … wunderbar, absolut wunderbar.« Ihre Augen blickten ganz verträumt. Auf der anderen Seite von mir waren Ruth und Emerson ins Gespräch vertieft. Ich konnte all diese Liebe und Anziehungskraft nicht ertragen. Zumindest nicht in der Mittagszeit.

»Sie könnten auch ganz woanders sein«, sagte ich, als wir unser Essen bekamen.
India nickte zustimmend. »Ich hätte sie nie zusammengebracht, und du?«
»Sie hören nicht einmal, dass wir über sie sprechen. Was für Pläne hast du für das Wochenende?«
»Ich gehe zu Angelas Party. Deine Mutter hat mich heute Morgen in der Arbeit angerufen und mich daran erinnert. Und ich werde am nächsten Wochenende zu etwas ganz Speziellem fortfahren!«
»Zum Golf? Tim liebt Golf«, sagte ich.
»Paris. Ich fliege mit Timothy nach Paris. Kannst du das glauben?«
Das war ernst, sie nannte ihn Timothy. Und ich war fürchterlich eifersüchtig wegen Paris. India bekam diesen reizenden Mann, der sie mir nichts dir nichts für ein romantisches Wochenende nach Paris zaubern würde. Ich bekam Andrew Kenny, der in der ganzen Stadt heimlich Kinder hatte, oder Tony Jordan, der Ärger und Frauen anzuziehen schien, in dieser Reihenfolge. Das Leben war nicht fair. Wir beendeten unser Essen und verabschiedeten uns von Ruth und Emerson. Sie bemerkten unseren Aufbruch kaum und konzentrierten sich sofort wieder aufeinander.
»Bis morgen Abend, Ellen«, sagte India, als wir auf die sonnenüberflutete Straße hinaustraten. Wir gingen in entgegengesetzte Richtungen davon.
»Klasse«, sagte ich und wedelte mit der Hand durch die Luft.
»Ellen?«, rief India hinter mir her.
Ich drehte mich um.

»Geht es dir gut? Ist alles in Ordnung? Du schienst dort drinnen ein wenig nachdenklich zu sein.«

Ich zuckte mit den Schultern und sah India lächelnd an.

»Ist es Emerson, Ellen? Ich weiß, dass ich dich hätte vorwarnen sollen, dass er da ist, aber ich hätte es nie für möglich gehalten, dass er und Ruth sich so gut verstehen würden …«

»Sei nicht albern. Es hat überhaupt nichts mit Emerson zu tun. Ich hatte nur einen harten Vormittag, aber, hey, so ist das Leben«, sagte ich fröhlich. Vielleicht ein wenig zu fröhlich, als ich den neugierigen Blick von India sah.

»Wir sprechen morgen miteinander«, sagte ich, und als ich mich umdrehte und die O'Connell-Straße hinunterging, konnte ich ihren Blick noch immer auf mir spüren.

Ich war schon fast wieder beim Büro angelangt, als ich sie sah. Ich ging an dem terrassenförmigen Platz vor der Bücherei vorbei, als ich einen Mann mit einem kleinen Mädchen entdeckte. Sie fütterten Tauben. Ich wusste sofort, dass es Andrew war, und ich versteckte mich im Eingang eines Kleiderladens, ehe er vom Vogelfüttern aufschaute. Das kleine Mädchen trug ein korallenfarbenes Sommerkleid mit winzigen Limonenblüten darauf. Ihre Haut war hell, und ihre dunklen Locken leuchteten im weißen Licht der Sonne. Ihres Vaters Tochter, keine Frage. Andrew war hemdsärmelig, und er hatte sein Jackett locker über den Buggy seiner Tochter geworfen. Ich konnte die Tauben sanft gurren hören und die helle Stimme des Kleinkindes, das in Babysprache vor sich hinbrabbelte. Andrew war in die Hocke gegangen. Er lächelte seine Tochter an, als sie entzückt quietschte, als immer mehr Tauben auf der Suche nach Brot landeten.

Ich stand wie festgenagelt hinter der Tür des Ladens und betrachtete das perfekte Vater-und-Kind-Tableau vor mir. Eine Taube kam dem kleinen Mädchen zu nahe, und Andrew nahm sie auf den Arm und drückte sie an sich. Er küsste ihren Scheitel, und sie griff nach seinen Ohren und zog daran. Sie lachten beide.

»Geht es Ihnen gut?«, fragte eine Stimme, und ich sah mich zu der Verkäuferin um, die mit einem Bündel Papiertüchern in der Hand neben mir stand.

»Hier, nehmen Sie ein paar«, bot sie an.

Erst in diesem Moment merkte ich, dass ich weinte. Ich nahm die Tücher und dankte dem Mädchen. Ich trocknete mir die Augen und schaute mich prüfend um, um sicher zu sein, dass Andrew und sein Baby fort waren. Eine dritte Person gesellte sich zu dem perfekten Tableau: die Mutter des Kindes, blond, hübsch, und sie küsste Andrew auf die Wange. Neue Tränen liefen über mein Gesicht, und ein paar Verkäufer hatten sich in der Nähe der Kasse zusammengefunden, um das heulende Elend an ihrer Tür zu beobachten. Die Szene auf dem Platz endete, als Andrew die Mutter und das Kind nach weiteren Umarmungen und Küssen verließ.

Er kam an der Tür des Ladens vorbei und hatte sein Jackett über die Schulter geworfen. Er blieb an der Tür stehen, holte seine Sonnenbrille aus der Tasche und warf einen prüfenden Blick in die Glasscheibe. Er lächelte sich an, der große Mistkerl, und dann drehte er sich um und betrachtete seine glückliche kleine Familie, bis sie um die Ecke verschwunden waren.

»Männer sind nur ein Haufen von Mistkerlen«, sagte ich zu meinem Publikum.
»Das können Sie laut sagen«, erwiderte die Frau, die mir die Tücher gegeben hatte, und tätschelte meinen Arm. Ich lächelte sie an, trocknete meine Augen, trat auf die Straße hinaus und wandte mich in Richtung meines Büros.

25

Am Nachmittag konzentrierte ich mich auf meine Arbeit und begrüßte Andrew nicht. Ich hatte ein festes Angebot sowohl für Honan Terrace als auch für »Hazeldene«, und ich wusste, dass ich beide Häuser bis zum Geschäftsschluss verkauft haben würde. Ich hätte begeistert sein müssen, doch stattdessen fühlte ich mich entsetzlich. Der Anblick von Andrew mit seiner Tochter hatte mich wirklich mitgenommen. Und Tim Gladstone vergrätzte mich noch vollständig. Er war wie ein Besessener, lächelte jeden an, schaute auf die Uhr und rannte alle fünf Minuten in sein Büro, um private Telefonate zu führen. India musste toll im Bett sein, dachte ich und fühlte mich noch elender.

Und dann war da noch Ruth. Ich hatte versucht, sie auf ihrem Handy zu erreichen, doch das war ausgeschaltet. Schlampe.

Tony rief um fünf Uhr an.

»Hi, Ellen.«

Zum ersten Mal funktionierte die Sache mit dem Namen nicht. Er klang ganz gewöhnlich.

»Hallo, Tony, kann ich dir helfen?«

»Du weißt, dass du das kannst …«

Ich überging diese Anspielung.

»Also, Honan Terrace. Ich habe ein Gebot über zweihunderttausend. Kannst du das überbieten?«

»Kein Problem. Wie würde zweihunderteintausend klingen?«
»Zweihunderfünftausend wäre besser. Ich bin gesetzlich dazu verpflichtet, mit deinem Gebot zu den Bietern zurückzugehen, und das würde sie wirklich ausschalten.«
»Ich verstehe. Okay, das geht klar. Ich werde zwar zehn Jahre lang nichts mehr essen können, aber vielleicht könnte dein Dad mich dafür bezahlen, dass ich bei dir zu Hause esse.«
Gegen meinen Willen musste ich lachen.
»Hast du Lust, heute Abend etwas zu unternehmen? Ich wollte dich in mein Haus in Cratloe mitnehmen und dir meine Pferde zeigen.«
»Das schlägt die Briefmarken um Längen. Ich kann nicht, Tony. Ich habe Will versprochen, ihn und seine Anlage von einem Konzert abzuholen.«
»Mist. Wie sieht es morgen Abend aus?«
Andrew betrat mein Büro und hinterließ wortlos eine Tasse Kaffee auf meinem Schreibtisch. Ich sah ihn nicht einmal an. Ich würde den Kaffee nicht trinken, sondern ihn dort stehen und kalt werden lassen.
»Morgen ist Angelas Party, erinnerst du dich?«, sagte ich und konzentrierte mich wieder auf Tony.
»Klar. Wir können anschließend zu mir gehen. Einen Saunagang machen – und jede Übung, die du möchtest …«
»Klasse. Das klingt großartig, Tony.«
»Geht es dir gut, Ellen?«
Ich war es leid, dass man mir heute ständig diese Frage stellte. »Prima. Warum?«
»Du klingst, ja, ich weiß nicht, du klingst irgendwie distanziert.«

»Distanziert? Was meinst du damit?«
»Ich weiß es nicht ... ein wenig kühl?«
»Draußen ist es sechsundzwanzig Grad, mir ist nicht kalt.«
»Das meinte ich nicht.«
»Ich weiß. Es tut mir Leid, Tony, ich bin müde und habe noch einen Berg Arbeit vor mir. Du weißt, wie das ist.«
»Ich weiß.«
Ein paar Sekunden lang blieb alles still.
»Dann sehen wir uns morgen Abend«, sagte ich.
»Ich kann es nicht erwarten, Ellen, und ich meine das wirklich so«, sagte er und hängte auf.
Ich starrte auf die Wand vor mir und hörte zu, wie Andrea am Telefon die steigenden Hauspreise mit einem Kunden diskutierte. Die Polizei wollte kommen, um Aussagen über Robert White und seine Drohungen zu protokollieren. Ich war nicht begeistert von dem Gedanken, an einem Freitagabend auf sie warten zu müssen.
Ich rief das Paar an, das das höchste Gebot für »Hazeldene« abgegeben hatte, mit der guten Nachricht, dass das Haus ihnen gehörte. Ich hatte zehntausend mehr herausgeschlagen als Ryan, doch selbst das konnte meine Depression nicht vertreiben. Ich rief auch das Paar an, das gegen Tony geboten hatte, und wie vorhergesagt nahmen sie Abstand davon, als sie sein letztes Gebot hörten. Noch ein Haus verkauft. Also, warum rannte ich nicht jubelnd vor Freude herum?
Ich rief Ruth an, ehe ich die Arbeit für diesen Tag beendete. Sie meldete sich sofort.
»Schlampe.«
»Hi, Ellen.«
»Luder.«

»Na, na!«
»Wo bist du? Ich wette, dass ich das weiß – in dem Bett mit dem Leopardendesign!«
»Sehr gut, Ellen. Er ist jetzt unter der Dusche, und ich liege hier und esse Mangos.«
»Woher hast du in Limerick die verdammten Mangos?«
»Ich habe keine Ahnung, aber sie sind wirklich gut.«
»Also hast du heute Nachmittag krankgefeiert?«
»Nein, ich hatte sowieso nur einen halben Tag, also hat alles prima funktioniert.«
»Das kann ich mir vorstellen. Sex mit ihm beim ersten Treffen? Du übertriffst dich selbst, Ruth.«
»Ich erinnere dich daran, dass du genau die gleiche Erfahrung mit dem gleichen Mann gemacht hast, meine Liebe.«
»Touchée, Ruth.«
»Ich muss Schluss machen. Er kommt zurück, und wir wollen eine Platte kaufen.«
Sie beendete das Telefonat, ohne sich zu verabschieden.
Ich beschloss, nach Hause zu gehen. Ich war müde und wollte noch ein wenig schlafen, ehe ich Will abholte. Ich wusste, dass ich versuchten sollte, das Konzert mitzubekommen. Es war Wills große Nacht, doch der Gedanke an Hunderte von verschwitzten Teenagern und sehr laute Musik war nicht sehr einladend. Ich wollte abwarten, wie ich mich später fühlte.
Ich schwang meine schwere Handtasche über die Schulter und drehte dem Arbeitsstapel auf meinem Schreibtisch den Rücken zu. Ich ging nach Hause.
»Leah, ich bin weg. Die Polizei kann tun und lassen, was sie

will. Ich habe lange genug auf sie gewartet«, sagte ich, als ich an der Rezeption vorbeiging.
»Andrew ist noch in seinem Büro, er kann das ja erledigen. Ich möchte auch nach Hause gehen. Ich gehe heute Abend in ein Konzert und möchte vorher noch Karate machen.«
»Was für ein Konzert ist denn das?«
»Diese unglaubliche Band heißt Range. Mann, die sollten Sie hören, das Beste, was seit … nun … seit Ewigkeiten aus Limerick hervorgegangen ist.«
»Mein Bruder gehört zu dieser Band.«
»Nein! Meinen Sie das ernst? Das ist ja cool! Was spielt er denn?«
Da ich das nicht genau wusste, entschied ich mich für das Naheliegendste. »Gitarre, und ich glaube, dass er auch ein wenig singt.«
»Das ist ja wirklich cool! Ich liebe Range. Sie werden groß werden – Ihr Bruder wird berühmt werden!«
»Ja, und dann wäre er in der Lage, sich einen eigenen Helfer zu leisten, statt mich in Anspruch zu nehmen.«
Andrew kam aus seinem Büro und lehnte sich an den Türpfosten. Mit Sicherheit gab es jede Menge anderer Dinge, die er tun könnte – zum Beispiel Babysitting –, statt unserer Unterhaltung zuzuhören. Ich ignorierte ihn völlig.
»Heißt das, dass Sie heute Abend zu diesem Konzert gehen werden? Da Sie doch die Anlage hinbringen müssen?«, fragte Leah.
»Ich hoffe, dass ich es bis zum Ende des Konzerts schaffen werde.«
»Sie sollten es nicht verpassen. Ich werde dort sein. Wenn Sie

einen Drink möchten oder was auch immer …«, sagte Leah und zuckte mit den Schultern.

»Danke, vielleicht. Montag sehen wir uns ja ohnehin«, sagte ich und ging zur Tür hinaus.

»Ellen?«, rief Andrew, als ich die Treppe hinunterrannte und so tat, als hörte ich ihn nicht. Er konnte es sich gemütlich machen, während er auf die Polizei wartete, nachdem er darauf bestanden hatte, sie zu rufen.

Ich duschte, sobald ich in meinem Apartment war. Ich wollte den Tag von mir abwaschen und mich auf der Couch mit Joey aufwärmen. Ich machte mir ein gefrorenes Hühnercurry warm, und Joey und ich kringelten uns zusammen. Ich zappte eine Weile durch die Kanäle und entschied mich schließlich für eine Wiederholung von Emergency Room. Es war die Folge, in der Mark Greene herausfindet, dass sein Tumor wieder gewachsen war. Ich heulte mir die Augen aus, auch wenn ich diese Episode schon zweimal gesehen hatte. Und dann schliefen Joey und ich ein.

Als ich wach wurde, war es stockdunkel. Ich schaltete die Lampe neben mir an und schaute zur Uhr an der Wand. Elf Uhr. Ich würde mir noch einen Toast machen und dann ins Bett gehen. Himmel, nein, das würde ich nicht tun. Ich würde wie verrückt zum Depot fahren, um meinen Bruder abzuholen. Ich sprang in die Jeans und zog ein T-Shirt über und flog aus der Tür.

Das Konzert war genau so, wie ich es mir vorgestellt hatte: voller junger Leute, die Bar unerreichbar und die Luft schwer vor Wärme und Rauch. Ich stand seitlich an der Bühne und hielt nach Will Ausschau. Die Band hatte aufgehört zu spielen, und die Schreie der Menge wurden lauter und lauter. Und plötzlich wurde die Bühne dunkel, und die Band begann erneut zu spielen. Ich war völlig erschlagen. Sie waren brillant, fantastisch, absolut super, und ich tanzte doch tatsächlich und fuchtelte mit den Armen in der Luft herum wie alle anderen.

Sie spielten drei oder vier weitere Songs mit Will als Sänger. Ich war so stolz auf ihn, dass ich glaubte, gleich platzen zu müssen. Von Leah war weit und breit nichts zu sehen, also stand ich herum und unterhielt mich mit den Ordnern, während Will und die Jungs die Anlage zusammenpackten. Als sie fertig waren, wünschte ich meinen neuen Freunden, den Ordnern, eine gute Nacht und ging hinaus zu meinem Wagen. Da es unheimlich still in dieser Gasse war, schaltete ich das Autoradio ein. Will kam mit Kabeln und Gitarren aus dem Lokal. Ich stieg aus dem Wagen und setzte mich auf die Motorhaube. Es war eine weitere herrliche Sommernacht, und mir war es sogar in kurzen Ärmeln zu warm. Ich schloss die Augen und lauschte dem weichen Jazz im Radio. Ich war so froh, dass ich mir Wills Band angehört hatte, außerdem war ich nicht mehr müde. Ich beschloss, dass, wenn ich ihn zu Hause absetzte, ich mit ihm hineingehen und einen Drink mit ihm nehmen und mir das Konzert noch einmal anhören würde. Ich wusste, dass ihm das gefiel.

Plötzlich kam ein Lieferwagen quietschend um die Ecke gefahren, und ich sprang von der Motorhaube meines Wagens herunter. Der Lieferwagen hielt genau vor mir an, und ich erstarrte in dem Scheinwerferlicht. Ein Mann stieg aus und kam auf mich zugelaufen. Er hatte die Größe eines kleinen Schuppens und trug eine graue Kappe, die widerlich vertraut aussah. Ich hatte das Gefühl, dass dieser Mann nicht angehalten hatte, um nach dem Weg zu fragen.

Und ich behielt Recht. Er sprang auf mich zu, doch glücklicherweise trat er auf meine Handtasche, die von der Motorhaube des Wagens herabgefallen war. Ich begann zu rennen und hatte es fast geschafft, doch er machte einen Satz nach vorne und packte meinen Knöchel.

»Hilfe!«, rief ich, als ich aufs Gesicht fiel. Doch ich konnte mich selber kaum hören wegen des laufenden Motors des Lieferwagens und der verdammten Jazzmusik. Das würde die Kavallerie nicht herbeirufen.

»Halt's Maul, Miststück«, sagte mein Kidnapper. Das klang vertraut. Er riss mich hoch, legte seine entsetzliche, stinkende Hand über meinen Mund und zerrte mich zu dem Lieferwagen. Und genau da sah ich Will, der mit einem Verstärker aus der Tür herauskam. Ich konnte den überraschten Blick auf seinem Gesicht erkennen, und als er das Geschehen registrierte, ließ er den Verstärker fallen und kam auf uns zugerannt. Ich wollte ihm zurufen, fortzulaufen, doch die große, haarige Hand hinderte mich daran. Ich biss fest in die Hand, und der Griff lockerte sich ein wenig.

»Miststück«, schrie der Kerl.

»Mistkerl«, schrie ich und wand mich. Will warf sich auf den Mann, und ich stieß einen Schrei aus, einen richtig lauten. Will warf seinen mageren Körper mit voller Kraft auf meinen Angreifer, und ich schaffte es, mich zu befreien.

»Renn, Ellen. Hol Mikey, den Ordner«, rief Will. Der Kapuzenmann war zweimal so groß wie Will, und er hob ihn mit einer einzigen Bewegung seiner Arme hoch. Ich schrie wieder, und Mikey, der Ordner, kam aus der Tür gerannt.

»Was, zum Teufel?«, schrie er. Ich war nie zuvor in meinem Leben so froh gewesen, einen Ordner zu sehen, und wollte das schon sagen, als der Lieferwagen mit quietschenden Reifen davonfuhr. Er flog förmlich die Gasse hinunter und raste um die Ecke. Ich atmete erleichtert aus.

»Will, bist du in Ordnung?«, rief ich in die Gasse hinein. Doch außer meinem rosafarbenen Wagen war sie verlassen. Will war fort. Gekidnappt, gestohlen. Ich schrie, und Mikey, der Ordner, fuhr zusammen.

»Was ist los?«, fragte er. »Haben sie etwas gestohlen?«

»Ja, meinen Bruder«, rief ich.

»Himmel, Ihren Bruder?«

»Ja, und es hat mir gegolten.« Ich durchsuchte meine Handtasche nach meinem Handy.

»Ich werde die Polizei rufen«, sagte Mikey.

Während Mikey die Polizei rief, wählte ich Tonys Nummer. Ich wollte mit ihm reden. Ich hatte das Gefühl, dass er mit dieser Sache etwas zu tun hatte, und ein sehr schlechtes Gefühl, dass Robert Whites Drohungen ernst gemeint waren.

»Hi, Tony, ich bin es. Sie haben Will gekidnappt. Sie wollten mich haben, und ich glaube, es hat etwas zu tun mit Robert White und …«

»Wo bist du? Sag mir einfach, wo du bist«, sagte Tony.

»Beim Depot. Am Hintereingang …« Ich konnte nicht fertig sprechen, weil er bereits nicht mehr dran war.

Er kam mit seinem Range Rover und mit Wolfie an seiner Seite in nicht einmal fünf Minuten zum Depot.

»Tone«, sagte Mikey, der Ordner.

»Mikey, was war los?« Tony legte den Arm um mich, während er mit Mikey sprach. Wolfie schüttelte den Kopf.

»White-Hiace-Lieferwagen, zwei Typen, habe keinen von

ihnen gekannt. Sie haben ihren Bruder mitgenommen. Ich habe keine Ahnung, warum.«

»Ich glaube, ich weiß, warum. Hör zu, Ellen, es ist gut. Es wird alles in Ordnung kommen, das schwöre ich«, sagte Tony und nickte Wolfie zu. Dann sprangen beide in den Jeep und schossen mit kreischenden Reifen die Gasse hinunter.

Ich sah zu, wie der Wagen verschwand, und versuchte zu verstehen, was passiert war. Doch ich begriff nichts. Dann dachte ich an den armen Will und begann zu weinen.

26

Mikey schaute mich an, während er in sein Walkie-Talkie sprach, und als er fertig war, streichelte er über meinen Arm.

»Es wird alles in Ordnung kommen, meine Liebe, die Polizei ist unterwegs. Sie werden ihn mit Sicherheit finden. Und Tony ist der Beste. Wenn er Ihren Bruder nicht finden kann, dann …«

»Der Beste – was? Was meinen Sie mit: Er ist der Beste?«, fragte ich. Ich wusste ganz sicher, dass ich in irgendetwas hineingeraten war, das viel größer war als die Wut eines Kunden darüber, dass er sein Traumhaus verloren hatte, und ich wusste auch, dass Tony eine Hauptrolle dabei spielte. Ich wischte mir mit der Hand über mein verheultes Gesicht und wartete auf Mikeys Antwort.

»Wir gehen zur Vordertür. Ich habe der Polizei gesagt, dass wir dort auf sie warten. Diese Gasse ist verdammt dunkel, und wir haben genügend Aufregung für eine Nacht hinter uns«, sagte Mikey, nahm meinen Arm und führte mich zum Vordereingang.

Während wir auf der Treppe des Depots warteten, konnte ich Stimmen und Musik aus den Pubs und Restaurants am Flussufer hören. Normale Menschen, die eine normale Freitagnacht genossen, keine Kriminellen, keine Lieferwagen mit quietschenden Reifen und keine Kidnapper.

Ich schluchzte leise vor mich hin, und Mikey stand neben mir und suchte die Straße nach Anzeichen eines Polizeiautos ab. Ich dachte an Will, der versuchte, mit dem großen Gangster zu kämpfen, und das ließ mich starr vor Entsetzen werden.

Nach einer Weile hielt ein Polizeiauto an, und eine Frau stieg aus und kam auf uns zu. Sie war mir vertraut, doch in letzter Zeit kam mir jeder Gangster und jeder Polizeibeamte der Stadt vertraut vor. Was passierte in meinem Leben, verdammt noch mal? Als sie sich uns näherte, erkannte ich, dass sie die Detektivin war, die zu uns ins Büro gekommen war, als Molly von der Briefbombe verletzt worden war.

»Detective Hilary Thornton«, sagte sie, und ich konnte sehen, dass ein Ausdruck des Wiedererkennens auf ihrem Gesicht lag. »Sind Sie nicht eine der Auktionärinnen von Gladstone und Richards? Briefbombe, nicht wahr?«

»Das stimmt. Ich bin Ellen Grace«, sagte ich. Mikey sah uns mit offenem Mund an.

»Ellen, Michael hat mir am Telefon von der Sache hier erzählt. Was ist denn genau geschehen?«

»Will …« Das war alles, was ich sagen konnte, ehe ich einen hysterischen Weinkrampf bekam. Mikey wich einen Schritt vor mir zurück, und viele Nachtschwärmer blieben stehen und beobachteten uns. Detective Hilary Thornton legte tröstend den Arm um meine Schulter.

»Es wird alles gut werden. Kommen Sie mit zum Polizeirevier, wir machen Tee, und Sie können mir in Ruhe alles erzählen. Wir regeln das schon«, sagte sie mit einer ruhigen, sicheren Stimme, einer Stimme wie die meiner Schwester Alison. Ich nickte und wischte mir die Tränen aus den

Augen. Eine weitere Gruppe von Nachtschwärmern ging vorbei, und einer davon löste sich aus der Gruppe und rief meinen Namen.

»Ellen?«

Ich konnte durch meine Tränen nur eine verschwommene Gestalt erkennen.

»Ellen, was ist denn los, um Himmels willen?« Es war Andrew. Diese Stimme würde ich überall erkennen, und ich rannte zu ihm. Er nahm mich in die Arme, und ich drückte mein Gesicht an seine Brust. Er strich mir über den Kopf.

»Es kann doch nicht so schlimm sein, Ellen. Was ist geschehen?«, fragte er und richtete die Frage an die Polizistin.

»Oh Andrew … sie haben sich Will geschnappt … sie waren hinter mir her, und sie packten Will, weil er sagte, dass ich davonrennen solle … und … und …«

»Lassen Sie uns zum Polizeirevier gehen und dort versuchen, alles zu klären«, sagte die Polizistin. »Kommen Sie, wir fahren mit dem Polizeiwagen.«

Sie ging zu dem wartenden Wagen, und Andrew und ich folgten ihr. Ein weiterer Polizist saß auf dem Fahrersitz. Detective Thornton informierte Andrew über das, was sie von den Vorkommnissen wusste, als wir die kurze Strecke zum Polizeirevier fuhren. Ich wollte ihnen alle Einzelheiten mitteilen, doch mein Mund wollte meinem Gehirn nicht gehorchen, und als ich zu sprechen versuchte, kam nur ein undeutliches Stammeln heraus. Doch ich war froh, dass die Polizistin zumindest die Nummer des Lieferwagens kannte und dass alle Polizeieinheiten informiert worden waren. APB – All Ports Broadcast –, dachte ich, so nannten sie es in amerikanischen Polizeifilmen. Will würde diese Idee lieben, seine eigene persönliche Ringfahndung, doch bei dem Gedanken an Will begann ich wieder, hysterisch zu weinen.

Als wir beim Polizeirevier eintrafen, führte Detective Thornton uns in einen kleinen Besprechungsraum und verließ uns, um Kaffee zu holen. Andrew gab mir Papiertücher aus einer Schachtel, die auf dem Tisch vor uns stand. Er ließ mich weinen und weinen, bis ich keine Tränen mehr hatte, und die ganze Zeit hielt er mich fest umarmt. Ich war froh über die Stille und den beruhigenden Arm.

Detective Thornton kehrte mit einem Tablett zurück, auf dem sich Kaffee und Sandwiches befanden. Sie stellte das Tablett auf den Tisch und begann, Kaffee einzugießen und uns Essen anzubieten wie in einer grausamen Parodie eines mitternächtlichen Picknicks. Ich konnte die Uhr an der Wand laut ticken hören, und es schien, als wären Stunden vergangen, bis jemand zu sprechen begann. Die Stille half mir, mich zu beruhigen. Als Detective Thornton schließlich damit begann, meine Aussage aufzunehmen, war mein Kopf kristallklar. Ich erzählte ausführlich von den Ereignissen der Nacht, ohne ein einziges Mal zu zögern, als ob eine gute Erinnerung und Gelassenheit zu diesem Zeitpunkt helfen könnten, meinen Bruder zu retten.

Als ich endete, sah ich, dass Detective Thornton erneut Kaffee eingoss. Ich wusste, dass jetzt die Fragen kommen würden, und ich hoffte, dass ich die Antworten hatte. Andrew nahm meine Hand in seine.

Detective Thornton räusperte sich. »Ellen, ich habe hier einen Bericht über eine Drohung, die Ihnen gegenüber heute Morgen in Ihrem Büro ausgesprochen worden ist. Ich glau-

be, Andrew, dass Sie es waren, den die Polizisten befragt haben. Und ich habe hier noch einen weiteren Bericht über eine Briefbombe, die an Sie adressiert war und die in den Händen von Molly O'Sullivan, der Empfangsdame von Gladstone und Richards, explodierte …«
»Also hängt alles irgendwie zusammen, nicht wahr?«, fragte ich.
Hilary Thornton stellte ihre Kaffeetasse auf dem Tisch ab und sah mich an. »In etwa. Aber es ist noch ein wenig komplizierter.« Sie zog weitere Akten zu sich heran. »Es ist … ich möchte Sie nicht erschrecken … aber … nun ja, es ist eine ernste Angelegenheit.«
»Bitte erklären Sie, was Sie damit meinen«, sagte Andrew, und der Druck seiner Hand verstärkte sich so sehr, dass seine Knöchel weiß wurden.
»Erinnern Sie sich an einen Mann namens Jérôme Daly?«, fragte die Polizistin.
Im gleichen Moment, da sie seinen Namen nannte, machte mein Herz einen Sprung.
»Ja, ich erinnere mich … ich meine, wir erinnern uns. Wir haben den Toten gefunden. Andrew und ich fanden ihn.« Ein Schluchzer verhakte sich in meinem Hals, als ich sprach.
Detective Thornton nickte. »Ich weiß. Merkwürdig und immer merkwürdiger, finden Sie nicht auch? Wissen Sie, ich bin seit fünfundzwanzig Jahren bei der Polizei, und eines, was ich gelernt habe, ist nicht an Zufälle zu glauben, und hier haben wir eine auffällige Häufung von Zufällen. Sie, Ellen, Ihre Verbindung zu Tony Jordan, seine Verbindung zu Jérôme Daly …«
»Und Robert White?«, fragte ich.

»Was wissen Sie über Robert White?«, fragte die Polizistin. Ich zuckte mit den Schultern. »Nichts. Ich weiß nur, dass er mich im Büro bedroht hat.«
»Na, das ist ja sehr interessant«, sagte die Detective Thornton.
»Warum? Was für eine Rolle spielt er?«, fragte Andrew und beugte sich auf seinem Stuhl vor.
Die Polizistin zuckte mit den Schultern. »Das weiß ich noch nicht genau. Es ist, als hätte ich alle Teile eines Puzzles, doch sie fallen noch nicht an die richtigen Stellen. Was wir wissen, ist, dass vor anderthalb Jahren ein Mann namens Johnjo Hegarty vor einem Wettladen erschossen wurde. Er war uns gut bekannt und seit Jahren in diesen Breiten Kopf einer Verbrecherbande und kein Verlust für die Stadt …« Sie hielt inne, um einen Schluck Kaffee zu trinken.
»Also, das Problem ist, dass nach Johnjo Hegartys Tod der Platz für den Spitzenjob in der kriminellen Unterwelt frei geworden war. Und es gibt zwei Kandidaten mit der Qualifikation für diesen Job.« Sie schwieg und sah mich an. Ich las in ihren Augen, was sie sagen würde, und ich schüttelte den Kopf und formte lautlos »nein, nein, nein« mit dem Mund, als sie fortfuhr.
»Robert White war der eine Kandidat, und wir glauben, dass der andere Tony Jordan ist …«
»Es ist nicht wahr«, flüsterte ich, doch mein Verstand hatte längst seine eigenen Puzzleteile zusammengefügt, und alles begann genau zu passen. Zu genau.
»Lass uns weiter zuhören, Ellen, lass uns die ganze Geschichte hören«, sagte Andrew und griff wieder nach meiner Hand.

»Übrigens ist das alles nicht für die Öffentlichkeit bestimmt, aber wir glauben, dass dieser Spitzenjob es wert ist, darum zu kämpfen, wegen der Größe des Gebiets, das dazugehört. Ein Haufen Drogengeld. Wir wissen, dass Jérôme Daly wie ein Vater für Jordan war, und wir wissen auch aus verlässlichen Quellen, dass es das war, was Jérôme für seinen Jungen gewollt hatte.«

»Aber warum wurde Jérôme Daly getötet?«, fragte ich.

»Wie ich schon sagte, ich habe noch nicht alle Antworten, doch es gibt einige Möglichkeiten. Eine Hinrichtung durch White, um Jordan zu zeigen, dass er es ernst meinte? Vielleicht hatte Daly Drogen versteckt und sein Wort gebrochen? Doch das Problem ist, dass die ganze verdammte Sache nun eskaliert ist.«

»Will«, sagte ich. Der Name schien in dem kleinen Raum wie ein Echo zu klingen. Andrew erstarrte.

»Ich glaube nicht, dass sie ihn einfach um des Tötens willen töten werden«, sagte Detective Thornton, »zumindest nicht, wenn er nicht direkt verwickelt ist. Ich würde sagen, dass damit nur Muskeln gezeigt werden, mehr nicht. Aber ich muss noch eine wichtige Frage stellen, Ellen, und dann können Sie nach Hause gehen, falls Ihr Bruder dort auftaucht.«

»In Ordnung«, sagte ich.

»Hatten Sie Kontakt mit Tony Jordan, nachdem Ihr Bruder mitgenommen worden war?«

Die Stille, die danach folgte, schien den Raum mit Spannung zu erfüllen. Ich konnte spüren, dass Andrew mich ansah. Detective Thornton lehnte sich auf ihrem Stuhl zurück, als ob sie mir eine einfache Frage über das Wetter gestellt hätte und nicht allzu interessiert an der Antwort war.

»Ich … alles passierte so … Ich wusste, dass …« Ich schaute von einem zum anderen, suchte Hilfe, wartete auf ein Stichwort, auf irgendetwas.

»Ja, habe ich. Ich rief Tony sofort an.«

Ich fühlte mich besser, als die Worte heraus waren. Das Problem war, dass es den anderen nicht so ging. Zwischen Hilary Thornton und Andrew wurde ein Blick gewechselt. Ein Blick, der sagte, dass das schlecht war. Schlecht für Will. Ich begann wieder zu weinen, und Andrew zog mich an sich.

»Gehen Sie beide nach Hause. Wir werden unser Bestes tun, gehen Sie heim und warten Sie ab«, sagte die Polizistin, dann raffte sie ihre Papiere und Ordner zusammen.

Ein junger Polizist brachte uns zu Andrews Wagen, und wir fuhren schweigend zum Haus meiner Eltern. Andrew kam mit mir ins dunkle Haus, und er war es, nicht ich, der meiner Mutter die Nachricht überbrachte. Sie war mit ihren Lockenwicklern die Treppe heruntergekommen, um nachzusehen, ob Will nach Hause kam. Ich ging in die Küche, während sie in der Diele sprachen, und ich konnte meine Mutter leise weinen und Andrews beruhigendes Gemurmel hören. Als sie in die Küche kamen, umarmte meine Mutter mich und zog mich an sich und sagte mir, dass alles wieder gut werden würde. In diesem Augenblick wünschte ich, ich wäre wieder ein Kind, ein Kind, dessen Probleme mit einer mütterlichen Umarmung gelöst werden konnten.

27

Die Dämmerung zog am Himmel über dem Haus meiner Eltern auf, als ob nichts Schlimmes geschehen wäre. Ich saß in dem morgendlichen Zwielicht auf der alten Schaukel im rückwärtigen Garten und schaukelte. Was würde ich tun, wenn Will etwas geschah? Erinnerungen an Will und Alison und mich, wie wir in diesem Garten gespielt hatten, füllten ungewollt meinen Kopf. Schreie und Gelächter und Barbies und Spielzeuglastwagen.

Aus der Küche konnte ich das Klappern von Töpfen und Pfannen hören. Ich schaute zu dem rechteckigen erleuchteten Fenster, als meine Mutter hin und her ging und Essen vorbereitete, als hinge ihr Leben davon ab. Mein Herz tat mir weh angesichts ihres entschlossenen Gangs und ihres adretten Kopfes, der sich auf und ab bewegte und ruckartig drehte, während sie ihrer Arbeit nachging. Ich konnte nicht einmal damit beginnen, mir vorzustellen, was mit meiner Mutter geschehen würde, wenn Will verletzt war.

Die Hintertür öffnete sich, und Andrew kam zu mir. Ohne etwas zu sagen, setzte er sich neben mich. Vögel sangen in den Bäumen, und meine Mutter schaltete eine laute quietschende Küchenmaschine ein. Andrew und ich beobachteten sie bei ihrer Arbeit.

»Sie ist eine großartige Frau«, sagte Andrew.

»Ja.«

Wir schaukelten ein paar Sekunden lang weiter.

»Andrew?«

»Ja?«

»Ich hätte auf dich hören sollen.«

»Hättest du?«

»Wegen Tony Jordan.«

»Oh.«

Weiteres Schaukeln.

»Aber was auch immer du von ihm hältst, Andrew, er hat das Will nicht angetan. Das würde er nicht tun. Sie haben versucht, mich zu schnappen, doch Will kam heraus und … und … Tony mag sein … was immer sie von ihm denken, aber er ist kein schlechter Mensch … und auch nicht böse.«

»Ellen …«

»Nein, höre mir nur eine Minute lang zu. Ich denke, dass du und ich der Polizei glauben, aber du musst mich auch anhören, denn ich kenne ihn.«

»Okay.«

»Danke.«

Ich stieß mich mit den Füßen am Boden ab, um schneller zu schaukeln. Andrew machte es mir nach. Wir schaukelten schneller und schneller, während die Sonne die Nacht auflöste. Die kühle Morgenluft wehte an meinen Ohren vorbei, und meine Augen schmerzten. Der Knoten aus Angst in mir wurde jedes Mal größer, wenn ich an meinen schlaksigen Bruder dachte. Ein lautes Klopfen erregte meine Aufmerksamkeit, und ich sah, dass meine Mutter am Fenster stand und winkte. Ich sprang von der Schaukel herunter und rannte zur Küche, Andrew dicht hinter mir.

»Was ist los?«, fragte ich, als ich zur Tür hineinlief. »Ist etwas geschehen?«
Meine Mutter hatte sich umgezogen und ihr Haar gebürstet und ihren üblichen pinkfarbenen Pearl-Lippenstift aufgelegt. Sie lächelte mich an, als ob es ein ganz normaler Tag wäre.
»Frühstück«, sagte sie und deutete auf die beiden Teller mit gebratenem Essen auf dem ordentlich gedeckten Tisch. »Frühstück, Andrew. Ich wette, dass du hungrig bist. Setzt euch doch und lasst es euch schmecken. Ich mache nur noch den Toast. In der Kanne ist Tee. Ellen, könntest du bitte einschenken?«
Meine Mutter wandte sich ab und stellte sich neben den Toaster. Ich sah Andrew an, der lächelte.
»Danke, Mrs. Grace.«
Meine Mutter lachte. »Also, Andrew, wie lange kennen wir uns jetzt schon? Phyllis. Nenn mich doch Phyllis.«
»Danke, Phyllis«, sagte Andrew, zog einen Stuhl unter dem Tisch hervor und bedeutete mir mit einer Handbewegung, mich zu setzen. Ich tat, was er wollte. Ich war nicht hungrig, doch ein einziges Mal in meinem Leben wollte ich das essen, was meine Mutter gekocht hatte. Das war das Mindeste, was ich für sie tun konnte.
»Alison wird bald hier sein«, sagte meine Mutter, während sie das getoastete Brot auf einem weißen Teller aufstapelte und ihn zum Tisch brachte.
»Hast du es ihr erzählt?«, fragte ich, nachdem ich das erste Stück einer vor Fett triefenden Wurst hinuntergeschluckt hatte.
Das Gesicht meiner Mutter verdüsterte sich, und sie presste

die Lippen zusammen. »Nein. Gestern Abend war es zu spät, sie noch anzurufen. Ich habe gestern mit ihr gesprochen. Sie ist so aufgeregt wegen Angelas Party, dass sie schon gestern Abend kommen wollte, doch Dermot hatte Dienst. Sie sagten, dass sie heute Morgen mit dem ersten Hahnenschrei losfahren würden. Wie lange dauert die Fahrt von Dublin hierher?«

»Ungefähr zweieinhalb Stunden«, sagte Andrew, der den Toast mit Butter bestrich und mir eine Scheibe auf meinen Teller legte. »Möchten Sie nicht auch etwas essen, Phyllis?«

Meine Mutter schüttelte den Kopf. »Es geht mir gut, danke Andrew. Nicht mehr als zweieinhalb Stunden?«

Andrew nickte. »Vor allem, weil es so früh am Morgen kaum Verkehr geben wird. Sie werden schnell durchkommen.«

Ich aß schweigend mein kaum essbares Essen. Bitte Gott, mach, dass es Will gut geht, bitte, Gott, bitte, Gott, bitte, Gott.

»Na ja, wenn es nur zweieinhalb Stunden dauert, dann werden sie vor neun Uhr hier sein, das ist in Ordnung. Alison hat um halb zehn Uhr eine Verabredung mit dem Partyausstatter, jedenfalls glaube ich, dass sie das gesagt hat. Halb zehn Uhr. Es ist schon komisch. Alison liebt Angela, und sie hat darauf bestanden, dass ein Partyausstatter die Party ausrichtet. Habe ich dir das schon erzählt, Andrew?«

Andrew lächelte und schüttelte kauend den Kopf.

Alison hat sich niemals über Mams Kochkünste beschwert, doch sie wusste offenbar, wie schlecht ihr Essen war, da sie einen Partyausstatter beauftragt hatte. Mir begann klar zu werden, dass meine Schwester über unausgelotete Tiefen verfügte.

Andrew und ich beendeten das Frühstück, und er überredete meine Mutter, sich auszuruhen, während wir die Küche sauber machten. Ihr Gesicht war weiß wie ein Blatt Papier, und ihre Augen begannen hervorzuquellen. Sie umarmte mich, ehe sie die Küche verließ, und ich sagte ihr, dass alles gut werden würde, doch es erschreckte mich, dass sie so verzweifelt daran glaubte.

Es war noch immer erst sieben Uhr morgens, als Andrew und ich wortlos den Tisch abräumten und das Geschirr abwuschen und abtrockneten. Erst sieben Uhr morgens. Ungefähr sieben Stunden, nachdem diese Gangster Will in den Lieferwagen geworfen hatten und mit ihm davongefahren waren. Nicht einmal sieben Stunden, seit Tony und Wolfie in die Nacht hinausgerannt waren. Ich schaute Andrews Profil an, als er die Arbeitsplatte in der Küche abwischte, und ich wünschte, dass zwischen uns alles anders verlaufen wäre. Er war so gut, so hilfsbereit, und so unglaublich lieb zu meinen armen Eltern gewesen. Vielleicht hatte Ruth ja Recht wegen der Emerson-Episode. Aber das spielte keine Rolle. Es war zu spät, und sowieso spielte jetzt nichts anderes eine Rolle, außer der Tatsache, dass mit Will alles in Ordnung war.

Andrew und ich hatten das Aufräumen gerade beendet, als es an der Tür klingelte. Ich rannte durch das Haus und riss die Tür auf.

»Oh, hallo, Ellen«, sagte Dermot und ging mit zwei Koffern an mir vorbei. Alison folgte ihm und trug Kieran, dessen Gesicht gerötet und verschlafen war.

»Hallo, Ellen«, sagte sie und reckte sich, um mich im Vorbeigehen auf die Wange zu küssen. »Was machst du denn hier? Du bist doch nicht wieder nach Hause gezogen, oder?«

Ich sah ihnen zu, wie sie ins Haus kamen.
»Andrew?«, fragte Alison. »Andrew? Bist du es wirklich? Ich habe dich eine Ewigkeit nicht gesehen – mein Gott, wie lange ist das schon her? Zwei oder drei Jahre? Dermot, das ist Andrew. Hast du Andrew kennen gelernt?«
»Ja«, sagte Dermot, stellte die Koffer auf den Boden und schüttelte Andrew die Hand.
»Schön, dich mal wieder zu sehen, Dermot«, sagte Andrew, »und dieser junge Mann muss ja wohl euer Baby sein?«
Alison strahlte. »Kieran. Das ist Kieran.«
»Hallo, Kieran«, sagte Andrew, und Kieran lächelte ihn an, ehe er scheu den Kopf an Alisons Schulter verbarg.
Alison stand in der Diele und schaute zwischen Andrew und mir hin und her, und ihr Gesicht bekam plötzlich einen sorgenvollen Ausdruck.
»Warum bist du heute so früh am Morgen hier?«, fragte sie und setzte sich Kieran auf die Hüfte. »Stimmt etwas nicht mit Mam? Dad?«
»Nein, ihnen geht es gut«, sagte ich und versuchte, in mir nach den Kräften zu suchen, die ich benötigte, um Alison von dem Vorkommnis zu berichten. »Es geht nicht um sie … es geht um Will, Alison …«
»Was meinst du damit, es geht um Will? Was ist mit Will los? Ich habe gestern Morgen mit Mam gesprochen, und sie hat nichts erwähnt.«
»Er wurde … ich weiß nicht, wie ich es nennen soll … gekidnappt … ein paar Gangster haben ihn sich gestern Abend geschnappt. Die Polizei sucht ihn, und sie sagt, dass alles gut ausgehen wird, doch wir haben bisher noch nichts von ihm gehört und …«

Ich brach in Tränen aus wie ein Wasser speiender Geysir. Dermot nahm Alison Kieran ab, und sie kam zu mir, und wir schlangen die Arme umeinander.

»Gekidnappt?«, sagte sie.

Ich nickte. Alisons Gesicht verzog sich, und sie fing auch zu weinen an.

»Wer sollte denn Will kidnappen? Er hat kein Geld. Es sei denn, er ist zu einem Musikstar geworden, seit ich zum letzten Mal in Limerick gewesen bin – das ist er doch nicht, oder?«

Ich schüttelte den Kopf.

»Warum dann also?«, fuhr sie fort. »Mam und Dad haben kein Geld übrig, um es Kidnappern zu geben. Warum sollten die Kerle sich die Mühe machen, sich Will zu schnappen?«

Ich schluchzte. »Es war meine Schuld.«

»Du hast ihn gekidnappt?«, fragte Alison.

»Nein, aber …«

»Du hast ihn kidnappen lassen?«

»Nein, Alison … Ich habe nur …«

»Dann kannst du gar keine Schuld haben«, sagte Alison und hielt inne, um sich die Nase zu putzen. »Alle denken immer, dass sie Schuld an schlimmen Sachen haben, und das stimmt überhaupt nicht, Ellen, das ist einfach …«

»Höre mir eine Minute zu, Alison«, sagte ich und griff nach ihren schmalen Schultern. Sie schaute mit riesigen, in Tränen schwimmenden Augen zu mir auf, und mir war fast schlecht bei der Aussicht, was ich ihr sagen musste. Doch ich konnte es nicht ändern, und außerdem *war* es meine Schuld. Ich verdiente es, dass Alison wütend auf mich wurde. Niemand war bisher richtig wütend auf mich gewesen, und ich wünschte irgendwie, dass jemand wütend würde, weil ich mich dann vielleicht nicht mehr so schlecht fühlen würde.

»Ich hatte einen Freund, Alison, und es stellt sich nun heraus, dass er ein Drogenhändler oder Ähnliches ist.«

Ich sah Andrew an, der mit den Schultern zuckte und nickte. Dermot streichelte über Kierans seidenes blondes Babyhaar, als uns alle drei anschauten. Alison schaute mir ins Gesicht, und ihre Arme waren noch immer fest um mich geschlungen.

»Jedenfalls sagte die Polizei, dass in Limerick eine Art Krieg im Gang sei, und dieser Mann – er heißt Tony Jordan – und ein anderer Mann kämpfen wohl darum, wer der neue Drogenkönig von Limerick wird, und dass wir – oder, genauer gesagt, Will – in dieses Kreuzfeuer geraten ist. Wills Band hat ein Konzert gegeben, und ich wollte Will anschließend abholen, und sie haben versucht, mich zu entführen, doch Will kam heraus und hat einen von ihnen angegriffen und … und … und deshalb glaubt die Polizei, dass Will von einer rivalisierenden Bande gekidnappt wurde, die versucht hatte, mich zu schnappen, um an Tony heranzukommen.«

Meine Stimme verklang, und ich schaute Alison an und wartete auf ihre Missbilligung. Doch ich sah nur, dass sie völlig verwirrt war.

»Himmel«, hörte ich Dermot murmeln. Alison drehte sich nach ihm um und sah dann wieder mich an. Erneut stiegen mir Tränen in die Augen.

»Es tut mir Leid«, sagte ich, weil Alison nicht sprach. Sie runzelte die Stirn. »Wirklich, Alison, ich wusste das alles nicht, und ich weiß auch, dass das keine gute Entschuldigung ist … und wenn ich auf Andrew gehört hätte, wäre alles in

Ordnung. Er sagte es mir, doch ich habe ihm nicht geglaubt. Ich habe einfach gedacht, dass er eifersüchtig war, weil Tony ein erfolgreicher Geschäftsmann ist …«

»Hast du?«, schaltete sich Andrew ein.

Ich sah ihn an. »Ja, das habe ich gedacht, was sonst hätte ich denken sollen? Aber wie üblich habe ich alles kaputtgemacht.«

Ich ließ die Hände sinken, als die Ungeheuerlichkeit meiner Dummheit mich überschwemmte. Ich war eine Idiotin, und nun würde Will vielleicht den Preis für meine Fehler bezahlen müssen. Was hatte Will jemals getan, dass er es verdiente, von mörderischen Drogenhändlern gekidnappt zu werden? Ich fühlte mich so elend, dass ich lieber tot sein wollte.

»Es ist nicht deine Schuld, du Idiotin«, sagte Alison und umarmte mich noch fester.

Ich öffnete die Augen und sah sie an. Sie lächelte. Offenbar hatten Alison und Mam mehr gemeinsam, als ich bisher vermutet hatte.

»Du hast einen Fehler gemacht, Ellen, aber wir alle machen Fehler, und ich sage dir noch etwas – Will geht es gut, das kann ich fühlen. Ich weiß einfach, dass es ihm gut geht.«

Ich schüttelte den Kopf. »Wie kannst du das wissen?«

Alison zuckte mit den Schultern, hob eine Hand und schob mir das Haar hinter die Ohren. »Ich weiß es. Will ist in Ordnung. Wo sind Mam und Dad?«

»Sie sind noch im Bett, denke ich«, erwiderte ich und trat einen Schritt von Alison weg, um mir die Nase zu putzen. Dermot ging zu ihr und legte ihr den Arm um die Schulter und nahm sie fest in den Arm, und Kieran wickelte eine kleine dicke Hand in das blonde Haar seiner Mutter.

Andrew sah mich an, und in diesem Augenblick sehnte ich mich danach, dass er mich umarmte. Ich wollte mich sicher fühlen, selbst wenn ich es nicht war, selbst wenn es Andrew nichts bedeutete. Das war mir egal – für mich würde es eine Menge bedeuten.

Ich wollte es so sehr, dass ich ihn vielleicht darum gebeten hätte, wenn nicht ein plötzliches kratzendes Geräusch an der Tür unsere Aufmerksamkeit erregt hätte. Wir schauten uns um – selbst Kieran –, und niemand sprach, als wir das Geräusch eines Schlüssels im Schloss hörten. Die Tür flog auf.

»Hey«, sagte Will und griff hinter sich, um die Tür zu schließen. »Wie geht's denn so? Gut, euch zu sehen, Alison, Dermot. Hey, Kieran, Mann. Besteht die Möglichkeit, dass du mir etwas anbraten kannst, Al, ehe Mam sich dem Herd nähert? Ich bin kurz vor dem Verhungern.«

»Will!«, schrien Alison und ich gleichzeitig, während wir zu unserem Bruder rannten, ihn umarmten und küssten.

»Langsam, langsam«, sagte Will lachend, doch er legte einen langen Arm um jede von uns.

»Will?«

Ich schaute zur Treppe hinüber. Unsere Mutter stand ganz oben, ihr Gesicht war fleckig, weil sie offensichtlich geweint hatte, und ihr graues Haar stand in alle Richtungen ab, als hätte sie sich die Haare gerauft. Ich dachte, dass sie das vielleicht sogar getan hatte. Will nahm zwei Stufen auf einmal und umarmte sie lange und fest. Unterdessen war Dad aufgetaucht, und er schlug Will auf den Rücken, als ob er ihm für den Gewinn in einem Rennen beglückwünschen wollte.

Ich war glücklich, Will zu sehen, und erleichtert, dass er noch immer der gleiche egozentrische schlaksige Junge war, der in der Nacht zuvor vor meinen Augen entführt worden war. Doch ich konnte nicht verstehen, warum ich beim Anblick seiner Wiedervereinigung mit Mam und Dad erneut losheulen musste.

»Wo warst du, William?«, fragte unsere Mutter und betrachtete seinen Hemdkragen. »Wir waren die ganze Nacht über krank vor Sorge. Ich dachte, dass ich dich nie mehr wiedersehen würde, und ich sage dir jetzt, William, dass du diese Band verlässt – sie können sich einen anderen Dummkopf suchen, der für sie singt und Gitarre spielt. Ich möchte nicht, dass du noch mal in Gefahr gerätst.«

»Mam, um Himmels willen, das hatte überhaupt nichts mit der Band zu tun. Es war nur ein Kidnapping.«

»Lieber Gott, William Grace, was denkst du denn? Nur ein Kidnapping? Nur ein Kidnapping?«

»Wir werden noch viel Zeit haben, später darüber zu sprechen, Phyllis, Liebe«, sagte Dad.

»Ich weiß, aber …«

»Ich verspreche, dass ich euch alles später erzählen werden, Mam, aber jetzt bin ich kurz vor dem Verhungern.«

»Ich denke, ich sollte Tee machen«, sagte Andrew.

Ich sah ihn an. Er stand direkt vor mir.

»Ist das eine gute Idee?«, fragte er.

Ich nickte stumm.

»Und ich verspreche Will, dass ich ihm etwas koche«, sagte Alison, die plötzlich geschäftsmäßig wurde.

»O nein, Liebes, du bist gerade erst angekommen«, rief Mam von der Treppe herunter. »Willkommen, übrigens. Ich habe noch überhaupt keine Möglichkeit gehabt, euch alle zu begrüßen.«

»Ich werde das Frühstück machen«, rief Alison. »Hast du Hunger? Was möchtest du denn? Was ist mit dir, Dad?«
»Ich verhungere«, sagte Mam. »Danke dir, Liebes.«
»Ich könnte ein Pferd verdrücken«, sagte Dad.
»Nicht mein Pferd, Dad«, sagte Will. »Ich bin gekidnappt worden – stell dich hinten an, okay?«

28

Andrew machte Tee, und Alison kochte Berge von Essen, und Andrew und ich aßen mit dem gleichen Genuss wie alle anderen, obwohl es noch nicht lange her war, seit wir gefrühstückt hatten. Nun ja, Mams Gerichte zählten nicht wirklich.

Dermot rief bei der Polizei an und teilte mit, dass Will wieder zu Hause war. Gerade als wir mit dem Essen fertig waren, klingelte es an der Tür. Dermot fungierte als Gastgeber, und zwei Minuten später führte er meine alte Freundin Hilary Thornton in die Küche. Sie lächelte ihr matronenhaftes Lächeln, als sie sich umschaute.

»Guten Morgen, alle zusammen«, sagte sie und schob ein paar Strähnen drahtigen grauen Haars hinter ihr Ohr.

»Detective Thornton«, sagte ich, »was machen Sie denn hier? Arbeiten Sie wie Superman vierundzwanzig Stunden am Tag?«

Hilary Thornton lachte. »Eigentlich bin ich auf dem Weg nach Hause, Ellen. Ich dachte, ich schau nur kurz herein, um zu sehen, wie es Ihnen allen heute Morgen geht.«

Meine Mutter starrte mich anklagend an. Ich seufzte, als mir klar wurde, was falsch war.

»Ich habe Detective Thornton gestern Nacht kennen gelernt. Als Will … gekidnappt worden war«, sagte ich und traf blitzartig die Entscheidung, die Tatsache auszulassen, dass ich sie schon am Tag der Briefbombe kennen gelernt hatte. Ich mochte ja müde und fertig sein, doch dumm war ich nicht. Ich wusste sehr genau, dass meine Mutter einen Anfall bekommen würde, wenn sie jemals erfahren würde, dass mir jemand eine Briefbombe geschickt hatte.

»Oh, richtig, richtig. Hallo«, sagte meine Mutter, lächelte freundlich und ging zu der Polizistin. »Ich bin Phyllis Grace. Möchten Sie Tee haben oder etwas zu essen?«

»Nein danke, ich brauche nichts. Nett, Sie kennen zu lernen, Phyllis. Mein Name ist übrigens Hilary Thornton.«

Die beiden Frauen im mittleren Alter schüttelten einander die Hände.

»Ich möchte Ihnen und Ihren Kollegen für Ihre Hilfe danken, die uns Will zurückgebracht hat«, sagte meine Mutter, als mein Vater näher trat, um der Polizistin die Hand zu schütteln.

Hilary Thornton lächelte und schaute jeden im Raum an. »Ich fürchte, dass ich den Dank dafür nicht annehmen kann. Will scheint es ganz allein geschafft zu haben. Wie geht es dir heute Morgen, Will?«

Will schluckte hektisch, da er den Mund voll hatte. »Mir geht es gut, danke. Ich hatte nur Angst, dass ich mir mein Handgelenk verstaucht hatte, als sie mich in den Lieferwagen warfen, doch ich glaube, das war nur der Aufprall ...«

Will hob die Hand hoch und bewegte sein Handgelenk. Wir alle schauten ihn an, als ob das eine große Leistung wäre.

»Ein verstauchtes Handgelenk ist nichts Ernstes, aber für einen Gitarristen wäre es eine mittlere Katastrophe, nicht wahr, Will?«, sagte Hilary Thornton.

Will nickte. »Vor allem jetzt, da wir so viele Konzerte geben sollen, und es sieht so aus, als würde die Band sich weiterentwickeln.«

»Meine Tochter singt auch in einer Band«, sagte Hilary Thornton und nahm ein kleines spiralgebundenes Notizbuch aus der Tasche ihres Kamelhaarmantels.

»Nein, oder?«, sagte Will und grinste sie an.

»Hilary Thornton nickte. »Flip-side.«

Will lehnte sich auf seinem Platz zurück und musterte die Polizistin von Kopf bis Fuß. »Sie machen Witze. Sie sind Ciara Thorntons Mutter?«

Hilary Thornton nickte und zog die Augenbrauen hoch. »Du hast von ihnen gehört?«

»Gehört?«, fragte Will. »Wir gaben mit ihnen ein Konzert im letzten Monat. Mann! Ciara Thorntons Mutter. Ciara ist eine brillante Sängerin. Sie ist verrückt.«

»Ich nehme das als ein Kompliment«, sagte Hilary Thornton, während sie und meine Mutter wissende Blicke austauschten. »Ich überlege gerade, ob es vielleicht besser wäre, wenn ich Wills Aussage in einem anderen Raum aufnehmen würde? Es wird nur ein paar Minuten dauern, und dann falle ich Ihnen nicht mehr auf die Nerven.«

Will sah mich an und lächelte, dann schob er seinen Stuhl zurück.

»Wohnzimmer?«, fragte er.

Hilary Thornton nickte.

»Wohnzimmer«, sagte Will und ging voraus.

Als Will und die Polizistin den Raum verlassen hatten, senkte sich eine merkwürdige Stille herab. Niemand sprach, und die einzigen Geräusche waren die, die Andrew beim Abwasch machte, und das leise Klopfen von Kierans Plastiklöffel auf dem Tablett an seinem Hochstuhl. Ich war so müde, dass meine Augen brannten, als ob sie voller Säure waren, doch ich hatte irgendwie Angst, ins Bett zu gehen. Es war, als ob irgendein abergläubischer Teil in mir fürchtete, dass all die schlimmen Dinge zurückkommen würden, wenn diese Menschen hier nicht zusammenbleiben würden. Das Abwaschwasser machte ein leises gurgelndes Geräusch, als es im Abfluss verschwand.

Ich schaute meine Mutter an, die durchsichtig vor Erschöpfung war. Alison erkannte das offenbar ebenfalls.

»Geh für eine Weile hinauf ins Bett, Mam«, sagte sie.

Meine Mutter sah sie an. »Aber Detective Thornton …«

»Sie wird nicht mit dir sprechen müssen«, sagte Dermot. »Und außerdem, Phyllis, sie kann ja auch wiederkommen. Du siehst erschöpft aus und brauchst etwas Ruhe.«

Meine Mutter nickte. »Ich bin auch erschöpft.«

Mein Vater schloss die Hintertür ab und stellte sich neben sie. »Komm schon, Liebes. Wir gehen nach oben und legen uns ein wenig hin. Will ist zu Hause, und wir können nun schlafen.«

Meine Mutter nickte wieder, und ich beobachtete, wie meine Eltern aus der Küche gingen. Trotz all der Kämpfe um gebratenes Essen und Zigaretten und schlechtes Kochen und schmutzige Wäsche waren sie durch dieses undefinierbare Band miteinander verbunden, das ihnen half, durchs Leben zu gehen.

Andrew faltete das nasse Geschirrtuch zusammen, das er benutzt hatte, und legte es auf das Abtropfbrett.

»Ich werde jetzt gehen«, sagte er mit einem Blick zu mir.

Ich schaute zu ihm auf. Warum hatten wir nicht wie Mam

und Dad sein können? Wir hätten es sein können, wenn die Dinge anders gelaufen wären.
»Okay«, war alles, was ich dazu sagte.
Alison durchquerte die Küche und umarmte und küsste Andrew. »Du wirst natürlich zu Angelas Party heute Abend kommen, nicht wahr, Andrew?«
»Nun …«, begann Andrew.
»Natürlich wirst du kommen«, unterbrach Alison ihn. »Du hast doch keine anderen Pläne, oder? Und selbst wenn du welche hast, lass sie sausen. Du musst kommen. Die Party wäre ohne dich nicht das Gleiche.«
Andrew lächelte Alison an und sah dann zu mir herüber. Ich lächelte.
»Komm schon, Andrew«, sagte ich, »du musst mithelfen, Angelas Geburtstag zu feiern, und dann ist da noch die wirkliche Feier – dass wir Will in einem Stück zurückzubekommen haben.«
Andrew nickte. »Ich werde gern kommen. Jetzt gehe ich besser, damit ich noch ein bisschen Schlaf bekomme. Bis später.«
Andrew verschwand aus der Küche, und Alison folgte ihm, um sich von ihm zu verabschieden. Kieran sang ein Babylied, während er den Rhythmus auf seiner grünen Plastikschale schlug, und Dermot sah mich kurz an, sagte aber nichts. Ich konnte das leise Stimmengemurmel hören, als Alison und Andrew sich verabschiedeten, dann das Geräusch, als die Haustür sich schloss. Alison kam in die Küche. Andrew war fort. Ich schaute auf den Bodensatz in meiner weißen Porzellantasse und sprang dann vom Stuhl auf.
»Ich habe etwas vergessen!«, sagte ich. Alison und Dermot sahen mich an, doch ich winkte ab und rannte aus der Küche,

durch die Diele und aus der Haustür hinaus. Ich war erleichtert, als ich sah, dass Andrew noch in seinem Wagen saß. Er wandte den Kopf, als er die Haustür zuschlagen hörte, und als ich seinen Wagen erreicht hatte, stand er auf dem Fußweg.

»Ellen? Was ist? Ist alles in Ordnung?«, fragte er.

Ich nickte. Ich war atemlos, sowohl vom Rennen als auch von der schmerzhaften Verwirrung in mir. Was sollte ich jetzt tun?

»Danke«, sagte ich keuchend, »danke für alles.«

»Keine Ursache«, erwiderte Andrew, der keinen Moment lang seinen Blick von meinem Gesicht abwandte.

»Ich wollte … ich habe nie … ich wollte dir einfach nur danken. Wir hätten diese Zerreißprobe ohne dich nicht überstanden.« Ich verschränkte meine Finger verlegen ineinander. »Also, danke. Danke für alles.«

Andrew nickte und schob die Hände in die Taschen. Er lehnte sich an sein Auto, und ich sah, dass er erschöpft aussah und eine Rasur nötig hatte.

»Das war es«, sagte ich und zwang mich zu einem strahlenden Lächeln. »Ich wollte dich nicht aufhalten. Nur mich bei dir bedanken. Bis heute Abend bei der Party?«

Andrew nickte, und ich machte kehrt und ging zum Haus zurück. Als ich die Haustür erreichte, hörte ich, dass sein Wagen losfuhr. Mein Herz fühlte sich schwer wie ein Betonklotz an. Das musste von all der Sorge und dem Schlafmangel kommen, sagte ich mir, als ich die Haustür aufstieß. Hilary Thornton entdeckte mich, als sie aus dem Wohnzimmer herauskam.

»Ellen, könnten Sie wohl für einen Moment hereinkommen, wenn es Ihnen nichts ausmacht?«

Ich folgte ihr ins Wohnzimmer. Will lümmelte sich in

einem Sessel, und Hilary Thornton setzte sich auf ein kleines Sofa ihm gegenüber. Sie hatte ihren Kamelhaarmantel ausgezogen und ihn ordentlich gefaltet auf den Sitz neben sich gelegt. Ich setzte mich auf die Armlehne von Wills Sessel.
»William hat ein paar interessante Informationen gehört, als er gefangen gehalten wurde«, sagte sie.
»Oh«, erwiderte ich, »was denn?«
Sie schaute auf ihren Notizblock. »Nun, ich bin nicht ganz sicher, aber ich glaube, dass Will eine Unterhaltung über Drogen mitangehört hat. Hat Tony Jordan Ihnen gegenüber jemals etwas über Drogen geäußert?«
»Nein«, sagte ich peinlich berührt. »Niemals! Ich wusste ja nicht einmal, dass er … ein Krimineller ist, bis Sie mir das in der vergangenen Nacht gesagt haben. Ich dachte, er hat ein Fitnessstudio und besitzt Grundstücke …«
»Das stimmt«, sagte Hilary Thornton.
Ich zuckte mit den Schultern. »Mehr weiß ich nicht.«
Hilary Thornton sah mich an. Es war ein langer Blick aus wissenden Augen, der in ihrem mütterlichen Gesicht deplatziert wirkte. Mir wurde klar, dass sie herauszufinden versuchte, ob ich die Wahrheit sagte oder nicht. Ich wand mich ein wenig und setzte mich auf der Armlehne zurecht.
»Tony hat mich gerettet«, sagte Will. Ich schaute auf ihn hinab, und er nickte. »Ich weiß nicht, was geschehen ist oder wie er mich gefunden hat, doch im Morgengrauen heute früh krachte ein Jeep durch die Türen des Lagerhauses, in dem sie mich festgehalten haben …«
»Oh, mein Gott«, flüsterte ich.
»Tony sprang aus dem Jeep – jedenfalls glaube ich, dass er es war, ich habe ihn ja nur flüchtig gesehen. Er hatte

eine Waffe, Ellen, und er schoss in die Luft, und die Typen, die mich festgehalten hatten, rannten wie die Hasen davon. Dann kam Wolfie – ich kenne ihn, weil ich ihn in deinem Apartment kennen gelernt habe. Erinnerst du dich?«

Ich nickte.

»Okay. Nun, Wolfie rannte zu mir her und schnitt die Seile durch, mit denen sie mir die Knöchel und Handgelenke zusammengebunden hatten, und dann kam Tony zurückgerannt und schrie mir zu, hinauszulaufen.«

»Oh, mein Gott«, sagte ich wieder. »Und was ist danach geschehen?«

Will zuckte mit den Schultern. »Ich weiß es nicht. Ich habe einfach das getan, was er mir gesagt hatte: Ich rannte los. Das Lagerhaus stand an der Dock Road, und ich glaube, ich hörte ein paar Schüsse, als ich davonlief, aber wie konnte *ich* das wissen? Ich habe nie zuvor in meinem Leben Schüsse gehört, außer im Fernsehen, und die klingen dort völlig anders. Ich rannte und rannte, bis ich zu Hause war.«

Ich legte den Arm um Wills Schultern und umarmte ihn. »Und was hast du mitangehört?«

»In der Nacht hörte ich diesen ekligen Typ mit dem roten Gesicht und der Kapuze – der Typ, der dich gestern Nacht angegriffen hat.«

»Ich erinnere mich an ihn«, sagte ich, und ich erinnerte mich auch an den Tag, als Wolfie den gleichen Kerl gegen eine Säule in meinem Parkhaus geschleudert hatte.

»Also, dieser Kapuzenmann und der andere Kerl haben sich unterhalten.«

»Welcher andere Kerl?«, fragte ich, da ich allmählich den Überblick verlor.

»Ein kleiner, dürrer, jung aussehender Kerl mit rasiertem Kopf und einem Tattoo im Nacken.«
»Tattoo hat sich mit Kapuze unterhalten?«, fragte ich.
»Ja«, sagte Will. »Er ist mitten in der Nacht aufgetaucht. Sie dachten, dass ich schliefe, und jedes Mal, wenn sie kamen und mich überprüften, habe ich die Augen geschlossen.«
Will hielt inne und sah mich an. Ich zuckte mit den Schultern. »Also, wer war – dieser tätowierte Kerl?«
Will stieß einen langen und müden Seufzer aus. »Ich kenne seinen Namen nicht, aber soweit ich das verstehen konnte, war er ein Typ, der für Tony Jordan gearbeitet hatte, doch nun beschlossen hatte, die Seiten zu wechseln.«
»O Gott«, sagte ich.
Will nickte. »Und ich habe immer gedacht, dass es so etwas wie Ehre zwischen Kriminellen gibt. Dass sie einem Kumpanen nicht in den Rücken fallen würde und so was alles.«
Hilary gab ein Geräusch wie ein Lachen von sich, doch als Will und ich uns ihr zuwandten, war ihr Gesicht so undurchdringlich wie das eines Politikers.
»Also«, sagte ich, »was haben sie gesagt, Will?«
»Nun, dieser kleine Tätowierte sagte dem Kapuzenmann, dass Tony Jordan fast verrückt werden würde, weil er nach etwas suchte, das ein toter Mann irgendwo versteckt hatte.«
»Ein Toter?«, fragte ich echoartig. »Haben sie über Jérôme Daly gesprochen?«
Will nickte. »Ja, ja, das könnte sein. Jedenfalls ist irgendetwas Wichtiges irgendwo versteckt, und der dürre Typ sagte, dass Tony versuchte, es zu finden. Er sagte, dass sich Tony seit Wochen und Wochen für nichts anderes interessierte und dass sie dieses Haus der alten Dame durchsuchen müssten.«

»Oh, mein Gott«, sagte ich. »Honan Terrace?«

Ich sah Hilary Thornton an. »Möglicherweise.«

»Wurde Jérôme Daly deshalb getötet?«, fragte ich die Polizistin.

»Ich glaube nicht. Wir sind uns ziemlich sicher, dass Jérôme Daly hingerichtet wurde«, sagte Hilary Thornton, »und das, was Will gehört hat, scheint diese Theorie zu bestätigen. Robert White und seine Bande scheinen bis zur letzten Nacht nicht gewusst zu haben, wonach Jordan sucht –«

»Das ist mit Sicherheit wahr«, unterbrach Will sie. »Ich weiß wegen der Art, wie sie darüber gesprochen haben, dass das alles neu für sie war.«

»Also?«, fragte ich.

Hilary Thornton sah mich an.

»Also warum?«, fragte ich. »Warum wurde Jérôme Daly hingerichtet, wie Sie es nennen? Wofür?«

Hilary Thornton atmete tief ein und schloss die Augen. »Wenn ich sagen würde, dass Robert White bösartig ist, Ellen, dann würde ich ihm schmeicheln. Er ist ein niederträchtiger Mistkerl. Aufgrund unserer Quellen sind wir ziemlich sicher, dass er Jérôme Daly erschossen hat – eine Botschaft für Tony Jordan.«

Ich sah sie an. Sie erwiderte meinen Blick.

»Wegen dieses Bandenkrieges oder was auch immer es war, wovon Sie mir in der vergangenen Nacht erzählt haben?«, fragte ich.

Hilary Thornton nickte.

»Johnjo Hegarty?«, sagte ich, und war überrascht darüber, dass mir der Name einfiel.

Sie nickte wieder.

»Und was hat Tony damit zu tun?«, fragte ich.
»Wir sind uns nicht sicher«, erwiderte sie. »Er könnte mit Robert White Krieg führen – allerdings könnte er auch nicht in diese Sache verwickelt sein. Es ist schwer, klare Informationen zu bekommen. Ich habe gehört, dass all dieses Patengeschäft Jérômes Idee gewesen ist –«
»Jérôme Daly?«, unterbrach ich sie. »Der tote Jérôme Daly?«
Hilary Thornton nickte. »Natürlich. Jérôme war wie ein Vater zu Tony Jordan. Zog ihn auf und wollte, dass es ihm gut ging. Jérôme selbst war nur ein kleiner Gauner, und man sagt, dass er größere Ideen für Tony Jordan hatte.«
»Und stimmt das?«, fragte ich.
Sie zuckte mit den Schultern. »Wer weiß. Jordan ist schwer festzunageln. Er ist aalglatt – es ist unmöglich, herauszufinden, woher er kommt.«
Ich betrachtete die müde Polizistin und versuchte, all das zu begreifen, was sie über kriminelle Machenschaften und Mörder und Drogenhändler erzählt hatte. Doch ich sah nur Tonys Augen vor mit, und ich konnte das nicht zusammenbringen. Und da war noch die Tatsache, dass er Will gerettet hatte. Das hatte mit Sicherheit etwas zu bedeuten.
»Ist das alles, was du gehört hast, Will?«, fragte ich, um mich abzulenken.
Will schüttelte den Kopf. »Nein, sie sagten noch anderen Mist. Dummes Geschwätz.«
»Zum Beispiel?«, fragte ich mit gerunzelter Stirn.
»Ach, dummes Zeug. Ich wollte diesem Scheißkerl eine aufs Maul schlagen, doch das konnte ich nicht, weil ich festgebunden war und in einer Ecke lag.«
»Sag mir, was sie gesagt haben, Will«, beharrte ich.

»Ach ja, dieser Kapuzenmann begann zu lachen, als Tattoo ihm von den Drogen oder was immer es auch war, das in dem Haus versteckt war, erzählte, und sagte … sagte, dass Tony deshalb … du weißt schon … mit dir zusammen ist … damit er die Drogen in die Hand bekommt. Und dann fingen sie wieder an zu lachen.«

Wills Stimme verklang, und meine Wangen brannten.

»Wissen Sie etwas davon, Ellen?«, fragte Hilary Thornton und ignorierte mein flammend rotes Gesicht.

Ich schüttelte den Kopf. »Nein. Nichts.«

»Wo sind all die Sachen aus dem Haus in Honan Terrace geblieben? Unsere Leute haben sich in der letzten Nacht dort umgesehen, nachdem Will verschwunden war. Doch dort scheint kaum noch etwas vorhanden zu sein«, sagte sie.

»Sie sind eingelagert. Mrs. Harris' Sohn lebt in Spanien, und er hat alle ihre Sachen einlagern lassen.«

»Bei welcher Firma?«

»Shamrock Storage«, sagte ich.

Hilary schrieb sich das auf, klappte das Notizbuch zu und steckte es in ihre Handtasche. Sie stand auf. »Ich gehe jetzt. Ich muss auf dem Weg nach Hause noch ein paar Lebensmittel einkaufen. Danke für alles. Wir bleiben in Verbindung.«

Ich machte Anstalten, aufzustehen, doch sie bedeutete mir mit einer Handbewegung, sitzen zu bleiben.

»Ich finde allein hinaus. Bleiben Sie, wo Sie sind.«

Ich setzte mich wieder und war froh, dass ich nicht gehen musste. Will und ich hoben die Hand zum Abschied, und dann war sie fort.

»Tut mir Leid, Ell«, sagte Will, als wir die Haustür zufallen hörten.

»Es ist nicht deine Schuld«, sagte ich. »Du musstest ihr alles mitteilen, was du wusstest. Außerdem bin ich diejenige, der es Leid tun müsste, Will. Wenn ich nicht gewesen wäre, wärst du niemals in diese Situation geraten.«

Will streckte sich und tätschelte mir die Schulter. »Ich nehme nicht an, dass du Drogen gestohlen und sie irgendwo versteckt hast, um sie später zu verkaufen und den Erlös mit deinem Lieblingsbruder zu teilen.«

»Meinem einzigen Bruder«, sagte ich und versetzte ihm einen leichten Klaps. »Und, nein, das habe ich nicht getan. Ich weiß überhaupt nichts davon.«

»Ich habe auch nicht angenommen, dass du es wüsstest.«

Will stand auf. »Also, Ell, ich weiß nicht, wie es dir geht, aber ich gehe jetzt ins Bett, ehe ich umkippe.«

Ich stand auf und umarmte ihn.

»Ich liebe dich, Will«, sagte ich, und meine Stimme klang gepresst.

Will erwiderte die Umarmung. »Schlaf ein bisschen, Ellen, du erschreckst mich mit all diesem Liebeskram. Allerdings bin ich mir sicher, dass das nichts ist, was man mit ein paar Stunden Schlaf heilen könnte. Aber du brauchst jetzt ein paar Sekunden Ruhe, um dein übliches mieses und sarkastisches Selbst wiederherzustellen.«

Will grinste und lief aus dem Zimmer. Er hatte Recht. Ich war fast ohnmächtig vor Erschöpfung, aber ich war mir nicht sicher, dass ein paar Stunden Schlaf alle meine Probleme lösen könnten.

29

Ich ging in meinem Zimmer zu Bett. Und sobald ich mich hingelegt hatte, dachte ich an das, was Will über Tony gehört hatte, und mir wurde übel. Wie hatte er mich nur so ausnützen können? Der Gedanke, von Tony missbraucht worden zu sein, schmerzte mich mehr, als ich mir hätte vorstellen können, wenn man in Betracht zog, dass ich mir zu diesem Zeitpunkt eingeredet hatte, das er nur eine vorübergehende Laune gewesen war. Tony Jordan war einfach eine sehr erfreuliche Möglichkeit gewesen, Andrew und gebrochene Herzen und unerwartete Kinder zu vergessen. Mir wurde klar, dass, wenn das stimmte, ich Tony genauso benutzt hatte wie er mich. Hieß das, dass wir quitt waren? Ich konnte das nicht entscheiden und wusste nur, dass ich weit mehr verletzt war durch diese Informationen über Tony, als ich jemals erwartet hätte.

Als ich in meinem alten Bett lag und von den Gerüchen meiner Kindheit umgeben war, beharrte ein Teil von mir darauf, dass meine Beziehung zu Tony Jordan mehr war als ein bequemes Verhältnis. Ich war sicher, dass die vielen widerstreitenden Gefühle in mir mich wach halten würden. Wie üblich, irrte ich mich. Als ich erwachte, lag ich im Bett und plante meinen Wiedereintritt ins Leben. Eine Tasse Kakao, ein paar Scheiben Toast, und ich würde sogar eine gewisse Oprah oder einen Jerry aufspüren können, um mich zu unterhalten. Das schien ein guter Plan zu sein.

Doch als ich auf wackeligen Beinen die Treppe hinunterging, konnte ich erkennen, dass eine derartige Entspannung nicht vorgesehen war. Das Haus meiner Mutter war voller Menschen. Eine kleine rundliche Frau in einer Art Kaftan ging gerade zur Haustür hinaus. Zwei große junge Männer in T-Shirts und Jeans trugen Kisten voller Tassen und Gläser durch die Diele. Alison stand am Fuß der Treppe und koordinierte das Ganze.

»Das ist richtig. Gleich durch ins Wohnzimmer, das wäre prima. Morgen, Ellen! Oder besser, guten Nachmittag. Wie hast du geschlafen?«

»Gut. Wie spät ist es?«

»Fast fünf Uhr.«

»Oh, mein Gott.«

Alison lächelte und nickte, und dann wandte sie ihre Aufmerksamkeit wieder den jungen Männern zu.

»Netter Hintern«, flüsterte ich ihr ins Ohr, als wir zusahen, wie der zweite junge Mann durch die Wohnzimmertür ging. Alison täuschte ein Stirnrunzeln vor, und dann zwinkerte sie, und ich lachte auf dem ganzen Weg zur Küche. Mam legte die letzte Hand an etwas, das wie eine herrliche Schokoladentorte aussah. Es war wirklich schade, dass sie wie Sägemehl schmecken würde. Ich küsste Mam auf die Wange, und sie sah überrascht, aber erfreut aus.

»Im Kessel ist kochendes Wasser«, sagte sie.

Ich machte mir Kakao und Toast, setzte mich an den Tisch und versuchte, inmitten Bergen von Essen Platz zu schaffen für mein kleines Gedeck aus Tasse und Teller. Ein riesiger Hügel von klein geschnittenem Putenfleisch und Schinken lag mitten auf dem Tisch auf einer gigantischen Silberplatte und war umgeben von Schüsseln mit Salaten – grünem Salat, Kartoffelsalat, Nudel- und Reissalat. Was immer man haben wollte, es war da. Zwei Platten mit geräuchertem Lachs standen nebeneinander wie Kumpel, die die Welt überwachten, und ein Stapel Brötchen belagerte ungefähr ein Fünftel des ein Meter achtzig langen Tischs.

Davon abgesehen war jeder Quadratzentimeter der Arbeitsplatten in der Küche mit Essen bedeckt. Weitere Salate. Schüsseln mit Obstsalat. Schüsseln mit Sahne. Eine herrlich aussehende Pavlova-Torte und eine Phalanx von Käsekuchen.

»Es wird jedenfalls genügend zu essen geben«, sagte ich und beobachtete eingeschüchtert den Trubel um mich herum.

Meine Mutter nickte und trug weiteren Schokoladenguss mit eine breiten Stahlspatel auf. »Sie sieht wirklich wunderbar aus, nicht wahr? Dennoch hoffe ich, dass sie gut schmeckt. Ich bin immer etwas besorgt bei professionellen Partyausstattern – das häusliche Kochen ist doch nicht zu übertreffen, oder?«

Sie schwieg und sah mich an, als ob sie eine Antwort erwartete. Ich kaute auf meinem Toast und nickte.

»Nein«, stimmte ich zu. »Dennoch sieht alles wunderbar aus, aber es ist viel zu viel Arbeit für einen Menschen, all dieses Essen vorzubereiten – dieser Kuchen sieht aber auch toll aus, Ma.«

»Ich danke dir, Ellen.«

Ich trank noch mehr Kakao. Gab es einen größeren Trost auf der Welt als flüssige Schokolade? Ich bezweifelte es.

»Wo sind denn alle?«, fragte ich.

»Will schläft noch. Dein Vater holt ein paar Autoteile für deinen Onkel Gerry – aber warum das ausgerechnet jetzt sein muss, werde ich nie verstehen. Übrigens, Andrew hat deinen Wagen zurückgebracht. Die Schlüssel hängen hinter der Tür.«

»Guter alter Andrew«, sagte ich.

»Ich habe schon immer gesagt, dass Andrew Kenny ein wunderbarer Junge ist.«

»Ja, klar ist er wunderbar. Und wo sind die anderen?«

»Dermot und Kieran sind zu einer Spazierfahrt unterwegs, und Alison ist draußen in der Diele mit den Jungs von Party Capers – du musst auf dem Weg hierher an ihnen vorbeigekommen sein.«

»Party Capers?«

Meine Mutter nickte und leckte sich den Zuckerguss von den Fingern. »Diese Partyausstatter scheinen mehr zu tun, als nur Essen zur Verfügung zu stellen – sie bringen Stühle, Tassen und alles, was man möglicherweise für eine Party braucht. Das ist ja großartig … doch man macht sich trotzdem auch Gedanken über das Essen.«

»Wann soll denn die Party losgehen?«, fragte ich, um die Unterhaltung vom Essen abzulenken.

»Früh. Um sieben herum.«

»Mein Gott, warum so früh?«

»Wegen der Überraschung mussten wir uns etwas ausdenken, das Angela glauben konnte. Also denkt sie, dass sie zum Abendessen hierher eingeladen ist. Dein Vater holt sie um zwanzig vor sieben Uhr ab, und ich habe allen gesagt, dass sie vor Viertel vor sieben hier sein sollen.«

»Ich frage mich, ob Ruth und India wissen, dass es so früh losgeht«, sagte ich.

»Alison hat alle angerufen, überprüft, wer kommt, und hat allen die Zeit durchgesagt, zu der sie hier sein sollen – sie sagt, dass sie alles unter Kontrolle hat.«

»Ich wette, dass das so ist.«

Ich hörte die Haustür zuschlagen, und Alison kam in die Küche.

»Fertig«, sagte sie und goss sich Tee aus der Kanne ein, die auf dem Herd stand.

»Sind die Diät-Cola-Jungs fort?«, fragte ich.

»Sehr komisch«, sagte sie und setzte sich an den Tisch.

Ich trank meinen Kakao aus und schaute zur Küchenuhr an der Wand hinauf. Halb sechs Uhr. Ich musste in mein Apartment fahren, duschen, mich umziehen, Joey füttern und bis viertel vor sieben Uhr wieder zurück sein. Ich stand auf und stellte mein Geschirr in den Ausguss.

»Ich fahre nach Hause, um mich für die Party fertig zu machen. Ich beeile mich, so sehr ich kann. Bis später.«

Alison winkte mir zu, und meine Mutter nickte, während sie mit dem Ellbogen für ihren Kuchen auf der Arbeitsplatte Platz schaffte. Ich nahm meine Handtasche und die Schlüssel und ging hinaus, wo der rosafarbene Hyundai geduldig auf mich wartete. Als ich das Apartmenthaus erreichte, fiel ich die Treppe hoch, damit ich Angela nicht begegnete. Joey war wach, und lief mir zur Begrüßung entgegen, als ich die Wohnungstür öffnete.

»Du bist eine treue Katze«, sagte ich und schmiegte mein

Gesicht an seinen Hals. Ich trug ihn zum Kleiderschrank, wo ich nach etwas suchte, das ich zu Angelas Party anziehen konnte. Was, zum Teufel, sollte ich tragen? Es war eine verrückte Woche gewesen, und ich hatte nicht allzu viele saubere Sachen. Schließlich fand ich eine anständige Jeans und ein weißes T-Shirt mit einem sehr tiefen Ausschnitt. Ich duschte, zog mich an und legte sogar etwas Make-up auf, doch das verbesserte mein Aussehen nicht wirklich. Trotz meiner Bemühungen sah ich noch immer wie eine Frau aus, die die ganze Nacht wach geblieben war, um darauf zu warten, dass ihr der Kopf ihres Bruders auf einem Silbertablett serviert wurde.

All diese Versuche, gut auszusehen, waren sowieso umsonst, wenn das Leben in Stücke zerfiel. Was war los? Tony Jordan war Gott weiß wo, und die Party würde aus alten Damen und Kindern bestehen. Nun, Andrew wollte kommen, doch ich war mir nicht sicher, ob er tatsächlich käme. Ich war mir aber ziemlich sicher, dass Andrew meine Familie satt hatte. Und auch wenn er kam! Es spielte keine Rolle, was ich anhatte! Andrew hatte wahrscheinlich auch mich satt. Ich verfütterte eine ganze Dose Luxus-Katzenfutter an Joey, und er schnurrte dankbar und ignorierte mich, als ich ihn wieder allein ließ.

Die Küche meiner Mutter war knallvoll mit Menschen, als ich um zwanzig vor sieben eintraf.

»Wo warst du?«, rief Ruth von der Hintertür herüber.

Ich winkte ihr zu und ging zu ihr. »Zu Hause, um mich zu waschen, wenn du nichts dagegen hast.«

»Und Wolfie ist ein Krimineller?«, fragte sie, nachdem sie einen kräftigen Schluck aus der Bierdose getrunken hatte.

Ich nickte. »Schluss mit dem Smalltalk, was, Ruth?«
»Ich wusste, dass dieser Körper kriminell gut war«, sagte sie. »Alison hat mir von Will und von letzter Nacht erzählt. Himmel, Ellen, du hast ein paar verrückte Wochen hinter dir.«
Ich schüttelte den Kopf. »Du kennst noch nicht einmal die Hälfte. Ich werde dir später alles erzählen. Ist India auch hier?«
Ruth nickte. »Und rate, wen sie mitgebracht hat.«
Ich zuckte mit den Schultern und schaute in die Richtung, in die Ruth wies, und sah meinen Boss Tim Gladstone, der zwischen dem Kühlschrank und dem Mülleimer eingeklemmt war und sich einen Vortrag von einer kleinen alten Frau mit dichtem lockigem bläulichem Haar anhörte.
»Himmel«, sagte ich lachend. Ein kleines Kind rannte mit einem gelben Eislutscher an mir vorbei, und ich höre ein hohes Babylachen, von dem ich wusste, dass es von Kieran stammte.
»Rate, wer auch noch hier ist«, sagte Ruth.
Ich schaute mich um, doch ich konnte nichts und niemanden sehen, den zu sehen ich nicht erwartet hatte. »Wer?«
»Nun, er *war* vor einer Minute noch hier gewesen.« Ruth stellte sich auf die Zehenspitzen und schaute sich in dem vollen Zimmer um.
»Wer?«, wiederholte ich. Und dann kam er zur Tür herein. Ich hätte es mir denken können. Andrew. Er sah mich an, und ich winkte ihm zu und schaute dann weg.
»Ich wusste, dass er kommen würde«, sagte ich zu Ruth. »Alison hat ihn eingeladen.«
Ruth sah mich an, und wie üblich hatte ich das Gefühl, dass

sie all meine Geheimnisse kannte, ohne dass ich ihr irgendetwas erzählt hatte. Sie nahm einen großen Schluck aus ihrer Bierdose.

»Deine Mutter hat mir erzählt, dass er sich wunderbar verhalten hat. Sie sagte, dass du es in der letzten Nacht ohne ihn nicht geschafft hättest.«

Ich nickte. »Das stimmt.«

»Und?«

»Und?«, wiederholte ich. »Und was?«

»Und habt ihr beide nun alles geklärt? Hast du wenigstens über all das gesprochen, was geschehen ist?«

Ich schüttelte den Kopf und nahm mir eine Dose von dem kleinen Bierdosenberg, der hinter mir auf der Arbeitsplatte aufgestapelt war.

Ruth seufzte. »Warum nicht?«

Ich zuckte mit den Schultern und trank einen Schluck Bier.

»Sprich mit ihm, Ellen.«

Ich schüttelte erneut den Kopf und dachte daran, zu heucheln, doch das hier war Ruth, und es würde Zeitverschwendung sein. »Es ist zu spät.«

»Das bezweifele ich. Wenigstens musst du es versuchen, Ellen. Du kannst die Dinge nicht einfach so auf sich beruhen lassen.«

Ich schaute zu Andrew hinüber. Er sprach mit einem hoch aufgeschossenen Jungen, den ich als Wedgie Wilson erkannte, den Bassspieler in Wills Band. Nach dem Ausdruck auf Andrews Gesicht zu urteilen, vermutete ich, dass Wedgie ihm in lebendigen Farben die Inspiration für Range' letztes Meisterwerk erklärte. Wedgie bemerkte Andrews glasigen Blick nicht, und er würde ihn auch nicht bemerken. Einmal hatte er mir etwas erzählt, was die Band unternahm, und ich verließ den Raum und kehrte wieder zurück, ohne dass er meine Abwesenheit überhaupt registriert hatte. Andrew schaute hoch und fing meinen Blick auf, und ich konnte nur lächeln. Er lächelte zurück, und mein Herz schmerzte unter dem Gewicht dessen, was ich alles verloren hatte. Ruth drückte meinen Arm.

»Du hast nichts zu verlieren«, sagte sie.

Vielleicht hätte ich über das nachgedacht, was sie gesagt hatte, und es ist möglich, dass ich sogar das getan hätte, was sie vorschlug, doch es fehlte die Zeit dafür. Will wählte genau diesen Augenblick, um aus der Diele in die Küche hereinzuplatzen.

»Sie sind da!«, rief er.

»Jesus, Maria und heiliger Josef.« Meine Mutter packte eine ältere Verwandte bei ihrer pfirsichfarbenen Strickjacke. »Ruhig! Seid alle ruhig. Will – wo sind sie?«

»Dad ist gerade in die Einfahrt gefahren«, sagte Will, grinste und nahm sich eine Hand voll Tortilla-Chips.

»Ich hoffe, dass die Überraschung nicht zu viel für sie ist«, murmelte Ruth mir ins Ohr.

Ich nickte. »Es wird kaum so schlimm sein wie die Bücher, die sie liest.«

Ruth grinste.

»Ich denke, dass wir die arme Angela nicht alle gleichzeitig überfallen sollten«, verkündete meine Mutter. »Tom wird sie ins Wohnzimmer bringen und dann hierher kommen, um mich zu holen, und ich werde zu ihr gehen, und dann können alle hintereinander nachkommen – ist das eine gute Idee?«

»Das ist eine großartige Idee«, sagte die alte Dame in der

pfirsichfarbenen Strickjacke, »sonst müssen wir das ganze Essen für die Beerdigung aufbewahren.«
Ruth kicherte, und ich brachte Ruth mit einem »pst« zum Schweigen, als ich hörte, dass sich die Haustür öffnete und Angelas charakteristisch schrille Stimme den Namen meiner Mutter rief.
»Phyllis? Phyllis! Wir sind da, meine Liebe – bist du zu Hause?«
Meine Mutter richtete ihr Haar und eilte zur Küchentür. »Zwei Minuten«, sagte sie zu Alison, als sie an ihr vorbeiging. Alison nickte.
Ich warf Andrew einen Blick zu, und er schaute zur Seite, als er meinen Blick auffing. Was sollte das bedeuten? Hatte er mich angesehen? Ich schaute durch die voll gestopfte Küche zu India und Tim Gladstone hinüber, die vor Leidenschaft glühten. Ich sah Alison und Dermot an, die über den Kopf ihres Babys hinweg miteinander flüsterten. Die Welt schien voller Paare zu sein. Aber vielleicht sieht das immer so aus, wenn man sich allein fühlt. Wenigstens hatte ich noch Ruth, doch da wir beide einsam waren, war das kein großer Trost.
Ruth tippte mir auf die Schulter. Ich schaute sie an, und sie wedelte mit einem Schlüsselbund vor meinem Gesicht herum.
»Rate, wohin ich nach der Party gehe!«
Ich schüttelte den Kopf.
»Leopardenhaut? Anschließend Mangos?«
»Emerson?«, murmelte ich.
Ruth grinste.
»Du triffst dich wieder mit ihm?«, fragte ich.
»Warum nicht? Seine Jahre in Südamerika haben seiner

Technik nicht geschadet, und er ist mehr als nur ein hübsches Gesicht. Irgendwie genieße ich es, mit ihm zusammen zu sein.«

Ich sah Ruth an, und mir wurde klar, dass selbst sie schließlich jemanden finden würde, den sie lieben konnte.

»Schlampe«, sagte ich.

»Eifersüchtig«, sagte Ruth.

Alison streckte die Hand in die Luft, und alle schauten sie an.

»Folgt mir«, flüsterte sie.

Wir alle defilierten hinaus und ins Wohnzimmer. Ich war ziemlich weit hinten in der Menge, so verpasste ich Angelas überraschtes Gesicht, als fast hundert Leute im Wohnzimmer meiner Eltern auftauchten. Doch ich verpasste nicht ihren überraschten Ausruf. Angela hätte eine Shakespeare-Schauspielerin sein können oder eine Apfelverkäuferin, so ausgeprägt war ihre Fähigkeit, ihre Stimme einzusetzen.

»Liebe und Gnade Gottes!«, hörte ich sie ausrufen, als sie offenbar kapierte, was los war.

»Herzlichen Glückwunsch zum Geburtstag, Angela«, hörte ich meine Mutter sagen.

»Himmel!«, sagte Angela, und dann trat eine kurze Stille ein.

»Verdammte Hölle!«, sagte Angela dann, und alle lachten, und großer Jubel brach aus, und wir alle sangen »Happy Birthday« und schrien und klatschten.

Danach formte sich ein Zweierreihe vor Angela. Ich stellte mich an, und es dauerte fast fünf Minuten, bis ich sie erreichte.

»Happy Birthday, Ang«, sagte ich und küsste ihre weiche Wange, die gerötet war vor Überraschung, Aufregung und Hunderten von Küssen.

Angela umarmte mich fest. »Was für eine Überraschung! Was für eine Überraschung.«
»Du verdienst es«, sagte ich lächelnd.
»Und so viele Menschen«, sagte Angela, »und alle hier auf meiner Party. Ist das nicht wundervoll?«
Ich nickte und umarmte sie.
»So viele Menschen«, wiederholte Angela. »Ich habe einige von ihnen seit Jahren nicht mehr gesehen, und stell dir vor, dein Freund käme zu meiner Party – wäre das nicht nett von ihm?«
»Warum sollte er nicht kommen?«, fragte ich und konnte nicht aufhören, nach Andrew Ausschau zu halten, doch ich entdeckte ihn nirgendwo.
»Dennoch ist es sehr lieb von ihm, zur Party einer alten Frau zu kommen«, sagte Angela. »Und wenn man vom Teufel spricht! Hallo, mein Lieber, wir haben gerade von Ihnen gesprochen.«
Angela schaute über meine Schulter, und mein Herz klopfte plötzlich heftig. Vielleicht hatte Ruth ja Recht. Vielleicht sollte ich versuchen, mit Andrew zu sprechen. Ich drehte mich um.
»Tony!«, rief ich aus.

30

Angela stürzte sich auf Tony und umarmte und küsste ihn. Tony ließ mich die ganze Zeit nicht aus den Augen, selbst als er ihre Umarmung erwiderte. Die Nächste in der Reihe der Gratulanten war meine Cousine Freda, ein neurotisches dünnes Model, die mir mit einem Finger in die Rippen stach.

»Mach schon, um Himmels willen, Ellen«, sagte Freda und blinzelte mich mit ihren falschen Wimpern an, »wir stehen hier schon seit Ewigkeiten.«

»Tut mir Leid«, murmelte ich, als ich mich von Angela entfernte.

Tony nahm meinen Arm, als wir uns zurückzogen, und ich wollte schon protestieren, doch ich war so schockiert, dass ich kein Wort sagen konnte.

»Ich muss mit dir sprechen«, begann er. Ich nickte nur und folgte ihm, als er den Raum verließ und durch die Küche zur Hintertür ging.

»Können wir hinausgehen, um zu sprechen?«, fragte er, als er unter der Tür innehielt.

Ich nickte, weil meine Stimmbänder noch immer nicht reagierten, und folgte ihm hinaus in den Sommerabend. Wir gingen schweigend den Garten hinunter, und Tony setzte sich unaufgefordert auf eine Schaukel. Überwältigt sank ich auf die andere Schaukel. Sollte das eine neue Form eines Déjà-vu-Erlebnisses sein? Ich hatte in den frühen Stunden des gleichen Morgens hier mit Andrew geschaukelt. Und nun war ich wieder hier und schaukelte mit Tony Jordan, mit dem Mann, der ein Drogenhändler war und wegen dem mein Bruder und ich fast getötet worden wären. Tony Jordan. Dieser verlogene Mistkerl, der mich hatte glauben lassen, dass er ein ehrbarer Geschäftsmann sei, während er die ganze Zeit über das Leben von Menschen zerstörte, um seine Jeeps und seinen aufwändigen Lebensstil bezahlen zu können. Ich hörte auf zu schaukeln und stand auf.

»Verpiss dich, Tony Jordan«, sagte ich und drehte mich zu ihm um.

Er hörte auf zu schaukeln und sah zu mir auf.

»Du Mistkerl. Du hast mich belogen«, fuhr ich fort.

Er schüttelte den Kopf. »Ich habe nie gelogen.«

»Keine Haarspaltereien, du hättest auch gleich lügen können. Du hast mich glauben lassen, dass du jemand bist … ich weiß nicht, wer, aber eindeutig jemand, der du nicht bist, und du hast uns in Gefahr gebracht und … und … und … hast dich nur mit mir abgegeben, weil du versucht hast, Drogen oder irgendetwas anderes zu finden.«

Tonys Stirn kräuselte sich, während er mir zuhörte. »Was meinst du damit?«

»Du hast mich benutzt, um den Stoff in Mrs. Harris' Haus zu finden … gib dir keine Mühe, das abzustreiten. Will hat das gestern Nacht alles gehört, und außerdem kann sich jeder Dummkopf ausrechnen, dass das stimmt …«

»Nein«, unterbrach Tony mich, »nein. Das ist nicht wahr. Wer behauptet das?«

Ich zuckte mit den Schultern und schaute in den Garten, weil ich wütend darüber war, dass meine Wangen vor Demü-

tigung zu brennen begonnen hatten. Warum sollte es mich kümmern, was dieser Kerl von mir hielt?
»Wer hat das gesagt?«, wiederholte Tony.
»Dieser Typ, der mich im Parkhaus angegriffen hat und der Will entführte. Derjenige, den Wolfie zusammengeschlagen hat.«
Tony lachte. »Dieser Dummkopf. Robert Whites Schwager – Siley Johnson –, wenn er Grips besäße, wäre er gefährlich. Und trotzdem stimmt es nicht. Aber vermutlich wirst du das nicht glauben, Ellen.«
Ich starrte eine Kletterrose an, die ihre schweren duftenden kirschroten Blüten zur Erde hängen ließ.
»Glaubst du es, Ellen?«
Tony stand von der Schaukel auf und stellte sich vor mich. »Hör zu. Ich habe nicht sehr viel Zeit, aber ich möchte es erklären – deshalb bin ich hier. Wirst du mir einen Moment lang zuhören?«
Ich nickte, doch ich schaute ihn nicht an.
»Es ist wahr, dass ich nicht offen zu dir gewesen bin. Aber ich habe dich nicht benutzt, Ellen. Ich habe noch nie jemanden wie dich kennen gelernt, und wenn die Dinge anderes gelegen hätten, als sie waren … hör mal, ich möchte mich nicht entschuldigen. Aber ich möchte, dass du weißt, dass alles, was zwischen uns war, echt war und nichts zu tun hatte mit Häusern und irgendetwas anderem.«
»Aber es gab dort in Mrs. Harris' Haus Drogen, die dir gehörten – das haben sie gesagt. Und sie haben auch gesagt, dass du sie suchst.«
Ich drehte mich um, um Tony anzusehen, und er hob die Hand, als ob er kapitulierte. »Ich habe kaum Probleme, ohne

Schlüssel in ein Haus zu kommen. Warum würde ich dich brauchen, um hineinzukommen?«

Das war ein gutes Argument, dachte ich, und das erinnerte mich an etwas anderes. »Danke, dass du Will gerettet hast«, sagte ich.

»Kein Problem. Es war letztlich mein Fehler, dass diese Kerle ihn sich geschnappt haben – was das angeht, hast du Recht. Wenn ich gewusst hätte, dass sie so etwas vorhatten … geht es ihm gut?«

»Er hat mit seiner Freundin in der Küche geknutscht, als wir sie durchquert haben«, sagte ich. »Hast du ihn nicht gesehen?«

Tony lächelte, und ich begriff, warum ich ihn so sehr mochte. Er war attraktiv, doch er war noch mehr als das. Er hatte etwas an sich, was ich niemals benennen konnte. Es war eine tiefe Trauer, die von einer unmissverständlichen Freundlichkeit überlagert war. Kein Wunder, dass Angela ihn liebte.

»Aber du bist ein Drogenhändler«, sagte ich laut, um mich selbst daran zu erinnern.

Tony schüttelte den Kopf. »Robert White ist ein Drogenhändler. Ich bin ein Dieb.«

»Was?«

Tony grinste. »Nun, ich dachte, es wäre Zeit, dir die Wahrheit zu erzählen, da ich heute Abend fortgehe und eine Weile lang keine Gelegenheit mehr haben werde, mit dir zu sprechen.«

»Wenn es nicht um Drogen geht, was sollten dann all diese Überfälle bedeuten?«

»Robert White hat sich auf mich eingeschossen – buchstäblich.«

»Warum?«
»Er hat Angst vor mir. Angst, dass ich sein Königreich bedrohen könnte.«
»Und stimmt das?«
Tony zuckte mit den Schultern. »Vielleicht, vielleicht auch nicht, aber ich handele nicht mit Drogen. Ich hatte einen Bruder, der an einer Überdosis Heroin gestorben ist ...«
Seine Stimme verklang, und dieser fremde Ausdruck trat in seine Augen. Ich berührte seinen Arm, und er lächelte. »Aber ich bin ein Dieb. Und ich muss zugeben, dass ich eine große Schwäche für Diamanten habe. Die waren nämlich in Mrs. Harris' Haus versteckt, und ich habe nach ihnen gesucht. Jérôme hat mir nie gesagt, wo er sie versteckt hatte ...«
»Dann bist du in Shamrock Storage eingebrochen«, sagte ich, als ich endlich begriff.
Tony nickte. »Tut mir Leid.«
»Hast du gefunden, was zu gesucht hast?«
Er schaute mich an und berührte meine Wange. »Nicht, wenn du die Diamanten meinst. Jérôme muss sie vor seinem Tod woanders versteckt haben. Es spielt keine Rolle. Wolfie und ich könnten sie gut gebrauchen, wenn wir nach Spanien gehen ...«
»Spanien?«
»Oder Portugal oder wo immer wir landen werden.«
»Ach ja«, sagte ich. »Hast du keine Ahnung, wo diese Diamanten sein könnten?«
»Nein. Jérôme könnte ein Loch irgendwo auf einem Feld gegraben und sie dort versteckt haben. Sie sind nicht in Jérômes Haus, und ich habe die Sachen von Mrs. Harris in der Spedition durchsucht und dort auch nichts entdeckt.«

Etwas machte in meinem Kopf klick. »Was bedeutet es für dich, dass du die Diamanten nicht hast?«
»Nun, es ist schwieriger, zu verschwinden, wenn man nicht viel Geld hat.«
»Aber du besitzt Land und Häuser und das Fitnesszentrum, oder nicht?«
»Ja, aber ich kann nicht herumhängen, um den alten Besitz zu Geld zu machen, es sei denn, ich möchte, dass Robert White mir Feuer unter dem Hintern macht.«
»Sehr komisch«, sagte ich.
»Vielleicht. Aber es ist die Wahrheit, fürchte ich.«
»Und wenn du sie hättest? Die Diamanten, meine ich?«
»Dann könnte ich irgendwo neu anfangen.«
»Weit weg von hier?«
Tony nickte. »Einen Neuanfang dort, wo mich niemand kennt. Ich könnte sein, wer immer ich sein möchte.«
»Ein großer Gangsterboss in Spanien oder woanders?«
Tony schüttelte den Kopf. »Das wäre nichts für mich. Ich liebte Jérôme, als wäre er mein Vater gewesen, doch er war derjenige, der alle möglichen Vorstellungen von dem Aufbau eines Imperiums hegte, in die er mich einbezog.«
»Und du möchtest so ein Leben nicht?«
»Ich habe es nie richtig gewollt, und nun … nun, da ich erkennen, was ich verlieren könnte, möchte ich es definitiv nicht haben.«
Die Klänge eines Akkordeons, das *The Fields of Athenry* spielte, drangen vom Haus herüber. Ich dachte, wie viel fröhlicher die Szene durch die Fenster aussehen würde, als sie in der Abenddämmerung gewesen war. Dann fiel etwas anderes an die richtige Stelle: das letzte Stück des Puzzles.

»Ich glaube, ich weiß, wo deine Diamanten sind«, sagte ich.
»Was?«
Ich sah Tony an. »Du hast mich verstanden. Ich glaube, ich weiß, wo deine Diamanten sind. Bleib einen Moment hier stehen.«
Ich rannte in die Küche und holte einen kleinen Schlüsselring, der neben der Hintertür hing. Dann rannte ich wieder nach draußen, wo Tony Jordan noch immer gehorsam bei den Schaukel stand.
»Komm mit«, sagte ich und ging auf dem schmalen Gartenpfad voraus und zu einem großen Schuppen am Ende des Gartens. Ich fummelte mit den Schlüsseln im Halbdunkeln herum und schloss die Tür auf. Ich schaltete das Licht ein und sah mich im Schuppen um, bis ich es entdeckte. Wortlos ging ich nach hinten, nahm die große Porzellankatze und brachte sie Tony.
»Sie müssen hier drin sein«, sagte ich, als er mir die Katze abnahm.
Tony schaute die Katze an und schüttelte sie vorsichtig. Ein leises dumpfes Geräusch war in ihr zu hören.
»Ich glaube es nicht«, sagte er. »Wie hat er sie hier drin verstecken können?«
Als er die Katze umdrehte, hielt Tony beim Anblick von schwarzem Isolierband den Atem an. Er zog an einer Ecke des Bandes, und es löste sich und gab ein kleines Loch im Porzellan frei. Tony tastete mit den Fingern in dem Loch herum, und dann schaute er mich mit einem breiten Lächeln an.
»Du bist genial, Ellen.«

»Sag mir etwas, was ich noch nicht weiß. Hast du danach gesucht?«

»Ja. Vielleicht muss ich die Katze zerstören, um sicher zu sein.«

Wir betrachteten die große schwarze Porzellankatze, die uns mit ihren leuchtend grünen Augen anstarrte.

»Jede Wolke hat auch einen Silberrand«, sagte ich.

Tony beugte sich vor und küsste mich.

»Nein, lass das«, sagte ich und zwang mich, mich von ihm zurückzuziehen, bevor ich in meiner Verwirrung ertrinken würde.

Tony wich zurück. »Tut mir Leid. Ich weiß, ich habe dich belogen, und du hasst mich. Ich nehme dir das nicht übel.«

»Ich hasse dich nicht, Tony, und es hat auch nichts damit zu tun, dass du gelogen hast und ich ein paar Mal fast getötet worden wäre und mein Bruder gekidnappt wurde – wohlgemerkt – ich bin nicht glücklich über all diese Dinge.«

»Ich weiß, aber das wahre Problem ist, dass du jemand anderen liebst, nicht wahr?«

Ich schaute Tony ins Gesicht, und der Gedanke, ihn nie mehr zu sehen, machte mich unerklärlich traurig. Vielleicht war Tony Jordan doch die Liebe meines Lebens? Woher, zur Hölle, sollte ich das wissen? Und auch wenn es wahr war, dass das Leben mit Tony vielleicht voller Komplikationen war, dann gäbe es auch Zeiten, da es verführerisch einfach wäre. Oder zumindest einfacher, als Andrew zu lieben. Ich reckte mich und küsste ihn sanft.

»Pass auf dich auf, Tony.«

»Himmel, Ellen, das liebe ich so an dir – du küsst mich

immer dann, wenn ich es am wenigsten erwarte. Wer immer es auch ist, er ist ein glücklicher Mann.«

Ich lachte. »Weil ich so eine hervorragende Überraschungsküsserin bin?«

»Nun ja, das stimmt schon, aber es ist eine Tatsache, dass du einfach ein ungewöhnlicher Mensch bist.«

»Danke, Tony. Du selbst bist auch nicht allzu normal.«

»Glücklicher Mistkerl.«

»Nun, ich bin sicher, er würde zustimmen, wenn er mich wollte, aber es sieht nicht danach aus, dass das der Fall ist.«

»Dann ist er ein verrückter Mistkerl.«

Ich zuckte mit den Schultern. »Er hat seine Gründe. Ich habe eine Menge Schaden angerichtet – er und ich haben eine lange Geschichte. Es ist kompliziert. Wie auch immer! Genug von diesem deprimierenden Kram – lass uns zur Party zurückgehen. Angela muss mittlerweile betrunken sein. Also, wer weiß schon, was dort vor sich geht …«

Meine Worte wurden durch ein lautes Klopfen an der Schuppentür unterbrochen. Ich öffnete sie. Ruth stand draußen und zitterte in ihrem ärmellosen Top und dem winzigen Rock.

»Ruth? Was ist los?«

»Nichts Schlimmes, bleibt ruhig – es ist nur, dass man mich hergeschickt hat, um euch zu sagen, dass eine Reihe von Jeeps an der Straße parken. Sagt euch der Name Robert White etwas?«

Ich sah Tony an.

»Danke, Ruth«, sagte er.

Sie lächelte. »Kein Problem.«

»Du kannst den hinteren Eingang nehmen«, sagte ich und deutete auf ein schmales Tor in der hohen Mauer, die den

Garten meiner Eltern umschloss. »Dahinter ist eine Gasse, die breit genug für einen Wagen ist. Viele Nachbarn fahren ihre Wagen auf diesem Weg in ihre Garagen.«

Tony nickte. »Ich kenne sie. Wolfie wartet dort im Wagen – für alle Fälle.«

»Im Jeep?«

Tony schüttelte den Kopf. »Zu offensichtlich. In einem Fiesta.«

»Wie die Mächtigen fallen«, erwiderte ich lachend.

»Was soll ich dir sagen«, sagte Tony und grinste, als er die Porzellankatze unter den Arm klemmte.

»Ich gehe jetzt besser zurück«, sagte Ruth. »Sie vermissen mit Sicherheit die Seele der Party, wenn ich zu lange fort bleibe – Angela hat ihren Neffen Cyril weggeschickt, um seine Karaoke-Maschine zu holen, also wird es in ein paar Minuten ununterbrochen ABBA geben. Richte Wolfie einen Gruß von mir aus.«

»Mache ich gern«, sagte Tony, als Ruth auf ihren hohen Pumps über das Gras schwankte.

»Ich muss los«, sagte Tony und schaute mich an. »Ich würde dir einen Diamanten geben, aber technisch gesehen würde er dich zur Kriminellen machen. Das möchtest du doch nicht, oder?«

Ich schüttelte den Kopf. »Viel Glück, Tony.«

Er beugte sich vor und küsste mich. Diesmal konnte ich mich nicht dazu überwinden, ihm auszuweichen.

»Pass auf dich auf, Ellen, und wenn dieser Dummkopf nicht aufwacht und erkennt, was er braucht, lass es mich wissen.«

»Wenn ich dich finden kann.«

Tony zuckte mit den Schultern. »Mach dir keine Sorgen. Ich werde dich finden. Sei brav.«

Und dann war er fort. Der fast einsneunzig große Mann mit einer Porzellankatze. Er verschwand durch das quietschende rückwärtige Tor. Ich betrachtete den leeren Fleck, an dem er ein paar Minuten lang gestanden hatte, und lauschte dem Zwitschern der Vögel in der Dämmerung. Dann hörte ich ein Auto anfahren, und ich ging davon aus, dass es der Fiesta war.

31

Ich ging zurück in Richtung des ABBA-Geheules. Ich war müde und wünschte, dass Angelas Party vorüber wäre, da ich nach Hause gehen und eine Nacht durchschlafen wollte. Wenigstens war morgen Sonntag, und ich konnte den ganzen Tag mit Joey und Nudeln und Jerry Springer verbringen. Erst als ich die Hintertür des Hauses erreichte, sah ich Andrew. Er lehnte mit verschränkten Armen an der Wand, und sein Gesicht lag im Schatten. Er musste Tony gesehen haben.

»Hey«, sagte ich, als ich näher kam.

Er versuchte zu lächeln, doch das war nicht sehr erfolgreich. »Hallo.«

»Warum machst du dich nicht für dein Elvis-Medley fertig?«, fragte ich und lachte gegen meinen Willen, als ich mich plötzlich an Andrews ausgelassene prahlerische Interpretation von »Heartbreak Hotel« erinnerte.

»Ich singe nicht mehr viel Elvis«, sagte er.

»Oh?«, fragte ich. »Warum nicht?«

Er schüttelte den Kopf. »Ich weiß es nicht. Ich tue es einfach nicht.«

»Oh«, wiederholte ich.

»Ist dein Freund gut weggekommen?«, fragte Andrew und schaute dabei zu Boden. Ich bemerkte, dass er noch immer die Reste dieser honigfarbenen Bräune aus Marbella hatte.

»Tony? Ja, klar, er ist fort. Warum?«
Andrew schüttelte den Kopf, doch er sah mich noch immer nicht an. »Ich habe mich nur gewundert, mehr nicht.«
Plötzlich verstand ich. »Du hast Ruth geschickt, um uns zu warnen, nicht wahr?«
Andrew zuckte mit den Schultern.
Genau in diesem Moment flog die Hintertür auf, und zwei große, breite Männer rannten in den Garten. Einer von ihnen war der Kapuzenträger, und der andere war Robert White.
»Wo ist er?«, brüllte Robert White.
Mein Herz klopfte vor Angst, doch ich hatte nicht die Absicht, mir das anmerken zu lassen. Ich zeigte mein bestes verächtliches Grinsen und sah ihn an, als wäre er aus dem Hintern eines Hundes herausgefallen.
»Wer? Ich fürchte, ich habe keine Ahnung, wen Sie meinen.«
Robert White erwiderte meinen Blick mit gleicher Gehässigkeit. »Durchsuche den Schuppen«, befahl er seinem rotgesichtigen und mit einer Kapuze bekleideten Gefolgsmann und forderte ihn mit einem Wink auf, zu tun, was er sagte.
Kapuze rannte durch den Garten in Richtung Schuppen und riss die Tür auf, verschwand einen Moment und tauchte dann kopfschüttelnd wieder auf.
»Nichts, Boss.«
»Suche weiter. Der Garten ist groß.« Robert White kam zu mir. »Wo ist er?«
Ich zuckte mit den Schultern. »Wer genau, Mr. White? Ryan, der Ihnen das Haus verkauft hat? Ich bin sicher, dass Sie seine Telefonnummer im Telefonbuch finden werden, wenn Sie dort nachsehen.«

Robert White sah mich an, und seine oberen Zähne zogen sich wie bei einem zähnefletschenden Hund hoch. »Wir beide wissen, dass ich nach Ihrem nichtsnutzigen Freund suche. Nun, er ist wahrscheinlich nicht mehr Ihr Freund, nachdem er das bekommen hat, was er wollte.«

Robert White stand direkt vor mir, und ich versuchte, zurückzuweichen, doch die Hauswand war näher, als ich erwartet hatte. Der Rauputz stach mir in den Rücken, als ich mich dagegenpresste. Ich drehte den Kopf zur Seite, um dem Geruch nach Zigaretten und Knoblauch in Robert Whites Atem auszuweichen. Mein Herz schlug so wild, dass ich sicher war, dass er es bemerkte.

»Wo ist dieser kleine Mistkerl Jordan? Sie können es mir ruhig sagen, weil ich Ihnen versprechen kann, dass ich ihn früher oder später sowieso finden werde und ...« Robert Whites Gesicht verzerrte sich, und er stolperte auf mich zu, und sein massiger Körper fiel auf mich und nagelte mich an der Stuckfassade fest.

»Ah«, rief ich und schob ihn von mir. Er glitt vor meinen Füßen auf den Boden, und Andrews Gesicht tauchte hinter ihm auf.

»Alles in Ordnung mit dir?«, fragte er und lehnte die Gartenschaufel gegen die Wand.

»Mir geht es gut, aber ... du ... du hast ihn geschlagen?«

Andrew nickte und beugte sich herab, um etwas aufzuheben, was wie eine Waffe aussah, die neben Robert Whites schlaffer Hand lag.

»Lieber Himmel«, murmelte ich.

Kapuze kam hinter dem Schuppen hervor.

»Hey!«, schrie er. »Was machen Sie denn?« So schnell, wie es sein Bierbauch zuließ, trabte er auf uns zu. Ich sah, dass er eine Hand in die Tasche steckte und etwas herauszog. Eine weitere Waffe. Ich konnte es nicht glauben – man sah nicht mal in einer Wiederholung von *Drei Engel für Charlie* so viele Waffen.

»Was haben Sie vor?«

Andrew nahm mich am Arm und zog mich hinter sich her, als er ins Haus rannte. Sobald wir drinnen waren, schlug er die Küchentür zu und verriegelte sie.

»Mist«, sagte er atemlos. Ich sah mich in der Küche um und entdeckte, dass uns alle Gäste anstarrten. Plötzlich teilte sich die Menge, und Angela kam auf mich zugelaufen.

»Schau mal! Schau mal!«, sagte sie und zog mich zum Fenster.

Ich ging zögernd mit. Angela und ich standen am Fenster. Alle anderen im Raum sammelten sich dicht hinter uns, um einen guten Blick auf die Szene zu haben.

»Vielleicht sollten wir nicht hier stehen, Ang. Vielleicht ist das nicht sicher …«

»Sei einen Moment ruhig wie ein braves Mädchen, und du wirst alles sehen.«

Ich stellte mich dicht neben Angela, und wir schauten hinaus. Kapuze stand über seinem bewusstlosen Boss und sah aus wie ein Mann, der kurz davor war zu platzen. Der Körper auf dem Gras krümmte sich, und Kapuze beugt sich mit einem ernsten Gesichtsausdruck zu ihm hinab. Er schien etwas zu Robert White zu sagen, dann hielt er kurz inne und schaute zum Küchenfenster hoch. Ich stellte mir vor, dass er darüber nachdachte, ob er auf Angela und mich schießen sollte. Mein Magen zog sich vor Angst zusammen, doch statt

die Waffe in seiner Hand abzufeuern, half er Robert White dabei, vom Boden aufzustehen.
Ein Arm um seinen bulligen Boss gelegt, stolperte Kapuze zum rückwärtigen Tor. Robert White hatte offensichtlich das Bewusstsein zurückerlangt, denn er versuchte zu laufen. Niemand in der Küche gab einen Laut von sich. Als die beiden nur noch ungefähr einen Meter vom Tor entfernt waren, schwang es auf, und eine kleine Gruppe Polizisten betrat den Garten. Kapuze und Robert White hielten an, und alle Leute in der Küche begannen zu klatschen. Angela schlug mir auf den Arm.
»Ich habe sie gerufen!«, sagte sie.
»Was?«, fragte ich.
»Ich habe sie gerufen«, wiederholte Angela. »Ich sah, dass Robert White durch die Küche ging, als Cyril das Mikrofon für das Karaoke installierte, und ich habe die Polizei verständigt.«
»Aber woher kanntest du ihn?«, fragte ich.
»Ich kenne diese Whites seit Ewigkeiten – es gab nicht einen von denen, der keine Probleme machte, und deine Mutter hat mir vorhin die Sache mit Will erzählt. Doch niemand sonst erkannte ihn und sie haben deshalb auch keine Notiz von ihm genommen, als er hereinkam. Vielleicht dachten sie, dass er zu der Familie aus Wexford gehört – keiner von denen war jemals attraktiv.«
Ich legte den Arm um Angela und schaute zu, wie die Polizei Robert White und seinen Freund Kapuze durch das Tor führte und – hoffentlich – ins Gefängnis.
»Ist Tony weg?«, fragte Angela und sah zu mir auf.
Ich nickte.

»Gut so«, sagte sie.
Ich lächelte.
»Obwohl ich ihn vermissen werde«, fügte sie mit einem tiefen Seufzer hinzu.
»Ich auch«, erwiderte ich, und meine Augen füllten sich mit Tränen.
Angela umarmte mich fest. »Natürlich wirst du ihn vermissen, natürlich, doch die Dinge entwickeln sich letztendlich zum Besten, sage ich immer.«
»Ich weiß«, sagte ich und rieb mir die Augen.
»Nein, wirklich«, betonte Angela. »Ich glaube, dass das stimmt. Die Dinge lösen sich in Wohlgefallen auf. Jahrelang habe ich das für Unsinn gehalten, doch nun glaube ich es allmählich selbst.«
Ich lächelte Angela an, obwohl ich ihr nicht zustimmte. In mir tobten tausend Gefühle herum. Ich liebte Andrew. Ich liebte ihn mehr als alles andere, und ich wusste nicht, wie ich es ertragen sollte, mein Leben ohne ihn zu leben. Und trotzdem gab es irgendwo eine Ecke in mir, die Tony vorbehalten war. Ich konnte es nicht ändern. Nicht dass das, was ich empfand, eine Rolle spielte. Tony war fort. Andrew hatte eine Familie, und ich war völlig konfus. Kurz bevor ich bei der Vorstellung eines langen, einsamen und lieblosen Lebens in eine Depression abrutschte, tauchte meine Mutter auf.
»Was habe ich gehört? Es waren Männer mit Waffen in meinem Garten? Sind sie gefangen genommen worden?«
»Nichts, um sich aufzuregen, Phyllis, meine Liebe. Es ist alles vorbei. Hör mal? Ist das *Dancing Queen?* Ruth! Ruuuuthie, wo bist du? Komm schon, Schätzchen, unser Lied beginnt.«

Angela tanzte aus der Küche hinaus und ins Wohnzimmer hinüber, und innerhalb von Sekunden konnte ich sie und Ruth hören, wie sie den Liedtext des ABBA-Songs aus vollem Hals sangen. Meine Mutter schaute noch immer in den leeren und fast dunklen Garten.

»Was ist geschehen?«, fragte sie und sah mich an.

Ich umarmte sie. »Nichts. Na ja, nicht nichts – die Kerle, die Will gekidnappt haben, waren hier, und Angela hat die Polizei angerufen, und sie sind verhaftet worden. Jetzt ist alles in Ordnung, es ist vorbei.«

Meine Mutter schwieg ein paar Sekunden und sagte dann mit einem tiefen Atemzug: »Oh.«

»Geh hinüber und höre dir Angelas und Ruths Gesang an«, sagte ich. »Du verpasst die Aufführung.«

Meine Mutter nickte. »Kommst du auch?«

»Gleich, ich muss erst noch etwas anderes erledigen.«

Ich suchte Andrew in der Küche, doch er war nirgends zu sehen. Er musste hinausgegangen sein, um die Waffe, die er Robert White abgenommen hatte, der Polizei zu geben. Ich bahnte mir einen Weg durch die Menschenmenge und vermied dabei jeglichen Augenkontakt, damit man mich nicht aufhielt. Doch die Straße vor meinem Elternhaus war leer, als ich nach draußen kam. Keine Polizei. Aber weit wichtiger in diesem Augenblick – auch kein Andrew. Ich stand im Garten und konnte den Jasmin riechen und Onkel Gerry *Nessun Dorma* singen hören. Ich entschied mich, nicht mehr hineinzugehen. Ich tastete in meinen Jeanstaschen nach meinen Wagenschlüsseln, und ehe ich mich anders besinnen konnte, ging ich geradewegs zu meinem rosafarbenen Freund hinüber, setzte mich hinein und fuhr los.

Ich verbot es mir, über mein Ziel hinauszudenken. Ich fuhr durch den Abendverkehr, während die Sommersonne unterging. Und wohin fuhr ich? Ich hatte keine Ahnung, aber ich wusste eines – ich war nicht fähig, mein Leben weiter so zu leben. An diesem Punkt schien sogar die Hölle attraktiv zu sein.

Ich fuhr vor Andrews Haus, und die Immobilienmaklerin in mir musste das alte, rot geklinkerte Gebäude bewundern und seinen Wert abschätzen. Ein Teil von mir schrie vor Angst vor dem, was ich machte. Doch ich hatte keine klare Vorstellung davon, was ich *wirklich* tat, und ich unterdrückte einfach alle inneren Einwände. Nach allem, was zwischen uns geschehen war, nach Spanien: Wir konnten die Dinge nicht auf sich beruhen lassen, so voller Bitterkeit und Groll. Ich wollte einfach nur die Luft reinigen. Jedenfalls sagte ich mir das, um mich wirklich auf den Weg zu Andrews Klingel zu machen.

Ich drückte auf den Klingelknopf und hörte, wie der Klang in der Diele widerhallte. Ich bildete mir plötzlich ein, dass die Tür von der freundlichen Mutter von Andrews Kind geöffnet wurde. Es war ein Fehler gewesen, hierher zu kommen. Ich musste hier weg. Ich drehte mich gerade um, als die Tür aufging und ich meinen Namen hörte.

»Ellen?«

Es war Andrew. Ich wandte mich wieder um und sah ihn an, und sein Anblick machte es mir schwer, fortzugehen. Ich konnte mich nicht weiter von ihm entfernen. Ich musste mich mit ihm auseinander setzen.

»Ist alles in Ordnung mit dir?«, fragte Andrew. »Ist etwas passiert?«

Ich schüttelte den Kopf. »Mir geht es gut. Ich frage mich

einfach nur … könnte ich einen Moment mit dir sprechen, Andrew?«
»Klar«, sagte er und zog sich in die Diele zurück, um mich hereinzulassen.
Ich ging an ihm vorbei ins Haus. Es war fantastisch. Hohe Decken und echte viktorianische Fliesen auf dem Boden.
»Komm hier herein«, sagte er und führte mich in ein weiß gestrichenes Wohnzimmer. Die Eichendielen waren poliert, und die einzigen Möbelstücke waren ein Fernsehapparat, eine Stereoanlage und ein riesiges weiches auberginefarbenes Sofa. Andrew bedeutete mir mit einer Handbewegung, mich zu setzen, und ich hockte mich auf die Kante des Sofas wie ein Vogel auf einer Stange.
»Etwas zu trinken?«, fragte er.
Ich schüttelte den Kopf.
»Tee?«
»Nein, danke, Andrew, mir geht es großartig.«
Andrew zuckte mit den Schultern und setzte sich ans andere Ende des Sofa, ließ sich zurücksinken und lehnte sich gegen die Armlehne, während er mich anschaute.
»Was ist los, Ellen?«
Ich spürte, wie sich ein Klumpen von der Größe einer kleinen Grapefruit in meinem Hals entwickelte, und ich schluckte in dem Versuch ihn aufzulösen. Was, in Gottes Namen, sollte ich sagen? Ich hatte keine Ahnung.
»Also«, begann ich und versuchte, Zeit zu schinden, während ich wie wild versuchte, nachzudenken. »Ich möchte … wir müssen … es ist einfach …«
Andrew sah mich erwartungsvoll an. Ich versuchte es noch einmal.

»Schließlich können wir die Dinge nicht so auf sich beruhen lassen, oder, Andrew? Nicht nachdem … irgendetwas stimmt einfach nicht …«
Und das war es. In mir explodierten all die Gefühle, Ängste und Verletzungen und Hoffnungen und versuchten, als Tränen aus mir herauszukommen, doch ich war entschlossen, nicht zu weinen. Ich atmete und schluckte und versuchte, glückliche Gedanken zu denken. Andrew saß still da und schaute mich an, als wartete er darauf, dass ich etwas Verständliches sagte. Er würde lange warten müssen. Ich atmete zum x-ten Mal tief ein und versuchte es mit einem abwehrenden Manöver.
»Also«, sagte ich mit einer leicht schwankenden Stimme, »sag etwas.«
Andrew blinzelte und bewegte sich nicht. Er schlug mehrmals die Beine übereinander und löste sie wieder, und dann verschränkte er die Arme.
»Ich bin froh, dass du gekommen bist«, sagte er.
»Wirklich?«
Andrew nickte. »Ich wollte schon längst mit dir sprechen, aber es schien keine Gelegenheit gegeben zu haben, oder du bist mir ausgewichen. Du bist mir doch nicht ausgewichen, Ellen, oder?«
»Nein, meine Güte, wie kommst du auf diese Idee?«
Andrew zuckte mit den Schultern. »Trotz allem, was geschehen ist, bin ich froh, dass du jetzt hier bist, Ellen. Ich habe wieder und wieder über alles nachgedacht – über uns –, und ich verstehe noch immer nicht, wo alles schief ging.«
Andrews Stimme verklang, und er schaute einen Moment lang weg. Dann sah er mich wieder an. »Nach Spanien

dachte ich … ich weiß, dass wir keine Gelegenheit für ein Gespräch hatten, aber ich dachte dennoch, dass die Dinge zwischen uns geklärt wären. Doch irgendwie war es nicht so. Als ich nach Hause zurückkam, war alles wieder verwickelt, und du hast mich wieder angeschnauzt und bist jedes Mal davonstolziert, wenn ich mit dir zu reden versucht habe.«

Ich zupfte an einem Stückchen Nagelhaut herum.

»Kann ich dir eine Frage stellen, Ellen?«

»Klar.«

»Stimmte es wirklich, dass das, was in Spanien geschehen ist, nur eine günstige Gelegenheit gewesen war? Ist das wirklich der Fall? Ich weiß, dass du etwas in dieser Art zu mir gesagt hast, doch ich habe es wieder und wieder in meinem Kopf herumgedreht, und ich kenne dich, Ellen Grace – so gut wie niemanden –, und irgendwie dachte ich, dass du das Gleiche empfunden hast wie ich.«

Ich seufzte. »Das hängt davon ab, was du empfunden hast.«

»Ich glaube, dass das ziemlich offensichtlich ist, Ellen.«

»Nun«, begann ich, »vielleicht. Vielleicht fühlte ich das Gleiche. Spanien war … nun ja, Spanien, doch dann kam ich nach Hause und entdeckte, dass es ein paar wichtige Einzelheiten gab, die zu erwähnen du unterlassen hast.«

»Einzelheiten?«

»Oh, nur kleine Sachen. Nur die unerhebliche Tatsache eines kleinen Mädchens …«

»Katie.«

Ich nickte. »Und natürlich die Mutter des kleinen Mädchens.«

»Linda.«

»Linda«, wiederholte ich wie ein Echo.

Wir blieben schweigend sitzen, und ich zog und zog an meiner Nagelhaut, bis Blut kam, und dann saugte ich an dem lächerlich schmerzenden Finger.

»Katie und Linda?«, fragte Andrew. Ich rührte mich nicht.

»Darum dreht sich alles? Du hättest mit mir sprechen müssen, Ellen. Es ist nicht so, wie es zu sein scheint.«

»Das sagen alle.«

»Alle wer?«

Ich zuckte mit den Schultern und konzentrierte mich auf meinen blutenden Finger. »Als Nächstes wirst du sagen: ›Oh, meine Frau versteht mich nicht.‹«

»Ich habe keine Ehefrau.«

»Du weißt, was ich meine.«

Ich warf Andrew einen verstohlenen Blick zu und sah, dass er lächelte.

»Es ist ehrlich nicht so, wie es aussieht. Schau mich an, Ellen. Ich finde es sehr schwierig, deinem Profil mein Herz auszuschütten.«

»Machst du das? Dein Herz ausschütten?« Ich sah Andrew in die Augen, und er lächelte.

»Ja«, sagte er.

»Also, schütte es aus.«

»Okay. Nachdem wir uns getrennt haben – ich werde das nie vergessen –, erlebte ich die schlimmste Zeit meines Lebens. Ich dachte, dass mich der Schmerz umbringen würde.«

»Warum hast du mich dann nicht zurückgerufen?«

»Ich konnte nicht. Ich war wie vernichtet von dem, was geschehen war. In jenen Wochen, ehe ich nach England ging, kann ich mit Sicherheit sagen, dass ich die meiste Zeit über betrunken war. Eines Abends lernte ich Linda kennen, und, nun ja, du kannst dir den Rest denken.«

»Ja«, sagte ich, weil ich es konnte, doch der Gedanke brachte mein Blut in Wallung. Verdammte Linda.

»Nun, ich ging fort, und ich habe nichts von Katie gewusst, bis zum April letzten Jahres, als sie geboren wurde. Linda hat mir nicht gesagt, dass sie schwanger war, doch nachdem Katie geboren war, war sie der Meinung, dass das Kind einen Vater verdiente, und sie dachte, dass mein Name auf ihrer Geburtsurkunde stehen sollte, also schrieb sie mir und teilte es mir mit.«

Andrew hielt inne und lehnte den Kopf gegen die Rückenlehne der Couch. Er atmete tief ein. »Ich war anfangs schockiert, doch dann wurde mir klar, dass Katie auch mein Kind war und dass ich ihr Vater sein wollte. Tatsächlich liebe ich diese Idee, und selbst wenn es nicht so wäre, war es nicht Katies Schuld, dass sie das Ergebnis eines One-Night-Stands geworden ist.«

»One-Night-Stand?«

Andrew nickte. »Ich habe sie seit ihrer Geburt unterstützt und sie getroffen, wann immer ich konnte. Doch von London aus war das schwierig, und deshalb zog ich zurück nach Irland. Katie wird größer und wird mich immer mehr brauchen.«

»Also seid ihr beide kein Paar?«

Andrew lächelte. »Überhaupt nicht. Das waren wir niemals, außer der einen Begegnung. Linda hat einen Freund, und sie haben vor, zu heiraten, wenn sie nach ihrem Urlaub in Amerika zurückkommen.«

»Also habe ich in all dieser Zeit … hat Tim Gladstone davon gewusst? Er scheint Linda zu kennen.«

»Ja. Im Bewerbungsgespräch für den Job habe ich es ihm erzählt. Er fragte mich, warum ich nach Hause zurückkomme. Ich wollte ihn nicht belügen, also sagte ich ihm die Wahrheit.«

»Warum hast es mir nicht erzählt?«

»Erstens war ich wütend auf dich und dachte, dass dich das nichts angeht. Dann habe ich es versucht, doch irgendetwas kam immer dazwischen. In Spanien waren wir ... nun, anderweitig beschäftigt, und als wir nach Hause kamen, hast du mich kaum wahrgenommen.«

»Das war nur, weil ich dachte, dass du eine Familie hättest und mich getäuscht hast.«

»Es tut mir Leid.«

Der Gedanke, dass Andrew mit Linda geschlafen hatte, machte mich ganz krank, und zum ersten Mal wurde mir wirklich klar, was ich getan hatte, als ich Andrew von Emerson erzählt hatte. Oder vielleicht hatte ich es immer gewusst, und hatte mich dem einfach nicht stellen wollen.

»Nein«, sagte ich, »das muss dir nicht Leid tun, Andrew. Mir sollte es Leid tun. Ich habe alles zerstört, und dann habe ich dir die Schuld gegeben. Ich habe alles weggeworfen, weil ich Angst hatte. Wenn es ein Trost ist, kann ich dir sagen, dass ich es seit damals bedauert habe. Du hast nichts falsch gemacht, und ich war gemein und grässlich zu dir, und ich kann nur sagen, dass es mir Leid tut.«

Ich beugte mich vor und umfasste meinen Kopf mit meinen Händen.

»Ellen?«

Ich hob den Kopf und öffnete die Augen. Andrew kniete vor mir. Als wir uns anschauten, ergriff er sanft meine Handgelenke.

»Ellen, ich liebe dich. Bitte, könnten wir aufhören, miteinander zu streiten? Ich kann das nicht ertragen, es zerstört meinen Kopf – ganz zu schweigen von meinem Leben. Es interessiert mich nicht mehr, was du getan hast und warum – nichts davon interessiert mich mehr, ich weiß nur, dass ich mir mein Leben ohne dich nicht vorstellen kann.«

»Kannst du nicht?«

Andrew schüttelte den Kopf.

»Ich kann es auch nicht ertragen«, sagte ich. »Ich liebe dich so sehr, Andrew, und ich vermisse dich und ...«

Andrew küsste mich, und ich begann zu weinen, weil es so wunderbar war, dass wir wieder zusammen waren, und so traurig, dass wir getrennt gewesen waren, und ich war mir nicht sicher, ob ich Tränen der Freude oder der Trauer vergoss. Und es war mir egal.

»Es tut mir Leid«, sagte ich, als unsere Lippen sich trennten.

»Weswegen?«

»Dass ich dir weh getan habe.«

Andrew küsste mein Gesicht. »Mir auch.« Andrew küsste meinen Hals.

»Noch etwas«, sagte ich.

»Ja?«

»Davina Blake?«

Andrew hob den Kopf und sah mich an. »Tony Jordan?«

»Schnapp«, sagte ich und zog ihn dicht an mich, als ich mich auf das riesige Sofa legte. »Vielleicht könnten wir später weitersprechen?«

Andrew grinste mich an, und seine Hände hatten schon ihre Wanderschaft aufgenommen.

»Ich habe nicht die Absicht, dich irgendwo hingehen zu

lassen, bis wir über alles gesprochen haben, was mir einfällt«, sagte er. »Ich werde dich an mir festkleben, damit es keine Möglichkeit zu Missverständnissen mehr gibt. Aber jetzt …«
Ich zog seinen Kopf zu mir herunter und küsste ihn lange und tief und gierig.

»Uns bleibt noch viel Zeit zum Sprechen«, sagte ich, als wir in den Tiefen des Sofas versanken.

Danksagung

Wir möchten uns bei unserer Agentin Faith O'Grady, unserer Herausgeberin Ciara Considine und dem gesamten Team von Hodder bedanken.

Sie werden Tränen in den Augen haben –
vor Lachen und Weinen!

Carmen Reid

Die Chaos-Hochzeit

Roman

Die geschiedene und allein erziehende Eve ist jenseits der 39 und findet ihr Leben mit vier Kindern, ihrem hektischen Job und zwei komplizierten Exmännern manchmal ziemlich anstrengend. Wo bleibt da noch Zeit für Yogaübungen, ihren verwunschenen Garten oder für ein herrlich verdorbenes Schäferstündchen mit dem sexy Nachbarn? Ständig schrammt sie am Rande der Katastrophe entlang. Als ihr ältester Sohn plötzlich zu heiraten beschließt, nimmt das Chaos erst richtig seinen Lauf …

Knaur Taschenbuch Verlag